新潮文庫

雲霧仁左衛門

前編

池波正太郎著

雲霧仁左衛門

前編

情　炎

一

女は、なかなかにあらわれなかった。

（なにを、手間取っているのじゃ）

松屋吉兵衛《きちべえ》が、待ちくたびれて立ちあがり、小窓の障子を開けると、夜の闇《やみ》の中に若葉のにおいが鮮烈にたちこめている。

（いつの間にやら、暖《ぬく》とうなったな……）

吉兵衛は、一月《ひと》ほど前に、尾張《おわり》・名古屋から江戸見物に出て来たのだが、

（やはり、江戸はおもしろいなあ。年に一度は、番頭のかわりに、わしが出て来《こ》よかや）

酒と女に明け暮れした、この一カ月のことをおもい浮べると、自分の顔がだらしもなくゆるんでくる。それが自分でわかった。

吉兵衛は、名古屋の上本町《かみほんちよう》で薬種屋《くすりや》をいとなんでいる。

〔好蘭堂《こうらんどう》・松屋吉兵衛〕

といえば、名古屋城下で知らぬものはない大店《おおだな》であった。

松屋は、万病に効くといわれる〔養寿丸《がん》〕の本家で、尾張・名古屋六十一万石、尾《び》州《しゅう》家の用達《ようたし》をもつとめ、江戸と京都に支店がある。

四年前に妻を亡《な》くした松屋吉兵衛は五十二歳になるが、生来、強壮な体質だし、その躰《からだ》も高く大きい。

跡つぎの息子・吉太郎も嫁を迎えて一男一女をもうけ、二人のむすめはそれぞれに嫁ぎ、五代もつづいている商売は繁昌《はんじょう》するばかりというのだから、

(もう、何もいうことはない)

のであった。

吉兵衛は、名古屋に妾《めかけ》を二人も囲っているくせに、京・大坂へも足をのばし、女漁《あさ》りが、

(これからのわしの、ただ一つのたのしみ)

だと、おもっているだけに、

「わしはもう、めんどうな女房など、かまえてもらわぬつもりじゃ」

などと、家族にも、再婚をすすめる親類たちへも明言している。

江戸の支店は、上野の新黒門町にあり、ここは吉兵衛の叔父の松屋彦七が主人《あるじ》となっていて、この叔父もむかしから、遊び事にかけては目のない男であった。しかし

「なんというても、六十をこえたら、どうにもならぬ」と、このごろは商売ひとすじに打ちこんでくれている。

「なれど吉兵衛どのよ。いくらでも手引きはするゆえ、一度、江戸の女を見物においでなされ」

と、この叔父が、

「将軍さまが替って、ちかごろは、何かとやかましい御時勢となったが……それだけに却《かえ》ってまた、おもしろい隠れ遊びもさかんになってきた。吉兵衛どのもいまのうちじゃ。わしのように躰がきかなくなっては、白粉《おしろい》のにおいを嗅《か》いだとて、猫に小判というものじゃ」

しきりにすすめてくれるものだから、吉兵衛は手代と下男を供に、十五年ぶりで江戸へやって来たのであった。

今夜の手くばりも、叔父の彦七がしてくれたものだ。

「ま、たのしみにしていなされ」

彦七は、しわだらけの、狐《きつね》のような顔をにんまりとさせ、

「のう吉兵衛どの。今度のはな、これまでの隠れ遊びとは、ちょいとちがう。前もって、出て来る女《おな》ごのことをお前さまに知らせておくほうがよいか、とも思うたが……それでは曲がない。まあまあ、たのしみにしていなされ。そのかわり、どこまでも品

よく、相手の女をあしらわぬといけませぬよ」

などと、いいふくめてくれた。

(いったい、どんな女があらわれるのか……?)

遊び事に長《た》けた叔父が、あれだけ自信たっぷりにいったことだから、なまなかの趣向ではないと見てよい。

(それにしても、おそい。おそい)

なまあたたかい夜気が、松屋吉兵衛の情感を煽《あお》り、吉兵衛はいらいらと冷えた酒をのんだ。

実は、今日の夕暮れになってからだが……。

叔父は吉兵衛を、上野山下《やました》にある五色茶漬《ちゃづけ》の〔山富貴《やまぶき》〕の二階座敷へ案内し、

「わしは帰りますが、すぐにな、眉間《みけん》にそら豆ほどの大きな黒子《ほくろ》のある、眼の大きな……鼻も大きいが、躰は子供のように小さい男が来て、お前さまを、しかるべきところへ案内《あない》する。いや、大丈夫、大丈夫。ゆるりと遊んで来なされ、そりゃもう、たまらなく、おもしろいそうな」

こういい残して帰ったが、間もなく、叔父がいったとおりの男があらわれ、

「さあ、御案内つかまつりましょう」

物堅そうな町人の身なりをしているが、愛嬌《あいきょう》もたっぷりに吉兵衛をさそい出し、山

富貴の裏手に待たせてあった町駕籠《かご》に乗せた。

江戸が不案内の吉兵衛だけに、どこをどう通って、この家へつれこまれたものか、それはわからぬ。いずれにしても長い時間ではない。

こんもりとした木立にかこまれ、わら屋根も風雅な、別荘ふうの一軒家なのである。

吉兵衛が庭づたいに案内された奥座敷は茶室めいてい、床の間の壺《つぼ》に緋牡丹《ひぼたん》がいけてあった。

香《こう》のにおいも、ゆかしくただよっているし、

(これは、なまなかの趣向ではないな)

松屋吉兵衛、年甲斐《としがい》もなく胸をときめかせたものだ。

「しばらく、お待ちを……」

と、案内の男が去ってから、もう半刻《はんとき》(一時間)はすぎたろう。

「いつまで待たせたら、気がすむのじゃ」

おもわず口にのぼせ、盃《さかずき》を膳《ぜん》の上へ放り捨てた吉兵衛の耳へ、どこからか、

「もし……ごめん下されませ」

しっとりとした女の声がきこえた。

二

床の間は〔壁床《かべどこ》〕であった。

その、壁の一部が割れて、人影を吐き出した。

松屋吉兵衛は息をのみ、瞠目《どうもく》した。

吉兵衛の眼の前に、青あおと剃《そ》りあげた、小さくてかたちのよい坊主《ぼうず》あたまがうつ向いている。

僧であった。

男の僧ではない、女の僧である。

(あ、尼法師じゃ。こりゃ、どうしたわけのものか……?)

吉兵衛の胸さわぎは昂《たか》まるばかりだ。

江戸には〔比丘尼《びくに》宿〕と称する娼家《しょうか》が諸方にあって、尼僧《にそう》姿の売女《ばいた》が客の袖《そで》を引くそうだが……。

いま、吉兵衛の前へ、けむりのごとく出現した尼僧は、とてもとても、そのようなものではない。

身にまとうた法衣も立派なものだし、両手をついて、しとやかに面を伏せた姿にも侵しがたい品格があった。

青いあたまにつづくうなじの白さが行燈《あんどん》の火影《ほかげ》に、くっきりと浮きあがっている。法衣の下に、ありありと看《み》て取れる尼僧の姿態のたおやかさに、吉兵衛は生つばをのみこんだ。

「もし……もし……」

いつの間にあらわれたのか、案内の小男が、

「ちょいと、こちらへ……」

と、次の間へいざなった。

「む……」

次の間へ来た松屋吉兵衛の眼が、血走っている。

「これ、あの尼法師どのは……？」

「はい」

口をさし寄せた小男が、

「素姓を申せば、やんごとないお方でござりますよ」

と、ささやき、ぎょろりとした両眼を閉じ、うなずいて見せた。

「やんごとない、お方……？」

「はい」

小男が小指で、眉間《みけん》の黒子《ほくろ》を掻《か》きつつ、

「やさしゅう、可愛《かわい》がってあげて下され」

と、いう。

「え……よ、よいのか、そのようなお方を……」

「仏門に入られても、女は女でございまするよ」

「ふうむ……」

「お経をとなえていても、熟しきった柔肌のさびしさは、どうしようもないそうでございますよ」

「ほう……」

「それを、あなたさまが、おなぐさめなさればよいのでございますよ」

「なぐさめる……そ、そうか」

「わけあって、素姓は申せませぬ。やんごとないお方さまで……」

「で、金は？」

「新黒門町の松屋さんから、私がちょうだいいたしましてございますよ」

小男のことばに妙な音調がある。

それでいて、低い低いささやき声が一語一語、はっきりと吉兵衛の耳へとどくのであった。

「さ、やんごとないお方さまが、お待ちかねでございますよ」

「む……よし」

と、松屋吉兵衛、全身の血が逆流するおもいになり、奥座敷へ取って返した。

(いない……?)

尼僧の姿が消えている。

と、そのとき……。

ぽっかりと口を開けている壁の向うから、

「もし……あの、もし……」

尼僧の声が、呼びかけてきた。

「はい、はい、はいはい……」

もう、こうなれば騎虎《きこ》の勢いである。

松屋吉兵衛は羽織をぬぎ捨て、壁の向うへふみこんだ。

せまい部屋である。

古風な燭台《しよくだい》の灯《あか》りに、なんと、法衣をぬぎ捨てた尼僧が、背を向けて夜具の上へ横たわっているではないか……。

吉兵衛の両ひざがふるえ出した。淡く浮きあがった尼僧の臀部《でんぶ》は、おどろくべき豊満さで、むしろ、たくましげに見え、そのくせ、ちぢめている肩から背へかけての優しさ、なよやかさが、まるで別人の躰《からだ》に見えた。

相手の顔も見ぬまま、吉兵衛は着ているものをかなぐり捨て、尼僧の背中へ寄り添った。

吉兵衛が嗅《か》いだこともない香りが、尼僧の肌からただよっている。白粉《おしろい》や化粧水の香りでもない。

脳がしびれるように、刺激的でいて甘やかなにおいが吉兵衛の顔を押し包んできた。

「もし、もし……私はもう、たまらなくなってきましたよ」

うわごとのようにいいかけながら、吉兵衛が背後から尼僧を抱きすくめた。

尼僧が、喘《あえ》ぎを昂めてきた。

尼僧の肌は、早くもうす汗にしめっていた。

三

夜ふけてから、小男がつきそった駕籠《かご》に乗せられ、新黒門町の支店へもどって来た松屋吉兵衛を、寝もやらずに待ちかまえていた叔父の彦七が、

「吉兵衛どの。どうだったな?」

「どうも、こうも……いや、おどろきましたよ、叔父ごどの」

「みんな、ねむっている。安心をして、私にきかせておくれ」

「尼法師が出て来て……」

「え……まさか、比丘尼《びくに》宿から引っ張って来たのではあるまいな。いや、あの伝次郎にかぎって、そんなまねはしないはず……」

「伝次郎というのは、あの小男のことか？」

「さよう。あれでも、浅草の船宿の亭主をしていてな。五年ほど前からの知り合いで、いろいろと趣向をこらし、私どもをおもしろおかしく遊ばせてくれるのじゃ」

「いや、どうも、可愛《かわ》えいの何のというて……」

「その尼さんがかえ？」

「さようさよう。なんぜもう、これまでに、見たこともきいたこともない女じゃ」

「ふうむ……女遊びに長《た》けた吉兵衛どのが、それほどにいうのなら、きっと大した女にちがいない。それで、どのような顔をしていた？」

「顔、見ない」

「なに……？」

「恥じろうて、よう見せぬのじゃ」

「なれど、吉兵衛どの。それでは曲がないというものじゃないか」

「いや、それがよい。それがよかった！……恥じろうて、躰《からだ》を起して、その尼法師が燭台《しょくだい》の灯りを吹き消したとき、わしは尼……いや、女のやわらかいやわらかい腰のあたりへ、うしろから抱きついたまま……すると相手が、わしを、いきなり仰向《あおむ》けにして、上からこうして……いや、そのちからの強いこと、強いこと」

といいながらも、松屋吉兵衛の相好が、だらしなくゆるみ放しとなり、

「また行く、また行くのじゃ、叔父さん」

「伝次郎に、手はずはつけましたのか？」

「つけた、つけた」

ふらふらと立上った五十男の吉兵衛が、にたりにたりと笑いつつ、

「また行って、やんごとなきお方の手にかかり、わしゃ、骨ぬきにされたい、されたい」

さもやるせなげに身をもみながら、奥の寝所へ引きあげて行くのを、松屋彦七は呆《あっ》気《け》にとられて見送ったのである。

この夜、松屋吉兵衛が駕籠へ乗せられ、つれこまれた家は、根岸《ねぎし》の里にあった。

吉兵衛は最後まで、その場所を知らぬ。駕籠の垂れの下方がむすびつけられてい、外を見ることができなかったし、また吉兵衛にとっては、遊び場所が何処《どこ》であろうと、かまうことではない。

そのころの根岸の里は、上野の山蔭《やまかげ》にありて幽邃《ゆうすい》なるゆえにや。都下の遊人多く此《こ》処《こ》に隠棲《いんせい》をなし」

「……呉竹《くれたけ》の根岸の里は、

などと、ものの本に記されているように、上野の山下、広小路の繁華な町筋から目と鼻の先にありながら、起伏の多い地形に水田や畑や、森や林がひろがり、寺院と農家が点在するといった田園そのものの風景であって、富商の別荘もすくなくない。

この地はまた、鶯《うぐいす》の名所だそうで、

「……この地に産する鶯の声は世に賞愛せられはべり」

などと、記されてもいる。

松屋吉兵衛がつれこまれた家は、もと、新橋尾張《おわり》町の呉服屋〔布袋屋《ほていや》善右衛門〕の寮（別荘）であったが、去年、布袋屋が倒産したのち、日本橋室町《むろまち》の小間物問屋〔菱《ひし》屋《や》茂蔵〕の、もちものとなった。

その後、菱屋では、買い取った寮を放置してあり、雨戸なども釘《くぎ》づけのままにしてある。

その釘づけの、道具も調度もととのわぬ荒れ果てた寮の奥座敷で、松屋吉兵衛は尼法師の柔肌に惑乱したことになる。

翌朝になって……。

もしも松屋吉兵衛が、この菱屋の寮をおとずれたとしても、

（ここへ、わしが昨夜来たとは……？）

とても、信じられなかったにちがいない。

菱屋の寮は依然、人の気配もなく、戸という戸はすべて、釘づけにされたままなのである。

だが……。

昨夜、この寮の奥座敷には、酒肴《しゅこう》の膳《ぜん》がならんでいた。

床の間には軸が掛けられ、牡丹《ぼたん》の花が匂《にお》っていた。

そして……。

吉兵衛《きちべえ》が、小男の伝次郎へ、尼僧《にそう》との再会をたのんだ三日後の夜には、また奥座敷に灯がともったのであった。

ふかい木立の中の寮だけに、たとえ夜道を通る人がいても、その灯りには気づかなかったろう。

舟と舟

一

松屋吉兵衛が、はじめて、あの尼僧と会ってから、いつの間にか半月がすぎている。

予定では、吉兵衛が江戸見物を終え、名古屋城下の本店へ、すでに帰り着いているはずであった。

けれども吉兵衛は、依然として、新黒門町の支店に滞留していた。

その日の午後に……。

吉兵衛は、神田川も浅草御門に近い新橋《あたらしばし》の北詰、左衛門河岸《がし》にある船宿〔佐原屋〕の二階座敷にいた。

吉兵衛と語り合っているのは、あのときの小男……佐原屋の亭主・伝次郎である。

この年は享保《きようほう》七年（一七二二年）だから、現代《いま》より二百五十年ほど前のことになる。

当時の江戸は、河川が縦横にめぐってい、したがって舟を利用しての交通がさかんであった。

その舟の発着所が〔船宿〕であって、それぞれの店が船頭を抱え、舟を用意してある。

それればかりではない。

客の用談にも利用されるし、酒食の仕度もととのえてある。

現代における喫茶店と、酒場と、水上交通の〔駅〕とを兼ねそなえたようなのが当時の船宿で、そのほかにも、

「種々雑多な……」

利用の仕方があったのだ。

「昨夜な……」

と、松屋吉兵衛が、何やら決意の表情をうかべて、

「尼法師どのとも、語り合《お》うたのだが……」

「なんのことを、でござります?」

と、伝次郎。

「くわしゅうは、まだきかせてもらわぬが、あの尼どのは、いまのところ、たより
になる身寄りが一人もないそうな」

「ははあ……さようなことを申されましたか……」

「いうた。いったい、あの尼どのは、どのようなお人なのじゃ?」

「私からは、申せませせぬ」

「なるほど……」

「ただ、これだけは、お耳に入れておきたいと……」

「なんじゃ?」

「あのお方は、やんごとないお方なので……」

「そりゃもう、何度もきいたわい」

「つい先ごろまで、柳島の尼寺の庵主《あんじゅ》さまでござりましたが……その尼寺を、別の尼

さんに乗っ取られてしまいましてな」

「ほほう……尼ごどの世界にも、そうしたことがあるものか……」

「はい、はい。人の住む世界は、何処《いずこ》も同じようなものでございますよ」

「それで……？」

「なにしろ、あのような、人の善いお方ゆえ、無一文のまま、追い出されてしまいましたのを、てまえが引き取りましたのでございますよ」

「なるほど、なるほど……」

「ま、それほどのところで、おゆるし下されますよう」

「わかった。実は、な……」

「はい？」

「あの尼ごどのが、わしの世話になりたい、と、こう申されてな」

「へ……さようで……」

「かまわぬか。いや、そりゃ、お前にも、じゅうぶんに礼はさせてもらうつもりだが……」

「ありがとうござります」

「よいか？」

「そりゃもう、あのお方のおこころのままで……それにしても、よう、決心をなされたものでござります」

「髪ものばし、人なみな女にもどりたいというのじゃ。ふ、ふふ……よほどに、このわしを、好いてくれたものと見えるわい」

「では、名古屋へ、つれてお帰りになりまするか?」

「うん」

「大変なことで……」

「なあに、いまのわしは独身《ひとりみ》だし、離れ屋に住んでもろうて、大事に大事にするつもりじゃ」

「ははあ……」

「もうもう、こうなっては……」

と、突然、松屋吉兵衛が年甲斐《としがい》もなく身をくねらせ、なやましげに両手をもんで、

「こうなっては、このわし。あの、尼ごどのと、はなればなれにはなれそうもない、なれそうもないわい」

と、いった。

この半月の間に六度、吉兵衛は、あの尼僧の肌身を抱き、感涙にむせんできている。

尼僧の顔も、見た。

それがまた、凄《すご》い。

白いというよりは、むしろ蒼味《あおみ》がかった、すきとおるような肌で、双眸《りょうめ》がぬれぬれと脹《は》り、万感こもった眼の表情に、吉兵衛の全身がとろけ出そうになった。

くちびるも、ぼってりとふくらみ、鼻すじはともかく、鼻頭《びとう》がわずかにしゃくれあがっているさまというものは、吉兵衛にいわせると、

「可愛《かわ》えくて、可愛えくて……」

なのである。

「ときが来れば、わたくしの氏素姓も、かならず申しあげまする。それまでは……それまではどうぞ、何も、おきき下さいますな」

と、ささやきつつ、ちろちろと舌の先でこちらの胸肌をまさぐる尼僧に、吉兵衛は無我夢中となってしまっている。

ところで……。

松屋吉兵衛が伝次郎と打ち合せをすまし、佐原屋を去って間もなく、吉兵衛がいた二階座敷へ、廊下から入って来た町女房ふうの女がいる。

この女を見たら、吉兵衛は驚愕《きょうがく》したろう。

しばらくは、おのが眼をうたぐったに相違ない。

この町女房は、あの尼僧ではないか。

あたまには、髪があった。

笄髷《こうがいまげ》風の丸髷が、みごとにゆいあげられていたのである。

そこへ、松屋吉兵衛を見送ってもどって来た亭主の伝次郎が、

「どうやら、うまくはこんだようだな」

右眼玉をつぶって見せ、

「お前の手にかかっては、どんな男も骨がぬけてしまうわい」

と、いった。

二

小男の伝次郎は、特異な風貌《ふうぼう》をしているだけに、見たところ何歳《いくつ》になるのか、見当がつかぬ。

身のこなしと口のききよう一つで三十にも見えるし、四十男にもおもえる。

頭巾《ずきん》を頭にのせているときなど、六十の老爺《ろうや》に間ちがわれることもあった。

「これは、やっぱり、天性そなわったお前の躰《からだ》が、すさまじいのだのう」

今度は、ばかに年寄りくさい口調になった伝次郎が、ぬったりと笑ったかとおもうと、急に若わかしい声音となり、

「一度でいいのだが、お千代《ちよ》。おれにも御馳走《ごちそう》をしてくれねえか」

意外なほどのす早さで、音もなく女へ飛びかかった。

お千代とよばれた女は、あの、くろぐろと張った双眸を空間の一点に向けたまま、胸もとへ抱きついてきた伝次郎をはらいのけようともせぬ。

お千代の唇《くち》もとに、うすら笑いが浮いていた。

伝次郎は、お千代を押し倒そうとするが、なんと、倒れかかるどころか、びくともしないのである。

女にしては背丈もあり、どちらかというと大柄なお千代だけに、小男の伝次郎のちからではどうにもならぬというのか……。

それにしても、恐ろしい女ではある。

「う、ううう……」

うなりながら伝次郎は、押し倒すことをあきらめ、お千代のえりもとを押しひろげた。

ふっくらとした右の乳房があらわれると、伝次郎は、そこへ顔をもみこむように押しつけていった。

いったかとおもうと、

「うわ……」

発条《ばね》細工の人形のように、伝次郎がお千代の躰から飛びはね、

「な、なにをしやがった、なにを……」

わめきつつ、両手をふりまわして、自分のえりくびのあたりから、何やらきらりと光るものを抜きとり、

「畜生。こ、こんなものを……」

あきれ返って、お千代を見た。

伝次郎の眼には、むしろ、恐怖の色がうかんでいた。

伝次郎の右手の指に、縫針が光っている。

伝次郎に抱きつかれながら、お千代は、どこかに隠してあった縫針を引きぬき、男のくびすじを軽く突き刺したのであった。

「もし……」

お千代は落ちつきはらい、唇もとの微笑を消しもせずに、

「お前さんも、三坪《みつぼ》の伝次郎といわれて、盗みの世界ではそれと知られたお人のはず。お盗《つと》め半ばに不義なぞをして、平気でいられるようなわたしとおもっていなさいましたのかえ」

あくまでもおだやかにいうのが、却《かえ》って不気味でさえあった。

三坪の伝次郎は、少年のころから二十余年も盗賊として生きてきて、

（一度も、お上《かみ》の御縄にかかったことがねえ）

ことを、自慢にしている男だ。

それだけに、今度はじめて組んで仕事にかかった、十も年下のお千代を甘く見てかかったのはたしかなのである。

以前の伝次郎は、上方《かみがた》に本拠をかまえる盗賊・井堀《いほり》の番作の配下として、盗みばたらきをつづけていた。

それが六年前に、大坂町奉行所によって、番作一味の大半が捕えられ、折しも伊勢《いせ》にいた伝次郎は御縄をまぬがれた。

江戸へ逃げた伝次郎は、暁《あかつき》星右衛門といって、関東一帯を荒しまわっている盗賊の下ではたらくうち、星右衛門とは親しい、これも盗賊の雲霧仁左衛門から、

「それほどの男なら、星どん。わしが手もとで仕込んで見たい」

と、いい出され、星右衛門は一も二もなく、

「雲の兄貴のたのみだから、ことわるわけにもゆかぬ。まあ、伝次郎どんも、わしが手もとにいるより、雲の兄貴のところで盗めをしたほうが、ずっとためにもなろうから……」

と、いった。

三坪の伝次郎も、それは、

(のぞむところ……)

のものであった。

それほどに、盗賊界における、

〔雲霧仁左衛門〕

の名は大きい。

なまなかな盗賊たちでは、とても、雲霧一味に加わってはたらくことはできない。

お千代は、異名を〔七化《ななば》け〕とよばれ、雲霧一味の盗みばたらきでは、

〔引き込み〕

という役目を、主としてつとめているのである。

三

七化けのお千代が、船宿〔佐原屋〕を去ったのは、夕闇《ゆうやみ》が濃くなってからだ。

お千代は、丸髷《まるまげ》の鬘《かつら》を外し、またしても尼僧《にそう》の姿となり、あたまへは白絹の夏頭巾《ずきん》をかぶっている。

佐原屋の裏手から出て、河岸道《かしみち》の船着場へまわって来ると、待ちかまえていた小舟へ移った。

船頭は老人である。

お千代を乗せた舟が、夕闇たちこめる神田川の川面《かわも》へすべり出て行くのを、対岸の柳原土手下に舫《もや》っていた苫舟《とまぶね》の中から見ていた商人《あきんど》ふうの男が、

「つけろ」

若い船頭に、いった。

すぐさま、苫舟も川面へ出て行く。

それをまた、見とどけた男がいる。

この男は、佐原屋の二階の小部屋からお千代の舟が出て行くのを見とどけていた。

小部屋の一隅《いちぐう》に、三寸四方ほどの切穴がもうけてあり、そこから、のぞいていたものである。

切穴は、佐原屋へ出入りする人びとや、川面から対岸の様子を見張るためのものといってよい。

だから当然、この男は、お千代の舟を尾行しにかかった苫舟のうごきにも気づいたわけだ。

男は、舌うちをもらし、急いで小部屋から出た。

細面で色白の、まだ若い男である。風体《ふうてい》は、佐原屋の船頭に見えた。

若者は階下にある、亭主の伝次郎の部屋へ行き、濃い眉毛《まゆげ》をぴりぴりさせながら、

「いま、七化けのねえさんの舟をつけて行った舟がある。三坪《みつぼ》の人、こうしてはいられねえ。おれが行っていいか？」

と、いった。

ひとり、酒の盃《さかずき》をなめながら、考えこんでいた三坪の伝次郎が、

「六之助。そりゃ、ほんとうか?」

「ほんとうだとも」

「では、たのむ。おれが此処《ここ》をはなれてはまずい」

「引きうけた」

六之助とよばれた若者は、たちまちに船着場へ駆けつけ、小舟へ飛び乗り、川面へ漕《こ》ぎ出して行った。

これも、雲霧仁左衛門の配下で、

〔因果小僧〕

と、異名をとった盗賊である。

三坪の伝次郎は、二階の小部屋へ駆けあがり、小廊下に面した板戸の内側から〔サル〕をおろし、切穴へ取りつき、外をのぞいた。

夕闇が、夜の闇に変りつつある。

柳原土手の向うの、内神田の町家の灯が何かはなやいで見えるのも、皐月《さつき》(陰暦五月)の宵だからであろう。

外に、異状はないようであった。

お千代が尾行されたということは、

(あの女《あま》が、ここへ入って来たのを、だれかに見られたのだ)

と、いうことになる。

見たのは、火付盗賊改方《ひっけとうぞくあらためがた》の手の者か……または町奉行所の密偵か……。

(ざまを見やがれ。だから女のすることは、いちいち間がぬけていやがるのだ)

先刻の腹癒《はらい》せに、伝次郎は胸の内で思いきり、お千代を嘲笑《ちょうしょう》してやった。

先刻、さすがの伝次郎も、七化けお千代には手も足も出なかった。

そうなると、今度は不安になってきた。

「まあ、今度のことは雲霧のお頭《かしら》の耳へは入れないつもりだけれど……これからは三坪の人も、ずいぶんと気をおつけなさいよ」

と、十も年下のお千代にたしなめられ、伝次郎は臍《ほぞ》を嚙《か》んだのである。

もしもこれが、首領の雲霧仁左衛門の耳へ入ったなら、

(と、とんでもないことになる……)

に、ちがいない。

盗賊にも、他の社会の、さまざまな階級や職業と同様に、一流から三流、さらにその下の、

「はなしにもならぬ……」

ような、兇盗《きょうとう》や強盗がいる。

雲霧仁左衛門は、一流中の一流と、自他ともにゆるしている大盗賊なのだ。

ゆえに、その掟《おきて》もきびしい。

仲間内の情事は、むろん、不義と見做《みな》され、それが発覚したときの制裁が、どのようなものか、それは、この道へ入って二十年にもなる三坪の伝次郎が、よくよくわきまえていることなのであった。

なればこそ伝次郎は、お千代が出て行ったあと、暗い気分で酒をのみはじめたのである。

この船宿は、雲霧仁左衛門一味の、江戸における根拠地の一つといってよいだろう。

盗賊たちの根拠地を、

〔盗人《ぬすびと》宿〕

と、よぶ。

ところで……。

お千代を乗せた小舟は、神田川から大川（隅田川《すみだ》）へ出て、北へのぼって行く。

その後を、件《くだん》の苫舟《とまぶね》がつけていて、また、その後から、因果小僧六之助が漕ぐ小舟が接近しつつあった。

大川の川面は、すでに暗い。

しかし、六之助のするどい眼は苫舟をとらえてはなさぬ。

「よし!!」

低く叫んだ六之助が、ふところから短刀《あいくち》を引きぬき、これを口にくわえ、見る見る苫舟の側面へ漕ぎ寄せて行った。

皐《さ》月《つき》闇《やみ》

一

そのとき……。

苫舟は、左手に宏大《こうだい》な幕府・御米蔵の石垣をのぞみながら、前方のお千代の舟を尾行していた。

月も星もない暗夜になりそうである。

しかし、まだ宵の口でもあるし、大川を往《ゆ》き来する舟もすくなくなかった。

たちまちに距離をせばめた因果小僧六之助の小舟が、苫舟へ追いついた。

それに気づいた船頭が振り向いた。

六之助は声も音もなく、鼯《むささび》のごとく苫舟へ飛び移った。

「あ……」

わずかに叫んだのみで、船頭は艪《ろ》をはなし、横ざまに大川の水へ呑《の》みこまれている。

すさまじい早わざだ。

六之助が揮《ふる》った短刀に船頭は深ぶかと喉《のど》を切り裂かれ、大川へ突き落されていたのである。

「おい、どうした？」

舳先《へさき》で、前方のお千代の舟を見つめていた商人ふうの男が、船頭の叫びをきいて振り返ったとき、早くも六之助は苫の下へもぐりこんでいた。

「おい……おい、どうした？」

さすがに異状を感じたらしい。

身を乗り出して、

「落ちたのか……？」

川面《かわも》をのぞきこんだとき、苫の下から飛び出した六之助が、拳《こぶし》で男の後頭部を撲《なぐ》りつけた。

「うわ……」

振り向いた、その鼻柱へ一撃。さらにひ腹へ一撃……。

因果小僧六之助の暴力は、若い優男《やさおとこ》に似ず強烈であり、的確であった。

ぐったりと気をうしなった男のふところから手ぬぐいをぬきとり、これで男の口を封じ、さらに六之助は、腰から細引き縄を外し、男の両手両足を縛りあげた。

「ざまあ見ろ」

と、一言。

今度は六之助が船頭となり、ちからまかせに漕《こ》ぎはじめた。

この惨劇を見たものは、だれもいない。

暗い川面の彼方《かなた》を通っていた舟はあったろうが、何しろ一瞬の間の出来事といって
よく、現場に他の舟が寄って来る気配もなかった。

六之助は、お千代の後をつけるのではなく、追いつこうとしているのだ。

すぐに、二つの舟の距離がせばめられた。

接近して来た苫舟を見て、お千代が老船頭に、

「気をおつけ。だれか、後を追って来る」

といったとき、

「おれだ。おれだよ、六之助ですよ」

苫舟から、六之助が声をかけた。

「なあんだ……六じゃあないか」

と、お千代が、法衣をまとった大柄な躰《からだ》をぐいと反らせて、

「何事だえ？」

横柄《おうへい》にいう。

くびをちぢめた因果小僧が、

「ともかくも先へ行って下さい。こっちの苫舟にころがっている奴《やつ》の面《つら》を、あらためてもらいてえのだ」

と、いった。

二つの舟は前後して大川をのぼり、やがて、浅草も外れの、橋場《はしば》の先の小さな洲《す》の葦蔭《あしかげ》へ入って行った。

ここなら、だれの目にもとまらぬ。

「六之助。いったい、どうしたのだ？」

「七化けのねえさん。ま、こっちの舟へ来て下せえ」

「よし」

尼僧《にそう》姿のお千代が、ふわりと苫舟へ飛び移った。

まるで、小鳥のような身の軽さであった。

商人ふうの男は、息を吹き返し、もがいている。

六之助がさし出す船提灯《ちょうちん》のあかりに、男の顔をたしかめたお千代が、

「こいつなら、知っている」

「ほんとうで？」——

「うむ……」

しゃがみこんだまま、お千代は男をにらみつけた。

男は、顔をそむけた。

「こいつは、むかし……六がまだ子供のころ、雲霧のお頭につかわれていた男で、鹿《か》伏《ぶせ》の留次郎というやつだ」

「だから、ねえさんの顔を知っていやがったのだね」

「佐原屋へ入るとこを見かけられたのだろうよ。こいつがいま、盗賊改メの密偵《いぬ》になっていることは、わたしの耳へも入っている」

「な、なんだって……」

「むかしの仲間を売って、あちらこちらを嗅《か》ぎまわり、金にしているやつだ」

「野郎」

六之助が、ころがっている男の顔を足でふみにじりつつ、

「どうしましょうかね？」

「こいつは、今日はじめて、往来で、わたしを見かけたのだろう。そうとしかおもえない。泥を吐かせたところで、同じことさ。こっちからも盗賊改メへ密偵を潜ませてあるのだものね」

鹿伏の留次郎の顔に、驚愕《きょうがく》の色がうかんだ。

「それにしても、六や。お手柄だったね。このことは、きっと、雲霧のお頭へつたえておこうよ」

「へい、へい」

「こいつはもう、地獄へ送っておやり」

「合点です」

お千代を乗せた舟が、葦の蔭からすべり出て行くのを見送ってから、因果小僧六之助は短刀を引きぬき、口を封じられたまま必死にもがく鹿伏の留次郎の心ノ臓《しんのぞう》を剔《えぐ》った。

二

火付盗賊改方の密偵・留次郎の死体が大川に浮び、このことが盗賊改方の役宅へつたえられたのは、翌日の午後になってからであった。

つたえたのは、浅草の目明し・政蔵《まさぞう》である。

目明しは、これも一種の密偵であって、御奉行所にも火付盗賊改方にもいる。留次郎のように盗賊あがりの特殊な密偵ではなく、どこまでも、

「お上の御用をつとめる」

ことを、はっきりとおもてに出し、活動することをゆるされている。

彼らは後年に〔岡っ引き〕とも〔御用聞き〕とも、よばれるようになった。

政蔵は、金龍山《きんりゅうざん》・浅草寺の矢大臣門を東へ出た左側の山之宿《やまのしゅく》町に住んでいる。

政蔵は三十をこえたばかりだが、思慮も深く、温情もあって、配下の手先たちの中には、

「山之宿の親方のためなら、いのちもいらねえ」

などと、いう者もいるそうな。

女房のお延《のぶ》との間に、五歳になる由松《よしまつ》という男の子がひとり。お延は政蔵の老父・嘉助《かすけ》と共に、矢大臣門から浅草寺へ出入りをする参詣《さんけい》人を相手の茶店をひらき、一所懸命にはたらいている。

それというのも、お上の御用にはたらく政蔵がもらう手当などというものは、ほんのかたちばかりのものにすぎぬ。

その上、親方とよばれる身になれば、手先たちの面倒も見てやらねばならぬ。

何よりも、刑事にはたらくためには、口ではいえぬ金が要るのである。

もっとも、口にはいえぬ金が入ってくることもあって、お上の御用をよいことに、そうした甘い汁を吸おうという目明しもいないではない。

山之宿の政蔵にとって、そうした仲間は無縁のものといってよい。

政蔵には政蔵の、

「おもいきわめたこと……」

があって、この道へふみこんだまでである。

こういうわけで、橋場の岸辺へ浮いた死体のことが政蔵の耳へ入るのは当然であって、駆けつけた政蔵は、死体を見るや、

(や……鹿伏《かぶせ》の留次郎か)

すぐに、わかった。

留次郎と共に御用をつとめ、賊を捕えたことも二、三度はある。

死体の始末を手先にまかせ、政蔵は盗賊改方の役宅へ飛んで行った。

ときの火付盗賊改方の長官《おかしら》は、千石の旗本で、土手四番町に屋敷をかまえる安部式部信旨《あべしきぶのぶむね》であった。

〔火付盗賊改方〕という役目は、幕府が寛文五年(一六六五年)に、はじめてもうけた役職である。

「……江戸市中を巡廻し、火災を予防し、盗賊を逮捕し、博徒《ばくと》の考察をつかさどる」

と、物の本に説明してあるが、そうしたことは町奉行所がおこなっていて、何も別に役職をもうけることもないように見えるが……そうでない。

将軍ひざもとの町奉行所は、犯罪を取り締り、裁判をおこなうばかりでなく、現代の都庁のごとく市政にもたずさわっているし、それだけにまた法規を厳守するのがた

てまえである。

ところが、戦乱の時代が終って徳川将軍の威風の下、いわゆる天下《てんが》泰平の世が百年余も打ちつづくと、文明は発展するが、それと歩調を合わせて、犯罪の性質も多彩をきわめることになるのだ。

幕府が、町奉行所のほかに、もっと機動性をあたえた〔特別警察〕をもうけ、御先《おさき》手《て》組の中から一組なり二組なりをえらび、その組頭を長官に任じ、火付盗賊改方としたのもうなずけないことはない。

この役目には、いわゆる、

「戦時体制下における警察」

の意味が、ふくまれている。

だから、悪党どもへ対し、いささかの容赦もなく、めんどうな法規や手つづきにはかまわず、その場その場で、長官が適切な処置をとってよい、ことになっている。

それだけに、盗賊改方の長官は、部下と共にいのちがけではたらく気がまえがなくてはならぬ。

盗賊改方は、長官の下に与力が五人から十人、同心が三十人ほどいるが、そのほかにも密偵たちをつかい、目明しをはたらかせ、悪党どものうごきを追うためには、なかなか金がかかる。

だが、はじめのうちは幕府から役料（手当）が出なかった。

三年前の享保《きようほう》四年に、ようやく四十人扶持《ぶち》の役料が支給されることになったが、とても足りるものではない。

盗賊改方の役宅は、長官・安部式部の屋敷が、そのまま使用されている。

その役宅内の、与力の溜《たま》り部屋で、山田藤兵衛《とうべえ》は、目明し政蔵からの報告をきいた。

「なに、留次郎が殺され、大川へ投げこまれていたと……」

老巧な与力である藤兵衛の顔色が変った。

三

盗賊だった鹿伏《かぶせ》の留次郎が、山田藤兵衛に捕えられたのは、二年前の春であった。

そのときの留次郎は雲霧仁左衛門の手からはなれ、錠前破りの特技を生かし、独立をしていた。

盗賊仲間でいう〔独りばたらき〕になったともいえるし、また、諸方の盗賊の首領にたのまれれば、報酬しだいによって、その盗みばたらきを助けることもある。

これを、

〔助《すけ》ばたらき〕

ともいうし、

〔ながれづとめ〕

などともいう。

捕えられたとき留次郎は、東海道・戸塚の宿《しゆく》に近い影取《かげとり》村に小さな家をもち、女房と二人の子がいた。

山田藤兵衛が、その女房と子たちを江戸へ引き取り、

「これまでの罪は、すべて忘れてやろう。そのかわり、どうだ、おれの御役目を助けてくれぬか」

と、留次郎へ、密偵になることをもちかけたのは、

(こやつ、見どころがある)

と、感じたからであろう。

留次郎もまた、盗賊仲間からは〔狗《いぬ》〕と卑《いや》しまれる裏切り者の密偵の役目を、あえて引きうけたのは、やはり、与力・山田藤兵衛の人柄に感じるところがあったからにちがいない。

山田藤兵衛が、鹿伏の留次郎の処刑を免じ、密偵に引き入れたのは、もう一つ、別の考えがあったからだ。

それは留次郎が、かつては、怪盗・雲霧仁左衛門の配下であったことを、彼の自白によって知ったからである。

この十五年……。

雲霧一味の盗みばたらきは、江戸はもとより、関東一円から東海道・中仙道、さらに上方へかけて、縦横無尽であった。

しかも、首領の仁左衛門はむろんのこと、その配下の者の中で、御縄にかかったのは、鹿伏の留次郎ただ一人なのである。

留次郎にしても、雲霧の手もとをはなれたからこそ、

「捕えることができた」

のである。

鹿伏の留次郎が、山田藤兵衛を助けて、江戸内外の、雲霧一味の根拠地である〔盗《ぬす》人《びと》宿〕の所在を教えたので、盗賊改方が数カ所にわたる盗人宿の手入れをおこなったが、いずれも、

「蛻《もぬけ》の殻《から》」

であった。

これは……。

もとは雲霧一味だった留次郎が盗賊改方に捕えられたことを、雲霧一味が知ったのではないか……。

ゆえに、留次郎の自白をあやぶみ、いち早く、諸方の盗人宿を解散せしめたと見て

よい。

「まことに、油断も隙《すき》もならぬ相手だ」

と、山田藤兵衛は口惜しいよりも先に、雲霧仁左衛門一味の組織網の完璧《かんぺき》さに、舌をまいたものである。

「政蔵。鹿伏の留次郎が、そのような死様をしていたことを、お前は、何と見るな？」

ややあって山田藤兵衛が、山之宿《やまのしゆく》の政蔵に問いかけた。

「さようで……」

政蔵は、しばらく考えていたが、

「留次郎とは別に、御米蔵の舟入場へ、船頭の死体が引っかかっていたと申します」

「なんと……」

「これは喉笛《のどぶえ》を、ものの見事に切り割られておりましたそうで」

「ふうむ……」

「はっきりとは申せませぬが、もしや……もしや留次郎と、その船頭は一つ舟に乗っていたのではありますまいか？」

「なるほど……」

「とすれば、留次郎は舟で、何ものかを追っていたのではございませぬか？」

「だれを、追っていたのでございましょう……？」

「このごろ、留次郎は、だれに目星をつけていたのか、お前、耳にしてはいないか？」

「別に、これといって……」

「留次郎は、だれを見たのか……だれの後をつけていたのか……」

「もしや……？」

「雲霧一味のだれかを路上で見かけた、とも考えられる。考えられぬことはない」

骨張った山田藤兵衛《とうべえ》の長身が、身じろぎもしなくなった。

今年で四十歳になる藤兵衛だが、十は老《ふ》けて見える。

大きく張り出した額の下にある両眼は細く長く、開いているのだか閉じているのだか、わからぬほどであったが、まれに笑顔を見せるとき、藤兵衛の左頰へ、浅い笑くぼが生れるのである。そうしたときの藤兵衛は、まるで別人に見えた。

「そうだ」

ややあって、山田藤兵衛がこういった。

「やはり、雲霧一味に殺されたのだ、留次郎は……おれの勘に狂いはない」

「大川を、な……」

木《き》鼠《ねずみ》の吉五郎《きちごろう》

一

その日。

火付盗賊改方の筆頭与力・山田藤兵衛は、役宅につめていた当直の与力・同心たちをあつめ、密偵・鹿伏《かぶせ》の留次郎惨殺《ざんさつ》のことを告げ、

「おれは、どうも、留次郎が雲霧一味に殺されたようにおもえてならぬ」

と、いった。

一同は、いろめきたった。

「山田殿。では、雲霧一味が、江戸へあらわれたと申されますか?」

同心の高瀬俵太郎がいいさして、ふと、

「そういえば、先日、留次郎が私に、かようなことをもらしておりましたが……」

「どのようなことだ?」

と、山田藤兵衛。

「はい。実は……」

高瀬は、よく、留次郎と組んではたらいてきた。同心と密偵とは第一線に立って盗賊の探索をする。気ごころの知れた者どうしが組んではたらかぬと、失態をまねきやすい。

その点、高瀬同心と留次郎は無類の組合せであって、これまでに何度も、手柄をたてている。

それは、ひとえに高瀬が、年長の留次郎の、かつては盗賊だった経験を重んじ、その意見を重く見たし、用いもしたからだといえよう。

組下の同心といえば、上が三十俵二人扶持《ぶち》。下が十五俵二人扶持という下級の士で、足軽が兵卒なら、同心は下士官というところだし、いずれも組屋敷の長屋に住み、生活も苦しい。

だが、それにしても、盗賊あがりの密偵とは、

「くらべものにならぬ」

のである。

密偵は、盗賊たちから、裏切り者の狗《いぬ》とよばれ、憎悪《ぞうお》と侮蔑《ぶべつ》をうけているけれども、密偵をつかってお上の御用にはたらく同心たちも、蔭《かげ》では彼らを、

〔密偵《いぬ》〕

と、よんでいるし、軽蔑《けいべつ》しているようなところがあるのだ。

こういうわけで、高瀬俵太郎が鹿伏の留次郎をあつかうようには、なかなかまいらぬのである。

「若いのに、高瀬は、ようできている」

と、盗賊改方の長官《おかしら》・安部《あべ》式部《しきぶ》も、つくづくと感心をしていたことがあった。

高瀬同心は欲のない男で、留次郎の活躍を、そのまま、つつみかくさずに上司へつたえた。他の同心の大半は密偵の手柄を自分のものにしてしまうのが常例なのである。

で……高瀬のこころが留次郎に通じぬはずはなく、なればこそ、このごろの留次郎は、

(なんとか一つ、高瀬の旦那《だんな》に手柄を立てさせてやりたいものだ)

と、金ずくではたらくのとはちがう気がまえになっていた。

ちなみにいうなら、同心たちの俸給よりも、密偵へあたえる報酬のほうが、はるかに多い。またそうでなければ、なかなか仲間を裏切ってまで密偵になるものではないのだ。

高瀬俵太郎と留次郎は、ここ半月ほど別行動をとっていた。それというのも、このところ江戸市中は平穏で、二人が組んではたらくような犯罪も起らなかったからであろう。

で、実は……。

留次郎が惨殺される二日前の夕暮れどきに、市中巡回を終えて役宅へ帰って来た高瀬俵太郎と、役宅から出て来た留次郎とが門の前で出合った。

「旦那、御苦労さまで」

堅気の、どう見ても、どこぞの商家の番頭としかおもえぬ姿をしている鹿伏の留次郎が愛想よく声をかけてきた。

「留次郎。元気そうだな」

「へい、へい」

「御役宅へ、何か用事だったのか?」

「へい、ちょいと、軍用金が足りなくなりましたので、いただきにあがりました」

と、留次郎は、ふところへ手をやって見せた。

密偵にもよるが、留次郎のように実績の大きい者へは、探索の費用も、

「こまごまときかずとも、できるだけ出してやれ」

と、いうことになるのだ。

「何か、目星でもあるのか?」

「へい。実は、旦那……」

いいかけたが、気が急《せ》くらしく、

「待たせてある男がございます。明日、ゆるりと……」

「その男とは？」

「へい。以前、暁《あかつき》星右衛門の手下をしておりました駒寺《こまでら》の利吉というやつに会います」

「なに……」

高瀬は、昂奮《こうふん》した。

江戸市中をさわがせている盗賊・暁星右衛門も、まだ捕えることができないでいたからだ。

「旦那。今度のは暁星右衛門より、もっともっと大きな獲物《えもの》になりそうでございますよ」

「そ、それは、なんのことだ？」

「ま、明日……明日、ゆっくりと……なにしろ、その駒寺の利吉と、せっかくにはなしがついたのですから、すぐに手を打たねえと……」

いいつつ、歩み出しながら、

「旦那、明日をたのしみにしていて下せえ」

こういって鹿伏の留次郎は、夕闇《ゆうやみ》の中へ、そそくさと消えて行ったそうな。

翌日。高瀬同心は終日、役宅につめきってい、留次郎があらわれるのを待ったが、ついにあらわれなかった。

しかし高瀬は、留次郎を信頼していたから、

（探りが、長引いているにちがいない）

と、解釈をし、つぎの日に期待をかけた。

ところが、なんと……。

そのつぎの日には、留次郎殺害《せつがい》の知らせをうけることになった。

「さようか……」

高瀬同心のことばを聞き終えた与力・山田藤兵衛の顔が、緊迫の色をたたえ、

「その折、留次郎は、暁星右衛門より、もっと大きな獲物《えもの》を、探りかけている、と申したのだな？」

「そのように、聞きとれました」

「ふうむ……」

このことを、山田藤兵衛は長官の安部式部の耳へ、すぐさま入れた。

すると式部は、

「藤兵衛。おぬしが、留次郎殺害の下手人が雲霧一味の仕わざと見るならば……雲霧仁左衛門と暁星右衛門とは、何らかのつながりをもっていることになるのではない

か？」

「はい。さようにおもえてなりませぬ」

留次郎は、その夜。

どこかで、元暁星右衛門一味だった駒寺《こまでら》の利吉と会い、金をわたし、何かの情報を買うことになっていたと見てよい。

「二人が会った、その場所さえわかれば、手がかりがつかめるのでございますが……」

と、藤兵衛が、

「高瀬も、うっかりとききもらしてしまいまして……」

「むりもないことじゃ。高瀬は留次郎のなすことを信頼していたからであろう」

「はっ。そのようにお考え下さいますれば、かたじけなく……」

山田藤兵衛は、高瀬同心をとがめぬ長官の理解に、ほっとした。

また、盗賊改方の長官は、これほどの理解がなくては、とうてい御役目をつとめきれぬのである。

「さて、山田。その大きな獲物、と申すは……」

「そのことでございます」

ひざをすすめた藤兵衛が、

「留次郎ほどの男が、大きな獲物と気負いこんでいたのは、まさに、雲霧一味の手がかりをつかもうとしていたにちがいございませぬ」

暁星右衛門もそうだが、それよりも一層、雲霧仁左衛門逮捕に、盗賊改方は血眼となっている。

安部式部が長官となってから七年ほどになるが、その間に、雲霧仁左衛門は二度も江戸市中で、

〔大《おお》ばたらき〕

をしている。

大ばたらきというのは、盗賊仲間でいう〔大仕事〕のことだ。

一度は、本町二丁目の呉服問屋〔近江屋《おうみや》甚兵衛〕方へ押し入り、二千五百余両を盗みとり、二度目は、浅草・蔵前の札差《ふださし》〔武蔵屋《むさしや》勘五郎〕方へ押しこみ、このときはなんでも、

「なんと、一万両も……」

盗みとったとうわさされている。

蔵前の札差といえば、幕府の認可をうけ、幕臣の俸禄《ほうろく》である米や役料を金に替えたり、これを抵当に金貸しをしたりする、一時の大金融機関であるから、一万両というのもうわさのみではなかったろう。

それだけの〔大ばたらき〕をしながら、盗賊一味が金蔵から千両箱をいくつも引き出して盗み去るまで、上は主人夫婦から下は台所の下女にいたるまで、だれ一人としてこれに気づかず、ねむりこけていたという。

ひそかに、ねむり薬もつかわれたらしいのだ。

それだけに盗賊たちは、一人も殺傷《せっしょう》していない。

まさに、本格の盗みばたらきであって、それがためには〔引き込み〕と称する盗賊を前もって目当ての家屋敷へ入れておき、この〔引き込み〕が内側でいろいろと工作をし、仲間を引き入れるのである。

札差〔武蔵屋〕の場合、雲霧一味の引きこみは、三名も入っていたという。なぜ、それがわかったかというと、押込みがあった翌朝、その三人の姿が武蔵屋から消えてしまったからだ。

一人は座敷女中。一人は手代。一人は飯たきの下男として、武蔵屋の奉公人になりきっていたものである。

しかも、そのうちの手代は、なんと五年にわたり、武蔵屋へ奉公しつづけていたのだ。

雲霧仁左衛門は、五年も七年も前から、武蔵屋へ、

「目をつけていた」

ことになる。

このように本格的な大仕事をするためには、たくさんの資金と、それ相応の配下の人数をそろえておかなくては、到底でき得ることではない。

その雲霧の犯行のスケールの大きさには、暁星右衛門もおよぶものではなかった。

安部式部の前任者であった石川大膳《だいぜん》も、雲霧にはしてやられている。

山田藤兵衛は、もともと石川大膳組下の与力であったのだが、盗賊改方・長官が安部式部にかわったとき、藤兵衛のような老練の与力は、

「ぜひ、残しておいていただきたい」

と、式部が幕府へたのみこみ、藤兵衛を自分の組下へ入れてもらったのである。

雲霧仁左衛門から、

「何度も煮え湯をのまされてきた……」

山田藤兵衛だけに、雲霧一味の逮捕にかける情熱と執念は強く、深い。

藤兵衛の、その執念の第一線に立ったのが、もとは雲霧一味にいた鹿伏の留次郎であった。

三

さて、その日の夜に入って間もなくのことだが……。

盗賊改方の役宅表門から、これも与力の一人で岡田甚之助《じんのすけ》というのが、

「夜の見廻り」

に出た。

めずらしいことではない。与力や同心が、それぞれに変装をし、夜昼なく市中を微《び》行《こう》巡回するのは大切なことで、市中の警戒ばかりではなく、どのような手がかりを、おもいもかけずにつかむこともある。

岡田甚之助は、山田藤兵衛より二歳下の三十八歳で、背が低く、ずんぐりと肥えてい、顔の肉づきも厚く、うすい眉毛《まゆげ》の下の大きな両眼が年齢の割には幼稚な光をたたえている。

山田与力とは、まことに対照的な風貌《ふうぼう》であった。

風貌ばかりではない。

盗賊改方にいる十人の与力のうち、岡田はもっとも成績がわるい。

「岡田の、あの大きな眼《まなこ》は、いったい何を見ているのじゃ」

と、安部式部が苦笑まじりに洩《も》らしたことがあった。

何事にも煮えきらず、判断がにぶいので、部下の同心たちや密偵たちからも信頼されていない。

岡田甚之助も、肩身がせまいらしい。

したがって役宅内にいるのを好まず、以前から単独の市中巡回ばかりしているのだ。いかに巡回をしようとも、勘ばたらきがにぶく、眼もきかぬのだから、どうにもならぬ。

この夜の岡田は、羽織・袴《はかま》姿で、夏頭巾《ずきん》をかぶり、面体を隠していた。土手四番町の役宅を出た岡田甚之助は、九段坂を下り、神田から御成道《おなりみち》を上野山下へ向った。

初夏《はつなつ》の、なまあたたかい夜ではあったが、そのころの江戸の夜は現代の東京のそれとは、比較にならぬほど暗く、人通りはほとんど絶えてしまう。

上野山下へ向っていた岡田が、急に、横道へ逸《そ》れた。

何か、おもいついたことでもあるらしく、それから急に歩調を速め、神田川沿いの道を、今度は東へ向いはじめた。

するとまた、岡田与力の歩き方に変化が起りはじめた。

一町ほども行くと、しずかに立ちどまって、あたりの気配に耳をすます。

そしてまた、歩き出す。

しばらく行くと、また立ちどまって、あたりをうかがう。

火付盗賊改方の与力ともあろう身で、岡田甚之助は何を警戒しているのか……。

岡田は、だれかに尾行されているのを恐れているようにも見える。

こうして岡田甚之助が到着した場所はというと、これが、浅草御門近くの新橋《あたらしばし》北詰の船宿〔佐原屋〕だったのである。

〔佐原屋〕はいうまでもなく、三坪《みつぼ》の伝次郎が亭主におさまっている雲霧一味の〔盗人宿《ぬすびとやど》〕であった。

そこへ、盗賊改方の与力が入って行くというのは、いったい何を意味するのだろう……?

岡田与力は、佐原屋の裏口から入って行った。

神田川対岸、柳原土手のあたりは黒一色だが、こちら側には船宿もたちならんでいるし、商家も多いので、灯も明るいし、人声もする。

まだ五ツ（午後八時）前の時刻であった。

裏口の戸を、ひそやかに叩《たた》く岡田与力の顔を、板戸に仕かけられた〔のぞき穴〕から見とどけた因果小僧六之助が、

「これは岡田の旦那《だんな》で……」

すぐに戸を開け、岡田を中へ入れた。

岡田は、すぐさま二階の奥座敷へ通された。

岡田甚之助に応対したのは、亭主の伝次郎である。

小半刻《こはんとき》（三十分）ほど、岡田は伝次郎と密談をかわし、またも頭巾に顔を隠し、佐

原屋を去った。

と……。

その後を、因果小僧の六之助が、ひそかにつけて行った。

これは、岡田がだれか別の者の尾行をうけてはいなかったか、それをたしかめるためのものであった。

岡田甚之助を送り出してから、伝次郎は階下の居間へもどって来た。

そこに、人がひとりいる。

小柄だが、骨格のきりりとしまった中年男である。

物堅い商人の風体ながら、どこか、すっきりと灰汁《あく》ぬけてい、物腰が落ちついていて、ものしずかである。

「帰ったのかえ?」

と、その男がやさしい声で伝次郎にいうのへ、

「帰りましたよ、小頭《こがしら》。十両ほど持たせてやりました」

と、伝次郎が、うなずく。

小頭とよばれるからには、首領の雲霧仁左衛門の片腕ともいうべき男らしい。

さよう、そのとおりだ。

この男は、

「木鼠《きねずみ》」

と異名をとった吉五郎で、文字通り、雲霧仁左衛門が右腕とも左腕ともたのむ男である。

同じ雲霧一味の盗賊でも、幹部以外の末輩《まっぱい》は、小頭の木鼠吉五郎の顔を見ることができても、首領の仁左衛門の顔も姿も見たことはない。

「どんな、はなしだったのだね？」

やんわりとした手つきで、吉五郎は煙草《たばこ》を煙管《きせる》につめながら、

「さしせまったことかえ、伝次郎どん」

「ええ。鹿伏《かぶせ》の留次郎殺しは雲霧一味だと、どうやら、盗賊改メが目星をつけたようで」

「ほう……」

吉五郎の眼が、ぎょろりと光った。

「なぜ、わかったのだろう？」

「それは……」

と、伝次郎は、岡田与力からきいた、盗賊改方役宅内での模様を、吉五郎へつたえた。

「ほう……もとは、暁星右衛門お頭の下にいた駒寺《こまでら》の利吉と留次郎が、連絡《つなぎ》合ってい

たというのかえ」

「御存知のように、私も、もとは暁のお頭の下にいたものです。ですから、もしや、利吉のやつが私をどこかで見かけたのかも知れません」

「むう……そうとも、考えられる」

煙管を置いて、木鼠の吉五郎が、小頸《こくび》をかしげ、

「こいつは、やはり、仁左のお頭の耳へ、入れておいたほうがよいなあ」

つぶやくように、いった。

権太坂《ごんたざか》の夜

一

江戸・日本橋から東海道を四里半。

武蔵《むさし》・荏原《えばら》郡、川崎の宿場へ入る手前に、六郷川の渡しがある。

六郷は多摩川のことだが、このあたりの村々を六郷村とよぶところから、

「玉川を六郷の里にては六郷川ともいう。むかしは大橋ありて武蔵国・三大橋の一にして長さ百九間ありしが、洪水に破損したる故《ゆえ》、元禄《げんろく》のころより船渡となる」

と、ものの本に記されている。

火付盗賊改方の与力・岡田甚之助《じんのすけ》が、ひそかに、雲霧一味の盗人宿《ぬすびと》〔佐原屋〕へあらわれた夜から三日目の昼下り。六郷の渡しをこえた旅人《たびびと》の中に、雲霧仁左衛門の片腕といわれる木鼠《きねずみ》の吉五郎を見出《みいだ》すことができる。

川岸には、いくつも茶店がならび、名物の〔草だんご〕を売っている。

そのうちの一つに〔椎《しい》の木屋〕というのがあって、

「なるほど……」

ここへ入って来る旅人が、すぐに気がつくほどの椎の老樹と肩を寄せるようにして、わら屋根の茶店がある。

六十がらみの老夫婦と、近くの村から手つだいに来ている小女《こおんな》とで、客をもてなす。

亭主は、背丈が高く、見たところは骨と皮ばかりに痩《や》せこけているのだが、腰も曲っていないし、なかなかの元気者だ。

老夫婦が、この茶店を買って移り住んで来たのは、四年ほど前のことだが、夫婦ともに一度も煩《わずら》いついたことなく、雨の日も雪の朝も店をひらいている。

木鼠の吉五郎は、渡し舟を下りるや、まっすぐにこの椎の木屋へやって来た。

裾《すそ》を端折《はしょ》り、脚絆《きゃはん》をつけた足に草鞋《わらじ》をはいてはいるけれども、ほとんど旅の荷物も持たぬ身軽さであった。

茶店の椎の木が、淡黄色の細かい花をいっぱいにつけていた。

もう、夏である。

梅雨へ入る前の青空と陽光は、活気にみちていた。

「ごめんなさいよ」

入って来た吉五郎を迎えた茶店の老爺《ろうや》が、

「おや……」

眼をまるくした。

「久しぶりですねえ」

と、吉五郎。

「これは、これは……」

にこにことうなずいた老爺が、古女房へ、

「あとをたのむよ」

といい、

「さ、こちらへ」

吉五郎を、奥へ案内して行く。

客が三人ほど、草だんごを頬張っていた。

古女房が、吉五郎へも親しげな目礼を送った。

土間の奥に老夫婦の部屋がある。

裏手は、いちめんの竹藪《たけやぶ》であった。

「木鼠の小頭《こがしら》、三年ぶりでござんすなあ」

と、老爺が渋茶をすすめながら、

「雲霧のお頭は、お変りもございませんかえ?」

「ありがとうよ、爺《とっ》つぁん」

吉五郎が、ていねいにあたまを下げ、ふところから真新しい手ぬぐいに包んだ小判十両を出し、

「手みやげがわりだ。取っておいて下せえ」

「これは、これは……」

遠慮もせずに、老爺は、手ぬぐいごと金を取って押しいただくようにした。

この老爺は、名を、

〔大師《だいし》の徳蔵〕

といって、五年前までは盗賊であったのだ。もっとも、雲霧一味にいたのではない。雲霧仁左衛門と親しい暁星右衛門の配下として十五年もはたらきつづけ、老齢に達したので、お頭の星右衛門から〔引退金《ひきがね》〕をもらい、盗賊の世界から足を洗った徳蔵なのである。

だから、雲霧の小頭をつとめているほどの木鼠《きねずみ》吉五郎と徳蔵とが、以前は昵懇《じっこん》の間柄だったのも、うなずけぬことではない。

「今日はね、爺つぁん。お前さんに、たのみごとがあって、わざわざやって来たのだ」

「木鼠の小頭。そのための十両でござんしたかえ」

「まあ、そんなところだ」

「だからといって、小頭はよくのみこんでいなさるだろうが……いまの、わしは足を洗ったよぼよぼの爺《じじ》いだ。以前の稼業《かぎょう》にかかわることなら、お手つだいはできませぬぜ」

「それほど大仰《おおぎょう》なことではねえわさ」

「へえ……?」

「一言、ききたい」

「何を、ね?」

「以前、暁星右衛門お頭の下に、駒寺《こまでら》の利吉というのがいたそうだね?」

「え……おりましたよ。ですが小頭。利吉は、わしが引くのと同じころに、独りばたらきとなって出て行きましたがね」

「そうかえ、そうかえ、そうだろうな」

「いってえ、何事なので？」

「爺つぁん。お前さん、その駒寺の利吉が、いま、どこにいるか……何か、こころあたりがないかえ？」

「そうさなあ……こうっと……む。そうだ、もしやするとあそこできいたら……」

「おもい出してくんなすったか……」

「でも、小頭。どうして利吉をさがしていなさる？……そのわけをきかねえうちは、わしもしゃべれねえ。というのは利吉も、わしも、元はおなじ暁一味の飯を食い、ちからを合わせて、お盗《つと》めをした仲でござんすものなあ」

「よし。では何もかも、嘘《うそ》いつわりなしにはなそう。きいてくれ」

「そうして下せえ、そうして下せえ」

二

この日の夕暮れどきに、木鼠の吉五郎は物堅そうな町人の旅姿で、程《ほど》ヶ谷《や》の宿場を出外れた権太坂《ごんたざか》へさしかかっていた。

六郷川の椎《しい》の木屋から程ヶ谷まで、約四里。

吉五郎が椎の木屋を出たのは、八ツ（午後二時）をまわっていたのだから、その足どりは、かなり速い。

権太坂は、別名・科野《しなの》坂ともよばれ、武蔵《むさし》と相模《さがみ》の国境にあたる。

「江戸名所図会」には、

「……坂路の両傍《りょうぼう》には蒼松《そうしょう》の老樹、左右に森列《しんれつ》たり。坂の上にて右をのぞめば芙蓉《ふよう》の白峯玉《はくほう》をけずるがごとく、左を見れば鎌倉《かまくら》の遠山翠黛《えんざんすいたい》濃《こま》やかにして、実に、この地の風光また一奇観と称すべし」

と、ある。

むかしの街道の、こうした場所には、かならず茶店があり、旅人のこころと眼をやすませるようになっていた。

その権太坂の上、松の木立を背にしたわら屋根の、これは店の名もない小さな茶店があり、老婆《ろうば》がひとりで客の相手をしているのだが、ほとんどの旅人は、他の茶店へ入ってしまう。

店がまえも小さいが、何やら汚《よご》れているし、うす暗いし……それに茶を出す老婆も、むさ苦しい。

すっかり禿《は》げあがったあたまを垢《あか》じみた手ぬぐいでつつみ、愛想笑いのひとつも浮べるどころか、いつも煙管《きせる》をくわえ、呼び声もかけずに道行く旅人をじろじろとながめているのだから、

「あれでは、だれも寄りつくものではない」のである。

ところが、間ちがって客になると、茶もうまいし、ときどき客に出す米饅頭《よねまんじゅう》も、

「なかなか、うまい」そうな。

この米饅頭は、婆《ばあ》さんの気が向いたとき、鶴見《つるみ》から仕入れて来るらしい。

木鼠の吉五郎が、日暮れどきだというのに程ヶ谷へも泊らず、この権太坂へ足をのばし、入って行ったのは、この婆さんの茶店であった。

「おや……」

奥からあらわれた婆さんが、にこりともせずにうなずき、

「先刻《さっき》から、待っておりやすよ」

と、しわがれた声で吉五郎にささやいた。

「うむ」

吉五郎は、何度も、この茶店へ来たことがある馴《な》れた足どりで、土間の奥へ消えて行った。

婆さんは、そのあとでしばらく、あたりをながめていたが、ようやくに濃くなった夕闇《ゆうやみ》の街道には、人影も絶えている。

婆さんが、戸を閉めはじめた。

この婆さんも、雲霧仁左衛門一味だといってよい。

名を、

〔黒塚《くろづか》のお松〕

と、いう。

して見れば、この茶店も雲霧一味の〔盗人宿《ぬすびと》〕と見てよいのではないか。

そのとおりである。

土間の奥に小さな物置があり、この戸を開けて中へ入ると、取り外しが自由な梯子《はしご》をつたわって屋根裏へ出られる。

そこに、部屋が二つほどある。

その一つに寝そべって、冷酒《ひやざけ》をなめていた男が、

「や、これは小頭」

と、起きあがった。

佐原屋にいた因果小僧六之助であった。

「小頭、ごくろうさまで」

六之助がそういったのは、一足先にここへ来ていて、吉五郎の到着を待っていたことになる。

「小頭。どうでしたね？」

「うむ……」

にんまりとした木鼠《きねずみ》の吉五郎が、

「まあ、すこしだが、手がかりの糸を出してもらったよ。その糸を引き手《た》ぐってみねえことにはわからぬが……それは六之助、お前の腕しだいだ」

「小頭。まかせておいて下せえ」

「おれは、このまま、お頭のところへ行き、向後《こうご》のことの打ち合せをしなくてはならぬ」

という吉五郎のことばのはしばしに、その口調に、盗賊らしからぬものが時折あらわれる。

吉五郎の素姓を知っているのは、お頭の雲霧仁左衛門ただひとりらしいが、江戸における盗人宿〔佐原屋〕をあずかる三坪《みつぼ》の伝次郎は、因果小僧六之助へ、

「小頭はどうも、むかしは、さむらいだったのではねえか」

と、もらしたことがある。

三

この夜。

木鼠の吉五郎は、権太坂《ごんたざか》の、お松の茶店へ泊った。

夜ふけまで吉五郎は、六之助と打ち合せをとげた。

「椎《しい》の木屋の爺《とっ》つぁんは、駒寺《こまでら》の利吉が、盗賊改メの密偵《いぬ》(鹿伏《かぶせ》の留次郎)へ、どうや

ら仲間を売ったらしいときいて、この手がかりをくれたのだ。だがのう、六之助。いまさらいうまでもねえことだが……」

「わかっておりますよ、小頭」

「真の盗賊の掟《おきて》は三カ条。これを忘れてもらっては困る。そのことについては、お頭が常づね口やかましくいっていなさることだ」

「へい……」

「私にいわせると、先日、お前が鹿伏の留次郎を殺害《せつがい》したことも、あまり、おもしろくはないのだよ」

「ですが小頭、ありゃあ、七化《ななば》けのねえさんが殺《や》れといいなすったから……」

「そうだとなあ……」

「そうですとも」

「お千代にも、困ったものだ」

「でも小頭、かまわねえじゃあござんせんか。留次郎の野郎は密偵なんですからね」

「うむ。だが、ちょうど私も江戸にいたことだし、できるなら留次郎を引っ捕えて来てもらいたかったね」

「え……?」

「そうしたら、私が留次郎に泥を吐かせ、もっと、いろいろなことを聞き出したことだろうよ」

「な、なるほどねえ……」

「奉行所や盗賊改メは、私たちの敵だ。敵だが、血をながして争いたくはねえ。そのためにはこちらが相手のうごきをしかとたしかめておかなくてはならぬ。敵のうごき、敵の考えを知っていれば、すこしも恐ろしいことはねえのだ。こっちは敵が出て来る端《はな》をひょいひょいとかわしてしまえばいいのだからな」

「よく、わかりましたよ、小頭」

「だからのう、六之助。うまく手がかりの糸がつながり、駒寺の利吉を見つけ出したときのことだが……」

「だから小頭。利吉のやつを引っ捕えて……」

「それもそうだが……いま一つ、利吉をしばらく泳がせておき、お前が見張って見ることも考えられよう」

「ふふうん……」

「利吉は、留次郎のほかにも、奉行所や盗賊改メの密偵と連絡《つなぎ》をつけているやも知れねえ。そこが大事なところだぜ」

「わかりましたよ、小頭」

「だからといって、利吉に逃げられてしまったのでは困る。いずれにせよ、私たちには邪魔なやつ。いつかはあの世へ行ってもらうのだから、そこは六之助。お前の量見ひとつだ」

「なるほど。さすがは雲霧の軍師といわれた木鼠の小頭だ」

すると、木鼠の吉五郎がほろ苦く笑って、

「なあに、盗人《ぬすびと》ふぜいに軍師も君子もあるものか……」

むしろ吐き捨てるようにいったものだ。

吉五郎は、お松の茶店へ泊ったけれども、因果小僧六之助は四ツ半（午後十一時）ごろに茶店を発《た》ち、夜道を飛ぶように、江戸へ引き返して行ったのである。

ちょうど、そのころ、江戸では……。

例の、根岸にある菱屋《ひしや》の寮で、松屋吉兵衛《きちべえ》が、尼僧《にそう》姿の七化けお千代と共に、寝もやらず、たわむれていた。

いや、たわむれるなぞという、なまやさしいものではなかったろう。

お千代と逢《あ》うたびごとに、吉兵衛の陶酔は深く、強く烈《はげ》しくなってきている。

このごろでは、お千代が、

「松屋さまのことゆえ、さしあぐるのでございますが……この、お酒は南蛮渡来のものので、むかし、さるお方よりいただきましたもの」

などといい、ギヤマン（ガラス）の酒瓶《さかびん》と盃《さかずき》を出したので、

ではない。

そこは、名古屋随一の薬種《くすり》問屋の主人だけに、禁制の外国の酒ものんだことがない

「あ、葡萄《ぶどう》の酒か……」

密貿易で、異国わたりの珍しい薬を入手するときもある。

「さあ、ともあれおのみ下さいますよう」

と、あくまでも〔やんごとなきお方〕の神秘さをたたえ、品格をくずさぬことばづかいでささやくお千代に、吉兵衛は身ぶるいを禁じ得ぬ。

「では、いただこうか……」

酒をのんで見ると、

(これはまた、葡萄の酒ともおもえぬ……)

味わいがするのだ。

琥珀色《こはくいろ》の酒の味は強いが、芳香はやわらかく、なんともいえぬ微妙な味わいがする。

「めずらしいものじゃ」

「いま一献、いかが?」

「はい、はい」

酒の酔いがまわって来ると吉兵衛が、

「この酒を、お前さまにくれたという、そのお人は、どこのどういうお人じゃ。いうて下され」

「なれど、いまは別に、わたくしとかかわりのないお方ゆえ……」

「ええもう、そのお人が、お前さまと、むかしはどのような間柄だったのじゃ」

松屋吉兵衛は、得体の知れぬ嫉妬《しっと》にかられ、しまいには半狂乱のごとくなって「やんごとなきお方」へ、つかみかかるのである。

こうして吉兵衛の男ごころを唆《そそのか》すのも、お千代の技巧のひとつで、はじめのうちは、身も世もあらぬふぜいにはじらい、けもののようにいどみかかる吉兵衛のちからの前に、一枚、二枚と、身につけているものをはぎとられてゆく。

古風な燭台行燈《しょくだいあんどん》のうすあかりに、尼僧の白い肌が、乳房がしだいに浮き出し、あの妖《あや》しげな甘くて刺激的なにおいがただよいながれ、異国の酒にしびれた吉兵衛の脳を、さらに麻痺《まひ》させてしまう。

そのうちに吉兵衛は、自分が尼僧をせめさいなんでいるのだか、尼僧に自分がなぶられているのか、

「いやはや、もう、わけがわからぬようになってしまうのじゃ、叔父さん」

と、この夜も新黒門町の支店へ、いつものように駕籠《かご》で送り返されてから、ねむい眼をこすりこすり吉兵衛と尼僧の痴話をきくのをたのしみに起きていた叔父の彦七へ、

「名古屋へつれ帰ってからが、このごろは恐ろしゅうなったわい」

「どうしてだね？」

「毎夜毎夜、あのようなことをしていたら、わし、早死してしまう」

にたにたと笑った松屋吉兵衛が、

「でも、かまわぬ。かまわぬ、かまわぬ、早死しても……」

妙な声でいい、両手をあげて浮かれながら、

「もう、佐原屋の亭主には、はなしをつけたし、今夜は、あの尼法師どのにも、はっきりというた。そうしたらおどろくではないか、叔父さん。一文もいらぬ、わしと共に暮せるならと、こういうたのじゃ」

「へえ……」

「さ、そろそろ帰ろ。尼法師どのをつれて名古屋へ帰ろ」

「あきれたものじゃ。わしも一目、その尼さんを拝みたくなったよ」

無断借用

一

木鼠《きねずみ》の吉五郎が、権太坂《ごんたざか》の茶店を発《た》ったのは翌日の午後も遅くなってからである。

昨日は、あれほど晴れわたっていたのに、朝起きて見ると灰色の密雲が空をおおっていた。

「こりゃあ、小頭。今日は雨になりましょうよ」

と、お松がいった。

お松は、屋根裏の部屋へ泊った吉五郎へ、気のきいた朝飯の膳《ぜん》を運んで来た。

焼茄子《やきなす》の皮をむいたのを、まるごと入れた熱い味噌汁《みそしる》に、山独活《やまうど》の味噌漬。

それに、半熟卵をつけてきた。

「これはうまい」

吉五郎が舌つづみをうち、

「茄子を焼いて入れた味噌汁ははじめてだよ、婆《ばあ》さん。よい香りがするものだね」

「へい、そりゃあね……」

お松は、細い鼻をうごめかし、微《かす》かに笑いをうかべた。

昨日、吉五郎が此処《ここ》へ入ってから、はじめて見るお松の笑顔なのである。

「なるほどなあ」

と、吉五郎がつくづくお松を見やって、

「お頭が、お前を、なかなか手ばなしたがらなかったわけがわかった……」

以前、首領の雲霧仁左衛門は、諸方にもうけてある盗人《ぬすびと》宿を転々と移り住むとき、かならず、黒塚のお松を同行したものだ。

そうしたときには仁左衛門が、お松の息子になって旅をするのである。

「お頭は、口が奢《おご》っていなさるから、おれのこしらえたものでねえと気に入らなかったのでね」

お松は自分のことを〔おれ〕といったりして、声だけきいていると、まるで男がはなしているようだ。

「近いうちに、また、お頭がよんで下さるかね？」

「さてな……」

「たのみますよ、小頭。こんな、つまらねえところの盗人宿で、番人をしているのは飽いてしまった……」

「それにはそれだけの、お頭に考えがあってのことだ」

「それは、よくわかっていますがね。ときに、小頭」

「む……?」

「今度のお盗《つと》めは、どうやら大仕事《おおばたらき》のようで?」

「まあ、な……」

「下準備《したごしらえ》が、こみ入っているようだ」

「わかるか?」

「お松の勘ばたらきは、まだまだ狂ってはいませんよ」

「たのもしいな」

「今度は、江戸で?」

「いいや……」

「では、東海道すじで?」

「尾張《おわり》だよ」

「といえば、名古屋の御城下だねえ」

「さようさ」

「おれも行きてえなあ」

「ふ、ふふ。ま、もうすこし辛抱していろ。いずれ、お前でなくては、という役目も出て来ようよ」

「で、小頭は、いつ、お頭に会いなさるね？」

「さ、それは、三次《さんじ》が此処へ来てからのことだ」

「へえ……山猫が此処へ、小頭を迎えに来るのかね」

「お頭は、だいぶん前に、京を発っていなさるはず。その連絡《つなぎ》を三次がつけることになっているのだ」

「おれは、あいつが気にくわねえ」

と、お松が顔をしかめて見せた。

「山猫の三次の、どこが気に入らねえのだ？」

「面《つら》が気にくわねえ」

「これ、仲間割れは盗人の御法度《ごはっと》だぞ」

「小頭だからこそ、遠慮なくいうのだ」

「ふ……お前にはかなわねえのう」

平常、あれほどに無口で、近辺では「あの婆さんは啞かね」なぞと、うわさをされたこともあるお松が木鼠の吉五郎の前では、よく、しゃべるのであった。

それをまた吉五郎が、おだやかな笑顔できいてやっている。

雲霧一味の中で、小頭の吉五郎がこれほどにこころをゆるしているのは、首領の仁左衛門をのぞき、お松ひとりだといってもよい。

「どうもね、小頭。山猫の三次は、肚《はら》の底が知れねえ。あの若さで、いつもいつも、まるで唖のように押しだまっているのが、気にいらねえ」

「ふうむ……」

一瞬、木鼠の吉五郎は箸《はし》をとめ、遠くを見つめているような表情になった。

「これまで、ただの一度も……いいえ、小頭にもいったことはなかったが……」

と、お松が、ちょっとためらって口を噤《つぐ》んだが、

「いいよ、お松。私には何でもはなしてくれ」

吉五郎にうながされて、うなずき、

「山猫には、気をつけなさるがいい」

と、お松がいった。

「なぜだ？」

「別に、これといって、わけはねえのだが……」

「それもお前の、勘ばたらきか？」

吉五郎がいうと、お松が強く大きく、烈《はげ》しく、うなずいて見せ、むしろ吉五郎を、にらむように見すえた。

二

旅姿の山猫の三次が、お松の茶店へあらわれたのは、八ツ半（午後三時）をまわっていたろう。

三次は二十七、八歳に見える。

色のくろい、小柄で引きしまった体軀《たいく》のもちぬしだ。

顔も小さく、あごが尖《とが》っている。

小さな顔の中央に、眉《まゆ》と眼と鼻と口が、かたまっている。耳が猫のように峙《そばだ》っていた。

店先の腰かけにすわっていたお松へ、

「お久しゅう」

声をかけた山猫の三次をじろりと見て、お松は無言のままである。

だが三次は、いささかも怒りの表情を見せず、

「こちらへ、江戸の小頭から、何かつなぎがあったかね？」と、きいた。

声も低くて無表情だ。なんの抑揚もない。

「いなさるよ」

打切棒《ぶっきらぼう》に、お松がこたえた。

「そいつはよかった。入ってもいいかね」

「入らなくては用が足せねえのだろう」

「うむ」

三次は、土間へ入り、屋根裏へあがっていった。雨がふり出したのは、このときであった。

お松は、黙もくとして立ちあがり、木鼠《きねずみ》の吉五郎のための雨仕度をととのえはじめた。

すぐに……。

吉五郎と三次が屋根裏から下りて来た。

お松がわたしてよこす雨合羽《あまがっぱ》に笠《かさ》を身につけた吉五郎が、

「ありがとうよ」

「なあに……」

お松の耳へ口をよせて、

「お頭は、いま小田原にいなさるそうだ」

と、吉五郎がささやいた。

木鼠の吉五郎と山猫三次の二人が、雨の東海道をのぼって行くのを見送っている黒塚のお松の老顔に、一抹《いちまつ》のさびしさがただよっているのを見逃すことはできない。

ここから相州・小田原まで約十二里。

おそらく吉五郎と三次は、雨の中を夜道にかけて、一気に小田原へ駆けつけるつもりなのであろう。

小田原には、首領の雲霧仁左衛門が待っているという。

「今度のお盗《つと》めが名古屋なら、お頭は此処《ここ》まで、来てはくれまい」

お松は、わずかにつぶやいた。

他人の前では無口なお松であるが、ひとりごとが、いまは習癖となってしまっているのだ。

そのころ江戸では、すでに、因果小僧六之助が、船宿〔佐原屋〕へ帰って来ていた。

「どんなぐあいだったね？」

佐原屋の亭主……いや、三坪《みつぼ》の伝次郎がきくと、

「小頭は、あの、六郷の茶店へ出かけなすったが、これといった手がかりもなかったらしい」

「らしい……だが六之助。お前は権太坂《ごんたざか》の盗人《ぬすびと》宿で、小頭と落ち合ったのだろう？」

「うむ……」

「で、小頭は？」

「権太坂で、山猫三次の兄きが来るのを待っていなさる。どうやら、お頭のところへ行きなさるらしい」

「お頭は、いま、どこにいなさるのだろうな？」

「さ、そいつは三坪の人、おれにもわからねえ」

伝次郎は、だまりこんで、煙草《たばこ》をふかしはじめた。

三坪の伝次郎は、雲霧仁左衛門とは昵懇《じっこん》の暁《あかつき》星右衛門に身を寄せていたのを、およそ六年前に、雲霧が、

「わしが手もとで仕こんで見たい」

と、いい出し、星右衛門からゆずりうけた男だ。

以来、伝次郎は、何事も小頭の木鼠吉五郎の指図をうけ、はたらいて来ているわけだが、どうも、自分だけが、

(除《の》け者にされているようで、おもしろくねえ)

ようなおもいが、なかなか消え去らぬ。

そもそも、この六年間に伝次郎が、お頭の雲霧仁左衛門に会ったのは、ただの二回きりであった。

はじめは、〔暁〕から〔雲霧〕へ移って目見《めみ》えの盃《さかずき》をもらったときだ。

場所は、浅草を出外れたあたりの、どこかの寮であって、そのとき三坪の伝次郎は駕籠《かご》に乗せられ、山猫の三次ほか二名にまもられ、連れて行かれたのだから、くわしい場所は今もってわからぬ。

その折、木鼠の吉五郎をしたがえてあらわれた雲霧仁左衛門は、

（これは、雲霧のお頭ではねえらしい……）

と、伝次郎がおもったほどだ。

中肉中背の均整のとれた体軀を、りゅうとした羽織・袴《はかま》につつみ、立派な小刀をたばさみ、一分もすかさぬ武家の風体であった。

六年前のそのとき、雲霧仁左衛門は、まだ四十前のはずであったが、隆《たか》い鼻すじや、笑いをふくんだ切長の両眼のおだやかな光や、細く長く、しかも毛すじのはっきりとした役者のような眉や、

「わしが、仁左衛門。これからは、よろしゅうな」

落ちつきはらった声を伝次郎へかけた様子は、どう見ても、どこぞの大名家の留守居役ででもあるかのように見えた。

品があって、老成の風格があって、しかも物やわらかな態度物腰。

そこで、かための盃をかわすと、すぐに仁左衛門は何処かへ立ち去ってしまった。

「伝次郎どん。末長《なご》う、仲よくやりましょうな」の、一言を残して……。

二度目は、三年前の夏であった。

そのときは、すでに船宿の亭主におさまり、雲霧一味の盗人宿のうち、もっとも大きく、もっともむずかしい江戸の盗人宿をあずかるようになっていた三坪の伝次郎の、

「顔を、ちょと見とうなってな」

ふらりと、仁左衛門が一人きりで佐原屋へあらわれたのである。

この日の仁左衛門は、どう見ても、

(どこその大店《おおだな》の主人《あるじ》だ……)

であった。

髷《まげ》も羽織・着物も履物も、江戸で名をきけばそれと知られるほどの富商に見えた。

口のききようから、物腰も、三年前の武家風とは打って変っていながら、物やわらかな態度のみは、いささかも変らぬ。

(こりゃあ、大変な、お頭だ)

と、伝次郎はそのとき、つくづくそうおもったものだ。

三

雲霧一味の盗賊となって六年。

三坪《みつぼ》の伝次郎は、いまだに、その〔組織〕が、どのように複雑なものか、どこにだれがいて、大仕事をするときには、それらの盗賊たちが、どのような連絡方法ではたらくものか、

(雲をつかむような……)

としか、おもえない。

それに伝次郎は、

（いつまで、このおれに、盗人宿《ぬすびと》の番人をさせておくのだ）

という不満がある。

この六年間に伝次郎は、一度も、雲霧一味の盗《つと》めの現場へ出て行ったことがない。

木鼠《きねずみ》の吉五郎は、

「この江戸の盗人宿は、なまなかの者ではつとまらぬ。なればこそ、伝次郎どんにたのんであるのだから、そのつもりでいてくれ」

と、そういってくれたし、伝次郎もまた、佐原屋の正体を他人の目にふれさせるような失敗《しくじり》は一度もしてはいなかった。

佐原屋ではたらいている船頭や女中たちの半数は、この船宿が盗賊の〔根拠地〕であるなぞとは、

「夢にも、おもわぬ」のである。

それをうまくたばねながら、盗人宿の役目をもぬかりなく果しているのは、やはり三坪の伝次郎の手腕というものであろう。

先日。七化けのお千代が、盗賊改メの密偵となっていた鹿伏《かぶせ》の留次郎に尾行されたのは、伝次郎のあやまちではない。

いずれにせよ、盗賊としてはそれだけの手腕も自負もある伝次郎だけに、商家の主

人や番頭を相手にして、遊び女を周旋したり、親しく近づきになり、それぞれの商家の財産や経営のことにさぐりを入れたりする役目も、なんとなく、「物たりない」のであった。

しかも、だ。

そうした報告を、伝次郎が直接に、お頭の雲霧仁左衛門へするのならばともかく、いっさいは小頭の木鼠吉五郎が伝次郎から聞きとり、木鼠から仁左衛門の耳へ入れるらしい。

顔にも口にも出さぬが、三坪の伝次郎は時折、ふっと、

(おれが苦心をしてさぐり出したことも、小頭の口ひとつで、小頭の手柄になってしまうのじゃあねえか……?)

そうした懸念《けねん》が、わいて来ぬものでもないのである。

さて……。

木鼠の吉五郎と山猫三次が雨の権太坂《ごんたざか》を発《た》った日の午後。八里余をはなれた江戸では曇り空であったが、雨はふっていなかった。

だが翌朝になると、霧のように雨がふりけむっている。

その雨の中を、大川から入って来た舟が佐原屋の船着きへ着いた。

船頭は、先夜、お千代が乗った舟を漕《こ》いでいた老船頭・治平だ。

しい。

治平も雲霧一味で、いまは七化けお千代につききりで、いろいろ世話をしているらしい……というのは、三坪の伝次郎も、お千代が何処に住んでいるのか、それを知らないのだ。

根岸の寮にしても、あれはまさに、室《むろ》町の小間物問屋〔菱屋茂蔵《ひしや》〕のもちものなのだが、菱屋と雲霧一味とは、別に何の関係もない。

関係のない菱屋の別荘を、お千代がつかい、松屋吉兵衛《きちべえ》を、

「たらしこんだ……」

のは、つまり、無断で借用しているのである。

きめられた時刻に、松屋吉兵衛を乗せた駕籠《かご》へ伝次郎がつきそい、根岸の寮へ到着すると、すでに準備はととのっている。

まだ人も入らず、使用もしていない菱屋の、伽藍堂《がらんどう》の別荘の、奥庭の茶室めいた一郭には諸道具がはこびこまれ、なまめいた演出が凝らされているのだ。

そして翌朝になると、元どおりに、それらのもののいっさいが何処かへ運び去られ、あとかたもない。

これは、お千代と治平の二人のみでなし得る仕わざではないのだ。

（いったい、どうして、ああいうまねをするものだか、見てやりてえ）

と、伝次郎はおもうのだが、

（やはり、やめておいたほうがよさそうだ）

おもい直した。

なにしろ、油断がならぬ。

よけいなことをすれば、同じ雲霧一味のだれかの目が、どこで光っているか、

（知れたものではない）

ことを、さすがに伝次郎は肌で感じとっていた。

先日。伝次郎が突如、七化けお千代へ挑みかかったのも、そうした彼の不満やら鬱《うつ》憤《ぷん》やらが、かたちをとってあらわれたのやも知れなかった。

老船頭の治平は、七化けお千代のことばを伝次郎へ、こうつたえた。

「七日のうちに、松屋吉兵衛といっしょに、お千代さんは名古屋へ発ちますそうで」

「ほう、いよいよな」

「明日からは、吉兵衛の世話で、新黒門町の松屋の出店へ移りますよ」

「お千代さんがか？」

「へい」

「そいじゃあ、おれの役目もすんだわけだな」

「へい、へい。このことをどうか、小頭《こがしら》と六之助さんの耳へお入れなすって下せえ」

「よし、わかった。ところで治平どん。お前も名古屋へ行くのかね？」

「へい、へい。お千代さんの鬘《かつら》の世話を、わしがしねえと、ね。ふ、ふふ……」

白粉《おしろい》刷毛《はけ》

一

因果小僧六之助が、権太坂《ごんたざか》の茶店の夜に、木鼠《きねずみ》の吉五郎とかわした密談の内容を、何事にも、

「……らしい」

といって、三坪《みつぼ》の伝次郎へは、くわしく語らなかったのも、

「今夜、此処《ここ》で私がはなしたことは、お前の胸三寸にたたんでおけ」

と、念を押されたからである。

年が若いのに似ず、六之助は、首領の仁左衛門や小頭の木鼠吉五郎から、かなり信頼されているものと見える。

別に六之助は、三坪の伝次郎を警戒してのことではなく、小頭から命じられたとおりにしているまでだ。

なんでも六之助は、七つか八つのころから、雲霧仁左衛門に拾われ、長らく手塩にかけて育てられたということである。

「親も兄弟もねえ、まるで乞食《こじき》の子のようなおれを拾いあげ、これまでに育ててくれたお頭への恩義は、忘れようとて忘れられるものじゃあねえ。おれは、お頭のためになら、いまこのときでも死んで見せる」

いつであったか佐原屋で、六之助は、伝次郎に、そう洩《も》らしたことがあった。

そのとき、色白の、美しい六之助の横顔へ、見る見る血がのぼってきたのを、伝次郎はおぼえている。

「いってえ、お前は、どういうわけあって、お頭に拾われたのだ？」

と、伝次郎が深くきこうとするや、

「なあに、いってもはじまらねえことさ」

六之助は、ほろ苦い笑いをうかべて、語ろうとしなかったものである。

ところで……。

老船頭の治平が帰って行ったあと、三坪の伝次郎は二階にある例の見張りの切穴をもうけた小部屋へあがって行った。

「おや……出かけるのかえ？」

「ああ、ちょいとね」

小部屋で、六之助が雨仕度をしていた。

「どこへ、ね？」

「ちょいと、ね……」

というのみで、くわしくは語らぬ。

こうしたことは、いつものことだが、やはり伝次郎にとっては、

（おもしろくもねえ……）

ことなのである。

（こんな、若僧に……）

自分は、お千代からの伝言をつたえている。それなのに〔若僧〕は、肝心のことになると奥歯に物がはさまったようなこたえをしてよこすのだ。

「六之助。お前、これから……」

にやりと、六之助の胸のうちを見透かすような薄笑いをして、伝次郎は、

「これから、お千代に会うのではねえか？」

「ちがうよ、三坪の」

こともなげに六之助が、

「おれだって、女を抱きてえときもあるのさ」

そうかも知れねえ、と、伝次郎はおもった。

そうおもわせるほどに、六之助のこたえは自然であった。

「三坪の。小せえ舟《の》を借りますぜ」

「いいとも」

「ことによると、今夜は帰らねえかも……」

「好きにしねえ」

と、伝次郎の機嫌はなおっていた。

(どうも、この若僧、憎めねえ)

のである。

小面《こづら》が憎い、と思うのはしばしばなのだが、伝次郎へ〔たのみごと〕をするときなど、六之助の口調は、兄に甘える弟のようになる。伝次郎には、十歳で病死した弟がひとりいた。

照れくさそうに、あたまを掻《か》きながら階下へ下りて行く因果小僧六之助へ、

「気をつけて行きねえよ」

おもわず伝次郎は、やさしい声をかけていた。

「ありがとう、三坪の」

振り返って、梯子《はしご》段から見上げた六之助の顔は二十三歳の若者のそれというよりも、子供のように無邪気なうれしさをたたえ、

「遊ぶときには、じゅうぶん気をつけますよ」

素直であった。

二

間もなく六之助は、自分で小舟をあやつり、雨の大川へ出て行った。

風は、ほとんどなかった。

あくまでも明るい初夏《はつなつ》の雨なのである。

六之助は、神田川から大川へ漕《こ》ぎ出すと、先夜、鹿伏《かぶせ》の留次郎を乗せていた舟の船頭を殺害した御米蔵の石垣の裾《すそ》へ、しばらくは舟をとどめ、笠《かさ》の下から、あたりの様子をうかがっている。

うしろから尾行して来るものはないか、と、うかがっているのだ。

まことに、用心ぶかい。

風もなく、霧のような雨なので、大川を往《ゆ》き来する大舟小舟もすくなくない。

しばらくして、異常はないと見きわめたものか、六之助はふたたび舟を漕ぎはじめた。

なれた手さばきで、休むことなく一気に大川をさかのぼり、これも先夜、七化けお千代の指図によって鹿伏の留次郎を刺殺した場所……橋場の先の洲《す》の葦蔭《あしかげ》へ小舟を着け、またしても、あたりの様子をうかがうのである。

若いに似合わず因果小僧六之助が、雲霧仁左衛門からうけた仕込みは相当にきびしいものだった、と見てよい。

やがて……。

六之助は、葦の蔭から舟を出した。

尚《なお》も、大川をのぼって行く。

左手に見えた橋場の町の人家のつらなりが絶えると、深い木立にかこまれた真崎稲荷《いなり》の社殿や総泉寺の大屋根が、雨の幕の彼方《かなた》にのぞまれる。

六之助の舟は、その真崎稲荷社前の舟着きへ着いた。

す早く舟を舫《もや》った六之助は、まっすぐに稲荷の社へ入って行くではないか……。

正面の鳥居をくぐり、本社前で殊勝げに両手を合わせ、それから六之助は、西門をぬけ、裏の畑道へ出た。

前に、石浜明神の社がある。

その傍の、木立にはさまれた細道を北へたどると、林にかこまれた大きな池があった。

あたりは、見わたすかぎりの畑と雑木林で、浅草も、ここまで出外れると、まるで田園の風景になってしまう。

池のほとりに、百姓家が一つ。

百姓家は、おもても裏も、かたく戸が閉っている。

裏手に、石榴《ざくろ》の花がほころびかけていた。

六之助が、裏の戸をしずかに叩《たた》くと、

「だれだえ?」

老婆《ろうば》の声がした。

「六之助だ」

「おや……」

すぐに、戸が開いた。

変哲もない百姓の老婆の顔がのぞき、

「お入りなせえ」

六之助をのんだ戸が、すぐに閉った。

土間に接した板敷きの炉端で、茶をのんでいた老人は、先刻、佐原屋へあらわれた
船頭の治平であった。

「おや、六さん。先刻《さっき》はいませんでしたね」

と、治平。

「二階で昼寝をしていたのだ。だが、七化けのねえさんからの伝言は、たしかにきい

た」

「お千代さんは下においでだよ。何か、急な用かね?」

「ちょいと、ねえさんに、たのみてえことがあって来た」

うなずいた治平が先へ立ち、奥へ入って行く後から、六之助もつづいた。

奥に納戸《なんど》のような板敷きの小部屋がある。細長くて二坪ほどの部屋だ。

畳一枚ほどの大きさの葛籠《つづら》が二つ重ねておいてあるのを、治平と六之助が傍へ寄せ、板敷きの一部についている鉄の環《かん》を引くと、切穴があらわれた。

治平が先へ地下蔵へ下りて行き、すぐにもどって来ると、切穴の口に待っていた六之助へうなずいて見せた。

うなずき返した六之助が地下へもぐって行くのを見すまし、治平は切穴の口を閉め、その上へ二つの葛籠を元のように重ねて置いた。

地下蔵はひろい。

十坪もあるだろう。

何やら知れぬが、木箱やら、薦《こも》包みの荷物やらがぎっしりと積み重ねられてあった。

その一隅《いちぐう》に、小部屋がひとつ、もうけられてある。

障子も閉ってい、その障子が行燈《あんどん》のあかりにそまっているのだ。

「六之助かえ?」

まぎれもない七化けお千代の声が、障子の内からきこえた。

「へい。六之助です」

「何の用だえ？」

「さしせまってのことではねえのですが……」

「お前、小頭と何処《どこ》かへ行ったそうじゃあないか」

「へい」

六之助が障子の外で、いちいち、あたまを下げる。

彼は、三坪《みつぼ》の伝次郎よりも、お千代のほうに敬意をはらっていることがよくわかる。

それは、とりも直さず、雲霧一味におけるお千代の位置をしめすものといってよいだろう。

「それはね、あねさん……」

「いってごらん。私にいうのなら大丈夫。お頭だって、とがめやぁしないよ」

「へえ……実はね、この間の、鹿伏の留次郎のことで……」

「あいつは、私が佐原屋へ入るところを、どこかで見ていたらしい」

「というのは、ねえさん。どうやら、それは見当ちがいらしい」

「なんだって……？」

「そりゃあ、ねえさんが、佐原屋から舟で出て行くところを留次郎が見かけたのは、たしかでしょうが……その前に、留次郎は、駒寺《こまでら》の利吉と会い、佐原屋のことをきいていたらしいので」

「こまでらの……」

「へい。もとは暁星右衛門お頭の下にいた男だそうですよ」

「ほう……それなら、三坪の伝次郎の顔を見知っているはずだ」

「ですから、ねえさん。もしやすると利吉の野郎が三坪の人の顔を見かけて後をつけ、佐原屋へ入るのを見とどけたのかも知れませぬぜ」

「なるほど……」

「それをきいた留次郎が、柳原土手の下で佐原屋を見張っているうち、ねえさんが出て来た……」

「と、そうなるねえ」

「へい」

「それで、お前のたのみごととはえ？」

「やってみなくてはわからねえのだが……」

「ははあ……その駒寺の利吉を見つけ出せと、小頭からいわれたのかえ？」

「お察しのとおりで」

「人手が足りないのか？」

「足りなくなるかも知れねえので……そのときはねえさん、三人ほど、あつめてもらいてえのだが……」

「それは、お前の一存かえ？」

「へい。小頭は何事も、まかせてくれました」

「よし。引きうけたよ」

「ときに、ねえさん……」

「なんだえ？」

「近《ちけ》えうちに、いよいよ名古屋へ行きなさるそうで……」

障子の外から声をかけた因果小僧六之助に、お千代のこたえはなかった。

六之助は、うつ向いている。

うす暗い地下蔵の中にいる六之助の表情は定かではなかった。

ややあって……。

障子の内から、お千代のふくみ笑いがもれてきた。

「ね、ねえさん……」

「六や。障子を開けて、こっちへお入り」

「かまいませんか」

「いいともさ」

障子を開けて見て、六之助が立ちすくんだ。

三

それから一刻《いっとき》(二時間)ほどを経てから、因果小僧六之助が地下蔵の切穴の下の綱を引いた。

この綱は、上の百姓家の何処かへつなげられてい、

「開けてくれ」

の、合図をするらしい。

老船頭の治平が、葛籠《つづら》を退《の》け、切穴の蓋《ふた》を開けて、

(……?)

おもわず、息をのんだ。

顔面蒼白《そうはく》となった六之助が、ぼんやりとあがって来たからである。

その、青い六之助の額に、べっとりとあぶら汗が浮いていた。

「六さん。どうしなすった?」

「む……」

わずかにかぶりを振って六之助が、

「別に……なんでもねえ」

顔をそむけるようにして、

「爺《とつ》つぁん。また、来るぜ」

そそくさと土間へ下り、百姓の老婆《ろうば》が戸を開けると、雨の中へ出て行った。

「治平どん。六さんは、どうかしたのかね？」

老婆のおもんがいった。

おもんと治平は、おもて向き百姓の老夫婦として、七年ほど前から、ここに住みついている。

この家と小さな畑を、首領の雲霧仁左衛門が手に入れてくれ、治平とおもんを住みつかせた。

ここは、江戸における雲霧一味の〔盗人宿《ぬすびと》〕の中で、もっとも古い。

「いったい、六さんは……？」

「なんでもねえよ」

事もなげに、治平が、

「わしは、ちょいと下へ行って来る」

「お前さんが尾張《おわり》へ行ってしまうと、なんだか心細くなるよ」

「心配はいらねえ。お頭が、かわりの人をよこして下さる。それにな、おもんさんよ。

来年……いや、おそくも再来年のいまごろには、わしもまた、此処《ここ》へ帰って来られるだろうよ」

治平が地下蔵へ下りて行くと、おもんが切穴の蓋をしめ、葛籠を元どおりにした。

治平は、お千代がいる部屋の前へ立った。

と……。

それまでともっていた行燈《あんどん》のあかりが、急に消えた。

お千代が吹き消したのである。

長い間、黙りこんだまま治平は、其処《そこ》に佇《たたず》んでいた。

沈黙をやぶったのは、お千代のほうからであった。

「もし、治平どん。何か、いいたいことがあるなら、おいいな」

「お千代さん……」

「なんだね」

「お前さま、六之助をからかいなすったね」

「……いけないかえ」

「仲間内の色事は、御法度《ごはっと》でございますよ」

「だから、お頭や小頭に、いいつけようというのかえ」

「とんでもねえ。わしが、お前さまを売ることなぞ、とてもとても出来るものじゃあねえ」

「いってもいいよ、お頭に……いいえ、いってもらったほうがいいのさ」

「なんでごぜえますって……？」

お千代は、もう、こたえぬ。

治平に「入れ」ともいわぬのである。

ややあって、治平が、ためいきを吐《つ》くように、

「やっぱり、お前さまは、お頭に抱いてもらいてえのだねえ」

と、いった。

お千代の返事はなかった。

そのころ……。

因果小僧六之助は、舟を大川の東岸へ着けていた。

六之助は、源森《げんもり》川に沿った中《なか》ノ郷《ごう》の道をまっすぐ、東へ急いでいる。

朝のうちからくらべると雨が強くなりはじめてきていた。

(と、とんだことをしてしまった……)

六之助は、血がにじむほどに唇を嚙《か》みしめている。

おもいもかけぬことであった。

(あのとき、おれは、どうかしていたのだ……)

お千代に「入れ」といわれ、障子を開けて見ると、お千代は双腕《もろうで》をぬぎ、鏡の前で化粧にかかっているところであった。

「あ、こいつはどうも……」

あわてて外へ出ようとする六之助へ、お千代が、

「手つだっておくれな、六之助」

と、いう。

「へ……?」

「さ、これをお持ち」

お千代が、しなやかな右腕をさしのべた。

その右手が、白粉刷毛《おしろいはけ》を持ち、六之助へ受け取れ、と、いっているのだ。

「こ、これを……?」

「えりあしから背中へ、白粉を刷《は》いておくれ」

お千代の背中が、うす汗をにじませて、六之助の眼の前にある。

白粉刷毛を持った六之助の手は、ぶるぶるとふるえた。

ふるえながらも、お千代の命じるままに、背中へ白粉を刷くと、お千代が急に振り向いた。

こんもりともりあがった二つの乳房が、六之助の鼻先へ近寄ってきて、

「さ、今度は、この乳へ白粉をつけておくれ」

六之助は、眼がくらんだ。

その耳へ、お千代の熱いくちびるが押しつけられ、

「六や。可愛《かわい》いよ」

と、ささやいてきたものである。

あとはもう、よくおぼえてはいない六之助であった。

恐怖

一

この日の昼下りになって……。

因果小僧六之助の姿を、柳島村の妙見《みようけん》堂の境内で見ることができる。

このあたりは、現代の東京都墨田区業平《なりひら》五丁目の辺になる。

日本橋から一里十八丁。

当時は、江戸の郊外といってもよい。

七十年ほど前の明暦の大火で、江戸市中の大半が焼野原となって以来、このあたり

へも大名や武家の下屋敷が移ってきたし、したがって他の家も増え、人もあつまるようになったが、市中の繁華が嘘《うそ》のようにおもわれるほど、いまも田園の風趣をうしなっていない。

大川から入りこんだ源森川が、いったん区切れ、押上《おしあげ》村の北をながれる十間川と本所の竪《たて》川とをむすぶ天神川が、ちょうど合致する角地に、柳島の妙見堂がある。

本尊は申すまでもなく、北斗星を本地として国土を守護する妙見菩薩《ぼさつ》であるが、その由来はあきらかでない。

むかし、徳川初代の将軍・家康《いえやす》が、この地へ狩猟に来たとき、境内の松の大樹を見て、

「みごとなる松じゃ。これより、鏡の松と号させよ」

と、いったそうで、その松はいま〔影向《えこう》松〕とよばれ、堂前に、枝を張りひろげている。

六之助は、妙見堂前の柳島橋の西たもとにある茶店で、酒をのんでいた。

徳川家康が、ここへ来たときは、妙見堂も、これを安ずる日蓮宗《にちれんしゅう》・法性寺《ほうしょうじ》も、わら屋根であったらしい。

しかし、いまは、

「霊験《れいげん》いちじるしとて、詣人《けいじん》常に絶えず」

というわけで、同じ境内の妙見堂も法性寺も堂々たる瓦《かわら》の大屋根に変っている。

雨は、熄《や》んでいた。

参詣《さんけい》の人びとも、すこしずつ増えて来たようだ。

酒をのみながら、六之助は、どうやら先刻の、七化けお千代とすごした無我夢中のひと時を懸命に忘れようとしているらしい。

雲霧一味は、仲間どうしの情事を堅く禁じられている。

それを破ったことは、

（お頭《かしら》にそむいたことになる）

のであった。

お千代は、

「六や。心配をしなくともいいよ。この家なら大丈夫。治平やおもんは、決して、私にそむくようなことはないのだから……」

と、いってくれた。

（ねえさんが、そういってくれたのだから……）

いまは、その言葉に、

（たよるよりほかに、道はねえ）

そうおもうと、六之助の肚《はら》も決ってきたようだ。

「ちょいと、こっちへ来ておくれ」

茶店の奥の、十間川を見わたす座敷の片隅にいた六之助が、茶店の老爺《おやじ》を手まねきした。

「へい。何ぞ、ご用で？」

「ま、すくないが、これを取っておいて下さい」

と、六之助が、おだやかな、やさしい声でいい、紙に包んだ〔こころづけ〕を老爺の手へわたし、

「そこで、ちょいと、ききたいことがあるのですがね？」

「へい。何のことで？」

「この近くに、百姓の喜右衛門というお人がいなさるかね？」

「ああ、それなら……」

うなずいた老爺が、

「法性寺さまの裏の、竹藪《たけやぶ》の傍に住んでいますよ。お前さまは、喜右衛門さんのお知り合いかね？」

「いや、喜右衛門さんのせがれの、利吉さんに、以前、世話になったことがあってねえ」

「へえ。そういえば……」

おもい出したように茶店の老爺が、

「つい三日ほど前に、きいたのだが……」

「何を、ね?」

「この近くの百姓で、弁治《べんじ》というのと、わしは知り合いでね。その弁治と天神橋のところで行き逢《あ》ったとき、弁治がいうには……」

いいさして、老爺が口をつぐんだ。

因果小僧六之助は、二度目の〔こころづけ〕を老爺の手に握らせた。

「私には何でもはなして下さいよ。私はね、利吉さんの友だちなのだから……」

「そうですかね。いや、わしは別に、喜右衛門さんとも、せがれの利吉さんとも口ひとつきいたわけではないのですがね。弁治は利吉さんと、なんでも幼な友だちらしい」

「そうですか。それで?」

茶店の老爺は、天神橋のたもとで百姓の弁治に出合ったとき、弁治が、いつもの畑へ出ている姿ではなく、余所《よそ》行きの身なりをしていたので、

「おや、何処《どこ》へ行って来たね?」

何気なしにきくと、弁治が、

「ちょいと、薬を買いに行って来た」

と、こたえた。

「だれか、悪いのかね？」

「いや、家《うち》のもんではねえよ。友だちにたのまれてな」

「友だち？」

「うん。ほれ、法性寺さまの裏の、喜右衛門のせがれよ」

おもわずいってしまってから弁治が、喜右衛門の、あわてて、

「いまのことは、だれにもしゃべらねえでくれ」

と、いう。

「ああ、いいとも」

老爺は、かるくうけ合った。

だが、あとで考えて見ると、喜右衛門のせがれの利吉について、これまで耳にしたこともなく、近辺のうわさでは、喜右衛門はここ数年、たった独りきりで暮しているそうな。

とすれば、数年ぶりに、せがれが帰って来たことになる。

それも、父親の家へ、何やらの事情があって身を隠しに来たらしい、と、想像がつく。

そして、そのせがれは躰《からだ》をこわしているらしいのだ。

二

茶店を出たとき、六之助は昂奮《こうふん》していた。

(これほどに、うまく事がはこぼうとは……)

おもいもかけぬことであった。

六郷川の茶店〔椎《しい》の木屋〕の亭主で、もとは暁星右衛門配下の盗賊だった大師《だいし》の徳蔵が、木鼠の吉五郎に洩《も》らしたところによれば、

「お役にたつかどうか、それはわからねえが……利吉の身内は、たった一人、柳島の妙見堂の近くで百姓をしている父親だけだと、利吉がわしにいったことがござんすよ」

と、これだけが、手がかりだったのである。

大師の徳蔵は、かつて同じ〔お頭〕のもとに盗みをはたらき、同じ釜《かま》の飯を食べた駒寺《こまでら》の利吉が、なんと仲間を売る〔狗《いぬ》〕に成り下ったとききき、木鼠の吉五郎に、

「雲霧の小頭。そいつは、わしらに代って、利吉のやつを、この世から消してしまって下せえ」

と、いったものだ。

木鼠の吉五郎から、それをきいた因果小僧六之助が、今日、柳島妙見堂へあらわれ

たのも、そのおぼつかない手がかりをさぐって見ようとしたからである。

ところが、どうだ。

「ものはためし……」

と、酒をのみに入った茶店の老爺《ろうや》へさぐりを入れてみると、おもいもかけなかった情報が飛びこんで来たではないか……。

六之助は昂奮のあまり……といっても、それを顔にはあらわさなかったけれども、おもわず調子に乗り、いろいろと聞き出してしまった。

考えようによっては、これは危険なことなのである。

妙見堂門前の茶店の老爺は〔こころづけ〕しだいによって、しゃべってはいけないことまでも、それまでは見も知らなかった六之助へ語ったのだ。

このつぎに、老爺が百姓の弁治と出合ったりしたら、何をいい出すか知れたものではない。

「この間、見知らぬ若い男が来て、しきりに、喜右衛門さんのせがれのことをきいていたよ」

などと、弁治にいわぬものでもない。

そうなれば、弁治はおそらく、そのことを駒寺の利吉へ告げるにちがいない。

すると、利吉は、

「嗅《か》ぎつけられたか……」

たちまちに警戒を深め、父親の家を出て、別の場所へ姿を隠してしまうであろう。

(おれが失敗《しくじり》をしたわけではねえが、こうなったら、事を急がなくてはいけねえ)

と、六之助は考えた。

妙見堂門前から、六之助は、ふたたび、お千代の隠れ家《が》へ取って返したのである。

それが夕暮れどきであった。

ちょうどそのころ……。

押上村の百姓・弁治が畑仕事の帰りに、柳島の妙見堂へ参詣《さんけい》に来て、門前の茶店の前を通りかかった。

「おおい。弁治でねえかよ」

いつでも口がむずむずしている茶店の老爺が声をかけ、

「まあ、ちょいと、こっちへおいで」

「何だね?」

と、弁治。

「ちょいと、お前に、いうてきかすことがあるよ」

「何だね?」

「今日な、妙な男が此処《ここ》へ来てな」

「妙な男……？」

「そうよ。しきりに、喜右衛門さんのせがれのことを、根掘り葉掘り、きいていたっけよ」

「なんだって……ほんとうかね」

「ああ、ほんとうだとも」

「爺《じい》さんは、おれがいったことをしゃべったのかね？」

「うんにゃ、しゃべらねえ。向うが勝手にきいてきた。だって弁治よ。喜右衛門さんのことまで、わしも隠すわけにはいかねえ。わしが隠したってよ、ほかのところできけば、すぐにわかることだ」

「ふむ……ほんとうに、利吉が帰って来たことを、しゃべってはいねえのだね」

「しゃべらねえ、しゃべらねえ」

「爺さん。よく、きかせてくんなされた」

「なあに……」

「さよならよ」

と、百姓・弁治は、そこからすぐさま、法性寺裏の喜右衛門宅へ駆けつけて行った。

それを見送って茶店の老爺が、

「わしは何も知らねえ、何も知らねえ。それにしてもよ、このわしは胸にたまったことを、そのままにしておけぬ性質《たち》でなあ」

つぶやいていた。

夕暮れになって、わずかに風が出てきた。

その風が、どうやら雨をふくんでいるようだ。

弁治は竹藪《たけやぶ》をぬけ、喜右衛門の家の裏手へ出た。

老百姓の喜右衛門が、井戸で水をくみあげているところであった。

「おや、弁治でねえか。たびたび、すまねえのう」

「利吉はいるかね？」

「さ、早く……」

弁治と共に中へ入って、喜右衛門は堅く戸を閉めた。

駒寺の利吉は、この父親の家の屋根裏に潜んでいた。

三十二歳の弁治と同じ年ごろに見える利吉は、青ぐろく浮腫《むく》んだ顔をして、ぐったりとふとんの上へころがっていた。

「弁治か……ちょうど、いいところへ来てくれた。また、神田の薬屋へ、薬を買いに行ってもらおうと、おもっていたところだ」

と、起きあがった利吉へ、

「そりゃあ行きもしようが、利吉……」

「なんだ？」

「実は、な……」

「なんだ。何かあったのか？」

そこで弁治が、茶店の老爺から耳にしたことを告げるや、駒寺の利吉の顔色が変った。

三

「このことは、親父《おやじ》にいわねえでくれ」

と、利吉がいった。

「わかってるよ、利吉」

灯《あか》りも入っていない屋根裏の夕闇《ゆうやみ》の中で、駒寺《こまでら》の利吉の横顔に、ありありと恐怖の色がにじみ出てきている。

「お前。だれかに、追われていると、おれにはいったが……」

「弁治。幼な友だちのお前だから、正直にいったのだ。だからこそ、ここへ隠れてから、親父へたのみ、お前に来てもらったのだ」

ところで利吉の右腕は、肘《ひじ》のところから切断されていた。

これは彼が、暁星右衛門からはなれて〔独りばたらき〕をはじめるようになってから一年後のことであったが……。

かねて、ねらいをつけていた上野仁王門前の料理屋〔松坂屋源七〕方へ、利吉がひとりで潜入したことがあった。

利吉は先《ま》ず客になって入りこみ、酒食を終えて、勘定をすまし、帰りかけるときに厠《かわや》へ入った。

厠を出てから、利吉は裏手の物置へ潜み隠れ、夜がふけるのを待ち、松坂屋の人びとが寝しずまってからうごきはじめた。

そして、松坂屋の帳場の奥にある小部屋へ忍びこみ、ここの金箪笥《かねだんす》へ手をかけたとたんに、

「曲者《くせもの》！」

飛びこんで来た男が、ぬき打ちに切りつけて来た。

「あっ……」

身をかわしたが、かわしきれず、このときに利吉の右腕が切り落されたのである。

この男は、松坂屋の縁者で、本所二ッ目に道場をかまえている清水某《なにがし》という剣客だったそうな。

駒寺の利吉は、必死で逃げた。

いま、おもい返してみても、

（よく逃げられたものだ……）

つくづくと、そうおもう。

そして、これが、利吉の不運の第一歩であった。

利き《き》腕が無くなってしまったのだから、独りばたらきは不可能だし、そうなればまた、他の盗賊の下ではたらくこともできない。

利吉が、暁星右衛門の手もとをはなれたのは、盗み金の分け前に不満を抱いたからで、

（おれの手で盗《つと》めをして、それをおれ一人のものにするのが、いちばんいいのだ）

と、決心して独りばたらきをはじめたのだ。

それなのに利吉は、小金をかすめ盗《と》っては、そのたびに追いかけられるようなはたらきしか、できなくなってしまった。

さらに、そこへ病が出た。

どうやら、労咳《ろうがい》（肺結核）らしい。

世をはばかる身であるから、医者をきめて、長い治療をうけるわけにもゆかぬ。

売薬にたよりながら、利吉は、

（なんとかして、まとまった金がほしい。そうしたら、柳島の親父のところへ帰り、

ゆっくりと、この躰《からだ》を癒《なお》すことができる)

と、おもいつめた。

おもいつめながら、何度も危険をおかして、小さな盗みをはたらいて来た。

これまでに、お上《かみ》の御縄にかからなかったのが、

(ふしぎなほどだ)

なのである。

そうしたときに駒寺の利吉は、火付盗賊改方の密偵になっていた鹿伏《かぶせ》の留次郎に声をかけられた。

それは、浅草寺境内の雑踏の中においてであった。

留次郎の元の〔お頭〕だった雲霧仁左衛門と、利吉の元の〔お頭〕である暁星右衛門は親交が深いわけだから、留次郎と利吉は、かつて顔見知りの間柄だ。

もとより利吉は、留次郎が、

「お上の密偵《いぬ》になっていようとは……」

知るよしもない。

留次郎も自分と同じ〔独りばたらき〕となってから、盗賊改方に捕えられたが、役宅へ連行される途中で縄を切って逃げ終《おお》せた、と、耳にしていた。

これは盗賊改方が、そうしたうわさを、わざとながしたのである。

「留次郎どん。無事でいなすったか……」

「お前も、な」

留次郎は一瞬のうちに、利吉の右腕がないことと、彼が病に蝕《むしば》まれていることを看《み》てとった。

「ま、久しぶりだ。いっぱい飲《や》ろうじゃあねえか」

留次郎は利吉を、奥山の茶店の奥座敷へさそった。

このとき鹿伏の留次郎は、利吉の口から、暁星右衛門の動静をさぐり取ろうというつもりであった。

留次郎が、しきりに酒をすすめ、だいぶんに酔いがまわってきた利吉へ、

「お前。金がほしくはねえか?」

と、もちかけた。

「そりゃあ、ほしい。おれをお前さんがつかってくれるとでもいうのかね?」

利吉が眼をかがやかし、

「たのむ。たのむから、助《すけ》ばたらきにつかって下せえ」

「まあ、待て。それよりも、おれのいうことをきいてくれ」

おもいきって鹿伏の留次郎が、いまの自分の正体を明かし、

「その躰では、もう、お盗めはできねえ。おれがついていて悪いようにはしねえから、

おもいきってお上の御用にはたらけ。金は、じゅうぶんに出してもらう」

そういわれて、はじめはおどろいた利吉も、しだいに胸がさわいできた。留次郎のいうとおりだとおもったが、しかし、そのときには決心がつかなかったのである。

「お役にたてねえこともねえが……」

こういったとき利吉は、半月ほど前に、左衛門河岸《がし》の船宿〔佐原屋〕へ入って行くのを見かけた三坪《みつぼ》の伝次郎のことをおもい出した。

十間川の闇《やみ》

一

暁星右衛門から雲霧仁左衛門が、三坪の伝次郎を、

「もらいうけた……」

ことは、駒寺《こまでら》の利吉も知っている。

（この、佐原屋という船宿は……？）

しばらく、対岸の柳原土手で見ていると、

（どうやら、伝次郎どんは、あの船宿の亭主に化けているらしい……）

そのようにおもえた。

（とすると……あの船宿は、雲霧一味の盗人宿《ぬすびとやど》か……）

うらやましい、と、おもった。

利吉が、そこまで見きわめたのは、

（もしやして、伝次郎どんにたのんで見たら、おれのような不具者でも、つかってくれるかも知れねえ）

と、考えたからだ。

しかし、結局は、

（いや、だめだ。雲霧のお頭ほどのお人が、こんなやつを、とても、つかってくれるものではねえ）

絶望に胸を嚙《か》まれ、利吉は柳原土手から腰をあげたのであった。

（このことを、鹿伏《かぶせ》の留次郎どんへ洩《も》らしたら、いくらになるだろう）

そうおもうと、矢も楯《たて》もたまらなくなってきた。

つまり、それほどに、駒寺の利吉は追いつめられていたのだ。金はないし、病気は悪くなるばかりだ。

おもいきって、利吉は、

「留次郎どん。もしも、おれが、三坪の伝次郎どんの居場所を教えたら、いくら、くれるね？」

　切り出してみた。

「そりゃ、ほんとうか……？」

　留次郎の眼の色が変った。留次郎とて、いまの伝次郎が雲霧一味になっていることはよくわきまえている。

「何処《どこ》だ？」

「すぐには、いえねえ」

　と、利吉がうす笑いをうかべ、捨鉢に、

「くれる金《もの》しだいだよ、留次郎どん」

「わかった」

　留次郎は、沈思した後に、

「その金は、おれが盗賊改メから出してもらうのだが、掛値なしのところをいおう。二十両で、どうだね？」

「ふうむ……」

　二十両といえば、庶民の家族が二年間は、らくらくと暮して行けるほどの金であった。

（高い薬をのんで養生をしても、半年は、ゆっくりと暮せるし……柳島の親父《おやじ》にも小づかいをやれるし……）

いますこし、高く吹きかけて見ようとも考え、

「ま、もうすこし、考えさせてくれ」

「いいか、利吉。このことは、おれの胸三寸におさめておく。決して他にはもらさねえ。だから安心をしろ」

「うむ……そいつは、わかった」

「では二十両でいいな。どうだ、え？……あ、そうか、二十両では不足なのか？」

「む……おれだって、これほどのことを打ちあけるのだからね」

そこで二人は、三日後を約したのである。

利吉は、

「もうすこし、考えてみてえ」

といい、留次郎は、

「なんとかもう少し、出してもらうように、たのんで見る」

と、いった。

そして、三日後の夜。

二人は、柳原土手の〔柳の森稲荷《いなり》〕の鳥居前で落ち合ったのである。

その日の夕暮れどきに、盗賊改方の門前で、鹿伏の留次郎が、同心・高瀬俵太郎と

出合っている。

この夜、留次郎は利吉に、二十五両をわたすことにした。

利吉は、その金でなっとくをし、船宿〔佐原屋〕の一件を留次郎へ告げた。

佐原屋は、柳の森稲荷から目と鼻の先である。

「そうか、すこしも知らなかった……」

留次郎は昂奮《こうふん》した。

そして二十五両のうち、半金の十三両を利吉へわたし、

「明日の朝、もう一度、ここへ来てくれ。そして、お前といっしょに三坪の伝次郎の顔を見たら、残りの十二両をわたす」

と、いった。

利吉に否《いな》やはない。それが、この世界の定法だからである。

翌朝、また落ち合い、二人が柳原土手から見張っていると、三坪の伝次郎を見かけるよりも先に、七化けお千代が神田川を舟でやって来て、佐原屋へ入って行くのが見えた。老船頭の治平も見えた。

この二人の顔なら、かつては雲霧一味だった鹿伏の留次郎が、

(見忘れようもねえ)

のである。

「よくわかった。利吉、ありがとうよ」

留次郎は残り十二両をわたし、

「お前の気が向いたら、いつでもいい。おれと会ってくれ」

と、手筈《てはず》をつけ、

「さ、早く行ってしまいねえ。お前に傷をつけたくねえから……」

と、利吉を去らせた。

そして、この日の夕暮れに、留次郎は雇った小舟で七化けお千代を追跡し、因果小僧六之助に殺害《せつがい》されたのであった。

まだ、浅草のあたりをうろついていた駒寺の利吉は、そのうわさをきいて、

（し、しまった……）

青くなった。

（留次郎どんは、雲霧一味に見つけられたのだ。そうなると、おれの身も危ねえ）

裏切り者への制裁は、雲霧や暁のような大盗賊になればなるほど、追及がきびしく、苛烈《かれつ》なのだ。

利吉は二十五両をふところに、あわてて柳島村の実家へ逃げて来たのである。

二

はなしを、柳島村の百姓・喜右衛門宅へもどそう。

自分のことを、妙見堂門前の茶店の老爺《おやじ》からきき出したという若い男が何者か、それは利吉も知らぬ。

（だが、もう火がついて来やがった……）

本能的に、利吉は危険を感じた。

（あれほど、かたく口どめをしておいたのに、この弁治のやつは、ちょろりと、茶店の老爺に、おれのことをもらしてしまやぁがった……金もやってあるし、たのみにしていたのに、素人《しろうと》は、これだからだめだ）

舌うちをしたいおもいをこらえ、

「なあ、弁治。いまとなっては、お前をたよるよりほかに道はねえ」

いいつつ、一両小判を出し、

「さ、これを取っておいてくれ」

「こ、こんな大金を……」

「ま、いいからよ」

むりにつかませておいて、

「どこか、おれを、かくまってくれるところはねえだろうか？」

「そ、そうだなあ……」

弁治も金一両には飛びつきたいおもいだし、それに、

(おれが、うっかりと口をすべらしたのがもとだ)

という後悔もある。

そして、労咳《ろうがい》の病にとりつかれ、体力も気力もうしない、おとろえきっている幼な友だちを気の毒におもった。

子供のころ、おとなしい弁治が、あたりの子供たちにいじめられているのを、駆けつけて来て助けてくれたのは、利吉だけであった。

「よし。渋江村に、女房の実家《さと》がある。そこへ、たのんで見よう」

「そ、そうか。たのむ」

「すぐに行って来るよ」

「待ってくれ、弁治。それじゃあ間に合わねえ。おれも一緒に行く」

「だって、お前……」

「よし、ことわられても仕方がねえ。一時《いっとき》も、ここにはいられねえのだ」

「利吉。いってえ、お前は、だれに追われているのだよう?」

「だから、悪い奴《やつ》に追われていると、いったじゃあねえか」

「どんな悪い奴にだよう」

「そんなことをはなしている暇はねえ。たのむから、早く……」

「では、行って見べえか」

「親父《おやじ》には、気ばらしにお前の家《ところ》へ遊びに行くということにしておいてくれ」

「ここのとっつぁまは、お前が悪い奴に追われていることを知っているらしいな」

「それだけはいってある。親父は、あまり、くわしいことをききたがらねえよ」

渋江村（現・葛飾《かつしか》区立石）は、当時の西葛飾郡で、柳島村からは二里足らずのところだ。

こうして……。駒寺《こまでら》の利吉が百姓・弁治につきそわれ、父親の家を出たとき、夜に入ろうとしていた。

雨は、すっかりあがってい、初夏の空は暮れそうでいて、なかなかに暮れない。

「これを、持って行けよ」

喜右衛門が、提灯《ちょうちん》を利吉へわたした。

「うむ。弁治のところで遊んで、すぐに帰ってくる」

そういって、父親の顔を見た利吉が、眼を伏せた。

喜右衛門は、うなずきながらも、万感のおもいをこめ、このひとり息子を見つめていた。

（親父は、何もかも見とおしているらしい）と、利吉は直感した。

もちろん具体的に知っているはずはないが、そこは父親のことだ。利吉が〔悪の世界)で生きて来たことをさとらぬわけがない。利吉を追いかけている奴が〔悪い奴〕なら、利吉も〔悪い奴〕だということを、喜右衛門は知っていたにちがいない。利吉は、逃げるように其処《そこ》をはなれて行った。

ちょうど、そのころ……。

因果小僧六之助は、屈強の男を三人ひきつれ、舟で柳島村へ近づきつつあった。

この男たちは、いずれも雲霧一味の〔下ばたらき〕をしている。

ちからも強く、体軀《たいく》も大きい。

七化けのお千代が、あつめておいてくれたものだ。わずか半日のうちに、お千代は何処からか彼らをあつめた。

三人とも、六之助が見たことのない男たちであった。

柳島から駆けもどって来た六之助を、老船頭の治平が案内し、橋場の浅茅原《あさじ》に待っていた男たちへ引き合せたのである。

十間川を下って妙見堂に近い岸辺へ舟をつけ、

「さ、こっちだ」

六之助が先へ、舟から飛び出した。

六之助は、有無をいわせず駒寺の利吉をつかまえ、そのまま誘拐《ゆうかい》してしまうつもりだ。

「一人は舟に残っていてくれ。それからみんな、血をながすのはごめんだぜ、いいな、わかったな」

弁治と利吉が竹藪《たけやぶ》をぬけ、十間川辺りの道へ姿をあらわしたのは、このときであった。

三

このとき駒寺《こまでら》の利吉と弁治が、舟からあがって来た六之助たちを見ても、何食わぬ顔で、ゆっくりと通りすぎてしまったら、六之助もこれを見のがしてしまったやも知れぬ。

六之助はまだ、利吉の顔を知らないし、まして右腕が無くなったこともきいてはいない。むろん、弁治を見知っているわけでもない。ただ、百姓・喜右衛門の家をたしかめているにすぎない。

だが……。

利吉のほうでは、突然、河岸の向うから道へ躍り出した三人の男たちを見かけた瞬間に、

（あっ。おれを殺しに来やがった……）

と、直感した。

そして、

「いけねえ、逃げろ」

と、弁治に声をかけ、必死で逃げにかかったのである。

これを見て因果小僧六之助が、これもさすがにそれと察して、

「あっ、野郎だ。逃がすな」

と、叫んだ。

「わあっ……」

両手を泳がせ、夕闇《ゆうやみ》を掻《か》きわけるようなかたちで逃げ出す百姓・弁治の脳天を、男の一人が棍棒《こんぼう》で撲《なぐ》りつけた。弁治は、たちまち気をうしなって転倒する。

駒寺の利吉は、

(家へ逃げて、親父《おやじ》に迷惑をかけてはいけねえ)

と、おもったのであろう。

十間川沿いの道を西へ逃げた。

川へとびこんでもよかったのだが、生憎《あいにく》、利吉は泳ぎを知らぬ。衰弱しきった躰《からだ》に鞭《むち》打って逃げる利吉へ、

「それっ……」

別の男が棍棒を投げつけた。

風を切って飛んだ棍棒は利吉の足へからみついた。

「あっ……」

のめりこむように倒れた利吉が、もう、助かりたい一心で、無我夢中となり、

「た、助けてくれえ……ひ、人殺し、人殺しい……」

悲鳴をあげたものである。

六之助と二人の男が、折り重なるようにして利吉へ飛びかかった。

そのとき、闇を切り裂いて疾《はし》って来た石塊《いしくれ》が、六之助の頭へ命中した。

「あっ……」

かなりの衝撃をうけて、六之助が頭を抱え、ひざをついた。

「ど、どうしなすった?」

男の一人が六之助へ声をかけながらも、利吉を押えこみ、もう一人の男が、棍棒を振りあげた。

「ひと、人殺しい……」

利吉も、くびをふり、手足を激しくうごかし、抵抗しつつ、

「助けてくれえ……」

わめきつづける。

いまは、ほとんど夜の闇が下りて、あたりに人影もないけれども、ぐずぐずしてい

たら、どんな邪魔が入らぬともかぎらない。雲霧一味は、あわてはじめた。

いや、すでに邪魔が入っていたのである。

岸辺の道を駆けて来た黒い影が一つ。

「何事だ。退《の》けい!!」

すばらしい大喝をあびせかけてきて、男の一人が、もんどり打って投げ飛ばされた。

「だれだ、てめえは……」

「怪しい奴《やつ》め」

「な、何を……」

別の一人が棍棒をふるって撲りかかるのへ、

「ばか!!」

身をひねりざま、事もなげな抜き打ちの一閃《いっせん》。

「ぎゃあっ……」

ふかぶかと胴を切り払われた男が棍棒を投げ出し、仰向《あおむ》けに倒れた。

このとき……。

因果小僧六之助が、ふらふらと立ちあがった。石塊に頭を撃たれ、あやうく失神するところであった。

（こ、これは、どうしたことだ……？）

正気に返った六之助の眼の前で、一人が投げ飛ばされ、一人が斬《き》り倒された。

「ち、畜生……」

ふところの短刀を引き抜いた六之助を、黒い影がじろりと見て、

「いのちが惜しくないのか」

と、いった。

さむらいである。

短い袖《そで》の着物に、軽衫《かるさん》のような袴《はかま》をつけ、大小を横たえた姿は、浪人のように見えた。

「う……」

六之助は、たちすくんだ。

いつものような機敏さで頭脳《あたま》もはたらいてくれないし、躰もうごかぬ。

はじめに投げ飛ばされた男は、どこかを強く打ったらしく、うなり声を発してはいるが、立ちあがれないようだ。

そこへ……。

小舟の中に待機していた男が、岸辺の道の物音をきき、

（何か起ったらしい……？）

舟から岸へあがって来た。

　このように書きのべてくると、かなりの時間が経過しているようにおもえようが、六之助たちが舟からあがったときから、ものの三分とたってはいない。

　浪人は、駒寺の利吉を引き起して、これをかばいながら、

「おのれら、何者だ？」

　六之助に向って太刀を突きつけ、

「このごろは、おのれらのような無頼どもが跋扈《ばっこ》して悪事をはたらくので、みなが迷惑をしている。こらしめてやるから、かかって来い」と、いった。

　浪人は、六之助たちを盗賊一味だと知っていたのではないが、

「無頼の者」

と、きめつけられては、忸怩《じくじ》たるものがないでもない。

「野郎!!」

　このとき、舟からあがって来た四人目の男が、浪人の背後から短刀を突きかけた。

　くるりと体が入れかわったとき、男はくびすじをざっくりと切り割られ、声もなく倒れ伏した。

　因果小僧六之助、手も足も出ぬ。

　浪人は利吉を抱えるようにして、

「や、舟がある」

と、気づき、六之助たちが乗って来た小舟へ利吉を乗せ、自分も飛び移り、棹《さお》を取って手さばきもよく、舟を十間川へすべり出させた。

十間川の闇の中へ溶けて消えた舟を見送った六之助が、

「あいつの顔と声を、忘れるものではねえ」

さも、くやしげにつぶやいた。

相州《そうしゅう》・小田原唐人町《とうじんちょう》

一

相模《さがみ》の国・小田原は江戸より二十里二十丁。大久保加賀守《かがのかみ》十一万三千石の城下である。

小田原は、むかしむかし、関東を制圧した北条《ほうじょう》氏が長年にわたって本城をかまえ、関東の政治・文化の中心となったところだ。

やがて戦乱が熄《や》み、徳川幕府の下に天下統一成ってのち、貞享《じょうきょう》三年（一六八六年）に大久保家が入って以来、小田原城主は変っていない。

なんといっても古くから栄えた城下町だった上に、いまは箱根越えの根拠地であり、東海道の要衝として繁栄している。

山王川を越えて東海道が小田原城下へ入り、新宿町を経て小田原城の大手へ向う途中に、唐人町がある。

このあたりは、戦国の時代《ころ》に、三崎の浦へ漂流着船した唐人（中国人）が住みついたところだそうな。

唐人町に、宝安寺《ほうあんじ》という寺があって、その門前に〔桐屋《きりや》〕という数珠《じゆず》屋がある。

小さな店だが、数珠のほかに細ごまとした仏具も置いてあり、主人《あるじ》の五助は六十に近い老年で、息子の長治と二人暮しだ。下女も置かずに、三度の煮炊《にた》きも親子が交替でやってのける。

桐屋五助は、なんでも、京で名高い仏具所・桐屋藤兵衛の遠縁にあたるとかで、息子の長治と共に小田原へ店をひらいたのは、五年ほど前になろうか。

親子とも小柄で、まるまると肥えてい、両眼が顔から飛び出るようにおもえるほど大きい。そのくせ、鼻すじは細く小さく、口もいわゆる〔おちょぼ口〕というやつで、なんとも奇妙な顔つきをしている。

「あの店の名は桐やでなく、梟《ふくろう》やにしたほうがいい」

などと、近辺の人びとがうわさをしていた。

なるほど、そういえば親子とも、夜の闇《やみ》の中で怪しげな、それでいて空惚《そらとぼ》けた鳴声をするあの鳥によく似ていないでもない。

父親の五助は小田原を離れたことがないけれども、長治のほうは仕入れのこともあって、よく京都へ出かけて行くらしい。二人とも無口なのだが、近所の人びとへはいつも微笑を絶やさず、交際《つきあい》もよいとのことだ。

ところで……。

この桐屋五助方へ、この春ごろから、ひとりの男が滞在をしている。

五助は、近所の人たちへ、

「私の、亡《な》くなった女房の弟でござりましてな」

と、いった。

「品のよい、立派な様子のお人じゃ」

「桐屋さんの女房どのの実家《さと》というのは、よほどに金もちらしい」

近所では、そんな風評がたった。

桐屋の客は、めったに姿を見せなかった。

時折は、箱根の温泉《ゆ》へ出かけ、五日六日とすごしては、また帰って来る。

なるほど小田原にいれば、箱根での湯治は便利である。

宿屋に泊っていて、退屈をすると小田原へもどり、義兄の家にすごし、また気が向けば湯治に出かけることが容易であった。

これまでに、ほんの二度か三度だが、店の奥の仕事場で、ろくろ錐《きり》で数珠に穴をあけている五助の傍《そば》について、箱の中の数珠をつまんでは、台の上へ乗せてやっている客の姿を見た人もあった。

「おだやかな、にこにこした顔をしていなさったよ」

「五助さんと、ほんに仲ようしている」

「五助さんの義弟《おとうと》というが、見かけたところ、あまり年もちがわぬようだな」

「あれで、五十五か、六か……」

さて……。

もう梅雨に入ったらしく、七日ほど降りつづいた雨がやんで、おもいがけぬ青空がのぞいたその日の夕暮れも近いころになって……。

小田原へ入って来る旅人の足が忙《せわ》しくあつまる中に、中年の旅人がひとり、桐屋へ立ち寄り、数珠を買って行った。

応対に出た長治の手へ、旅人が代金をわたすとき小さな結び文を一つ、落しこんだ。

数珠を買った旅商人が去って行くのを見送ってから、長治は奥へ入った。

奥の部屋で、五助が義弟と夕食の膳《ぜん》についていた。

五助の義弟なら、長治にとって叔父にあたるこの客を、長治は、

「お頭」

と、呼びかけ、

「これが、とどきました」

と、結び文を客にわたした。

「そうか」

うなずいて、客が結び文をほどいた。

切長の眼が微《かす》かな光をたたえてい、隆《たか》い鼻すじに男ざかりのあぶらが浮いていること、の客は、こうして見ると五十をこえた老人にはとても見えぬ。

この客こそ、雲霧仁左衛門であった。

結び文を読み終えた仁左衛門が、五助と長治にこういった。

「名古屋の松屋吉兵衛《きちべえ》は、お千代をつれて、いよいよやって来た。今夜は小田原の山吹屋へ泊るそうな」

二

それから間もなく、松屋吉兵衛一行が小田原へ入って来た。

吉兵衛とお千代は駄賃馬《だちんうま》に乗り、松屋の手代・甚次郎と下男の粂七《くめしち》。それに老船頭

の治平が供をしている。

吉兵衛一行は、本町の街道すじにある旅籠《はたご》〔山吹屋伊助〕方へ入った。

夜になってから、また、雨がふりはじめた。

雲霧一味の小頭・木鼠《きねずみ》の吉五郎《きちごろう》と山猫の三次が、数珠《じゆず》屋の桐屋《きりや》五助方の裏口の戸を叩《たた》いたのは、五ツ（午後八時）ごろであったろう。

長治が二人の顔をたしかめて、すぐに中へ入れた。

吉五郎も三次も旅仕度である。

「お頭は？」

「おいでなさいます」

「先刻、連絡《つなぎ》の者が私の手紙をとどけたろうね」

「小頭。たしかに」

「それなら、よかった」

「お待ちかねですよ」

雲霧仁左衛門は、二階の奥の部屋にいた。

「おお、御苦労だったね。お前さんも、このところ、小田原と江戸とを行ったり来たりで、さぞ疲れたろう」

と、仁左衛門は、部屋へ入って来た吉五郎を、やさしくいたわった。

木鼠の吉五郎は、

「なあに……」

と、手を振って見せ、

「先刻、手紙を……」

「ああ、見た」

「いよいよ、お千代が名古屋へ乗りこみます」

「そうだね」

「今度は、はじめての土地でするお盗《つと》めですね」

「だから尚更《なおさら》に、念を入れぬといけない。それよりも吉五郎どん。風呂《ふろ》へでも入って来なさい。それから酒でもくみかわしながら、ゆっくり、はなしをきこうではないか」

「お頭。江戸で、ちょいと、めんどうなことが起りました」

「なんだね？」

雲霧仁左衛門の口調は、あくまでも上品であって、これがとうてい盗賊の首領だとはおもえぬ。

小田原へ来てからの仁左衛門は、京の松原柳馬場の足袋問屋〔高嶋屋《たかしまや》〕の隠居・宇兵衛ということになっている。

「例の、駒寺《こまでら》の利吉のことですが……」

「ふむ、ふむ」

「取り逃がしてしまいました」

「六之助が行ったのだろう」

「そうですが……」

「あれは若くとも、そうしたことに手ぬかりはないはずだが……」

「それが、お頭。とんだ邪魔が入りましてね」

「邪魔だと……?」

一瞬だが、仁左衛門の双眸《そうぼう》に、きびしい光が加わったのを、吉五郎は見逃さなかった。

吉五郎は、うなだれた。

「そんなことを、お前さんがいってもらっては困る」

じわじわと、仁左衛門の低声《こごえ》が吉五郎を圧迫するかのようだ。

「利吉を、いったんは捕えたのですが……そのとき、これは、たまたま通り合せたらしいさむらいが一人……」

とぎれとぎれに、吉五郎がいう。

木鼠の吉五郎ほどの男が、冷汗をかいて、いいわけをしているのであった。

「さむらいだと？」

「さようで」

「どこの、だれだね？」

「それが、どうも……利吉をつれて、姿を消してしまいましたので」

吉五郎は、因果小僧六之助からうけた報告を、すべて仁左衛門へ語った。

「お頭。六之助も相手が悪すぎました。とにかく強いさむらいで、おそらく、どこかの剣術つかいではないかと、六之助がいっております」

仁左衛門は、だまっている。

この沈黙の恐ろしさを、だれよりも吉五郎はわきまえていた。

「お頭……お頭……」

「お前さんは、六之助に仕置をしないでくれ、と、いいたいのだろう」

「さようで」

「はなしをきくと、やはり、六之助に落度があったようだ」

「お頭。そこを何とか……」

「私たちのお盗めには、すこしの落度もゆるされないのだ。ほんの些細《ささい》な落度が取り返しのつかぬことになる。私はね、吉五郎どん。この道へ入った最初から、そのこころがけでやって来た。なればこそ今まで、二十年もの間、ただの一度もお上の御縄にかかったことがない」

そういったとき、雲霧仁左衛門の口から、微《かす》かにためいきが洩れた。

吉五郎は顔を伏せていて、これに気がつかぬようであった。

「これはな、吉五郎どん……」

「はい」

「そもそも六之助が、お千代の後をつけていた鹿伏《かぶせ》の留次郎を殺してしまったのが、間ちがいだったよ」

「いえ、殺せといったのは、お千代です」

「あ……そうだったね。いずれにせよ、留次郎が死んだのを知ったものだから、あわてて駒寺の利吉が逃げた。だから事がめんどうになったのだよ」

今度は、吉五郎が沈黙した。

(どうも、今夜のお頭は、お千代を庇《かば》いすぎる)

と、感じたからだ。

だから、仁左衛門のいうことは、いつものような冷静さがない。

駒寺の利吉が、柳島の父親の百姓家へ逃げこんだからこそ、その居所をたしかめることを得たのではないか。

利吉が、江戸の裏町の一隅に潜み隠れていたのでは、これほど早く、手がかりはつかめなかったろう。

吉五郎がだまっているのを、仁左衛門は冷やかにながめていた。

そして、しずかに銀煙管《ぎせる》へ煙草《たばこ》をつめはじめた。

仁左衛門の口から、煙草のけむりが吐き出され、煙草盆の灰吹きが音を立てた。

そのしずかな音をきいて吉五郎は、ほっとした。

果して、

「よし。今度は吉五郎どんにまかせよう」

と、仁左衛門がいい出た。

「お頭。ありがとうございます」

「そのかわり……」

「わかりました。かならず、六之助に利吉を捕えさせます」

「捕えずとも殺してしまったがよいだろうよ。六之助にも、よくよく、いっておいてもらいたい。その得体の知れぬ侍の居所もたしかめるように……」

「承知いたしました」

「今度はもう、二度と失敗《しくじり》はゆるされぬと、な」

「六も、そのつもりでおります」

うなずいた仁左衛門が、

「それにしても、あの鹿伏の留次郎が盗賊改メの密偵《いぬ》になっていようとは……留次郎はしっかりした男とおもったからこそ、独りばたらきをゆるしてやったのだ。それがどうだろう、私や仲間を売って狗《いぬ》になるとは……」

「まったくで……」

「それが私の失敗ゆえ、六之助をゆるすのだよ」

どうも勝手なはなしだが、仁左衛門なくしては雲霧一味の活動は絶える。

だが、数年前のそこにまでさかのぼって、仁左衛門が反省をしていることに、いつもながら吉五郎は胸をうたれたようである。

三

小田原の夜がふけた。

霧のように、雨がけむっている。

家の中にいると、ほとんど雨音がきこえぬほどであった。

旅籠《はたご》・山吹屋の奥座敷二つに、松屋吉兵衛一行が泊っている。

その一つに吉兵衛と手代と下男が入り、別の一つに、七化けお千代と治平が入った。

お千代は江戸を発《た》つとき、松屋吉兵衛に、道中、閨《ねや》を共にすることは、

「道中では落ちつかぬゆえ、いやでござります」

と、いってある。

吉兵衛は、がまんすることにした。

江戸から尾張《おわり》・名古屋までは八十六里。

男の足ならば十日の行程であるが、女づれのことでもあるし、雨ふりの多い道中ゆえ、十二、三日はかかるであろうが、

「よいとも、よいとも。それまでの辛抱じゃ」

吉兵衛がそういったとき、お千代は、身をすり寄せて来て、吉兵衛の耳朶《みみたぶ》を軽く噛《か》みしめつつ、

「わたくしも、辛抱をしているのでござりますよ」

と、ささやいたものだ。

おおいをかけた行燈《あんどん》のあかりが、ぼんやりと、寝床へ入ったお千代と治平を浮きあがらせていた。

お千代が、枕《まくら》もとの煙草《たばこ》盆から煙管《きせる》をとって、となりの治平の腕を突いた。

「う……」

目ざめた治平へ、お千代が語りかけた。

といっても、声に出してのことではない。

お千代の、くちびるだけがうごくのだ。

つまり、聾唖《ろうあ》の者がよくする〔読唇《どくしん》〕の方法で語り合うのである。

「お頭は、いま、どこに、いなさるのだろうね？」

「さて……わかりませぬなあ」

「つなぎが、つかないかしら？」

「さて……だれかが忍んで来てくれれば別ですが、こっちからは、めったにうごけませんよ」

「わたしはねえ……」

「六さんが、お頭の仕置をうけるようなことになっては、可哀相《かわいそう》だというのですかえ？」

「そのとおりさ」

「大丈夫でごぜえますよ」

「よく、わかるね？」

「そんな気がしますよ」

お千代が、ためいきを吐《つ》いた。

「でも、それよりも、お前さんは、お頭の顔をひと目でも見たいのでしょう。ちげえますかね？」

「うるさいねえ」

お千代は寝返りを打ち、治平へ背を向けた。

それから間もなく、お千代が小用に立った。

奥庭に面した廊下をたどって行くと、突き当りが風呂場《ふろば》と厠《かわや》で、そこから鉤《かぎ》の手になって、旅籠の台所と裏手につづいている。

廊下をたどるお千代の向うに、厠から出て来た男の姿があらわれた。この旅籠に泊っている客のひとりらしい。

「あ……」

お千代は立ちどまり、あたりを見まわした。

その客は、木鼠《きねずみ》の吉五郎であった。

「小頭じゃありませんか」

「おそくなって、此処《ここ》へ着いたのだよ」

「お頭に会いなすったかえ？」

「うむ」

「いま、どこに？」

吉五郎は、雲霧仁左衛門が小田原にいるとは告げず、

「もう、お頭は名古屋へ入っていなさる」

と、こたえた。

「ほんとうですかえ?」

「嘘《うそ》はいわぬ」

「それで、六之助のことは?」

「今度は、お仕置をしなさらねえそうだ」

「まあ……」

お千代が、むしろ、びっくりしたように、

「お頭も、ずいぶん、お変りなすったものだ」

皮肉にもきこえる口調でいった。

「それはともかく、事は、うまくはこんでいるだろうね」

「小頭。わたしのすることですよ」

「今度のお盗《つと》めについては、お頭も、なみなみでねえ決心をしていなさるようだ」

「どんな?」

「よくはわからねえが、どうも、そんな気がしてならない」

「なんといっても松屋吉兵衛の身代《しんだい》は、大変なものだそうな」

ささやき合いながらも、吉五郎とお千代は油断なく、あたりに眼をくばっている。

「明日は、おれは江戸へ帰る。これからは、山猫の三次がつなぎをつけることになるだろうよ」

「わかりましたよ。ときに、小頭」

「む？」

「治平の爺《じい》さんだけでは、ちょいと、わたしのほうも手不足ですねえ」

「もう一人、いるかね？」

「それも早いうちにね」

「だれがいい？」

「小頭に、まかせますよ」

寝衣《ねまき》姿の七化けお千代の躰《からだ》から、例の芳香がただよってきている。

木鼠の吉五郎は顔をしかめて、

「では、いずれな」

いい捨てるや、廊下から消えて行った。

梅雨空

一

夜が明けたとき、雨は熄《や》んでいた。

松屋吉兵衛《きちべえ》とお千代の一行が山吹屋を発《た》ち、

「よいあんばいだ」

と、箱根の関所へ向ってから間もなく、木鼠《きねずみ》の吉五郎は江戸へ引き返して行ったのである。

今朝の吉五郎は、数珠《じゆず》屋の桐屋《きりや》五助方へ立ち寄らず、まっすぐに東海道を下って行った。

「さて……」

と、そのころ、桐屋の二階で目ざめた雲霧仁左衛門が、朝の茶をはこんで来た五助老人へ、

「五日ほど、箱根へ行って来ようとおもう」

「はい、はい。お荷物は長治に運ばせましょうか。それとも私めが……?」

「御苦労だが、お前に来てもらおうか」

「よろしゅうございますとも」

「いろいろと、はなしたいこともあるし……」

いいさして仁左衛門は、枕元《まくらもと》の煙草《たばこ》盆から煙管《きせる》をとりあげた。

これは仁左衛門が、京都の新升屋町西入ルところに住む煙管師・後藤孫右衛門につくらせた携帯用の銀煙管であった。

後藤孫右衛門は当代の〔名人〕と、うたわれた煙管師で、川のながれに千鳥が飛んでいるありさまを精妙に彫金した、この銀煙管は二十両もしたそうな。

仁左衛門は、この銀煙管が気に入って、肌身からはなしたことがない。みずから紙縒《こより》をひねって煙管の掃除をしているときの仁左衛門のたのしげな顔つきを見て、いつであったか木鼠の吉五郎が、

「ああしたときの、お頭の顔は、まるで子どもだ」

と、評したことがある。

「のう、五助……」

ゆったりと、煙草のけむりを吐き出しつつ、仁左衛門が、

「いつの間にか、私も四十を越えてしまったのだね」

と、いった。

「私めは、もうすぐに六十になりまする」

わずかに両手をつき、そうこたえるときの五助は、数珠師というよりも、どこかの武家に奉公をしているさむらいのような感じがする。

そして、五助と相対している雲霧仁左衛門も、町人姿をしてはいても、まさしく五助の主《あるじ》……つまり、武家そのものに見えるのである。

もっとも、この二人の間に、そうした雰囲気《ふんいき》が醸《かも》し出されるときは、二人きりになったときのみにおいてであった。

これは、木鼠の吉五郎さえもうかがい知れぬことだ。

「この二十年、長かったのう」

「さほどでもござりませなんだ。私めは、もう無我夢中ですごしてまいりましてな」

「苦労をかけたな」

「いまさら何を……」

いいさして五助が、いぶかしげに、

「今朝の、あなたさまは……」

「どうかしているかな?」

「は、はい」

仁左衛門は苦笑をした。

「私も、また、お前も、それから吉五郎はじめ配下のめんめんも、これからは、これまでのようにしてよいというものではない」

「妙なことを……」

「この道へ入ったからには、しかるべき折に身を引き、いわゆる下賤《げせん》にいう畳の上での大往生をとげねばなるまい。私も、お前も、配下のめんめんもだ。それがためには、それだけの神経《こころ》を、そろそろくばっておかねばならぬ」

「かたじけないことで……」

「と、申しても、私ひとりではどうにもならぬ。配下のめんめんいずれもが、これまで張りつめてきたこころを尚《なお》も張りつめてくれねばのう」

「ごもっともなことにござります る」

「それに、このごろは、江戸での盗《つと》めがむずかしくなってきた。いまの火付盗賊改方・安部《あべ》式部はなかなかの人物と見える。金を惜しまず密偵どもをぞんぶんにはたらかせ、配下の与力・同心も粒ぞろいゆえ……今度のような失態も起きるのじゃ。これではいささかも油断がならぬ」

「はい、はい」

「いずれにせよ、年月のながれと移り変りは、人のこころをも変える。私もな五助。諸いつの間にか手をひろげすぎ、諸国に散っている配下の者は合わせて四十名余り。諸国に分け置いた盗人宿《ぬすびと》が合わせて二十一カ所。こうなると、これだけの組織《しくみ》をうまくあやつるだけでも、私ひとりの手に負えなくなってきた……」

仁左衛門は、しみじみと語りつづけている。

一点の警戒心もなく、仁左衛門が、これだけ胸の内を打ち割って語ることができるのは五助一人のみであるらしい。

小頭の吉五郎が、こうした〔お頭〕を見たら、瞠目《どうもく》するにちがいない。

木鼠の吉五郎は、桐屋五助老人も、小田原の盗人宿の、単なる番人としか見ていない。

「これよりはな、五助よ」

「はい？」

「すべてが終るところを目ざして行かねばなるまい」

「と、申されますのは……？」

「雲霧一味を解きはなち、それぞれがおもうところへ身を隠し、盗めをやめて、安泰の暮しへ入る日のことを目ざさねばならぬということだ。いまから、そのことをおもい、そのことを目ざしてすすんでも、五年六年はかかるにちがいない」

仁左衛門の声は、むしろ陰鬱《いんうつ》でさえあった。

「手を……いつの間にか手を、ひろげすぎてしまったわ」

凝《じつ》と畳のおもてを見つめて、吐き捨てるようにいった雲霧仁左衛門が、一瞬ぱっと表情を変えた。

そして、

「五助。それでは、箱根へ行く仕度をしておくれ」

にこやかにいい出たとき、仁左衛門は完全に、京の足袋問屋の隠居そのものになりきっていたのである。

それから十日後に……。

松屋吉兵衛はお千代をともない、三月《み》ぶりで名古屋の店へ帰り着いた。

「むかし、わしが御世話になったお方の縁類にあたるお人じゃ」

と、吉兵衛は家族や店の者へ、お千代を引き合せ、お千代が奥の離れ屋へ引き取った後で、

「素姓を明かせば、やんごとない身分のお人ゆえ、みなも気をつけてな」

念を入れたのである。

そして小田原では……。

桐屋五助方から、いつの間にか雲霧仁左衛門の姿が消えていた。

「義弟《おとうと》は、京へ帰りましたよ」

と、五助は近所の人びとの問いにこたえている。

五助と長治は相変らず、黙もくと商売にはげんでいた。

そのころ、江戸では……。

神田川の左衛門河岸《がし》にある船宿〔佐原屋〕が店を閉じ、売りに出された。

「あんなに繁昌《はんじょう》をしていたのに、佐原屋さんの気が知れない」

などと、近くの船宿ではうわさをし合った。

佐原屋の番人だった三坪《みつぼ》の伝次郎や、因果小僧六之助の姿も消えた。

江戸は、いよいよ、本格的な梅雨に入っている。

二

大川へかかる両国橋の南から東方へながれこむ入り堀の川を、

「竪川《たてかわ》」

と、よぶ。

この川は、寛永《かんえい》のころに幕府が掘り通したもので、一ノ橋から六ノ橋まで、六つの橋をかけわたして通路とした。

ところが後に、五ツ目と六ツ目の橋を取りはらったのは、そのあたりが町外れの、ほとんど田園地帯といってもよいほどの土地で、人家も人通りもすくなかったからだといわれている。

しかし、そのときから約四十年を経たいま、五ツ目のあたりにも竪川沿いの一角へは人家がたちならんで、小さな商家や居酒屋のような店もある。

取りはらわれた五ツ目橋のかわりに、幅二十間の竪川をわたす渡し舟が一艘《そう》あって、これを、

「門兵衛渡し」

と、よんでいる。

むかし、このあたりに住んで舟を所有していた門兵衛という男が、奉仕的に舟渡しを買って出たところから、いまも彼の名が残っているのだ。

その五ツ目を北へ通っている道が〔五ツ目道〕とも〔五ツ目通り〕ともいう。

五ツ目道の両側は、見わたすかぎりの田畑と木立であった。

五ツ目の竪川沿いの町は中ノ郷《ごう》五ノ橋町《はしまち》で、裏道は、小梅・亀戸《かめいど》村の飛び地に面していた。

その小梅村の木立を背にして、わら屋根の剣術道場がある。

ここが、一刀流の剣客・関口雄介の道場であった。

その稽古《けいこ》ぶりの荒あらしさは近辺でも有名なもので、雄介の木刀に頭や手足を叩《たた》かれ、血をにじませて帰って行く門人がすくなくない。

ために、門人の数はいたってすくなく、十三、四名というところであろうか。

いずれも、本所界隈《かいわい》に屋敷をかまえる大名の下屋敷につめている藩士たちや、旗本の子弟である。

道場の主、関口雄介は三十四、五歳に見えるが、妻も子もなかった。

若い門人たちが交替で道場へ泊りこみ、師匠の身のまわりを世話しているようだ。

五ノ橋町の裏通りに面した雑木林の間に細道があり、その突き当りが道場になっている。

道場は、以前に百姓家だったのを改造したもので、二十坪ほどあった。

道場のとなりに、二間の家がある。

これが、関口雄介の住居《すまい》なのであった。

道場と住居の間に石井戸があって、真冬でも、稽古を終えた門人たちが元気よく井戸の水を裸体にあび、汗をながしている音が、裏通りを行く人びとの耳にもきこえた。

いま、関口雄介の住居の屋根裏に、ひとりの男が臥《ふ》せったままで日を送っている。

駒寺《こまでら》の利吉であった。

してみると、あの夜。

因果小僧六之助ら雲霧一味の手から救った侍というのは、関口雄介ということになる。

まさに、そのとおりだ。

あれから雄介は小舟をあやつり、十間川から天神川へ入り、まっすぐに竪川へ出て、五ツ目の岸へ舟をつけ、利吉を道場へはこびこんだのである。

当夜、利吉は血を吐いて大苦しみをした。

近くの町医者の手当をうけ、いまは小康をとりもどしている。

雄介は何もきこうとしなかったが、町医者・井上好庵《こうあん》から、

「この梅雨が明けるまでに、どうですかな……」

と、きいたので、

「何か、おれにいうことでもあるのなら、きいておこう」

或《あ》る日の朝、屋根裏へあがって来た関口雄介が、

「あるのか、ないのか?」

問うや、駒寺の利吉が、重苦しげにかぶりを振った。

「さようか、ないか……」

「も、もう一度、元気になりましたら……あらためて、お礼を……」

と、利吉が細い声で、うったえるようにいうのへ、今度は雄介がかぶりを振って見せた。

(……?)

利吉の濁った眼に驚愕《きようがく》の色がうかんだ。

雄介が、しずかに、

「もう一度、元気にはなるまい。医者もそのように申したし、おれもそうおもう」

と、いった。

ぽっかりと口をあけたまま、利吉は声も出ぬ。

夏の掛ぶとんをつかみしめている彼の左手が、わなわなとふるえている。

三

「このようなことは、お前にいわぬでもよいことなのだが……なれど、何やらお前は深い事情《わけ》のある男らしい。なればこそ、はっきりといった」

雄介は利吉の冷たい左手をつかみ、これを、わが両手の掌《たなごころ》にあたたかくつつみこみ、ゆっくりともみほぐしてやりながら、

「こころ残りのことがあるなら、いうて見よ」

と、いった。

このとき、駒寺《こまでら》の利吉の両眼が熱いものにうるみかかった。

利吉自身が、わけもわからぬ泪《なみだ》であった。

泪ぐんだことなど、利吉にとっては何年ぶりのことだったろう。

(こ、こんなことを、してもらったおぼえは、これまでにねえ)

利吉は、あたたかい雄介の掌の感触を、そうおもった。

「やっぱり、いけませんので?」

ややあって、利吉が掠《かす》れ声できいた。

「いかぬな」

雄介のこたえは、おだやかな口調ながら、きっぱりとしたものであった。

利吉は、だまりこんだ。

雨音をぬって、道場から門人たちが打ち合う木刀の響きと烈《はげ》しい気合声がきこえてくる。

「あの……」

「なんだ?」

「先生に助けてもらった、あの近くに、おれの親父《おやじ》が住んでおりますんで……」

「ひとりでか?」

「へえ……」

おぼえず、どっと泪がふきこぼれてきた。

利吉の左手が、ふとんの下から汚れた胴巻を引き出した。

胴巻の中には、盗賊改メの密偵・鹿伏《かぶせ》の留次郎からもらった金が、まだ十八両ほど残っていた。

「こ、これを……」

「お前の父親へわたすのか?」

「へい」

「よし。父親を此処《ここ》へつれて来てやろう。お前から、わたしてやれ」

利吉が手を振った。

「なぜだ?」

「い、いけませんや、そいつは……」

さびしげに、苦しげに笑った利吉が、

「な、何事も、おれが死んじまってからに、しておくんなせえまし」

「なぜ……と、きいてもむだなことらしいな」

「へ……そのかわり、この息の根がとまるまでに、何もかも申しあげます」

「それは、お前の好き自由だが……」

「もっとも、こんなことを、先生に申しあげたところで……先生には、かかわり合いのねえことだが……」

「ま、よい。ゆるりと考えておけ」

「先生。もう一度いいます。決して、親父をつれて来ねえで下せえ。おれが死んでからにして……」

「おれが、お前の父親をたずねて行くことが、それほどにいけないのか？」

「え……親父の家《うち》は、やつらに見張られていますよ、きっと……」

「見張られている……先夜の曲者《くせもの》どもの一味にか？」

こっくりと利吉はうなずき、またしてもだまりこみ、天井へうつろな視線を投げた。

まるで、人が変ったような駒寺の利吉であった。

利吉は、それから六日目の夜ふけに息を引きとったのだが……。

その前日の夕暮れに、

「気分は、どうだな？」

と、屋根裏へあらわれた関口雄介へ、利吉が、

「先生。何もかもはなしますよ。きいてもらっても、先生には仕方もねえことだろうが……やっぱり、はなしておきてえ。親父のことが、気にかかるのでねえ」

と、いう。

「はなしてごらん」

そこで利吉が、すべてを語った。

このときの利吉は利吉なりに、死の覚悟をきめていたのであろう。

きき終えて関口雄介が、

「お前が、そのような盗賊だとは、まさかにおもわなんだぞ」

苦笑して、

「たしかに、きいたぞ」

「たのみますよ、先生。私は、もう、親父に会いたくねえ。会わねえほうがいい」

「ま、よく考えておけ。お前のはなしをきいたからには、おれもぬかりなく、だれにもわからぬよう、父親を此処へつれて来てやる。安心してよい」

そういわれて、利吉もこころがうごいたらしく、

「もう一度、考えてみます」

と、いったのだ。

翌日も利吉は、語り残したことを雄介につたえたりしたし、往診に来た井上好庵も、

「まだ十日は大丈夫」

うけ合ってくれたのだが、夜がふけてから、屋根裏で異常な物音がしたので、目をさました関口雄介があがって見ると、利吉は多量に喀血《かっけつ》をして、すでに息絶えていたのである。

雄介は自分ひとりで、利吉の遺体の始末をし、朝を迎えた。

まだ暗いうちに、ふりしきる雨の中をやって来たのは、本所・入江町に屋敷がある旗本・植村左京の三男で栄三郎という若者であった。

いつもなら、道場で自分を待ちうけていてくれる関口雄介の姿が見えないので、植

村栄三郎が住居のほうへ顔を出すと、

「植村か。ちょうどよい。急いで盗賊改方の役宅へ行き、高瀬に来てもらってくれ」

と、雄介がいった。

「承知しました」

すぐさま栄三郎は、出て行った。

火付盗賊改方同心・高瀬俵太郎も、関口道場の門人だったのである。

網

一

火付盗賊改方・長官の安部《あべ》式部夫人は、旗本・植村左京の姉にあたる。

したがって、関口雄介の門人・植村栄三郎は、安部式部の甥《おい》になるわけであった。

そうした関係で、同心・高瀬俵太郎が関口道場へ入門したのは、三年ほど前のことだ。

それまでは、市《いち》ヶ谷《や》に道場があった山崎文之進の門人だった高瀬同心だが、師の山崎が病死し、道場が閉鎖となったので、

「よき師につきたい」

と、高瀬が熱望していることをきいて、安部式部が、関口雄介に口ぞえをしてくれたのである。

もっとも高瀬は役目柄、毎日、道場へ来ることができない。

しかし、非番の日は暗いうちに四谷《よつや》の組屋敷内の長屋を出て、はるばると本所まで駆けつけて来るほど、熱心な門人となった。

(高瀬は、すじがよい)

と、雄介も、かねがね注目していた。

植村栄三郎が、土手四番町の安部式部屋敷へ駆けつけて行くと、高瀬俵太郎は折よく役宅にいた。

「なに、関口先生が、私に……？」

「さよう。急いで来るようにと……」

「いったい、何のことでしょうか？」

「さて……」

くびをかしげた栄三郎が、おもいきって、

「先ごろ、妙な男を先生が抱えこんで来て……」

「妙な男……？」

「貴公だからいうが、われら門人は、かたく口どめをされていた。もしや、その男のことではないか、と……」

栄三郎も、高瀬が盗賊改メの同心だから、そこへ気づいたのであるが、駒寺《こまでら》の利吉が昨夜死んだことは、まだ知っていない。

「では、すぐにまいる」

高瀬は、与力・山田藤兵衛《とうべえ》へ、

「関口先生の御用で、本所まで行ってまいります」

それだけ、いった。

「よろしい」

「用のすみしだい、帰ってまいります」

雨の中を、二人が関口道場へ着いたときには、すでに烈《はげ》しい稽古《けいこ》がはじまっている。

だが関口雄介は、めずらしく道場にあらわれていなかった。

「では……」

と、植村栄三郎が住居の方を眼顔でしめし、道場へ入って行った。

高瀬俵太郎が住居の戸を開けると、線香のにおいがただよってきた。

「高瀬か。入れ」

障子の向うで、雄介の声がした。

「は……」

奥の間に、白布で顔をおおわれて横たわっている利吉の遺体を、入って来た高瀬同心が見て、

「先生。あれは、どなたの?」

「そのことで、来てもらったのだ。ともあれ、面体をあらためてもらいたい」

「はい」

高瀬は、駒寺の利吉の顔を見知っていない。

(だれなのか……?)

すると、関口雄介が、

「この男はな、盗賊改メの密偵で、留次郎とかいう男と知り合いの者だそうな」

「えっ……」

高瀬の顔色が変った。

「それは、まことでございますか?」

「ま、きけい」

と、関口雄介が、駒寺の利吉が打ちあけたはなしを、そのまま、高瀬俵太郎へ語った。

高瀬同心は、おどろきもし、よろこびもした。

「どうだ、おぬしの役に立ちそうか？」

「立つどころではございません。先生、まことにかたじけなく……」

「そうか、それはよかった」

高瀬は、間もなく役宅へ急ぎ帰って行った。

こうなれば当然、逃げられた駒寺の利吉を再び捕えるか殺すか……そのために雲霧一味が、柳島村の百姓・喜右衛門方を、

（ひそかに見張っているにちがいない）

からであった。

高瀬同心は、勇躍していた。

このことを山田藤兵衛に報告をすれば、藤兵衛は同心や密偵たちを動員して喜右衛門方から目をはなさず、そこへ姿を見せる雲霧一味を待ちうけることになるであろう。

「先生。この男が死んだことを、当分は父親の喜右衛門にも知らせたくないのですが、よろしいでしょうか？」

と、高瀬は帰りぎわに、関口雄介へ念を入れた。

「役目柄、そのほうがよければ、そうしたほうがよい」

「ありがとうございます」

高瀬が去った後も、関口雄介は道場へ出て行かず、利吉の遺体の前で、しずかに酒

をのみはじめた。

うわさに聞いてはいたが、盗賊・雲霧仁左衛門という男について、これほどの知識を得たのは今度がはじめてであった。

(その雲霧とやらいうやつ。なかなか、おもしろい盗賊のようだ)

と、雄介はおもった。

雲霧一味のように組織の大きな盗賊団が〔大仕事〕をするときは、五年も七年もの歳月をかける……ということなど、雄介にとっては、

(なるほど。そうしたものなのか……)

はじめて知ったことなので、興味が深いのだ。

若いころから剣術ひとすじに生きて来た男であった。物欲や名利とはまったく無縁の半生を送って来た関口雄介なのである。

江戸市中を外れた新開地の本所の一隅で、小さな道場をかまえ、好き自由に剣術を教えているのだが、選《え》りすぐった少数の門人たちがいて、どうやら日々の簡素な生活には事を欠かぬ。天下《てんが》泰平のこの世に、それ以上のことはのぞまぬ関口雄介なのだ。

ただ一つ。剣をまなぶことによって、人間の肉体と精神のつながりと、そのつながりがどこまで高揚するものなのか、

(それを、門人たちと共に、きわめて行きたい)

のが、雄介の念願であった。

筒袖《つつそで》の白い夏着につつまれた雄介の体軀《たいく》は、見たところ、さほどにたくましそうでもなかったが、よく均整のとれた筋骨は、まるで鞣革《なめしがわ》のようになめらかな皮膚におおわれていた。

眉《まゆ》が濃い。双眸《そうぼう》はくろぐろと張っていた。

「おもしろい。ふむ、おもしろい」

駒寺の利吉へ、新しい線香を立ててやりながら、関口雄介がつぶやいた。

二

その日の昼下りに、因果小僧六之助は三囲稲荷《みめぐりいなり》の鳥居外にある茶店で、これも雲霧一味の〔下ばたらき〕をしている竹松《たけまつ》と会っていた。

相変らず、雨がふりけむっている。

この茶店の客は、いま、二人きりである。

目の前の大川はまんまんと水をたたえ、対岸も雨にけむってよく見えない。

六之助はどこまでも堅気の町人姿で、竹松は百姓の風体であった。

二人は、にこにこと笑顔を絶やさず、その顔とはうらはらのことを低い声で語り合っていた。

竹松は、犬神《いぬがみ》の亀造《かめぞう》といって、これも〔下ばたらき〕の男と共に、柳島村の百姓・喜右衛門宅を見張っているのだ。

六之助は、

(いまとなっては、おれが、あの辺りをうろついてはあぶない)

と考え、二人に見張りをまかせ、日に一度か二度、竹松か亀造と会い、その報告をきくことにしていた。夜になれば六之助も見張りに出る。

「まだ、駒寺《こまでら》の利吉が姿を見せる気配はねえか?」

六之助が、たまりかねたように問いかけたとき、竹松はかぶりを振って見せた。

「畜生め。とんだことに……」

六之助は、唇を噛《か》みしめた。

今度の失敗は、自分ひとりが負うべきものでもないが、

(おれとしたことが、あんな間のぬけたことをしようとは……)

悔んでも悔みきれぬおもいがする。

小田原で、お頭の雲霧仁左衛門と会い、江戸へもどって来た小頭・木鼠《きねずみ》の吉五郎は、

「お頭は、利吉を見つけしだい殺してしまえと、いいなすった。だが六之助。二度と失敗《しくじり》はゆるされないぞ。それから、利吉をつれて消えたという侍も生かしてはおけない。これもさぐり出すのだ。だがな、六之助。今度は、お前ひとりの量見で事をはこ

んではいけない。おれも当分は此処《ここ》をうごかねえから、いちいち、おれの耳へ入れてくれ」

と、いった。

吉五郎はいま、前にお千代と治平が暮していた石浜明神裏の隠れ家《が》にいる。

左衛門河岸《がし》の船宿〔佐原屋〕は、

「もしやすると、もう盗賊改メに目をつけられているやも知れぬ」

雲霧仁左衛門が吉五郎にそういったので、

「では、すぐにたたんでしまいます」

と、吉五郎は江戸へ帰るや、たちまちに佐原屋を売ってしまった。

佐原屋を取りしきっていた、あの三坪《みつぼ》の伝次郎たちは何処《どこ》へ行ったものか……。

それは、六之助も知らぬ。すべては吉五郎の胸三寸にしまいこまれているのである。

六之助は、あせってきていた。

これまでは、若いに似ず、いつも事をあやまらなかったばかりか、何度も手柄をたてて、仁左衛門からほめられてきた自分が、今度は、

(取り返しがつかぬことを……)

してしまったと、おもっている。

雲霧一味ほどの大きな組織の盗賊団になると、たとえば、

「おれたちのすることと、武家や町人たちのすることとは、考えて見れば少しもちがってはいない。世の中はすべて、泥棒と乞食《こじき》で成り立っているようなものだ」

と、いつか木鼠の吉五郎がいった言葉は、あまりにも勝手きわまる理屈だが、六之助にしても伝次郎にしても一つの大仕事がはじまってすむまでの間に、

「よくやった」

と、お頭の仁左衛門がみとめてくれれば、当然、分け前の金高も増えるし、つぎの仕事では〔よい役目〕をふりあてられることになる。

その〔よい役目〕や〔大きい役目〕を首尾よく果して、つぎの大仕事が成功すれば、さらに昇進をするし、はたらき甲斐《がい》も出てくるし、一味の中でも頭角をあらわすにつれ、仁左衛門や吉五郎たちの機密へ参画することをゆるされることにもなるのであった。

もっとも、因果小僧六之助は、京都で乞食をしていた七、八歳のころに仁左衛門から拾いあげられ、

「手塩にかけて……」

育てられもし、盗みの道を教えこまれもしてきただけに、なんといっても他の配下とはちがっていた。

また、それだけに、

（お頭の顔を、つぶしちゃあならねえ）

六之助も懸命に、はたらいてきたのだ。

今度の、佐原屋の始末がついたときにも、これが以前なら、三坪の伝次郎ほか一味の者が何処へ姿を消したか……それを吉五郎が教えてくれるはずである。

それが、今度は一言もなかった。

つまり、それだけ六之助の信用が落ちてしまったことになる。

ほんらいなら、七化けお千代にも手ぬかりがあったのだから、これも六之助同様のあつかいをうけねばならぬところだけれども、なんといってもお千代は、今度の大仕事の〔主役〕である。

お千代なくしては、名古屋の富商・松屋吉兵衛《きちべえ》を相手の盗《つと》めの足がかりをつくることができないからだ。

「よくふりますねえ、六さん」

と、竹松が茶店の土間の奥からくびをのばして空を見上げ、ためいきをついた。

「竹松。そのためいきは何だ？」

「いえね、六さん。今度の見張りはむずかしい。おれと亀造と二人きりでは、いくら姿かたちを変えて見ても変えきれねえ。これが二日三日のことならまだしも、こう何日も、昼日中《ひなか》、あの辺をうろつきまわっていたのではねえ」

「うむ……それは、おれも昨夜、小頭にいっておいた。もうすこし人手がほしいとたのんでみた」

「で、小頭は？」

「もう少し待て、と、いいなさるのだ。だから竹松。うまくやってくれ。いざとなったら駒寺の利吉を引っさらってくることも考えている。いずれにせよ、利吉を見つけ出さねえと……」

「ほかにも手をまわしているのですかえ？」

「当り前だ。日中《にっちゅう》、江戸にいる者は、みんな手をわけて、利吉とあのさむらいをさがしまわっている。だから、人手も足りねえ。おれだって竹松。毎日、足が棒のように突っ張り、夜になると火照《ほて》ってきてねむれねえほどだよ」

三

そのころ……。

火付盗賊改方の役宅では、長官・安部式部と与力・山田藤兵衛。それに高瀬俵太郎の三人が密議をしている。

高瀬同心が、関口雄介方から帰って、

「実は、……」

山田藤兵衛へ報告をするや、

「それは出かした」

平常は冷静そのものの藤兵衛が昂奮《こうふん》の色をうかべ、

「すぐ、御頭へ申しあげよう。しかし高瀬。このことは他言無用だぞ」

「心得ました」

「せっかくつかんだ糸口だ。要心の上にも要心をせねばならぬ」

「はい」

山田藤兵衛の報告をうけた安部式部は、

「ここへ、高瀬をも呼べ」

と、いった。

三人は密議を重ねたが、なかなかに、よい思案が浮ばぬ。

盗賊改方としては、

「駒寺《こまでら》の利吉が死んだことを知らぬ雲霧一味が、百姓・喜右衛門宅へあらわれるであろう利吉を、ひそかに待ちかまえているであろうから、これを、たとえ一人でも二人でも召し捕りたい」

のである。

そうすれば、いかな拷問《ごうもん》にかけても、雲霧一味の組織の一片なりと、

「つかまずにはおかぬ」

と、いうわけであった。

だが、相手は雲霧一味だ。

さらに、こちらが相手の顔を知っているわけではない。

「これは、やはり……」

ついに山田藤兵衛が、意を決して、

「おもいきって、喜右衛門方へ、われらが乗りこむよりほかに、道はございませぬな」

と、いい出た。

「乗りこむ……？」

「はい」

「喜右衛門を、役宅へつれて来て庇《かば》おうというのではあるまいな」

「めっそうもないこと」

「では、なんとする？」

「暗夜に乗じて、ひそかに入りこみ、喜右衛門に、わが子の利吉が死亡したことを告げ、われらにちからを合わせてもらうのでございます」

「ふうむ」

「では山田様。われらが喜右衛門方に隠れ、雲霧一味があらわれるのを待つという……？」

「そのためには、やつどもが姿を見せるように、こなたから仕むけねばなるまい」

「ははあ……」

「高瀬。だれか、駒寺の利吉に似た男がおらぬか、密偵の中にでも……」

「なるほど」

安部式部と高瀬同心も、ようやく、山田藤兵衛のいわんとするところがわかった。

つまり、密偵なり同心なり、駒寺の利吉に躰《からだ》つきがよく似た男へ、利吉が身につけていた着物を着せ、利吉に変装させて、喜右衛門宅へさし向ける。

むろん、それがうまく行くかどうかわからぬが、雲霧一味だとて、

「おそらく利吉の顔を、はっきりと見知っている者は少ないだろう」

だから、いかにもそれらしくして見せれば、雲霧一味が引っかかって来るやも知れぬではないか……。

「高瀬。関口先生のもとにある利吉の死体は、まだ、そのままなのだろうな？」

「大丈夫でございます。利吉の衣類も、そのままになっております」

「よし。そこで、だれをえらんだらよいかな？」

高瀬俵太郎は両眼を閉じ、関口雄介の住居で見とどけた駒寺の利吉の風貌《ふうぼう》や躰つき

を、おもいうかべて見た。

「どうじゃ、高瀬……」

と、安部式部。

「はっ」

両眼をひらいた高瀬同心が、

「これはひとつ、浅草の政蔵《まさぞう》をつかって見ては、いかがでございましょうか」

「似ているのか、政蔵が？」

「顔ではなく、年ごろも同じ、躰つきが似ております」

「うむ……」

山田藤兵衛が、大きくうなずき、

「では、政蔵にたのもう。これほどのことはなまなかな男には仕てのけられまいしな」

「はい」

「すぐに、政蔵を呼べ」

と、いってから藤兵衛が、こういった。

「よし。おれが政蔵の家へ出向いて見よう」

それからまた半刻《はんとき》（一時間）ほど、三人は打ち合せをおこなった。

安部式部は、

「これは、ごく小人数でやってのけねばならぬ。どのようなことから他へもれるやも知れぬゆえ、わしもはたらくぞ」

と、いってくれた。

四

やがて……。

与力・山田藤兵衛が、雨の中を役宅から出て行った。

組屋敷内の自分の長屋へ、

「帰る」

と、いいおいてである。

藤兵衛は、このところ三日も役宅に詰めていたし、この時刻に退出することがめずらしくない。

それからしばらくして、同心・高瀬俵太郎が出て行った。

役宅にいた人びとは、二人が同じ場所を目ざして出て行ったとは、すこしもおもわぬ。

役宅を出るとき、高瀬が、与力の詰めている部屋の前廊下を通った。

すると中から、

「高瀬。今日は早くから、雨の中を何処《どこ》へ行っていた？」

と、声がかかった。

見ると、与力の岡田甚之助《じんのすけ》である。

「また、これから出てまいります」

「どこへ行く？」

「本所の関口道場へまいります」

「おぬし、非番なのか？」

「いえ、そうではありませぬが、おゆるしが出ましたので……このところ、しばらく稽古《けいこ》をいたしておりませぬゆえ」

「熱心なことだな」

「では、ごめん下さい」

「おお、行って来い」

岡田与力は、腕ききの同心である高瀬が、朝早く役宅を出て行ったことを門番から耳にしていた。

(何かの手がかりでもつかんだのか？)

それで、高瀬に問いかけたのであるが、高瀬はこれをたくみに逸《そ》らしてしまった。

逸らしたが、それは岡田を警戒してのことではなく、別の与力に問われても同じようにこたえたろう。

山田藤兵衛にしても高瀬同心にしても、まさかに岡田与力が雲霧一味と気脈を通じ合っているとは、

(考えおよばぬ)

ことであった。

(それにしても……?)

と、岡田甚之助は高瀬が出て行った後で、おもいあたった。

(どうも高瀬は、御頭の御居間にいたらしい。山田藤兵衛も、だ)

それはいったい、何を意味するのであろうか……。

岡田は急いで、表門まで出て見たが、すでに高瀬の姿はない。

「高瀬は、どちらの方角へ行ったか?」

と、門番にきいた。

「さて……気づきませぬでした」

門番は、そうこたえた。

(ま、よいわ)

岡田は、夕暮れの退出の時刻を待ちかねていた。

今夜は、妾《めかけ》のところへ泊るつもりであった。

こうした大金を岡田が持っているのは、雲霧仁左衛門から密偵としての報酬をうけてきたからだ。

岡田を、盗賊の密偵にさそいこみ、仕立てあげたのは木鼠《きねずみ》の吉五郎である。

酒色に弱い岡田へ接近し、これを吉五郎がさそいこんだときのことは、いずれ語りのべねばなるまい。

雲霧仁左衛門は、岡田の、

「ぬきさしならぬ……」

弱点を、しっかりとつかみ取っていた。

もっとも岡田は、ただの一度も仁左衛門を見ていない。

はじめのうちは木鼠の吉五郎が連絡《つなぎ》をつけ、いまは、三坪《みつぼ》の伝次郎と連絡すればよいことになっている。

その伝次郎も船宿を売りはらって何処かへ消えてしまった。

「いずれ、こちらからつなぎをつけます。それまでは凝《じつ》としていて下せえまし」

最後に会ったとき、伝次郎はそういってよこした。

今度、伝次郎に会うまでに、岡田与力は、雲霧一味が益するような情報を得ておきたいとおもっている。

はじめのうちは、不安と恐怖の中で密偵の役目をつとめていた岡田だが、近頃では、雲霧から出る報酬を待ちかねるおもいなのだ。

情報のよし悪しによって、報酬の金高がちがってくるからである。

それに、

(役宅の者は、だれも、おれがしていることに気づいていない)

ことが、はっきりとわかる。

役宅の人びとは、岡田与力を、

「無能な人」

と、見きわめをつけている。

それだけに、岡田へは関心をもたぬのだ。

岡田甚之助は、七ツ半(午後五時)に役宅を出た。

そのころ、山田藤兵衛と高瀬俵太郎は、浅草寺の矢大臣門に近い山之宿《やまのしゅく》町で茶店をひらいている目明しの政蔵のところで密談をかわしていた。

五

夜に入ってから高瀬同心は、藤兵衛と政蔵を、本所の関口道場へ案内した。

あつく礼をのべる山田藤兵衛に、関口雄介は、

「すこしく、死体が臭《にお》うてまいったようでござる。では、ゆるりと……」

と、いい、三人を奥の部屋へ残し、何処かへ出て行った。

「どうだな?」

藤兵衛が政蔵に、

「この、駒寺《こまでら》の利吉に化けてもらうのだが、やれるか?」

政蔵は利吉の死体を見て自信をつけたらしく、

「大丈夫と存じます」

「躰つきが私と、なるほど、よく似ております」

と、いった。

政蔵は、利吉の衣類をうけとり、これを用意の風呂敷《ふろしき》に包んだ。

そこへ、関口雄介が帰って来た。

表通りの居酒屋から、酒と豆腐を買いもとめて来たのであった。

「さ、みんなでのみましょう」

「これは、先生。申しわけもありません」

と、高瀬も山田藤兵衛も恐縮してしまった。

冷酒をのみながら雄介が、生前の駒寺の利吉の風貌《ふうぼう》や挙動について、くわしく語った。

剣客のするどい眼がとらえただけに、目明しの政蔵にとっては、ききのがせぬことであったろう。

政蔵は、いちいちうなずきつつ、一語もききのがすまいとひざを乗り出していた。

雄介が語り終えると、

「まことに、ありがとうございました」

両手をついて政蔵は、ていねいにあいさつをし、

「山田様、高瀬様。それでは明日の仕度もありますので、私はこれで……」

「さようか。先刻、打ち合せたる時刻を忘れまいぞ」

「承知いたしました」

政蔵が帰って行った後に、関口雄介が意外の面もちで、こういった。

「目明しにも、あのように立派な男がいようとは、おもわぬことでした」

この夜……。

高瀬俵太郎は、役宅へも組屋敷へも帰らなかった。

山田藤兵衛は、夜ふけてから四谷《よつや》の組屋敷へ帰り、翌朝早く、役宅へ出勤して来た。

この朝。

駒寺の利吉の遺体は、関口道場に程近い法行寺《ほうぎょうじ》という小さな寺へ、ひそかにほうむられた。

この日も、雨がふりつづいた。

昼すぎになっても、まだ、高瀬同心は役宅へあらわれぬ。

山田藤兵衛が、他の与力・同心たちへ、

「高瀬は御頭の使いで、今朝早く、組屋敷から直《じか》に下総《しもうさ》の松戸まで出かけたそうな」

と、つたえた。

(高瀬が、下総の松戸へ……とは、いったい何事が起ったのであろう?)

妾宅《しょうたく》から出勤して来た岡田甚之助は、

(もしや、雲霧一味のことで、山田や高瀬が隠密《おんみつ》にうごきはじめているのではないか……?)

と、感じた。

あの、鹿伏《かぶせ》の留次郎惨殺《ざんさつ》のことあってより、盗賊改方のというよりは、山田与力と高瀬同心のうごき方が、

(どうも、隠密になったように……)

おもわれてならぬ。

留次郎と駒寺の利吉との関係があきらかにされたとき、岡田与力は、これを雲霧一味へ内通している。

それだけに気がかりであったが、いっぽう、自分たち与力にも同心たちへも、事を

洩《も》らさぬようにしているらしい安部式部や山田藤兵衛の胸の内をおしはかって見ると、

（これは、うかつなまねはできぬ）

と、おもった。

自分が雲霧一味の密偵だけに、岡田としては不安がきざしはじめた。

「どうもくさい」

「何か、あったにちがいない」

「それにしても、われわれの耳へ入れて下さらぬというは、どういうわけか……」

などと、同心たちもひそひそと語り合っていたようだが、昼すぎには市中巡回に出るものは出たし、役宅に詰めるものはそれぞれの仕事にかかった。

八ツ半（午後三時）ごろ、井口源助と津山庄七の二同心が、山田藤兵衛に呼ばれた。

すぐに、二人は、同心の〔溜《たま》り部屋〕へもどり、外出《そとで》の仕度にかかった。

「何があったのだ？」

「どこへ行く？」

同僚たちが、口ぐちに問うと、

「山田様にきいて見てくれ」

二人はそういい、役宅を急いで出て行った。

半刻《はんとき》（一時間）後に、山田藤兵衛が雨仕度で役宅を出た。

出るときに藤兵衛は、長官・安部式部の命令として、いま、役宅にいる与力・同心たちへ、

「一人も外出はならぬ。指図あるまでは組屋敷へも帰ってはならぬ」

と、いいわたしたのである。

岡田甚之助は、すこし青ざめていた。

(もしや……おれのしてきたことが、山田藤兵衛の耳へ、もれたのではあるまいか……?)

このことであった。

そのころ……。

因果小僧六之助は、石浜明神裏の〔盗人宿《ぬすびと》〕の地下蔵で、木鼠《きねずみ》の吉五郎と語り合っている。

「今夜は、おれも見張りに出ますよ、小頭」

「六之助。これはどうも、利吉のやつは姿を見せまいよ」

「そうでしょうかね……」

「おれたちが見張っていることを、さとったにちがいない」

「だからといって……」

「これだけ、諸方をさがしまわってもわからねえのだから……利吉は、おそらく一所《ひとところ》

へ隠れたきり、外へ出ねえのだ」

「じゃあ、利吉をたすけたさむらいが、かくまっているのでしょうかね？」

「さて、そこはわからぬ」

さすがの吉五郎も、あぐねきっているようであった。

六

いま、江戸にいる雲霧一味の中で、駒寺《こまでら》の利吉の顔を、もっともよく知っているのは、佐原屋の亭主だった三坪《みつぼ》の伝次郎である。この二人は以前、暁《あかつき》星右衛門の下ではたらいていたからだ。

そのほかにも、雲霧と暁が親しいので、三人ほどが、利吉の顔を見ていた。

その三人と三坪の伝次郎は毎日、江戸の内外へ足をのばし、利吉をさがしまわっている。

六之助は、利吉をたすけたさむらいをねらっていた。

六之助は、本所界隈《かいわい》にも足をのばし、五ツ目のあたりから関口道場の前を通ったけれども、あのときのさむらいが、この道場の主《あるじ》だとは気づいていない。

道でも、雄介とは出合わなかったのである。

さて、夕暮れになって……。

因果小僧六之助が身仕度をととのえていると、喜右衛門方を見張っていた犬神の亀造が駆けつけて来た。

彼は、この〔盗人宿《ぬすびと》〕を知っているけれども、もう一人の竹松は知らない。

日中は、この二人が見張りをつづけ、日暮れから翌朝までは別の〔下ばたらき〕が見張るし、六之助も一日置きに出て行く。

駒寺の利吉ひとりに、まるで、

「大変なさわぎ」

なのだが、それもこれも雲霧仁左衛門の指令なのだから、いたしかたないのである。

「どうした、亀造。まだ早《はえ》えじゃあねえか」

「六さん。そ、それどころじゃあねえ」

「なんだと？」

「利吉が……駒寺の利吉が……」

「出て来やがったか？」

「へい。喜右衛門の家へ……」

「ほ、ほんとうか？」

と、木鼠《きねずみ》の吉五郎も身を乗り出した。

「さっき、入って行きましたよ。わっしは前に二度ほど、利吉の面《つら》を見ているから、

う。

　そのとき、沛然《はいぜん》と雨が叩いて来て、うす墨でも溶きながしたように暗くなった百姓・喜右衛門方の裏手へ、笠《かさ》をかぶり雨合羽を着た男が、忽然《こつぜん》と浮き出したのだとい
間ちげえはねえ」

　亀造は、それを竹藪《たけやぶ》の中から見た。

「躰《からだ》つきが、そっくりでござんしたよ」

「なんだ、面を見なかったのか？」

「笠をかぶっていたのでね。でも、間ちげえはねえ。たしかに利吉だよ、六さん」

　男が裏手の戸を叩《たた》くと、中から喜右衛門の顔があらわれ、

「まるで抱きつくようにして利吉を中へ入れ、あの爺《じじ》いがね、凝《じっ》とあたりをうかがってから、戸を閉めましたので」

「ふうむ……」

　うなずいた木鼠の吉五郎が、

「六之助。どうやらほんものらしい」

と、いった。

「どうしますね、小頭」

　六之助の血相が変っていた。

「落ちつけ。なんだ、その顔は……六之助。お前にも似合わねえことだぞ」

「今度は逃さねえ。利吉を、いますこし泳がしておき、あのさむらいの居どころを突きとめますか?」

「それが、いちばんいいのだが……」

吉五郎は腕を組んで、しばらく考えていたが、

「ここはひとつ、おもいきって……」

「殺《や》りますか、小頭」

「いや、引っ捕えて来い。おれが責めて泥を吐かせてやる。そうすれば、そのさむらいの居どころもわかるだろう」

「よし。それじゃあ小頭……」

「あわてるな。おれも行こう」

「この雨の中を……?」

「かまわねえ。お頭に早く安心をさせたいのだ」

吉五郎は、すぐさま身仕度にかかった。

「亀造。竹松はどうした?」

「竹松は、おもてのほうを見まわっていましたが、すぐ竹藪へつれて来て見張らせておいたよ、六さん」

「よし。お前、先へ行け。おれは小頭を案内してすぐに行く」

「がってんだ」

犬神の亀造は〔盗人宿〕から駆け去って行った。

雨が、やんだようだ。

夕闇《ゆうやみ》が、夜の闇に変りつつあった。

百姓・喜右衛門の家の中では、駒寺の利吉に変装した目明しの政蔵が、なんと、高瀬俵太郎と語り合っている。

高瀬は昨夜、関口道場を出て、たくみに喜右衛門宅へ忍びこんだ。

どうして入ったかというと、地を這《は》って接近し、縁の下からもぐりこみ、喜右衛門がねむっているだろう床板の下から叩き、

「喜右衛門さん。利吉どんの使いの者だ」

二度三度、声をかけると、喜右衛門が床板をはねあげ、高瀬を中へ入れてくれた。

高瀬は裾《すそ》をたくしあげ、脇差《わきざし》と大刀を背負い、黒布で顔をおおい、ぬれ鼠のようになって這いあがって来た。

それから、高瀬俵太郎が、

「おどろいてはいけない。よく、きいてくれ」

と、虚心坦懐《たんかい》に、すべてを語り、利吉の死を告げたのである。

喜右衛門は、まばたきもせずに高瀬同心の顔を見つめていた。

そして、

「わかりましたで」

と、いった。

高瀬の嘘《うそ》いつわりのない言動に、こころを打たれたらしかった。

そして喜右衛門は、高瀬に協力を誓ったのであった。

そしていま、駒寺の利吉に変装した目明しの政蔵を迎え入れたのである。

「どうだ、政蔵、だれか見張っていたか?」

と、高瀬俵太郎。

「わかりませぬ。こうなれば、待つよりほかに仕方はございますまい」

「うむ」

喜右衛門が熱い味噌汁《みそしる》と飯をこしらえ、はこんで来てくれた。

「すまぬな」

「いいえ、こうなれば、せがれの罪ほろぼしに、どこまでもはたらきますで」

喜右衛門が、しずかにこたえた。

豪 雨

一

この夜……。

柳島村の百姓・喜右衛門方へ、

「駒寺《こまでら》の利吉を捉《つか》まえに……」

向ったのは、木鼠《きねずみ》の吉五郎と因果小僧六之助。それに屈強の〔下ばたらき〕が二名と、犬神《いぬがみ》の亀造《かめぞう》。そして、すでに喜右衛門方を見張っていた竹松の合わせて六名である。

雨勢が強くなるばかりであったが、

「ちょうどよい」

と、吉五郎がいった。

吉五郎は裾《すそ》を端折《はしょ》り、脚絆《きゃはん》に足袋をつけ、草鞋《わらじ》ばきという厳重な身ごしらえで、腰に大脇差《おおわきざし》を帯びた。

六之助たちは、それぞれに棍棒《こんぼう》や短刀《あいくち》を持ち、二人の〔下ばたらき〕は、寝棺を乗せた小さな荷車を何処《どこ》からか運んで来た。

この寝棺の中へ、捉まえた駒寺の利吉を押し込み、石浜明神裏の〔盗人宿《ぬすびと》〕へ拉致《らち》しようというわけだ。

荷車を曳《ひ》く二人は畑道をぬって柳島村へ向い、吉五郎・六之助・亀造の三名は、この前のときと同様、小舟で十間川をすすんだ。

五名が、妙見堂に近い十間川の岸辺で落ち合ったのは五ツ（午後八時）ごろであったろう。

土砂降りの雨になっていた。

小舟と荷車を岸辺の草むらへ隠しておき、五人が、喜右衛門宅の裏手へまわると、竹藪《たけやぶ》の中から、竹松があらわれ、

「兄《あに》いたちかね？」

「いやもう、ずぶ濡《ぬ》れだよ。まったくどうも……」

いいさして、木鼠の吉五郎がいることに気づき、

「こりゃあ、わざわざ小頭まで……」

「竹松。中の様子は？」

と、吉五郎。

「おりやすよ、おりやすよ」

「出て来ねえか……？」

「へい」

「ほかに、入って行った者は？」

「ごぜえやせん」

「よし」

うなずいた吉五郎が、自分と六之助と〔下ばたらき〕の二人とで、

「裏口から押しこむから、亀造と竹松は、おもてへまわれ。駒寺の利吉が逃げて出たら、その棒で撲《なぐ》りつけてしまえ」

と、指図をした。

「がってんです」

亀造と竹松が、暗闇《くらやみ》に呑《の》まれて消えた。

突如、稲妻が光った。

はっと、くびをすくめたのは、吉五郎たちではない。

喜右衛門宅の裏手の、物置小屋のうしろに、日暮れどきからひそみ隠れていた火付盗賊改方の同心・井口源助と津山庄七であった。

山田藤兵衛《とうべえ》も、御用聞き政蔵《まさぞう》配下の手先五名を引きつれ、すぐ近くで見張っているはずだ。

雷鳴がきこえた。

梅雨の最中には、あまり雷が鳴らぬものだが……。

因果小僧六之助が、するすると裏の戸へ近寄り、屋内の気配をうかがった。

吉五郎が傍《そば》へ来て、

(どうだ?)

目顔で聞いた。

低い声なら消されてしまうほどの雨音なのである。

六之助が、

「寝たらしい」

と、手まねで知らせた。

吉五郎が、うなずいて見せた。

六之助は、ふところから奇妙な形をした刃物を出し、内側から心張棒《しんばりぼう》をかってある戸と戸の隙間《すきま》へ差しこみ、ねじるようにした。

すると、わけもなく心張棒が外れた。

六之助が戸を引き開けた。

或《あ》る程度の音がしても、この烈《はげ》しい雨では、とてもきこえない。

吉五郎ほか二人が、六之助と共に土間へ踏みこんだ。

六之助が、戸を閉めた。

それを見て、物置小屋の蔭《かげ》から、井口・津山の二同心があらわれ、裏手の戸口へ走り寄り、身を伏せた。

二人とも、突棒《つくぼう》を持っている。

盗賊改方の同心の中でも、この二人は、高瀬俵太郎とならぶ剣士でもあり、神道夢《しんとう》想流の杖術《じょうじゅつ》にも長じている。

そこへ……。

御用聞き政蔵の手先で、長太郎というのが走り寄って来た。

井口同心が、長太郎の耳へ口をつけ、何かささやいた。

うなずいた長太郎が、身を転じて闇に消えた。

これは、山田藤兵衛へ連絡をしに行ったものだ。

いっぽう、喜右衛門宅の裏土間では……。

吉五郎、六之助たちが屈《かが》みこみ、屋内の様子と気配を、凝《じっ》とうかがっている。

四坪ほどの土間は台所も兼ね、土と石でできずいた竈《かまど》があり、鍋《なべ》や釜《かま》がかかっていた。

その土間が鉤《かぎ》の手になって伸びている突当りが、表口であった。

土間の正面に、炉が切ってある三坪の板敷き。その奥に二間ある。

板敷きには、だれもいず、炉の中の残り火が、わずかに燃えている。

駒寺の利吉は、奥の二間のうちのどちらかに、

（ねむっていやがるにちげえねえ）

見きわめをつけ、吉五郎たち四人が、しずかに板敷きへあがって行った。

相手は、

（老いぼれの喜右衛門が手向って来たとしても、たった二人だ）

なのである。

因果小僧六之助は、

（もう、こっちのものだ）

と、おもった。

二

また、稲光がした。

屋内にこもる雨音を、すさまじい雷鳴が引き裂いた。

二人の〔下ばたらき〕が、奥の二つの部屋の板戸を同時に引き開けた。

このときすでに、吉五郎は用意の龕燈《がんどう》二つに灯《あか》りを入れ、両手にこれを持ち、二つの部屋の中へさし向けた。

「いたぞ」

右手の部屋の奥で、人影がうごいたのである。

「野郎!!」

わめきざま、二人の手下が右の部屋へ飛びこんで行った。

六之助も、棍棒《こんぼう》をつかみ直し、

「逃がすのじゃあねえぞ」

わめきざま、躍りこんだ。

部屋の中で、悲鳴と絶叫が起った。

木鼠《きねずみ》の吉五郎は、右手の龕燈を下へおき、脇差《わきざし》を引きぬいた。

叫び声と共に、〔下ばたらき〕の一人が、のめりこむように板敷きの間へ転げ出て打ち倒れた。

「わあっ……」

「どうした?」

吉五郎がさし向ける龕燈の灯りに、すくなくとも三つの人影がせまい部屋の中で押し合い、もみ合っているのが見えた。

稲妻が疾《はし》った。

「小頭……」

因果小僧六之助が部屋から飛び出して来て、

「手がまわった。早く逃げ……」

と、吉五郎の躰《からだ》を突き飛ばすようにして、土間へ駆け下り、

「盗賊改メだ」

「な、なんだと……」

これには、吉五郎も愕然《がくぜん》となった。

そのとき……。

奥の部屋から二つの人影があらわれた。

一人は、同心・高瀬俵太郎。

一人は御用聞きの政蔵である。

二人とも身ごしらえも充分に、高瀬は盗賊改方独特の二尺五寸の長十手《じつて》をつかみ、

政蔵は突棒を構え、

「神妙にしろ!!」

と、威嚇《いかく》した。

烈《はげ》しい雷鳴の中に、吉五郎と六之助は裏の戸を蹴破《けやぶ》るようにして、戸外へ逃げた。

部屋の中では、下ばたらきの一人が高瀬の十手に撲《なぐ》りつけられ、失神していたし、

板敷きへころげ出た一人も気をうしなっている。

表の戸口でも、乱闘がはじまっていた。

表に備えていた犬神の亀造と竹松へ、山田藤兵衛の指図をうけた政蔵の手先五名があらわれ、いきなり組みついたものである。

「い、いけねえ。手がまわった」

「早く中へ……」

「小頭と六さんに、知らせろ!!」

手先を相手に闘いつつ、亀造と竹松がわめき合ったが、雨音に消えてしまった。

裏手では……。

逃げ出て来た吉五郎と六之助を、津山庄七・井口源助の二同心が待ちかまえていた。

「御用だ!!」

と、津山同心が突棒を六之助の足へからませ、ぐいとひねる。

「あっ……」

よろめく六之助へ体当りを喰《くら》わせ、津山が躍りかかった。

井口同心も津山と同じように、突棒を吉五郎の足へからめた……と、おもった。

転瞬、木鼠の吉五郎の躰が宙に舞いあがった。

井口の攻撃も間髪を入れぬものであったが、この危急の際に、吉五郎には寸分の隙《すき》もなかった、といってよい。

井口源助にしてみれば、自信満々であったろうし、

（しめた!!）

と、感じたことであろう。

それだけに、

「あっ……」

おのれの頭上を飛び越えるほど高く跳躍した木鼠《きねずみ》の吉五郎に、井口は愕然となった。

黒漆をぬりこめたような闇《やみ》に、滝のような豪雨であった。

盗賊改方も龕燈の用意はして来たが、このような豪雨では役に立たぬ。

木鼠の吉五郎は、たちまちに竹藪《たけやぶ》までの空間を走りぬけ、竹藪へ飛びこんでいる。

なんともすばらしい早わざといわねばなるまい。

「待てい!!」

井口同心は大刀を抜きはなち、後を追った。

因果小僧六之助は、津山庄七の突棒をはねのけ、腰の脇差を引きぬいたが、その手を土間から走り出た高瀬俵太郎が、

「こやつ!!」

長十手で叩《たた》き撲った。

「う……」

脇差を落した六之助が、苦痛に堪《た》えかね、がっくりとひざをつくのへ、高瀬、津山、

政蔵の三人が折り重なるようにして組み伏せた。

三

この夜の豪雨は、盗賊改方にとって、有利であったと同時に、不利でもあった。

豪雨と暗夜は、山田藤兵衛以下の捕物陣が、吉五郎や六之助の鋭敏な感覚にさとられることなく、百姓・喜右衛門宅へ接近することを得た。

しかし、その豪雨が龕燈《がんどう》の灯りや松明《たいまつ》による照明を不可能にしてしまった。

木鼠の吉五郎を取り逃がしたのも、このためといってよいだろう。

また、雲霧一味にしてみれば……。

益するところは何一つ、なかったことになる。

駒寺《こまでら》の利吉を捉《つか》まえるどころか、待ちかまえていた盗賊改方の逆襲をうけてしまったのであった。

木鼠の吉五郎は、身をもって逃れたけれども、そのかわりに〔下ばたらき〕の二名と、亀造・竹松の両名、さらに因果小僧六之助までが、盗賊改メの縄にかかってしまったのである。

吉五郎を取り逃がしたことについては、与力・山田藤兵衛が井口源助の報告をうけ、

「なるほど。雲霧一味の中では、それと知られた奴《やつ》にちがいあるまいが……なれど合

わせて五名を生け捕ることができたのは何よりだ。これほど、事がうまくはこぼうとは、実はおれも、おもっていなかった」

よろこんだのである。

雲霧一味の五人は、その夜のうちに、火付盗賊改方の役宅へ連行され、役宅内の牢《ろう》屋《や》へ押しこめられた。

「でかした。でかしたぞ」

長官《おかしら》の安部《あべ》式部《しきぶ》信旨《のぶむね》は、藤兵衛たちのはたらきをほめ、

「これにて、雲霧一味のうごきを追うことができるであろう」

と、いった。

役宅内に緊張の色がただよいはじめる。

組屋敷にいた非番の与力・同心たちへも呼び出しがかかった。

役宅の内外は、厳重な警戒につつまれた。

「さて、捕えたやつどもを如何《いかが》いたす？」

との、安部式部の問いに、山田藤兵衛は、

「なまなかに責めたてましても、おそらく彼らは白状いたしますまい。ここはおもいきって、彼らが息絶ゆるまでに責めたてて見たいと存じます」

明け方に、雨が熄《や》んだ。

山田藤兵衛は、同心たちを従えて拷問部屋《ごうもん》へあらわれ、先《ま》ず、犬神の亀造を引き出した。

藤兵衛も高瀬たちも、昨夜は一睡もしていない。

しかし、雲霧一味の自白を、

「急がねばならぬ」

のであった。

木鼠の吉五郎を捕えていたなら、喜右衛門宅を襲った雲霧一味の全員を逮捕したことになる。

だが、吉五郎は逃げた。

山田藤兵衛も、逃げた男が、まさかに雲霧仁左衛門の〔小頭〕をつとめているほどの吉五郎だとは知らぬ。

知らぬが、

「一人にても逃げたからには、このことが、雲霧仁左衛門の耳へ、たちまちにつたわることであろう。となれば、雲霧めのごとゆえ、江戸市中に在る盗人宿《ぬすびと》をはじめ、いっさいの手がかりを消してしまうにちがいない」

藤兵衛はそういって、捕えた者たちの自白を急がせたのであった。

事実、いったんは石浜明神裏の〔盗人宿〕へ逃げ帰った木鼠の吉五郎は、留守をし

ていた老婆《ろうば》のおもんへ、

「とんだことに、なってしまった……」

「どうしなすった？」

「六之助たちが、盗賊改メに捕まってしまった……」

「げえっ……」

「こいつはどうも、おもいもかけねえことだ」

「こ、小頭……」

「ぐずぐずしてはいられねえ。お前は早く此処《ここ》を出てくれ」

「そ、そんな……」

「早く、仕度を……」

と、吉五郎がおもんの耳へ、あわただしく何かささやいた。

おそらく事後の処置をおこなうための連絡《つなぎ》に、おもんを何処かへ走らせるつもりなのであろう。

おもんはすぐさま、蓑笠《みのかさ》に身をつつみ、盗人宿から走り出て行った。

老婆に似合わぬきびきびとした行動ではある。

吉五郎は、それから地下蔵へ入って行った。

いまのところ、この地下蔵に金目の物は何一つない。

けれども、さまざまな〔盗《つと》め道具〕がしまいこまれている。

これは、江戸での〔お盗め〕のときに使用するためのもので、合鍵《あいかぎ》をつくる設備まであったし、毒薬もあれば〔ねむり薬〕もある。

また、若干の火薬まで、しまいこまれてあった。

木鼠の吉五郎は、一人きりで盗人宿のあちこちを、いそがしくうごきまわった。

いま、雲霧仁左衛門は江戸にいない。

(お頭の指図をうけている暇はねえ)

のである。

吉五郎は、たちまちに盗人宿の始末を終え、小さな荷物をつくり、これを背負った。

そうして、また地下蔵へ下りていった。

吉五郎が、それからおこなったのは、火薬をつかって、この隠れ家を爆破するための仕事だったのである。

やがて……。

まだ夜が明けず、雨勢もおとろえぬうちに、石浜明神裏で爆発の轟音《ごうおん》が起った。

近辺の、まだねむりからさめぬ百姓家の人びとの中に、この音をきいたものがいたやも知れぬが、それも烈《はげ》しい雨音に半ば消されていたことだし、あまり気にとめなかったにちがいない。

異変の朝

一

こうしたわけで……。

その日の早朝に、火付盗賊改方・役宅において、犬神《いぬがみ》の亀造《かめぞう》への訊問《じんもん》がはじまったとき、石浜明神裏の〔盗人宿《ぬすびとやど》〕は、すでに木鼠《きねずみ》の吉五郎の手で爆破されていたのである。

亀造は、さまざまの拷問《ごうもん》にも堪《た》え、

「おれは何も知らねえ。知らねえことはいえねえのだ」

と、くり返すのみだ。

与力・山田藤兵衛《とうべえ》は、

「しぶとい奴《やつ》め……」

苦笑をもらし、

「よいわ。こやつを牢《ろう》へもどせ」

と、いった。

いまは、時間がない。

(急がねばならぬ)

のである。

藤兵衛は、犬神の亀造が、これほどまでに堪えるのだから、竹松《たけまつ》を白状させるのにも、

(手間がかかる)

と、おもった。

そこで〔下ばたらき〕の二人が引き出された。

こやつらも或《あ》る程度は堪えたけれども、石抱えの拷問にかかると、

「ひぃーっ……」

泣声を発して、自白をしはじめたのである。

〔石抱え〕の拷問は、先ず、三角稜《りょう》の台板の上へ罪人を正座させる。両手は後ろ手にして柱へ縛りつける。

そうしておいて、長さ三尺・巾《はば》一尺・厚さ三寸・重さ十二貫目の伊豆《いず》石を罪人の露出したひざの上へ、

「一枚、二枚……」

と、乗せて行くのである。

なにしろ、三角山型の算盤板《そろばん》の上へ正座しているのだから、たまったものではない。強情きわまる男が五枚の石をひざにうけて、脚の骨が砕けたそうだが、五枚といえば六十貫だ。

〔下ばたらき〕の二人は、三枚目の石を乗せられて、泣き出したのである。

この二人は、石浜明神裏や神田川の盗人宿について、まったく知っていない。

ただ、今度のような仕事があると、木鼠の吉五郎や因果小僧六之助などから呼び出しをうける。

その連絡《つなぎ》の場所とか、彼らが住んでいる裏長屋だとかが判明した。

「それっ」

というので、高瀬俵太郎・井口源助などの同心が先に立ち、浅草から下谷《したや》周辺にかけて、二人が吐いた五カ所へ手をまわしたが、ついに、

「何も出なかった……」

のであった。

高瀬たちは、いまさらながら、雲霧一味の組織の大きさ深さにおどろいたのである。

高瀬たちが探索をしている間にも、訊問はつづけられていた。

このとき因果小僧六之助が、いちばん後まわしにされたのは、どういうわけだったのか……。

下ばたらきの二人は、六之助のことを、

「ありゃ、六といって、何も知らねえやつを、人手不足だものだから、二分やって駆り出したのでごぜえます」

と、口を合わせていた。

かねてから、そう命じられていたし、

「もし捕まって、石抱えにでもかけられたら、お前たちの知っているつなぎの場所だけは正直に吐いてしまえ」

とも、いわれていたのである。

亀造と竹松も、同じように六之助のことを申したてた。

六之助もまた、牢屋へ押しこめられるや、恐怖と不安にさいなまれ、居たたまれぬ様子を見せる。

これは演技なのだが、それを見ていると、いかにも金につられて駆り出されただけのように見える。

引き出して、すこし叩《たた》いたり、釣責めにしたりすると、泣きわめくのみで吐き出す言葉は何もない。ないから吐けぬ、といったように見うけられる。

「こやつは、後にする。それよりも先に……」

犬神の亀造と竹松を、徹底的に、

「責めつけて見よう」

と、山田藤兵衛は的をしぼったのであった。

亀造と竹松は、必死に拷問と闘った。

けれども、ついに……。

四枚の石を抱かせられて、

「も、申しあげます」

と、吐き出した。

このときはもう、七ツ（午後四時）をまわっていた。

二人の自白によって、神田川と石浜明神裏の盗人宿の所在が、あきらかになった。

このときまで、亀造と竹松が堪えに堪えたことを知ったなら、首領の雲霧仁左衛門は、

「上出来、上出来」

と、ほめてくれたにちがいない。

二

亀造も竹松も、

（木鼠《きねずみ》の吉五郎小頭は、うまく逃げた）

ことを、知っている。

自分たちが、時間さえ稼《かせ》いでおけば、

(小頭が、かならず、うまくやってくれる)

ことは、わかりきっていた。

ゆえに、

(もう大丈夫)

と、見きわめをつけて白状におよんだのであった。

だが、この自白をきいたとき、山田藤兵衛も、長官《おかしら》の安部《あべ》式部も、

(これは、容易ならぬ……)

と、感じた。

藤兵衛は、みずから石浜明神裏へ、部下をひきいて出張《でば》ったのである。

出張ったのはよいが、肝心の盗人《ぬすびと》宿は、爆破炎上して跡形もなくなっていたではないか……。

神田川の船宿〔佐原屋〕については、すでにのべておいたように、雲霧仁左衛門は、
これを他人に売りわたしてしまっている。

買いうけた者も、そのまま〔佐原屋〕の名を引きつぎ、船宿稼業《かぎょう》をしているわけだが、盗賊改方が出張って来たのを見て、

「な、何事でござりましょう?」

狐《きつね》に、つままれたような顔をしているのだ。

むりもない。

船宿を買い取った人は盗賊の世界とは何のかかわり合いもないからである。

夜に入ってから……。

役宅へ帰って来た山田藤兵衛が、すべてを安部式部へ言上し、

「かほどに、雲霧一味の組織《しくみ》が深く、大きいものとは、おもいもおよびませなんだ」

両手をつき、うなだれたまま、しばらくは顔をあげ得なかったという。

安部式部も、おどろいていた。

これまで、盗賊改方が手がけてきた事件にはないほどの完璧《かんぺき》な防御態勢がととのっていたわけだ。それだけに、いまさらながら、

(なんとしても、雲霧仁左衛門を捕えねばならぬ)

と、式部も藤兵衛も、決意を新たにした。

「さて藤兵衛。これより如何《いかが》いたす?」

と、式部がいった。

「もはや、やつどもを責めたてたところで、何も出てはまいりますまい」

山田藤兵衛は、そうこたえた。

因果小僧六之助が、雲霧一味の中で、どのような位置をしめているかということを、藤兵衛も他の与力・同心も気づいてはいなかった。

「ま、明日のことじゃな」

落胆を押し隠し、微笑をうかべた安部式部が、

「御苦労であった」

「恐れ入りまする」

「藤兵衛」

「は……？」

「いまは、今日のこともむだとおもえようが、いずれ、実をむすぶときが来ると、わしはおもう」

「ははっ……」

この夜も、役宅の内外は厳重な警備がおこなわれた。

ところで、夜がふけてから……。

浅草・山之宿町《やまのしゅく》の我が家へもどった目明しの政蔵《まさぞう》は、こうおもっていた。

（こいつは、おれの勘ばたらきだけかも知れねえが……どうもあの、六之助とかいう若《わけ》え男《の》が、なんとなく気にかかる。そうだ、明日、御役宅へ行き、山田藤兵衛様へ申しあげてみよう。あの、六之助というやつ。おれが高瀬さんと、喜右衛門の寝間へ隠

れて待ちうけていたとき、他の二人といっしょに、飛びこんで来たような気がしてならねえし……それに、おれと高瀬さんが、やつらに飛びかかったとき、板敷きへ逃げ出し、外にいただれかに何か叫び声をかけた、その声が、どうも、よく似ている？）

今日の政蔵は、与力や同心たちが大童《おおわらわ》ではたらいていたものだから、

（よけいな口を出してはいけねえ）

と、ひかえていた。

だが、どうも、

（一足、遅れていなさる……）

の感は否《いな》めなかったのである。

（いずれにしろ、明日のことだ）

政蔵は、女房のお延《のぶ》が仕度をしておいてくれた寝酒をのんで、ねむることにした。

さすがの政蔵も、この夜のうちに、

（あのような一大事が起ろうとは……）

夢にも考えていなかったのであった。

異変は、夜ふけというよりも、明け方に近い八ツ半（午前三時）ごろに盗賊改方・役宅で起ったのである。

その異変とは、放火であった。

火付盗賊改方の役宅へ、火を放ったものがいたことになる。

現代《いま》より二百数十年も前の火事が、

「どのように恐ろしいものか……」

それは、いうまでもない。

放火犯人の刑は、もっとも重かった。

なればこそ〔火付盗賊改方〕という特別警察も設けられたのである。

その本拠へ、火がつけられたということになれば、長官・安部式部の体面は、

「まるつぶれ」

になってしまう。

折悪《おりあ》しく雨がふっていない。

風が絶えていたのは不幸中の幸いというべきであった。

盗賊改方の役宅は、長官・安部式部の私邸をも兼ねている。

そのころはまだ、この役目に任じた旗本は、わが屋敷を役宅に改造して使用した。

清水門外に、官邸ともいうべき役宅がもうけられたのは、後年になってからだ。

安部式部邸は、市《いち》ケ谷《や》御門と牛込《うしごめ》御門の中程にあり、江戸城・外濠《そとぼり》の土手の内側にたちならぶ旗本屋敷の一つであった。

いまの千代田区富士見二丁目ということになる。

屋敷の西側が正門で、門を入って塀《へい》の両傍《わき》に、与力・同心の詰所、長屋などがあり、それから北側の、外濠に面した塀の内に、牢屋《ろうや》や拷問《ごうもん》部屋などが建てられてあった。

いうまでもなく、このあたりの警備は、当夜も厳重をきわめていた。

それにもかかわらず、火が放たれたのである。

三

牢屋《ろうや》といっても、伝馬《てんま》町にある幕府の牢屋敷のような大がかりなものではない。

役宅内の牢屋だから、いまでいうなら各地区の警察署の留置場のようなものだが、これへ盗賊などが押しこめられると、牢屋と同じ棟の〔牢屋台所〕で食事をつくることになる。

火はこの牢屋台所から出た。

後でしらべて、わかったことだが、この台所ではたらいていた小者たちが火の不始末をしたわけではない。

それにもかかわらず、火が出たというのは、まさに放火ということになるではないか……。

前夜から、役宅の内外は、与力・同心の大半が詰め切っていたし、外濠《そとぼり》に面した塀外の道にも番所があり、ここへは盗賊改方の同心が交替で詰めていた。

とにかく、牢屋の番人が、

「あっ……」

気づいたときには、牢屋台所からふき出した炎がめらめらと牢屋内へ移り、

「手のつけようもなかった……」

と、いうのである。

単なる放火ではない。

「油をつかったのだ」

と、山田藤兵衛がいった。

番人がさわぎ出して、一同が駆けつけたときには、牢屋の一棟へ完全に火がまわりつくし、どうにもならぬ。

それよりも、類焼を防ぐことが先決となった。

役宅の他の箇所へ火が移れば、さらにとなりの旗本屋敷へ……そうして土手四番町の武家屋敷へ火がおよぶとなれば、

「わしが、腹を切っても追いつくものではなかった……」

と、のちに、安部式部が述懐している。

与力も同心も、小者たちも必死になって消火にはたらいた。

近辺の旗本屋敷からも人数がくり出して来て、応援をする。

これが、よくもあり、わるくもあった。

おかげで類焼はふせげたけれども、役宅のまわりの道という道が、それらの人数でいっぱいになってしまい、目もあてられぬ混乱状態となった。

山田藤兵衛は、

「雲霧一味の者を逃すな!!」

と叫び、役宅の内外を盗賊改方の手で固めたかったのだが、そうした手くばりをするどころのさわぎではない。

牢屋の棟が焼け落ちたときの物凄《ものすご》さは、火柱が空へ突き立ち、火焔《かえん》が渦を巻き、

「これではもう、雲霧一味も焼け死ぬよりほかはない」

「いや、もう、焼けこげているわ」

同心たちも、手をこまねくばかりであった。

焼失したのは牢屋敷の一棟と番人小屋で、あとは火がかかりはしても、どうにか消しとめた。

朝になって、牢屋敷の焼け跡から出た焼死体は、合わせて五つ。

「それなら雲霧一味は、すべて焼け死んだことになる」

わけだが、そうではなかった。

五つのうちの一つは、牢屋内に詰めていた番人の一人であることが、はっきりとわ

かったからだ。

では残る四人が、

「だれとだれか……？」

ということだ。

〔下ばたらき〕の二人に、犬神の亀造と竹松。この四人なのである。

残る因果小僧六之助の焼死体は、ついに発見されなかった。

（これは、大変なことになった……）

と、山田藤兵衛が、同心・高瀬俵太郎のみをひそかに呼び、

「高瀬は何とおもう？」

「は……」

高瀬俵太郎は、しばらくだまっていた。

「どうした。おもうところあらば遠慮なく申せ」

「は……では……」

「ふむ。なんと？」

「これは、御役宅内から出たものでございますな」

「やはり、そうおもうか？」

「御屋敷内の者が火を放ちましたものか……または、手引きをして、外からひそかに

火付者をまねき入れたか、そのどちらかでございましょう」

「そうか。わしも、そうおもうていたのだ」

これは、捨てておけぬ。

盗賊改方の中に、この犯行へ荷担した者がいるということになる。

「高瀬、こころあたりがあるのか？」

「ございませぬ。が、しかし、そうとしかおもわれませぬ。私と、井口源助は不眠にて役宅の外を見張っておりました」

「さようか……」

因果小僧六之助が、火事にまぎれて脱出したというなら、役宅外の道へ他家の人びとがくり出し、大さわぎになってからと見てよい。

「これは、容易ならぬことになった……わしにも見当がつかぬ」

朝になると、そのことのみではなくなってきた。

長官・安部式部は幕府へ、この不始末を言上し、その裁決をうけねばならぬ。

式部も、相当の覚悟をしていたようであった。

盗賊改方の役宅は、暗澹《あんたん》たる空気につつまれた。

安部式部は、

「わしの身が如何《いかが》なろうとかまわぬ。ただ一人、逃げた雲霧一味がいると申すのなら、すぐさま探し出せ」

と、命を下した。

ほんらいなら、安部式部の責任問題が、幕府によって解決を見るまでは、盗賊改方全体が謹慎していなければならぬ。

だが、式部は敢然として探索を命じた。

雲霧一味に対する盗賊改方は、いまや、「憎悪《ぞうお》の念」に、燃えていたといってもよいであろう。

尾張《おわり》・名古屋

一

奥庭の何処《どこ》かで、しきりに、鶸《ひわ》が鳴いている。

鶸は雀《すずめ》よりも小さいが、人に馴《な》れやすいのであろうか、お千代が飯粒の少し乾かしたものを庭へ出てふりまいてやると、たちまちに群れあつまって啄《ついば》むのである。

いま、お千代の部屋の障子は閉めきられていた。

松屋吉兵衛《きちべえ》は、名古屋へもどり、わが家の奥の離れ屋にお千代を入れ、

（こうなれば、もう女房も同様じゃ）

とばかり、無我夢中で、お千代の躰《からだ》に溺《おぼ》れこんだ。

夏のさかりに、それこそ、

「飽くこともなく……」

離れへ通いつめて来た吉兵衛は、一月《ひと》もすると、すっかり躰をこわしてしまった。

江戸に長い間、滞在をしていて、帰りの旅の疲れも残っているのに、あまりにもむりをしすぎたことになる。

それでも、秋風が吹くようになると、めきめき回復し、

「これからは、つつしまぬといけませぬな」

などといいながら、それでも三日に一度は、お千代を抱かぬと、

「飯も汁も、うもうない」

のだそうな。

そのかわり吉兵衛は、お千代のところへ来るのを日中にした。

そのほうが、家族や奉公人の手前、都合もよいし、

「日中のほうが、疲れが残らぬ」

などと、いっている。

そこは商売柄、高価な薬も手に入るし、名古屋城下に軒をならべる商家の中でも、松屋吉兵衛は、

「五本の指に入る……」

ほどの大金持なのだから、ぜいたくな養生がおもいのままであった。

それでも、病みあがりだけに、

「ええ、もう……おもうままにならぬはこれだけじゃ」

ときには、お千代を搔《か》き抱きながらも、脂汗《あぶらあせ》をかいて焦《じ》れに焦れる。

そうしたときは、むしろ嗜虐《しぎゃく》的になってきて、吉兵衛はお千代の乳房へ嚙《か》みついたり、こんもりと脹《は》った下腹に爪《つめ》を立てたりするのである。

「ああ……ああ、今日は、久しぶりで、うれしゅうござった」

豊満な、お千代の胸乳《むなぢ》の間へ顔を埋め、荒い呼吸をしずめながら松屋吉兵衛が満足げに、

「これでもう大丈夫。すっかり大丈夫。わしの躰も元どおりになりましたなあ」

五十二歳の吉兵衛が妙な甘え声で、

「千代どの。口うつしに、水のませて下され」

おくめんもなくいう。

「あい、あい」

やわらかい、お千代のくちびるを吉兵衛は音をたてて吸った。

「ま、こんなに汗が……」

と、吉兵衛からはなれたお千代が掛蒲団《かけぶとん》から裸の半身をのばし、枕《まくら》もとの手ぬぐいを取った。

背骨の両側へみごとにもりあがった白い背中の肉置《ししお》きを見ていて、吉兵衛は眼がくらむようなおもいがした。

白い背中が、汗と女のあぶらに光っているのである。

お千代は、毛髪がのびかけているので、いつも紫色の頭巾《ずきん》をかむっていた。

それが、

(なんともいえずに、なまめかしい。たまらぬ、たまらぬ)

松屋吉兵衛は、このごろ、

(いっそのこと、千代どのを女房にしてしまおうか)

と、おもいはじめていた。

尼僧《にそう》姿のお千代を江戸から連れて来たとき、吉兵衛は跡つぎの息子・吉太郎夫婦や、その他の家族、奉公人たちへ、

「わけあって、わしがお世話をすることになったが、身分の高いお方ゆえ、くれぐれも、ぶしつけなことをせぬよう。よいか」

と、おごそかにいいわたした。

だが、いまとなっては主人と尼法師の関係を、だれひとり知らぬものはない。

それにしても、お千代のことを、

「やはり、身分の高いお方らしい」

「あのようなお人と、旦那《だんな》さまは、いったいどうして知り合ったのか？」

「ま、よいわい、よいわい。あのお方が来てから、旦那さまがやかましいこと、いわぬようになったがな」

「いう暇もないがな」

などと、奉公人たちが蔭《かげ》でひそひそと語り合ったりしている。

お千代は、ほとんど離れ屋にこもって暮しているが、それでも月に二度ほどは、松屋吉兵衛の案内で近辺の名所を見物に出た。

「女中をつけて、身のまわりの世話を……」

と、吉兵衛がいったとき、

「いえ、大丈夫でござります。爺《じい》や一人でじゅうぶんでござります」

お千代は、ことわった。

そのほうが吉兵衛にとっても都合がよい。

妻は、すでに亡《な》くなっていても、そこは大店《おおだな》の主《あるじ》だけに、奉公人の手前もある、ということを、考えているからであろう。

お千代が、ふっくらとした左の腕をあげ、くろぐろとした腋《わき》の下をおもうさま見せて汗をぬぐう態《さま》に、

「ああ、もう、たまらぬ。たまらぬ……」

松屋吉兵衛は、大きな躰をもみたてるようにしてはね起き、お千代の腰へしがみついた。

二

薬《くすり》種問屋〔好蘭堂《こうらんどう》・松屋吉兵衛〕の店舗と住宅は、名古屋城の大手門前を南へ入った上本町《かみほんちょう》の一角にある。

このあたりは、名古屋城下でも一流の商業地区であって、松屋吉兵衛方の奉公人は、下女や飯たきの下男までふくめると四十名にもおよぶ。

地所は、五百坪。

表通りに面した店舗につづいて、主人や家族の居住区があり、奉公人の大半は中二階にねむる。

土蔵や物置小屋が、合わせて七つ。

そして、お千代が住み暮している茶室めいた離れ屋は三間から成ってい、江戸から

つきそって来た老船頭の治平は、離れの外の物置小屋を改造し、そこに暮している。

その治平が或《あ》る日、伊勢《いせ》町の〔笹屋《ささや》〕という化粧品屋へ出かけた。

名古屋城下の町々は、いわゆる〔碁盤割り〕の町割りになってい、この点、京都に似ている。

松屋吉兵衛の店がある上本町から東へ、二つ目の筋から三つ目までが伊勢町であった。

〔笹屋〕は、江戸に本店があって、花の露という髪油と、京白粉《おしろい》が佳《よ》ろしく、七化《ななば》け
お千代も江戸では、

「紅と白粉は、笹屋利仙《りせん》にかぎる」

などといっていたものだ。

その支店が名古屋にあったのだから、お千代が治平に命じ、買物に行かせたのも当然であろう。

もっとも、いまのお千代に髪油は必要でない。

名古屋へ来てから治平は、もう何度も、笹屋へ使いに出ていた。

この日は、どんよりと曇っていたが、城下目ぬきの町すじだけに人通りが多い。

治平が行く通りの北面、二つ目の道は、片端《かたばた》筋とよばれ、名古屋城・外濠《そとぼり》に沿った大通りである。

その向うに、武家屋敷の屋根屋根を圧して、名古屋城の威容がのぞまれた。

治平が、松屋を出て、上七間町をすぎ、呉服町と伊勢町の境へさしかかったときだ。

片端筋の方からやって来た一人の虚無僧《こむそう》が、道端の石塊《いしくれ》か何かにつまずいたらしく、

「あ……」

よろめいて、かなり強く、治平の躰《からだ》へぶつかって来たものである。

治平は、おもわず両腕をのばして虚無僧の躰をささえ、

「あぶない、あぶない」

「や……これは、どうも……」

いいつつ、虚無僧の手がすっと、治平のふところへさし入れられたのと同時に、

「お千代は、変りないか？」

す早く、ささやいてきた。

その声、まぎれもなく木鼠《きねずみ》の吉五郎のものであった。

治平のふところへさし入れた手が結び文を落しこみ、すぐさま引きぬかれた。

治平は、別におどろかぬ。

いろいろなかたちで、こうした連絡《つなぎ》があることに、治平は馴《な》れているのだ。

「変りはござんせぬ」

治平も、ささやき返した。

「や、御無礼」

虚無僧姿の吉五郎は、完全に顔を隠した深編笠《がさ》をかたむけて、いんぎんに礼をし、尺八を片手に悠々として東へ、常盤《ときわ》町の方へ去って行く。

治平は何事もなかったような顔つきで、笹屋の店へ入って行った。

治平が松屋へ帰って来て、件《くだん》の結び文を、お千代へわたし、

「小頭《こがしら》に出合いましたよ」

と、いった。

「まあ、小頭が……では、お頭も名古屋へ入りなすったのかえ?」

「ともかく、その手紙を読んでごらんなせえ」

結び文をほどいたお千代の面《おもて》に、血がのぼり、

「お頭の筆《て》だよ」

息がつまったように、いう。

文面は、簡単なもので、およそ、つぎのようなことを雲霧仁左衛門が書いてきている。

お前が江戸で、六之助にいいつけ、盗賊改方の密偵・鹿伏《かぶせ》の留次郎を殺させたのがはずみとなり、こなたはさんざんな目におうた。

そこで、江戸にある隠れ家は、すべて始末を、一味の者を名古屋のまわりから上方《かみがた》すじへ散らしたが、今度は盗賊改メの手入れにかかり、まことにひどい目におうた。名古屋ともなれば、盗賊改メの目もとどくまいが、なれど、くれぐれもゆだんあるまじく、こころしてもらいたい。両三日の間に、むりをせぬよう、外へ出られるのなら、大須《おおす》の観音へ参詣《さんけい》するとでもいいたて、万松寺《ばんしょうじ》の西側の松並木にある〔藤《ふじ》屋《や》〕という茶店へ来てもらいたい。治平がいっしょにてもかまわぬ。その茶店へ入り、茶をのんで、ひと休みしていてくれればよい。さすれば、こなたよりつなぎをつける。なるべくは昼すぎ、八ツ（午後二時）ごろがよい。

「治平どん。お頭からだよ。お頭に会えそうだよ」

と、お千代が結び文を治平へわたし、

「お前も、よんでごらん」

「かまいませぬか」

「かまわないとも」

お千代の声が、はずみきっている。

治平が、じろりと見て、

「お前さんともあろう人が、浮かれなすっては、いけねえ」

つぶやくようにいった。

お千代が、屹《きつ》と治平を見て、

「ばか」

低いが、するどく、

「ばかをいうと、承知しない」

治平は、こたえぬ。

黙もくと読み終え、手紙をお千代に返し、部屋から出て行った。

三

亀岳山・万松寺は、曹洞宗《そうとう》の寺院で、能登《のと》の総持寺の末寺だそうな。

万松寺は、むかしから尾張《おわり》を領有していた大名と関係がふかい。

戦国のころは、かの織田信長《おだのぶなが》の父・信秀《のぶひで》の庇護《ひご》をうけ、大雲和尚《たいうんおしよう》を開山として、愛知郡・名古屋村に、二年がかりで諸堂宇を完成したという。

徳川の世となってからは、将軍御三家の一である尾張・徳川家の庇護をうけ、現在の地へ移った。

総門も立派なもので、境内は三千坪におよぶ。

万松寺の周辺は大小の神社・仏閣が密集し、したがって、それに付随する門前町がひらけ、その賑《にぎ》わいも非常なものだ。

神社・仏閣への参詣《さんけい》は、当時の人びとにとっては、

〔何よりの愉楽〕

だったのである。

松屋吉兵衛方を出て、上本町・東面の通りを南下し、広小路をすぎ、寺町の門前町へ入って、大須《おおす》観音の手前、惣見《そうけん》寺の角を東へ行くと、突当りに万松寺の松並木がのぞまれる。

万松寺の総門は、境内の南面にあるが、その東西両側には美しい松並木があり、これをもって塀《へい》の代りとしてあった。

松並木の、ところどころに、万松寺の許可を得たわら屋根の茶店があり、雲霧仁左衛門がお千代にいってよこした〔藤屋〕も、その一つだ。

仁左衛門の結び文を見た翌日、お千代は松屋吉兵衛に、

「明日は、大須の観音さまへ詣《まい》りたいと存じます」

と、いい出た。

「あ、それはよい。だれかを供につけてやりましょう」

「いえ、すでに、あなたさまの御案内にて参詣いたしておりますれば……こたびは治平ひとりにてだいじょうぶでございます」

「まあ、そう申されずとも……」

吉兵衛は、お千代と語り合うとき、何とはなしに胸を張り、ことばづかいに勿体《もったい》がつくようになってしまった。

「いえ、おかまい下されますな。お店の人について来られますと……」

お千代が紅《あか》いくちびるを吉兵衛の耳朶《みみたぶ》へふれんばかりに差し寄せ、

「なにやら、はずかしゅうて……」

と、いった。

吉兵衛は、何とも表現しがたい歓喜の表情になり、

「そうか、そうか……」

うなずきつつ、お千代に、

「あのなあ……」

「はい？」

「お前さまは、いつまでも……いつまでも、わしのところに居て下されると、先日もいうてでござったな」

「あい」

「まことか？」

「はい」

「それなら、いっそ、わしの女房になって下さるまいか？」

おもいきって、吉兵衛が、

「そうして下され、そうして下され」

「なれど……」

「なれど？」

「それは……」

「それは？」

「いますこし、待って下さりませ」

「なぜでござる？」

「これまでに私は、私の生れ素姓を、あなたさまへ申しあげてはおりませなんだ」

「ききたい。ききとうござる」

「いえ、いますこしの間、おゆるし下されませ」

「どうしてじゃ？」

「いろいろと、深い事情《わけ》もござりますゆえ、いま、すこし……私の素姓を申しあげるこころが決りましたとき、はっきりと……」

「女房になって下さるかな？」

「はい」

「では、それまで待つことにしましょうわい。いやもう、かたちなぞよりも、こうして二人は……」

吉兵衛がお千代の頰へ顔をすり寄せ、

「いまの二人は、夫婦《めおと》も同様じゃがな」

「はい」

松屋では、お千代のことを好意の眼で見ている。

跡つぎの息子・吉太郎夫婦も、

「あのようなお人なら、父ごの嫁に迎えてもよい」

「私も、そうおもいます。美しゅうて、おとなしやかで、奥へ入ったきり、しずかに凝《じっ》とお暮しなさる様子が何やらお気の毒な……」

語り合っているらしい。

さて翌日……。

相変らずの尼僧《にそう》姿で、白絹の頭巾《ずきん》をかむった七化けお千代が、治平をつれて松屋を出た。

秋晴れの空には、雲ひとつ浮いていない。

お千代と治平が若宮八幡宮《はちまんぐう》前をすぎ、となりの性高院という寺の総門前へさしかかった、そのときであった。

この武士、江戸の本所・五ツ目に道場をかまえる一刀流の剣客・関口雄介だったのである。

あまりに豊艶《ほうえん》な尼僧の美しさに瞠目《どうもく》し、立ちどまって、遠ざかるお千代を見送った。

「ほう……」

大須観音の門前町のあたりから来た編笠《あみがさ》の武士がひとり、お千代とすれちがって、

四

関口雄介が、どうしてまた、名古屋城下へあらわれたのか……。

それはさておき、このときの雄介は、すれちがった美しい尼僧《にそう》が、まさかに愛弟《まなで》子《し》・高瀬俵太郎をはじめ、江戸の火付盗賊改方が、

「血相を変えて……」

さがしまわっている盗賊・雲霧仁左衛門一味の〔七化けお千代〕だとは、夢にもおもって見ぬことであった。

むろん、関口雄介は、雲霧一味とはまったく関係のないことで、十日ほど前に江戸から名古屋へ到着していた。

いっぽう、お千代と治平にしても、関口雄介については、

「見たことも、きいたこともない」

わけであった。

立ちどまった雄介が編笠《あみがさ》のふちをあげ、自分を見送ったことに、お千代は気づいていた。

いたが、このとき、門前町通りを往来する人びとは男女にかかわらず、お千代に視線を向けぬものはなかった。

眼をふせて、外出のときは化粧の気もなく、つつましやかに歩を運ぶお千代の躰《からだ》からにおいたつものは、隠そうとしても隠しきれぬものであった。

お千代は、むしろ、ほこらしげに、ちらりと雄介を見返したほどなのである。

それから間もなく……。

お千代と治平は万松寺の境内を横切り、西側の松並木へ入って行った。

茶店の〔藤屋〕は、すぐに、わかった。

わら屋根の、風雅な構えで、ひろい土間には緋毛氈《ひもうせん》を敷いた腰掛けが並べられ、その奥に小座敷がある。

お千代と治平は、だまって入り、腰掛けへかけて、

「お茶を、たのみます」

と、いった。

老夫婦に、十六、七歳の小女が一人で、この茶店を切りまわしているらしい。

すでに、二組ほどの客がいた。

上質の糝粉《しんこ》を蒸し、よくねりあげた小さな細長い餅《もち》へ白砂糖をふりかけたものと、茶がはこばれて来た。

お千代と治平は、眼と眼を見合せた。

「この茶店の老夫婦と小女に、見おぼえがあるかえ？」

「いいえ……お千代さんは？」

「私も、知らない」

二人の眼と眼は、そう語り合ったようである。

が、いずれにせよ、この藤屋の老夫婦は、雲霧仁左衛門の、

「息が、かかった者」

と、見てよい。

お千代も治平も、だまって糝粉餅をつまみ、茶をのんだ。

茶店の中の、男の客が瞠目《どうもく》して、尼僧姿のお千代を見ている。

あかるい秋の陽ざしが、いくらか、かたむいてきたようだ。

二組の客が、相次いで茶店を出て行ったのは、それから四半刻《しはんとき》（三十分）ほどのことで、

「もし……」

客を見送ってもどって来た藤屋の老いた亭主が、品のよい口ぶりで、お千代の耳もとへ、

「どうぞ、こちらへ……」

と、ささやいた。

うなずいたお千代が、すっと立ちあがり、亭主の案内で、奥の小座敷へ入る。

治平は、腰掛けからうごかなかった。

大きな竈《かまど》の前に、ちょこなんとすわっている老婆《ろうば》が、治平を見て、にっこりとうなずいて見せた。

これは、自分も同じ雲霧一味だということをしめす微笑であった。

小さな躰つきの、まるで童女のように愛らしい顔つきの老婆である。

(もしやすると、夫婦ではねえかも知れねえ)

と、治平はおもった。

亭主よりも老婆のほうが、ずっと年上に見えたからだ。

さて……。

奥の小座敷へ、お千代を案内した亭主は後ろ手に障子をしめ切り、

「ごめんを……」

お千代へ会釈《えしやく》を送り、お千代の前へ出て、ひょいと屈《かが》みこんだとおもったら、目の

前の壁がくるりとまわって、

「口を開けた……」

のであった。

「さ、早《はよ》う」

と、亭主がうながした。

軽くうなずき、お千代は壁の中へ入った。

すぐに、壁が閉じられる気配が背後に感じられた。

ほとんど、音がたたぬ。

そこは、一畳敷きほどの板張りで、壁に見せかけた戸が閉ると、どこに何があるのか、見当もつかぬほど暗かった。

しかし、突当りの上のほうから、わずかに光が射《さ》しこんでい、そこに巾《はば》の狭い箱階段があるのに、お千代は気づいた。

(この階段を、のぼれというのか……?)

お千代が、そうおもったとき、

「お千代か……」

階段の上から、声が落ちてきた。

「あ……お頭」

まぎれもなく、雲霧仁左衛門の声である。

「上へ、来ぬか」

「あ、あい……」

お千代の胸の高鳴りが烈《はげ》しくなった。

五

そのころ……。

剣客・関口雄介は、城下の逗留先《とうりゆう》へ帰り着いていた。

逗留先は、武家の屋敷である。

尾張《おわり》藩士・鈴木又七郎の屋敷であった。

鈴木邸は、名古屋城の内濠《うちぼり》の西側の角地にある。

当主の又七郎は馬廻役をつとめて、俸禄《ほうろく》は百五十石。

その身分にしては、拝領屋敷が、

「よい場所にありすぎる……」

ようにおもわれる。

鈴木邸のまわりには、四、五百石級の藩士の屋敷ばかりであった。

雄介が門を入って行くと、

「お帰りなされませ」

玄関の右側の、湯殿と台所へ通ずる木戸のあたりから老僕・孫十があらわれ、

「今日は、どちらを御見物でござりました?」

「大須《おおす》の観音堂へ詣《まい》って来た」

「あの辺りも、ずいぶんと変りましてござりましょう」

「変った、変った。大変なにぎわいだな」

この二人のはなしぶりを見ていると、ずっと以前からの知り合いのように、感じられる。

「又七郎殿は、お帰りか?」

「はい、はい。お待ちかねのようでござりますよ」

孫十が雄介を見る老眼の、いかにもやさしげな、いつくしみのこもった光は、単に主人の客へ相対してるだけのものではない。

孫十は、いわば下男である。

それでいて、家族の一員のような雰囲気《ふんいき》が、その老体にただよっているのだ。

孫十は、もう七十をこえているにちがいない。

関口雄介は、この屋敷の主《あるじ》の居間へ入って行った。

鈴木又七郎は、御城を退出して来て、着替えをすまし、居間に落ちついたところで

ある。

「お帰りか？」

又七郎が、にっこりと雄介を迎え、

「ま、これへ」

「かまいませぬか」

「茶を」

「はい」

背丈も高く、たくましい雄介にくらべて、鈴木又七郎は小柄で、ふっくらとした顔つき躰《からだ》つきで、血色がすこぶる良い。

揉上《もみあ》げも、袖口《そでぐち》からのぞいている手頸《てくび》にも体毛が濃かった。そのくせ、頭髪は心細いもので額から脳天へかけて禿《は》げあがり、

「おかげで、わしは月代《さかやき》を剃《そ》らずにすむ」

と、いつも又七郎は愉快そうに笑うのである。

このように、一見したところ対照的な二人であるが、よく注意して見ると、

「どこか、似ている……」

ような感じがする。

ふといい鼻すじや、くろぐろと張った双眸《そうぼう》が、

「よく似ている……」

のである。

そして、関口雄介は二人きりになると、鈴木又七郎のことを、

「兄上」

と、よぶ。

雄介は、三十四、五歳に見えるが、実は三十歳だ。

又七郎は四十をこえて見えるが三十七歳。

しかし、この二人、兄弟ではない。

雄介の伯父で、今は故人となった鈴木又兵衛の長男が又七郎勝正《かつまさ》なのだ。

だから二人は、従兄弟《いとこ》同士ということになる。

又七郎の妻女・静《しず》が、茶を持ってあらわれ、

「雄介さま。今日は、どちらへ？」

「大須の観音堂へ」

「それはまあ、遠くまで……」

「十年ぶりでござる。御城下の諸処方々を歩いていますと、むかしのことがなつかしくおもわれまして……」

と、雄介は又七郎夫妻に対し、どこまでも折目正しい。

妻女は、茶を置いて引き下って行った。

二人は、しばらくの間、午後の陽ざしがみちている庭をながめつつ、茶を喫した。

あまり、手入れをせぬ庭であった。

それだけに、木立が深い。

屋敷は合わせて十間《ま》ほどで、あまり大きくはないが、庭はひろかった。

居間に面した庭は、樹齢三十年ほどの柿の木で、これが屋根の高さを越え、大きく張りひろげた枝が赤い実をいっぱいにつけている。

「ところで……」

と、鈴木又七郎が、たくましい従弟《いとこ》を見上げるようにして、

「こころは、決ったかな?」

「なにぶんにも、おもいがけぬことにて……」

「なれど、たのみたい。おぬしとなら、こころを合わせて何事もしてのけられよう」

「はい」

「おぬしの、いまの気ままな暮しをさまたげることになるが……」

「いや、それは……まさに、気ままではござるが、いささか……」

「いささか?」

「は。退屈でもござって……」

ぽんとひざを打った又七郎が、

「よし。決ったな」

と、いった。

関口雄介は、苦笑と共に、こうこたえた。

「いま、決りました」

六

夕闇《ゆうやみ》が、せまい屋根裏の小部屋を侵しはじめた。

敷きのべられた夜具の上で、寝衣《ねまき》姿の雲霧仁左衛門が腹這《はらば》いになり、愛用の、後藤孫右衛門作の銀煙管《ぎせる》で、しずかに煙草《たばこ》を吸っている。

七化けお千代は、その傍へすわり、うつ向いていた。

すでに、お千代は身づくろいをすませていたが、法衣の下の豊満な肌身は、まだ熱かった。

仁左衛門からうけた、束《つか》の間《ま》の愛撫《あいぶ》だけでは、一年もの間、これを待ちこがれていただけに、お千代の情炎が燃えつくしたとはいえなかった。

「これ……」

と、仁左衛門が、

「今日は、もはや、これまで」

「あい……」

こたえたお千代の声の、しおらしさはどうであろう。

短い時間であったが、仁左衛門の愛撫をおもい起して、お千代は十七の小娘のように、はじらっているのである。

因果小僧六之助や、三坪《みつぼ》の伝次郎が、このお千代を見たら、どのような顔つきをすることか……。

「また、会えよう」

「お頭さま……」

「うむ?」

「今度は、いつ?」

「こちらから知らせよう」

仁左衛門は、お千代の顔も見ぬままに、煙草を吸いつづけながら、

「今度の盗《つと》めが終ったなら、二度と、お前に引き込みの役目はさせぬ」

と、いった。

冷たいようにきこえて、しかも、どことなく男の真情がこもっている仁左衛門の声であった。

と……。

お千代が、たまりかねたように仁左衛門の背中へしがみつき、

「うれしゅうござんす……」

「さ、行け」

「あい……」

「遅くなって、怪しまれてはならぬ」

「はい」

「行け。あ、お千代。松屋吉兵衛方へ入りこませる者は、男がよいか、女がよいか?」

「それは、やはり……」

「男じゃな」

「そのほうが……」

「よし」

半身を起した雲霧仁左衛門が、お千代を胸に抱きしめてやって、

「まさかに、六之助ではいけまい?」

「……はい」

お千代は、仁左衛門の胸へ顔を押しつけた。

江戸の盗人宿《ぬすびと》で、因果小僧六之助を自分が抱いたことを、仁左衛門は知っていない。

（あんなことを、しなければよかった……）

仁左衛門の、うす汗がにじんだ胸肌から、香《こうば》しい体臭がただよってくるのを、お千代は存分に吸いこんだ。

「では、州走《すばし》りの熊五郎《くまごろう》がよいか？」

「いいえ……」

「もっともよいのは、木鼠《きねずみ》の吉五郎なのだが……これは、私の手もとからはなせぬし……」

「ごもっともでございます」

「では……三坪の伝次郎」

「伝次郎さんが、こちらへ来ているのでございますか？」

「来ている」

「でも……」

「嫌か？」

じろりと仁左衛門に見られて、お千代は身がすくむおもいがした。

もっとも、三坪の伝次郎とは別に疚《やま》しいことをしているわけではない。

いい寄って来た伝次郎を、お千代は手きびしくはねつけている。

それでいて、やはり、仁左衛門に会うと、こだわってしまうのである。

そもそも仁左衛門は、お千代が松屋吉兵衛と、どのようなことをしているかをわきまえているのだ。

そのことだけでも、お千代は、たまらない気もちにさせられる。仁左衛門の前にいるからなのだ。

「さて、困った……」

仁左衛門は、微《かす》かなためいきを吐《つ》き、

「山猫の三次というわけにもゆくまいが……」

「いいえ……」

お千代が、自信ありげに、

「三次なら、却《かえ》って大丈夫とおもいます」

「そうか、な」

「はい」

「ふうむ……そうか、なるほど。お前がそういう気もちは、私にもわかるような気がする」

「ね……」

と、お千代は甘えて、仁左衛門の寝衣のえりもとを押しひろげ、胸肌へくちびるをつけた。

堅く引きしまった仁左衛門の胸が、先刻はお千代の乳房を強く圧《お》し、もみしだいていたのである。

「よし。いま一度、考えてみよう。いま、ここで、仕事を急《せ》いてもはじまらぬことだ。連絡《つなぎ》がつけやすいよう、きまった時刻に治平を使いに出すことを忘れるな」

「わかっております」

「ともかく、江戸では当分、手も足も出せなくなってしまった……」

お千代は、うなだれた。

火付盗賊改方に、雲霧一味の探索の手がかりをあたえたのは、お千代が六之助に指図して鹿伏《かぶせ》の留次郎を殺害《せつがい》させたことが、端緒となっている。

ほんらいなら、お千代は仁左衛門から厳罰をうけなくてはならぬところであった。

それを、ゆるしてもらえているのは、いまのお千代が今度の大仕事に掛替のない大役をつとめているからであった。

七

尾張《おわり》・名古屋六十一万九千石の徳川家は、いわゆる将軍御三家の一である。

初代将軍・徳川家康《いえやす》の子を先祖とする尾張、紀州、水戸の〔御三家〕は、諸大名の首位にあって将軍を補佐し、もしも将軍家に跡つぎのないときは、尾張・紀州の両徳川家から跡つぎを入れ、将軍位に就けることになっている。

尾張藩・徳川家の藩祖は、徳川家康の第九子・義直《よしなお》であった。

この尾張大納言《だいなごん》義直について、つぎのようなはなしが残されている。

それは、寛永十年（一六三三年）の冬のことであったが……。

ときの徳川三代将軍・家光《いえみつ》が大病にかかった。

これをきいた大納言義直は、すぐさま準武装に身をかため、侍臣数名をしたがえたのみで馬に飛び乗り、名古屋城を発して江戸表へ駆けつけた。

義直が品川まで来ると、其処《そこ》に、幕府の大老・酒井忠勝《ただかつ》が出迎えていて、

「上様《うえさま》、おゆるしもなきに、何ゆえの御下向《げこう》なるや？」

と、いう。

義直は、厳然として、

「申すまでもないこと。将軍家には、いまだ御子がなく、もしも、このたびの御病気が重《おも》って御他界ともなれば、天下の騒乱をよぶやもはかりがたい」

「なんと、おおせある」

あまりに、義直がおもいきったことをいうものだから、幕府の最高役職をつとめて将軍を補佐している酒井忠勝が気色ばんだのも当然であったろう。

だが、大納言義直は、いささかも臆《おく》さず、

「躬《み》は、将軍家の叔父である。なればこそ御名代として江戸城を守護し、天下を他家へわたさぬために駆けつけてまいった」

すかさず酒井大老が、

「いや、上様には追いおい御快癒《かいゆ》に向わせられてござる。御案じなさるまじ」

「さようか。ならば、御見舞つかまつろう」

「それにはおよびませぬ」

と、酒井はあくまでも拒み通し、ついに尾張義直を品川から一歩も江戸へ入れなかったという。

当時は、まだ徳川政権の土台も、万全のものとはいえず、このときから四年後に、キリシタン宗徒の反乱が九州の島原や天草で起り、幕府は大軍を発し、散々に手古摺《てこず》ったあげく、ようやくこれを鎮圧することを得たほどだ。

この挿話《そうわ》の真偽はさておき、いかにも徳川時代初期の緊迫した情勢が、うかがわれる。

そして……。

このとき以来、幕府の尾張家へ対する警戒の眼が、ひそかに光りはじめたのだそうな。

徳川義直の稟性《ひんせい》は、すぐれている。

それだけに、

「あのとき、尾張大納言が江戸へ駆けつけたのは、将軍位への執心を、はっきりと示されたのだ」

などと、当時、世上のうわさがやかましかったとか。

また寛永十九年には……。

将軍・家光に、ようやく竹千代(のちの四代将軍・家綱)という世子ができて赤坂山王社へ初詣《はつもう》での儀式がおこなわれたとき、家光は、

「竹千代に、三家が扈従《こじゅう》するよう」

と、内命を下した。

尾張・紀州・水戸の三家に対し、将軍の威厳を示そうとしたのであろう。

しかし、義直は、

「いまだ将軍位にも就き給《たま》わぬ御世子に、三家が扈従するは、典礼にかなわぬことである」

と、はねつけたが、

「ならば、それがし、御世子に先立ちて参詣《さんけい》つかまつる」

家光の顔をも立ててやったというのである。

ものの本に、

「幕府の権威は、三代・家光に至って、もっとも伸長した。

だが、尾張義直は、その間にあって、義を名分に取って、いささかも屈しなかった。

それもこれも、宗家（将軍家）を愛するの至誠によるものであった」

と、ある。

尾張義直といい、紀州の徳川頼宣《よりのぶ》、水戸の徳川頼房《よりふさ》・光圀《みつくに》父子といい、かたちは異なっていても、それぞれに、

「三家の誇り」

をもって、きびしく将軍と幕府に相対していたものだ。

ゆえに……。

将軍と幕府が、徐々に三家のちからを殺《そ》ごうとはかったのも、うなずけぬことではない。

この、盗賊・雲霧仁左衛門一味の物語を書きすすめてゆくにつれ、何故、このように、尾張家と幕府の関係にふれることになったか……。

それは、これからの、この小説の推移が答えるであろう。

いま、尾張六十余万石の城主は、六代目の徳川継友《つぐとも》である。

そして徳川家康が、大坂戦争において、豊臣《とよとみ》の残存勢力を討ちほろぼし、完全に、

日本の天下統一を成しとげてより百七年を経ている。

現将軍は、徳川吉宗《よしむね》。

三家のうちの紀州・徳川家から迎えられて、吉宗が八代将軍の座に就いてから、足かけ七年目にあたる。

八

松屋吉兵衛が、いつか寝ものがたりに、お千代へ、

「前の尾張《おわり》の殿さまも、いまの殿さまも、八代将軍《さま》になるところだったのじゃ」

と、洩《も》らしたことがあった。

尾張継友は、九年ほど前に、尾張・名古屋六十一万石の城主となった。

前の殿さまは、五郎太といい、三歳にして父・吉通《よしみち》の跡をついだが、その年の秋に病死してしまったから、藩主としての実績は何もない。

だから、松屋吉兵衛が、

「前の殿さま」

と、よんだのは、四代藩主の徳川吉通をさしているのだ。

ところで、正徳二年（一七一二年）の秋。

六代将軍の家宣《いえのぶ》が死の病にかかったとき、世子の鍋松《なべまつ》は、わずか四歳の幼児にすぎ

なかった。

それで家宣は、

「鍋松では、天下を治むるにこころもとない。神祖（家康）が、御三家をもうけたのは、このようなときのことをお考えあそばしたからであろう。尾張（吉通）を七代将軍位に就け、鍋松が成長のあかつきには、八代将軍に……」

という意向であったが、側近の新井白石が、

「いかに幼少とは申せ、御世子をさしおいて、そのようなことをなされまいては、天下騒乱の原因《もと》となりましょう」

と、押しとどめ、鍋松に万一のことあったときは、尾張から吉通を迎えようということになり、鍋松は七代将軍・家継となったわけだが在位、わずかに四年。この将軍は八歳で病死してしまった。

新井白石は、当代一の朱子学者であり、家宣に見出《みいだ》され、その儒臣となったのが立身の糸口となり、当時は将軍側近の政治家として、隠然たる勢力をもっていた。

「新井白石がな、将軍さまを言いくるめて、前の殿さまを、しりぞけてしもうたのは、やはり、それはな……」

やはり、これまでの幕府における自分の勢力を存続させるために、ほかならなかったのだ、と、松屋吉兵衛はお千代にいった。

「尾張の殿さまはな、わしに、あたまが上らぬところもあるのじゃ」

などと、松屋吉兵衛がひそかに鼻をうごめかしているところを見ると、相当な金を尾張家へ貸しているというう、わ、さも、

(まんざら、嘘《うそ》ではない……)

ように、おもえる。

尾張六十何万石といっても、内情は大変らしい。

七代将軍の家継が亡《な》くなったとき、尾張家は、すでに現中納言《ちゆうなごん》継友の代になっていた。

継友は吉通の弟であるから、これも幼少のままに夭逝《ようせい》した甥《おい》の五郎太の跡をついだことになる。

一方、幕府としても、早世した七代将軍の跡つぎを見つけなくてはならぬ。

わずか八歳で亡くなった七代将軍に、跡つぎの子がいるわけはない。

そこでまた、尾張家へチャンスがめぐって来た。

そしてまた、御三家の一つ、紀州・徳川家からも、

「ぜひとも、紀州家から新将軍を……」

と、懸命の運動が開始された。

藩祖・義直以来、

「尾張から天下の将軍を出す、ということは、これはもう尾張の……」

尾張の〔悲願〕であったのだと、松屋吉兵衛はいう。

そのときの運動費は莫大《ばくだい》なものであって、

「わしも、ずいぶんと、殿さまのためにちからを貸したものじゃ」

吉兵衛は得意げに、お千代へ語った。

しかし、このときも、尾張家に好運の波は寄せて来なかった。

紀州家は、当時の藩主・徳川吉宗をもって、

「新将軍に……」

というのである。

吉宗は、紀州家二代の藩主・光貞《みつさだ》の三男で、若いころは逆境にあまんじていたが、兄たちが相次いで病死したので、紀州本家へ迎えられ、五代藩主として見事に財政をたて直し、政治家としての力量を天下にしめしていた。

年齢も三十をこえたばかりで体格は強壮をきわめ、武芸に達し、見るからに、

「たのもしい……」

のである。

一説には、江戸城大奥の女権が、

「ぜひとも紀州から新将軍を……」

と、熱烈に暗躍をした、などといわれているほどだ。

それに、尾張継友よりも、紀州吉宗のほうが、

「権現様《ごんげんさま》（家康）の曾孫《ひまご》にあたるし、尾張家にくらべると、一世代だけ御血すじが近い」

という表向きの名目が、六代将軍家宣《いえのぶ》の遺命というかたちになり、ついに八代将軍は、紀州吉宗に決定した。

それが、六年前のことであった。

「あのときは、お千代どのにもはなせぬような、恐ろしいことがいくらもありましてな。いやはや、御公儀のすることは怖い、恐ろしい。怖うて怖うて……」

なのだそうである。

九

関口雄介が、従兄《いとこ》・鈴木又七郎の「たのみごと」を、引きうけることに決めた日の二日後の夜になってからだが……。

この日。又七郎は、夜に入るまで、御城から帰って来ない。

雄介は、ひとりで夕飯をすませた。

いつもは、又七郎と共に食べるのである。

「姉上……」

と、従兄の妻女・静を、そうよんで、雄介が、

「兄上は、遅うございますな」

「はい。めずらしいことではありませぬ」

「さようですか。私が名古屋へまいりましてから、このように遅いことは……」

「はい。遅いときは毎夜のように……」

「ははあ……」

又七郎が帰宅したのは、なんと四ツ（午後十時）ごろで、すでに雄介は、滞在中に、

「おぬしの部屋にしてくれ」

と、いわれた奥の部屋で、ねむりについていた。

「雄介……これ、雄介……」

廊下でよぶ又七郎の声に、雄介は目ざめた。

「兄上……？」

「さよう」

「お帰りなされ」

「うむ。入ってよいか？」

「さ、どうぞ」

寝床の上へ起き上り、胸もとをかき合せた関口雄介へ、入って来た鈴木又七郎が、

「これから、いっしょに来てもらいたい」

「いずこへ？」

「ま、来てくれい。よいな」

「かまいませぬ」

「身仕度をしてくれ」

「はい」

仕度をして、又七郎の居間へ行くと、又七郎が、妻女がいれた茶をのんでいるところであった。

又七郎は、黒の筒袖《つつそで》の羽織を着込み、伊賀袴《いがばかま》をつけている。

これは、

〔御側《おそば》足軽組〕

の制服というべきものである。

鈴木又七郎の正規の役名は、

〔馬廻役〕

であった。

その馬廻役の一人である又七郎なのだが、戦争が何処《どこ》にも起らず、また起る可能性

もない現在、又七郎は、御側足軽組という特殊な役目につき、十名の部下の〔長〕であった。

この、御側足軽組というのは、いったい、どのような役目なのか……。

はじめのうちは、よくわからなかった関口雄介も、いまは、

（おぼろげながら……）

察しがついたようである。

「では、まいろう」

又七郎が立ちあがった。

雄介は、従兄につづいて屋敷を出た。

日中なら、屋敷から内濠《うちぼり》に沿った道へ出ると濠をへだてて、名古屋城・西ノ丸の向うに、金の鯱《しやちほこ》をいただいて、そびえ立つ五階五層の大天守がのぞまれるが、いまは夜の闇《やみ》に溶けこんでしまっている。

名古屋城は、慶長十五年（一六一〇年）に徳川家康が、加藤清正をはじめ西国の諸大名に命じ、築城工事に着手させ、四年の歳月をかけて完成したものであった。

名古屋は、むかし、今川氏豊の城があったところで、その後、織田氏が居城をかまえたこともあるけれども、織田信長の代となってから、本城は、名古屋に近い清須《きよす》へ移された。

信長は、さらに岐阜から近江《おうみ》へ進出したため、名古屋は、まったくさびれてしまった。

信長も秀吉《ひでよし》も、この世を去り、徳川家康が〔天下人《てんがびと》〕としての第一歩を踏み出した関ヶ原戦争のころは、福島正則《まさのり》が尾張《おわり》の府城としての清須城主であったが、戦後、正則が安芸《あき》の国・広島の城主となったため、徳川家康は、九男の義直を清須の城主とした。

家康は、徳川幕府の本拠となった江戸と、天皇おわす京都とをむすぶ要衝として重要視し、

「尾張は、われらにとって、もっとも大事なところじゃ」

と、いった。

万一のことあって、徳川の軍事力が京・大坂を制圧せんとするときは、尾張が徳川軍の一大兵站《へいたん》基地となるわけであった。

そこで、家康は、性質もすぐれてい、わが血肉を分けた子でもある徳川義直をもって、尾張の国を治めさせることにした。

もっとも、当時の義直は、八歳の子供にすぎない。

そこで家康は、自分の譜代の重臣であった成瀬正成《まさなり》や平岩親吉《ちかよし》を、わが子の義直の家老としてさしむけたばかりでなく、義直の家臣団の中心は、すべて、徳川家の、

「息のかかった……」

武士たちをもって構成せしめたのであった。

尾張家には、そのときの誇りが百年を経たいまも残っている。

それが、将軍位を争った紀州家に破れた、ということだ。

のみならず、現幕府は、ことごとに、尾張家を、

「白眼視している……」

のである。

「さ、こちらへ……」

と、鈴木又七郎は、内濠に沿った道を右へ曲った。

右側は、城の西ノ丸であった。

この曲輪《くるわ》は、六棟の蔵と、ひろい芝生とから成りたっている。

「六つの御蔵は、ほとんど御米蔵じゃ」

と、いつか鈴木又七郎が関口雄介に語ったことがある。

この西ノ丸の北方に、濠をへだてて、

〔御深井《おふけ》ノ丸〕

と、よばれる一郭がある。

御深井ノ丸は、名古屋城の本丸・二ノ丸・三ノ丸・西ノ丸を合わせたよりも、はる

かにひろい。

名古屋築城前の、御深井ノ丸があるあたりは、むかしからの湿地帯であって、大きな沼があったそうな。

徳川家康は、

「ここを城の背後《うしろ》の防備《まもり》とするように」

と、命じたらしい。

そこで、初代藩主・徳川義直は、さらに沼を掘りひろげ、東西二町、南北二町におよぶ大池をつくった。

大池の南岸には小島を築き、弁天の祠《ほこら》をまつり、岸辺には竹長押《なげし》の茶屋をもうけた。

この茶屋、城中に何か異変が起ったとき、殿さまが退避するためのものだという。

忍び駕籠《かご》

一

名古屋城の、西ノ丸と御深井《おふけ》ノ丸の境に、紅葉《もみじ》矢来を立てまわした番所がある。

鈴木又七郎と関口雄介が、その番所へ近づいて行くと、声もかけぬのに、内側から、木戸が音もなく開いた。

又七郎は雄介にうなずいて見せ、木戸を入る。

番士が、又七郎へ一礼した。

双方ともに無言であった。

濠端《ほりばた》の道を行くと、突き当りに〔茅庵御門《ぼうあん》〕とよばれる門があり、その傍《わき》に番所と、別の小さな門があった。

又七郎と雄介は、その傍門から、御深井ノ庭へ入って行ったのである。

「兄上……」

「む?」

「これより、何処へまいりますか?」

「ま、よい。だまってついて来てくれい」

「はい」

御深井ノ丸と庭については、むろん、雄介も聞き知っていたが、中へ入るのは今夜がはじめてであったし、尾張《おわり》藩士の中の高禄《こうろく》を食《は》む人びとといえども、生涯、この御深井ノ庭を見ぬことが多い。

それでいて、百五十石の鈴木又七郎が、大仰にいうなら御深井ノ庭を、

(わが家の庭のごとく……)

に、日夜出入りをしているのは、どういうわけであろうか。

それは〔御側《おそば》足軽組・組頭〕という役目なればこそであった。

この役目は、そうして見ると、何やら、よほどの特権をあたえられているようにおもえる。


月も星もない夜ふけであった。

宏大《こうだい》な御深井ノ庭が、森林のように感じられる。

それほどに、木立が深いのだ。

灯《あか》りもなしに鈴木又七郎は、木立の中の道をすすむ。

どこかで、鳥の羽撃《はばた》きがきこえた。

と……。

木立をぬけた。

夜の闇《やみ》になれた関口雄介の眼前に、突如として、湖のような水面があらわれた。

「ここで、しばらく待とう」

と、鈴木又七郎がいう。

「何を待つのです、兄上」

「いまに、わかる」

「これは、池ですな?」

「うむ。御蓮《おはす》ノ池という」

「大きい池ですな」

「この御深井ノ庭は、西ノ丸につづいた御深井ノ丸の中にふくみこまれていることになっているが、実は、大濠によって区切られている。いるがしかし、大濠の水は、この御庭の東から北へまわり、御蓮ノ池へもながれこんでいるのだ」

「ははあ……」

「しずかに……」

と、又七郎が雄介を制した。

池のほとりの道へ、大きな黒い影が闇の幕の中からにじみ出るように浮いて出た。

「御待たせいたしました」

と、黒い影が、又七郎の前へ片ひざをついた。

「うむ」

うなずいた又七郎が、雄介に、

「これなるは、わしが組下の大海《おおみ》常右衛門。柔術の名手だ」

と、引き合せ、常右衛門へは、

「わしが従弟《いとこ》・関口雄介」

「お名前は、かねがね、組頭よりうけたまわっております」

大海常右衛門は巨体を折り曲げるようにして、雄介へ丁重なあいさつをする。

おそらく、身長は六尺に近いだろう。

まるで力士のように見事な体軀《たいく》のもちぬしなのである。

「いま、しばらくお待ちを……」

常右衛門のことばにうなずいた鈴木又七郎が、

「雄介。この大海常右衛門は、駕籠に人を乗せ、ただ一人にてこれを担《かつ》ぐことができる」

「ほう……」

「それに足も速い。一日に四十里は走る」

これには雄介も、すくなからずおどろいた。

これほどの巨体で、よくも、それほどに走れるものだ。

〔御側足軽組〕という役目は——大海常右衛門のような、組下の身分が軽い者たちも、この御深井ノ庭の南端の一角に官舎があり、家族と共に住み暮していることをとって見ただけでも、いかに特殊なものかということが知れよう。

これは後になって、関口雄介にもわかったことだが……。

大海常右衛門には、

〔忍び駕籠〕

という特殊任務がある。

御側足軽組の中で、大海家のみには、常右衛門一人が担げるように造られた塗物駕籠が、ひそかに隠されてある。

家の玄関を入った正面の土間の左手に三坪ほどの板敷きがあり、この中に駕籠が置かれ、平常は、二重の板戸がこれを隠しているのだ。

この〔忍び駕籠〕は、

「万一にも……」

名古屋城中に異変、非常の事あった場合、藩主・尾張継友が、この駕籠へ乗り、城外へ脱出するためのものなのである。

二

これも後になってのことだが、鈴木又七郎が、関口雄介へ、こう洩《も》らした。

「この忍び駕籠《かご》をもうけたのは、中納言様《ちゆうなごん》(継友)が、深く、大海常右衛門を御信頼あそばされておわすからじゃ」

とすれば……。

忍び駕籠は、現藩主・中納言継友の代になってから、もうけられたことになる。

それは、いったい何を意味するのか……。

名古屋城は、徳川家康《いえやす》が、わが子の義直《よしなお》のために精魂をかたむけて築きあげた天下の名城である。

しかも、尾張《おわり》徳川家は、天下を治める徳川将軍にとって、もっとも血すじの濃い〔御三家〕の一つなのであった。

その尾張家の藩主が、天下泰平のいま、忍び駕籠とやらに隠れ、居城を脱出するような異変が、果して起るものなのか……。

いや、

(起るやも知れぬ……)

という想定があればこそ、尾張継友は、このような秘命を大海常右衛門にあたえたのであろう。そういうことになるではないか……。

それでは、何者によって、このような異変が尾張家にもたらされるというのか……。

いずれにせよ、この忍び駕籠の一事をとってみても、御側《おそば》足軽組の役目が容易なものでないことがわかる。

さて……。

御蓮《おはす》ノ池のほとりで、三人は、どれほどの時をすごしたろう。

しばらくして、また黒い影が一つ、あらわれ、鈴木又七郎へ、

「よろしゅうござる」

と、声をかけ、すぐに木立の中へ消えた。

「では……」

大海常右衛門が先に立った。

しばらく行くと、御蓮ノ池へながれこむ小川のほとりへ出た。

土橋が、小川に架っている。

これをわたると、またしても、深い木立にはさまれた細道へ入った。

鳥の羽ばたきがきこえる。

御蓮ノ池の、水鳥の羽ばたきであった。

この道も池に沿って、めぐっているらしい。

やがて、木立の向うに、ぽつりと灯が見えた。

御蓮ノ池の北端に、鳥の頭のように括《くび》れた小さな池があって、これを〔丸池《まるいけ》〕とよぶ。

丸池のほとりに〔松山の御茶屋〕とよばれるわら屋根の茶屋があり、灯りは、そこから洩れているのであった。

これは、竹長押《なげし》の御茶屋とは別のものである。

その茶屋の前へ来て、鈴木又七郎が、

「雄介……」

と、ささやき、正座した。

関口雄介も、それにならった。

いつの間にか、大海常右衛門の姿が消えている。

又七郎と雄介が正座しているすぐ眼の前に茶屋の縁側があり、障子がたてきってあった。

（これは、なんだ……？）

雄介が、くびをかしげて、従兄《いとこ》の又七郎を見やった。

又七郎は、やや緊張して正面を向いたまま、雄介を見ようともせぬ。

ややあって……。

ふわりと、大海常右衛門が縁側へあらわれ、

「お出ましにございます」

と、低くいった。

障子の向うに人影がさした。

それを見て常右衛門が、しずかに、しずかに障子を引き開ける。

「ははっ……」

と、鈴木又七郎が平伏をした。

雄介も、それにならった。

「又七郎か」

茶屋の中の人が、声をかけてきた。

細いが澄んでいて、よく通る声であった。

「ははっ。これなるは関口雄介めにござりまする」

「さようか……」

すこし間があって、茶屋の中の人が、

「躬《み》は中納言継友である。こたびは、尾張家のために、そのほうがはたらきくれるそうな。たのむぞよ」

と、いった。

なんと、この夜ふけに、尾張中納言・徳川継友が御深井《おふけ》ノ庭へ来て、いまは江戸の巷《ちまた》の小さな剣術道場の主《あるじ》として日を送っている関口雄介を引見したのであった。

三

そのころ、城下の上本町にある松屋吉兵衛《きちべえ》方の離れ屋では、ちかごろ、めずらしく、夜ふけに忍んで来た吉兵衛がお千代を抱き、寝物語をしている。

例によって、離れ屋の間には、お千代が焚《た》きこめた天竺《てんじく》(印度《インド》)わたりの香の匂《にお》いが、なやましくただよっていた。

「尾張家《おわり》は、御先祖の……ほれ、いつか、お千代さんにもはなした大納言《だいなごん》義直さまのころから、御公儀に睨《にら》まれていてな。その、ずっとむかしのことなのだが……尾張からも近い三河の岡崎。そこの五万石の殿さまで、水野監物忠善《けんもつただよし》という御大名が、わずか六里ほどはなれた、この名古屋へひそかにやって来て、御城の様子をさぐろうとしたことがある」

「まあ……その、お殿さまが御自分で？」

「そうとも、そうとも。すこしばかり血の気の多い殿さんでな」

その、水野監物忠善は、徳川譜代の大名であって、はじめは父の遺領であった下総《しもうさ》・山川三万五千石をつぎ、のちに三河の吉田《よしだ》へ国替えを命ぜられたが、三年後に岡崎五万石の城主となった。

これは、徳川幕府が、譜代の家臣である水野忠善を岡崎へ移し、名古屋の尾張家を、

「ひそかに監視せしめるためのもの……」

であったなどと、当時は風評がたったものだそうな。

その真偽はさておき、当の水野監物忠善自身は、そのつもりであったらしい。

(尾張大納言は、将軍位に強い執着をもち、隙《すき》あらば、天下をわがものにしよう御存念じゃ)

と、考えたのかどうか、あるとき、水野忠善は、たった一名の侍臣をつれたのみで

岡崎城を出て、名古屋城下へ入った。

水野忠善は、なんと綿商人に変装していたという。五万石の大名が、である。

忠善は、

「急病にかかった」

と、家臣たちにふれ出しておき、笠原助右衛門という侍臣と共に、岡崎をぬけ出したらしい。

主従二人は、名古屋城下の商家へ連絡をつけ、ここに泊って城下の様子をさぐること三日。四日目の昼下りに、水野忠善が、

「ひとつ、城構えを見ておいてやろう」

と、いい出し、わざと荷を積んだ小舟を仕立て、これに乗って名古屋市中から城の巾下《はばした》門へ通ずる堀川をさかのぼって行った。

これが正保《しょうほう》三年（一六四六年）の夏というから、

「さよう、いまからおよそ、七十年も前のことじゃが……」

と、松屋吉兵衛が、

「そりゃもう、お千代さん。水野忠善さまというのは、えらい元気な殿さんでな。舟の中から御土居へ飛びあがり、御濠端《おほりばた》へ計り縄を投げこんで、御濠の水の深さをはかろうとしたらしい」

「まあ……」

「すると、そのときじゃ。ちょうど大納言さまが、御城の櫓《やぐら》に出ておられて、これをお見つけなさったのじゃ」

「あれ、まあ……」

大納言義直は、家臣に、

「怪しき奴《やつ》、捕えてまいれ」

と、命じた。

商人に変装をした水野忠善主従は、草鞋《わらじ》のひもか何かをむすび直す様子を見せながら、濠の水深をはかっていたのだが、道行く人の眼はくらませても、櫓の上から見下ろしていた大納言義直には、水野主従のしていることが、

「まる見えになってしもうた。あは、はは……」

と、吉兵衛が、さも愉快そうに笑った。

大納言義直の下知によって、たちまちに巾下門の板木《ばんぎ》や鳴子が鳴りわたり、急を告げた。

「しまった!!」

というので水野主従は舟へ飛び乗り、対岸へ着けて、林の中へ駆けこみ、追手から逃れることができたのは、

「よほどに運がよかったのであろう。残念なことをしたものじゃ」

と、このはなしをするときの松屋吉兵衛は、そのときの大納言義直のような気もちになっているらしい。

「これからも、どのようなことが起るか、知れたものではないわい」

お千代の乳房をもてあそびつつ、松屋吉兵衛が、いまいましげに、

「御公儀は、尾張を目の敵《かたき》にしている」

と、つぶやいた。

「それは、いまもつづいて……?」

「うむ、うむ……」

「どのようなことが、起るというのでございますか?」

「う……いや、いや、これは、お千代さんとは関《かか》わり合いのないことじゃ」

「なれど、心配な……」

「かまわぬ、かまわぬ。わしがついているゆえ、何も案ずることはない」

「あれ、もう……」

「よいじゃないか、わしは元気じゃ」

「もう、眠うて……」

「それじゃ、ひと眠りしてから、また、な……」

眼を閉じたお千代にならって、松屋吉兵衛も、

「すぐに起しますぞ、よろしいか、よろしいな……」

などと、執拗《しつよう》にささやきかけるうち、さすがに、ぐったりと疲れたのであろう、吉兵衛がいびきをかきはじめた。

そのころ……。

鈴木又七郎と関口雄介は、御深井《おふけ》ノ庭の〔紅葉矢来の御番所〕を出て、濠端の道へあらわれた。

又七郎も雄介も、これまでは無言であったが、番所を出たとたんに、

「いや、おどろきました」

ためいきのような声で、又七郎にいった。

「そうであろう」

「まさかに……中納言《ちゆうなごん》様へ目通りをしようとは、おもいおよばぬことでした」

「この御役目に就くものは、かならず中納言様が顔をお見知りおかるることになっているのだ」

「ははあ……」

「いつ、どこで、おぬしが中納言様のために、はたらかねばならぬやも知れぬし
……」

又七郎は、そこで声をのんだが、すぐに、

「いつ、どこで、どのようなことが起るやも知れぬ」

むしろ沈痛に、松屋吉兵衛と同じようなことをつぶやいた。

「雄介。これで当分、江戸へは帰れぬぞ。よいな」

「仕方ありませぬな」

「道場は、どうする？」

「手紙をやって、門人どもに留守をさせておきます。うまいぐあいにやってくれましょうよ」

「なれど、雄介……」

「はい？」

「生きて江戸へ帰れるか、どうかじゃ」

「なるほど……」

するとと、又七郎が、

「うは、はは……」

可笑《おか》しげに笑い出して、

「いや、冗談じゃ、冗談じゃ」

雄介は、すこしも動じなかったが、

「なれど兄上。いずれ、御役御免の折は、江戸へ帰らせていただきます。これは、はじめからの約束です」

「わかった。それほどに尾張の家来となるのが嫌か」

「江戸で剣術をつかっているのは、まことに気楽ですからな。ふ、ふふ……」

油断

一

それから五日ほど後のことであったが……。

前の夜から降りつづいている雨が熄《や》んだところで、老僕の治平が、伊勢《いせ》町の〔笹《さ さ》屋《や》〕へ、お千代にたのまれた口紅を買いに出かけた。

熄んでいた雨が、また降り出した八ツ(午後二時)ごろであったろう。

治平が、二十六、七歳に見える旅姿の小柄な男をつれ、松屋吉兵衛《きちべえ》方へ帰って来た。

「この男は三次郎と申しまして、ずっと以前に、庵主《あんじゅ》さまのところで下男をいたしておりました」

と、治平が、番頭の宗五郎にいったそうな。

庵主さまとは、むろん、尼僧《にそう》に化けているお千代をさしたものだ。

三次郎は、色のくろい、顔の小さな、あごが妙なかたちに尖《とが》っている、いかにも土くさい実直そうな男だ。ろくに口もきけぬほど怖々《おどおど》した態《てい》で、治平のうしろに身をちぢめていた。

「おもいがけぬことでございました。伊勢町の通りで、ばったりと出合いましたので……」

と、これは治平が、松屋吉兵衛に告げたことばである。

「はい、はい。この三次郎は、岐阜の在に実家がございまして、庵主さまの下《もと》をはなれてから、そちらへ帰っておりましたが、このごろ、どうも、いろいろと実家に面倒がありましたようで、また、庵主さまのところへもどろうと、故郷《くに》を出て来たところなのだそうでございますよ」

松屋吉兵衛の問いにこたえて治平が、このように代弁するのへ、三次郎はいちいちうなずきながら、何やら、さびしげな様子であった。

「そうかえ、そうかえ。それは、うまく出合《でお》うてよかった。お千代……いや、庵主さまが、この名古屋の御城下へ来ておいでなのを知らずに、この人が江戸へ下ったら、行先も知れぬことゆえ、さぞ困ったろう」

「さようでございます」

「まあ、あげてやりなさい。庵主さまにも会わせてあげたらよい」

「かまいませぬか？」

「ああ、よいとも」

「ありがとうございます。それでは……」

と、治平は庭づたいに、お千代がいる離れ屋へ、三次郎を案内して行った。

この三次郎なる者が、盗賊・雲霧仁左衛門の配下で〔山猫〕と異名をとった三次であることなど、松屋吉兵衛は、

「知るよしもない……」

のである。

「なあ、番頭どのよ。あの三次郎とかいう男、小さな顔のまん中に、眼も鼻も口も、ひとかたまりにかたまっているような、めずらしい顔つきをしていたわい」

「さようで。それに旦那《だんな》さま。あの男の耳をごらんになりましたかな？」

「うむ、うむ。大きくて尖った耳じゃ。猫のような耳じゃ」

「ほんに……」

「なれど、まじめそうな男ではないか。のう、番頭どの」

「ほんに、ほんに……」

などと二人が店の帳場の前で語り合っているとき、通りをへだてた向い側の呉服屋

〔大和屋善助〕方の軒下に、雨やどりのかたちで、たたずんでいる若い男がある。

この男、物堅そうな商人《あきんど》の風体であったが、実は江戸から名古屋へ移って来た因果小僧六之助であった。

しばらく、松屋方を見まもっていた六之助は、治平につれられて入って行った山猫の三次が出て来ないのを見とどけ、

(どうやら、うまく入りこめたようだ)

と、雨も小熄みになったのをさいわい、大和屋の軒下をはなれた。

万松寺の松並木にある茶店〔藤屋〕の屋根裏部屋に潜む雲霧仁左衛門へ、首尾を告げるためであった。

六之助は、上本町の東側の道を、まっすぐに南へ下って行く。

雨が降ったり熄んだりの天気であったが、なにしろ、このあたりは名古屋城下でも、

「目抜きの……」

町すじゆえ、通行の人びともすくなくない。

上本町をすぎた因果小僧六之助が、福井町をすぎようとしたとき、下七間町の火の見櫓《やぐら》のある道を福井町へ出て来た塗笠《ぬりがさ》の武士が、眼前を通りすぎて行った因果小僧を見かけ、

(や……あれは?)

塗笠の縁をあげ、六之助の後ろ姿を見送った。

この武士、関口雄介である。

今年の初夏の、あの夜……。

柳島村の十間川沿いの道で、雄介は、六之助たちに殺されようとしていた駒寺《こまでら》の利吉を救ったが、闇《やみ》の中でも、すぐれた剣士である雄介の眼は、六之助の顔かたちを見おぼえていたのだ。

(ふうむ……あの男が、名古屋に来ていたのか……)

であった。

関口雄介は、因果小僧六之助を尾行しはじめた。

六之助は、これにまったく気づかなかった。

彼にしては、あまりにも迂闊《うかつ》であったといえよう。

探索がきびしい江戸にくらべて、他国の尾張《おわり》・名古屋ともなれば、いくらか、気のゆるみもあったのだろうか……。

〔藤屋〕の屋根裏部屋で、六之助の報告をきき終えた雲霧仁左衛門が、こういった。

「六之助。江戸とちがって、この名古屋は、のんびりとした御城下に見ゆるが、なかなかにそうでない。いつ何処《どこ》で、どのような人の眼が光っているか、知れたものではないのだ。これは、いつも申しわたしてあることだが、くれぐれも、油断は禁物」

二

この夜。

従兄《いとこ》・鈴木又七郎の屋敷へもどり、夕餉《ゆうげ》をすませてから、自室へ引きこもった関口雄介が手紙をしたためている。

宛先《あてさき》は、江戸にいる自分の門人であり、火付盗賊改方・同心をつとめている高瀬俵太郎であった。

雄介は今日、因果小僧六之助が〔藤屋〕へ入るのを見とどけた。

そして、日が暮れるまで、松の木蔭《こかげ》から〔藤屋〕を見張りつづけ、六之助が出て来ぬのをたしかめてから、鈴木邸へ帰って来た。

今日、自分が尾行した若者が、因果小僧六之助だとは知らぬ関口雄介だけれども、

(いずれにせよ、江戸の盗賊改方が血眼となり、探しつづけている盗賊一味の男にちがいない。これは、たしかなことだ)

と、見きわめをつけている。

江戸での探索がきびしくなり、

(こちらへ逃げて来たのでもあろうか……)

はじめは、

(いちおう、兄上に、このことをはなして、指図をうけようか?)

とも考えた。

だが、

(できることなら、高瀬の手柄にさせてやりたい)

と、おもった。

師匠が門人へかける愛情というものであろう。

尾張《おわり》藩の警吏が〔藤屋〕へ打ちこみ、

(あの男を捕えることは容易だろうが……いま、捕えてしまっては、背後にひそむ盗賊どもが危急を知り、逃げ散ってしまうおそれもある)

と、雄介は考え直した。

(これは、やはり、高瀬に知らせてやったほうがよい)

名古屋から江戸までは、約九十里。

急便をもって知らせてやれば、そこは機動性に富む火付盗賊改方だ。

すぐにも、与力・山田藤兵衛《とうべえ》が事をはこび、高瀬俵太郎は馬を駆って名古屋へあらわれるにちがいあるまい。

(よし。その間、おれが、あの茶店を見張っていてもよい)

雄介は、そう決心をした。

鈴木又七郎は、このたび雄介が受けた〔秘命〕に関して、

「ま、当分はゆるりとしていてくれ。そのうちに、ぜひとも、おぬしに仕てのけてもらわねばならぬことが起って来よう」

と、いった。

となれば、当分は雄介の自由行動が可能なわけであった。

そのころ……。

〔藤屋〕の奥の小部屋で、因果小僧六之助が冷酒《ひやざけ》を呷《あお》るようにしてのんでいる。

どうしても、寝つけなかった。

雲霧仁左衛門は、江戸における数々の失敗を知って、配下の盗賊の大半を名古屋から伊勢《いせ》の諸方にあつめ、

「しばらくは江戸に、いささかの根拠《よりどころ》も残さぬようにし、また、江戸へ近づいてはならぬ」

と、命令を下した。

そこで、六之助も名古屋へよびつけられ、桑名《くわな》の町にある雲霧一味の〔盗人宿《ぬすびとやど》〕にいて、仁左衛門と他の配下たちの連絡《つなぎ》をつける役目をしていたのである。

そして昨夜。

同じ桑名にいた山猫の三次へ、

「六之助と共に、すぐ来るよう……」

との、仁左衛門の指令があったので、駆けつけて来たのだ。

仁左衛門は、三次に、

「お千代の手もとに治平はいるが、なにぶん、今度の盗《つと》めは大きいだけに、治平ひとりではこころもとない。お前も松屋方へ引き込みとして入ってもらいたい」

と、いったものだから、三次は勇躍をした。

それにひきかえ、三次について来た因果小僧六之助は、

(なぜ、おれを入れてくれねえのだ、お頭は……山猫三次にくらべたら、おれのほうが、いくらでも、うまくやって見せるのに……)

不満であった。

同時に彼は、

(もしや、お頭は、お千代ねえさんとおれが、江戸でひょんなことになったのを、知っていなさるのではねえか……?)

不安が、胸に衝《つ》きあげてきたことも事実である。

だから、六之助は黙ってうつ向いていた。

(畜生、三次なんぞに、この役目がつとまるものか。ねえさんが三次でもいいと、お頭に、そういったのだろうか……?)

自分が、松屋方へ入れば、

(また、ねえさんに会える。ねえさんといっしょに盗めの仕度ができる。そして……

それに、隙《すき》を見ては……)

また、お千代に抱いてもらえようというものだ。

それをおもうと、くやしくてならぬ六之助なのだ。

だが、そうした胸の内を、

(迂闊《うかつ》に、顔へ出してはならねえ)

と、おもった。

六之助の眉《まゆ》のうごき一つを見ても、雲霧仁左衛門は自分が手塩にかけて来ただけに、

(さとられねえものでもねえ)

のである。

(会いてえ。ねえさんに会いてえなあ……あの、あぶらぎった松屋吉兵衛に、ねえさんはいいようにされている。盗めのためとはいいながら、畜生め。くやしくて、くやしくて……)

因果小僧六之助にとって、石浜明神裏の盗人宿・地下蔵で、お千代の愛撫《あいぶ》をうけた一時《いっとき》は、忘れきれぬ強烈なものがあったらしい。

空が白むころ、六之助は、ようやくに酔いつぶれて、何やら苦しげな鼾《いびき》をかきなが

らねむりこけてしまった。

いつの間にか、音もなく、屋根裏部屋から雲霧仁左衛門が下りて来て、六之助が泊っている小部屋の障子を細目に開け、凝《じつ》と見まもった。

翌朝。

関口雄介は、昨日、目撃したことをしたためた手紙を至急便で、江戸の高瀬俵太郎へ送る手つづきをとった。

三

その日。

高瀬俵太郎は、盗賊改方の役宅へ出勤をしていなかった。

前夜、どうしたものか烈《はげ》しい腹痛、下痢に襲われ、ひどく苦しんだ。

俵太郎が十八歳の夏に病歿《びょうぼつ》をした父の文之進は、やはり御先手《おさきて》組同心であったが、まことに温和な人物で、俵太郎を叱《しか》ったこともない。

そのかわりに、母のお喜佐が男勝りで、びしびしと、まるで俵太郎の骨が鳴るようにきびしい育て方をした。

いまもって俵太郎が、妻を迎えようとせぬのは、

「……どうも、母のことを考えますと、ためらってしまいます。私には何でもないこ

となのですが、私の家へ来て、母につかえる妻の身になりますと、どうしても……」

しきりに妻帯をすすめる与力・山田藤兵衛へ、こういったのを見ても、大凡《おおよそ》のことが知れよう。

亡父・高瀬文之進は、酒も煙草《たばこ》もたしなまず、どうにかして、おのれの病身が御役目に応じられるように、そのことのみで精いっぱいという、生き方であった。

当時は、安部《あべ》式部がひきいる先手組は、まだ〔火付盗賊改方〕ではなかった。

(亡《な》き父上では、この激しい御役目を、とてもつとめきれなかったにちがいない)

折にふれて高瀬同心は、そうおもう。

さいわいに高瀬は、幼少のころから、母のすすめで剣術に打ちこみ、ひとかどの腕前となっただけに、一見は細身だが裸体になると、すばらしい筋骨をしている。

それほどの高瀬俵太郎が苦しんだのだから、

(これでは、俵太郎が出仕をしてもお役にたつまい)

さすがに、気の強い老母もみとめてくれ、組屋敷へ欠勤の届けを出した。

「食べものが悪かったものか……」

老母が心配をし、すぐに医者をよんだ。

安部式部組の御先手組屋敷は、四谷《よつや》の坂町にある。

幕府の御先手組というのは〔弓組〕と〔鉄砲組〕に分れてい、戦時ともなれば、将軍出陣の先鋒《せんぽう》をつとめねばならない。

だが、いまは、徳川将軍の威風の下、天下泰平となってより百余年。戦時ではないから、何か暴動が起ったときとか、異変があったときは御先手組がまっ先に出動し、警備をつとめる。

御先手組は、三十余組の編成であって、安部式部は、その内の一組をひきいる〔御頭〕ということになるのだ。

一組は与力十騎、同心三十人から成っているが、たとえば盗賊改方のような役目に就くことになると、そのときどきの状況で、人数も増える。

組屋敷は、江戸市中の諸方にあり、四谷・坂町の組屋敷には、安部式部組の与力・同心の長屋ばかりでなく、他の組の長屋もある。

「これはな、五臓六腑《ぷ》の疲れから出たものじゃ」

と、高瀬を診察した医者がいった。

「そこへ、たまたま、腹によくないものを口にしたゆえ、痛み出したのじゃ。まあ、五日か六日、ゆるりと寝《やす》んでいなされ。きっと、よくなる」

そういわれて、老母も高瀬も安心をした。

なるほど、医者がよこした煎薬《せんやく》をのむと、嘘《うそ》のように痛みは引いたのである。

夕暮れになり、

「高瀬、ぐあいはどうじゃ？」

土手四番町の役宅から組屋敷へ帰って来た山田藤兵衛が、高瀬の長屋へ見舞いにあらわれた。

「これはこれは……」

お喜佐が、飛んで出て、

「まことにもって、申しわけないことでございます」

「母ご。高瀬は平常はたらきすぎる。こうしたことが、いつかはあると、わしはおもうていた」

「おそれいりましてございます」

「ま、ゆるりとやすませてやりなさい」

「はい。かたじけないことで」

「あがってよいかな？」

「はい、はい。まことにむさ苦しくしておりまする」

「かまわぬ。いちいち気にかけられるな」

高瀬俵太郎は、山田与力を迎え、起きあがろうとした。

「そのままにしておれ」

「は……では、おことばにあまえまして」

「いま、母ごからきいた。すこしやすめ。十日でも半月でも、ゆるりとやすんでくれ。そうしてもらわぬと、いざというときに困る」

「ありがとうございます」

「あ、そうじゃ。ほれ、名古屋の親類をたずねて行かれたとかいう、関口先生から御役宅へあてて、おぬしに手紙が来たぞ。急ぎのことらしい」

と、関口雄介からの手紙をわたし、組屋敷の通路へ出て、自分の官舎へ帰ろうとする山田藤兵衛《とうべえ》へ、

「山田さま。お待ち下さいまし」

高瀬の老母が、声をあげて追いかけて来た。

見張り

一

高瀬俵太郎は、関口雄介からの手紙を読み終え、

(こうなったら、病気どころではない)

はね起きて、引き返して来た山田藤兵衛を迎えた。

「山田様。こ、これを……」

高瀬が差し出す、その手紙をさっと一読し、さらにまた、念を入れて読んだ山田与力が、

「むう……」

と、一声。

「や、山田様」

「これは、容易ならぬことだとおもう」

「雲霧一味が、名古屋に……？」

「この手紙だけでは、しかとわからぬが、ともあれ、名古屋城下へ駆けつけねばなるまい」

「は、はい」

「それにしても関口先生が、至急、われらに知らせて下されたのは、何よりのことだ。迂闊《うかつ》に、尾州藩なぞに告げられては元も子も無くしてしまうおそれがある」

「そのことでございます」

「よし。さっそくに手配を……」

「山田様。ぜひとも、私を名古屋へ、おさしむけ下さい」

「なれど、その躰《からだ》では……」

「寝てはおられませぬ。痛みは消えました‼」

高瀬俵太郎は、床の上へ立ちあがって見せた。

事実、痛みも苦しみも、ほとんど消えてしまったのである。

手紙を読む前までは、気力も体力も萎《な》えきっていたものが、

(まるで、嘘《うそ》のように……)

消え、急に、五体へちからがみなぎってきた。

山田藤兵衛は、そうした高瀬同心を凝《じっ》と見まもっていたが、

「む‼」

大きくうなずき、

「よし。行ってもらおう」

と、いった。

「かたじけなく存じます」

高瀬は勇躍し、

「母上、母上。御役宅へ出仕をいたします。仕度をねがいます」

叫ぶように、よびかけたものだ。

次の間で、はらはらしながら二人の声に聞き入っていた母のお喜佐が飛び出して来て、山田藤兵衛へ気をつかいながら、

「なれど俵太郎。そ、その躰で、大丈夫かえ?」

といったのは、平常の気丈さに似合わぬ親ごころを、おもわず露呈したものだ。

それを見て、山田藤兵衛が微《かす》かに笑った。

藤兵衛は、

「わしが来るまで、待っていてくれ」

といい、高瀬の長屋を出て行った。

いったん、自分の官舎へもどった藤兵衛は、妻女の常子《つねこ》に、

「すぐに御役宅へもどる。二、三日は帰れぬとおもうし、それに……いつなんどき、江戸を発足《ほっそく》することになるやも知れぬ。旅仕度を、ぬかりなくととのえておけ」

「どちらへ?」

「御役向きのことだ。お前の知ったことではない」

「はい。おそれいりました」

「ただし、あるかぎりの金子《きんす》を用意しておけ。よいな」

「心得ましてございます」

火付盗賊改方などという役目に就くと、上は長官から下は同心にいたるまで、

「損をすることはあっても、得をすることは露ほどもない」

などと、いわれている。

なにしろ、金が要る。

とても、幕府からもらう俸給だけでは足りるものではないのだ。

長官・安部《あべ》式部《こうぎ》にしても、幕府から四十人扶持《ぶち》の役料が支給されるが、それほどの役料では、

「どうにもならぬ」

のであった。

なにぶんにも、犯罪の捜査には金がかかる。

こころ利《き》いた密偵を充分につかうためには、彼らへあたえる報酬も相当のものになる。

見えぬところに消える金を惜しんでいては、こうした特殊な役目の成果を期することは、とてもできない。

だから、先手《さきて》組の長官が盗賊改方へ転じると、ためいきが出たそうな。

どうしても、私財を投入しなければならないからだ。

それでなければ、金を惜しんで、積極的には、

「何もせぬことだ」

と、いうことになってしまう。

そうして成績があがらず、盗賊どもが跳梁跋扈《ちょうりょうばっこ》するにまかせていると、

「あれでは仕様がない。役に立たぬ」

幕府が、解任してしまう。

つまり、それを待っているわけだ。

そのかわり、自分も、幕府からにらまれることを覚悟しておかなくてはならぬ。

しかし、私財は減らぬ、ということであった。

安部式部は、そこへゆくと、

「天下の旗本が、将軍家御ひざもとの市民たちのためにはたらくのなら、私財はおろか、いのちを捨ててもよい」

と、おもいきわめているのだから、大分に、ちがってくるのである。

安部式部信旨《のぶむね》は千石の旗本であるが、祖父も父も、平生は、まことに質素な生活をしていて、酒の肴《さかな》といえば、柚子味噌《ゆずみそ》のみであった。

「戦国のころの武士は、みな、これが当り前のことであった」

と、祖父も父もいっていた。

そうしてぜいたくをつつしみ、金銀を貯蓄しておく。

ゆえに、安部家では〔私財〕が、ゆたかだったのである。

これは、武士として、

「天下のために……」

身をなげうって奉公をするときのため、

「そのときこそ、惜しみなく、つかい果すべき金銀である」

と、安部式部は、祖父や父から、そのようにいいわたされていた。

長官が、こうした人物であるから、必然、組下の与力・同心たちへも、その気風が通じてくる。

式部の祖父や父の代から、同じ組下の与力・同心たちであるから、

「われらの組は、他の組とは大分にちがうのだ。そのつもりで奉公をせねばならぬ」

と、彼らも、彼らの祖父や父から、きびしく仕つけられ、安部式部の組下であるということの、誇りを抱いていた。

与力や同心も、それぞれ、俸給以外の私費をつかってはたらくことを、当然だと考えている。

同心たちの家族は、内職をして、夫の活動をたすけていた。

二

高瀬俵太郎が身仕度をととのえ、待機していると、やがて、山田藤兵衛があらわれ、

「さ、行くぞ」

「はい」

組屋敷の門外に、町駕籠《かご》が二挺《ちょう》待っている。

「さ、乗れ」

「山田様。私、そのような……」

「ま、よいわ。おれもつき合う」

「なれど……」

「いまだけは、躰《からだ》を大事にしていてくれ。それに、急がねばならぬ。さ、早く乗れと申すに……」

「では、ごめんを……」

恐縮しながらも、高瀬は駕籠へ打ち乗った。

駕籠が、ゆらりとうごき出した瞬間、高瀬俵太郎の眼に、われ知らず熱いものがあふれてきたのである。

二人が役宅へ到着して、すぐさま長官・安部式部のもとへ行き、関口雄介からの手紙をさし出すと、

「なにごとじゃ」

読み下して安部式部が、昂奮《こうふん》の色を見せ、

「この機会《とき》を逃してはならぬぞ」

と、いった。

「その、名古屋城下で見た男と、茶店……それを手がかりにして、どこまでも雲霧一味を追いつめるのじゃ」

「ははっ」

安部式部は、さらに、費用を惜しむな、といい、

「ところで山田……」

「はっ」

「だれをさし向ける」

「先《ま》ず、私めが……」

「行ってくれるか。それなら心強い」

「高瀬俵太郎を、つれてまいりたいと存じます」

「高瀬は、病気だときいたが……」

「もはや、癒《なお》りましてございます」

と、高瀬が気負いこんでいった。

「そうか、よし」

「それに、同心を、とりあえず二名ほど……」

「だれがよい？」

「津山庄七と井口源助では、いかがでございましょう」

「おぬしにまかせる」

「それに、密偵を、やはり三人ほど……これは、浅草の政蔵《まさぞう》とも談合をいたしまして、取り決めようと存じます」

「うむ。そういたせ」

山田藤兵衛は、役宅の小者を浅草・山之宿《やまのしゅく》の目明し政蔵のもとへ走らせ、

「すぐ、御役宅へ来るように」

と、つたえさせた。

この夜。

安部式部の居間で、どのような相談がおこなわれたかは、知るよしもないことだが、
翌日の昼すぎに、いったん組屋敷へ帰った高瀬俵太郎が、

「母上。尾張《おわり》の、名古屋城下まで行ってまいります」

「御役向きのことかえ?」

「はい。すぐさま出立《しゅったつ》の仕度を、おねがいいたします」

「なれど、お前、その躰で……」

「ごらん下さい、私の顔の色を……」

「む……そういえば、昨日、苦しんでいたときとは、別人のような……」

高瀬は、精気にみちみちていた。

腹痛も下痢も、まったく熄《や》み、今朝は、熱い白粥《しらがゆ》を三杯も食べたが、

「なんでもありませぬよ、母上」

と、高瀬がいった。

お喜佐も、ようやくに安心をしたらしい。

「お前、ひとりでかえ？」

「先ず、私が……ですが母上。私が出かけて行ったのは尾州へとか名古屋へとか、たとえ、この組屋敷の人びとの耳へも、きかせてはなりませぬぞ、よろしいか」

「はい。わかっていますとも」

お喜佐も、この息子を見て、

（これは、きっと大事の御役目にちがいない）

と、おもったらしく、すぐさま、あるかぎりの金を出して来て、

「さ、俵太郎。これを持って行きなされ」

「いえ、今度は大丈夫です。長官《おかしら》が充分にお下げわたし下されました」

「おお、そうか」

山田藤兵衛は、まだ、役宅にいる。

目明しの政蔵は、浅草のわが家へ帰り、いまごろは旅仕度をととのえていることであろう。

高瀬俵太郎が、四谷《よつや》の組屋敷を発し、名古屋城下へ向ったのは、この日の八ツ（午後二時）すぎであった。

ちょうど、そのころ……。

名古屋では、関口雄介が編笠《あみがさ》に面体を隠し、万松寺の境内をぶらぶらと歩きながら、彼方《かなた》の松並木の中にある茶店〔藤屋〕を、それとなく、見張っていた。

雄介は、高瀬俵太郎が名古屋へ到着するまで、

（おれが高瀬のかわりをつとめてやろう）

と、考えているのだ。

三

この日は、びっしりと灰色の雲が空に張りつめていて、朝から冷えこみが強《きつ》かった。

（早く、高瀬が駆けつけて来てくれぬと、困るな……）

さすがの関口雄介も、もてあまし気味になってきた。

〔藤屋〕を見張るといっても、こちらは一人きりだ。

終日、眼をはなさぬ、というわけにもゆかぬ。

また、変装をして見張る、などということも、雄介には、

（めんどうな……）

ことだったにちがいない。

それでも、あれから数日の間、雄介は毎日かならず、万松寺の境内へあらわれていた。

そして、因果小僧六之助の姿を、三度ほど見かけている。

一度、〔藤屋〕から出て来た六之助の後をつけて見たことがあった。

しかし、このときは、見うしなってしまった。

そこは、いかにすぐれた剣士であっても、こうした仕事になれていない雄介だから、いかんともしがたい。

だが、六之助が〔藤屋〕と、別の何処《どこ》かとの連絡をつけているような感じは、雄介にもわかる。

(あの茶店の中に、だれがいるのだろう……もしやすると、首領の雲霧仁左衛門とやらが潜んでいるのではあるまいか。いずれにせよ、あの茶店は、いつか高瀬がいっていた盗人《ぬすびと》宿というものにちがいない)

などと、おもいめぐらしたりしていた。

いずれにせよ、いまの関口雄介にとって、盗賊・雲霧一味の探索などは、別に関心がもてぬことなのである。

ただ、愛弟子《まなでし》の高瀬のために、

(よかれとおもって……)

していることなのだ。

(もしも、雲霧一味が、この名古屋城下で盗みをはたらこうとしているなら……)

従兄《いとこ》・鈴木又七郎に告げ、尾張《おわり》藩の奉行所に、探索のことをまかせてしまえば、

(おれの肩の荷も下りる)

わけだが、そうなると、江戸の盗賊改方は、

(さぞ、くやしかろう)

と、おもう。

雄介は、高瀬俵太郎と共に、本所の道場へやって来た与力・山田藤兵衛の人柄を見て、

(高瀬は、よい上司をもって幸せものだ)

藤兵衛にも、好意を抱いていた。

それにまた、高瀬の口から、折にふれ、盗賊改方の活動ぶりを耳にしている関口雄介だけに、

(雲霧ほどの盗賊を相手にするには、彼らのことをよく知らぬ当藩の奉行所では、こころもとないような……)

気がしてならぬ。

雄介は、江戸の高瀬にあてた手紙を、鈴木又七郎にたのんで、尾張藩の〔公文書〕のあつかいにしてもらった。

そうしたことには又七郎、なかなかに、

「顔が利《き》く……」

のである。

それは、又七郎が帯びている特別の任務があるからだろう。

公文書の至急便を〔継飛脚《つぎびきやく》〕という。

公文書にもいろいろあり、正式の公文書の至急便なら、名古屋から江戸まで一日半で到着するそうな。

この場合は、公文書を問屋場へわたし、これを小さな箱に収めた飛脚が二人がかりで目的地へ走る。

一人が箱を担《かつ》ぎ、一人が〔御用〕の二文字を大きく書いた高張提灯《たかはりぢようちん》を持って走る。

すばらしい速さだという。

二里か三里ほど走って、次の宿場の問屋場の飛脚へ書状をわたすと、引きついだ二人の飛脚が次の宿場へリレーする。

この場合、大坂から江戸まで三日弱で到着した。

名古屋から江戸までは、約九十里。

手紙を読んだ高瀬俵太郎が、すぐさま馬を乗り継いで駆けつけて来たとしても、

（あと、四日ほどは、この見張りをつづけねばならぬわけか……）

であった。

雄介は、又七郎へ、

「御城下のすみずみまで、まわり歩いております」

と、いってある。

「それはよい。そうしておいてくれ」

又七郎は、むしろ、それをよろこんでくれている。

（それにしても、毎日のように、このあたりを理由もなく徘徊《はいかい》しているのは、妙なものだ。だれかが、おれを、怪しい男と、見ているやも知れぬな）

苦笑が浮んだ。

松の木蔭《こかげ》から、〔藤屋〕の店先をうかがうと、二組ほどの客がいるだけで、別に異状はない。

因果小僧六之助が〔藤屋〕にいるのか、いないのか、それもわからぬ。

（今日は、これまで。明日は、おもいきって、あの茶店の客になってみようか……）

木蔭をはなれ、しずかに万松寺の境内へ入って行く関口雄介の後ろ姿を、ちょうど、
このとき、何気もなく〔藤屋〕の屋根裏部屋から外をのぞいた雲霧仁左衛門が見た。

尾行

一

関口雄介の後ろ姿を、遠目に見たとき、雲霧仁左衛門は、
（おや……？）
と、おもった。
二、三日前にも、こうして、屋根裏部屋の小窓を開け、何気なく外をながめたとき、やはり、松並木の道をゆっくりと歩いている編笠《あみがさ》の浪人を見かけたことを、おもい出したからである。
（あのときと、同じ浪人だ）
はっとした。
前のときは、別に何とも感じなかったのだが、
（まさに、あのときの……）
二つの浪人の姿が、いま、仁左衛門の脳裡《のうり》で一つになったのであった。
「あ……」

物に動じない仁左衛門が、このときは腰を浮かせた。

この盗人宿《ぬすびと》のまわりを、同じ浪人が、

(うろうろしている……)

ということは、仁左衛門にとって見のがせぬことなのである。

浪人の姿は、万松寺の境内の何処かへ消えてしまっていた。

仁左衛門が深いためいきを吐《つ》き、あげかけた腰をおろした。

この日。因果小僧六之助は、桑名の盗人宿へ行っている。

仁左衛門は、小窓の障子をしめてから、そっと階下へ行き、藤屋の亭主・七兵衛をよび、いつも六之助が泊る小部屋へ入った。

「七兵衛。すまぬが、これから桑名へ行ってもらいたい。あ、そうじゃ。いますこし経《た》ってからにしよう。日暮れどきになったら店をしめて、行ってもらおう」

「承知いたしました」

と、七兵衛がこたえる。

「六之助にも、ほかの者にも、こちらから指図あるまでは、名古屋へ来ぬように、つたえてもらいたい。よいか、わかったな」

仁左衛門のことばにうなずきながら、七兵衛は、その一語一語を自分のあたまへきざみこむように、真剣な表情を老顔にうかべていた。

「どうやら雨になりそうな。そのつもりで仕度をして行くがよい」

「はい、はい」

その仁左衛門のことばどおり、七兵衛が出て行って間もなく、雨が降ってきはじめた。

名古屋から桑名まで約七里。

夜に入って烈《はげ》しくなった雨の中を、七兵衛の老体が夜道をかけて歩いているのである。

七兵衛は、こうしたことを、これまでに何度もしているにちがいない。

翌朝、雨は熄《や》んだけれども、昼近くなっても茶店の藤屋は店の戸を開けなかった。

昼すぎになると、昨夜の雨が嘘《うそ》のように晴れわたった。

雲霧仁左衛門は、朝のうちから、屋根裏部屋の小窓を開け、外を見つめていた。

ところで、仁左衛門の身なりは、昨日までのものではない。

旅僧の姿に変って、早くも新しい草鞋《わらじ》まで足につけていたし、傍には網代笠《あじろがさ》まで置いてある。

だが、頭までまるめたわけではなかった。

あたまのみは、昨日のように、町人髷《まげ》がきれいにゆいあげてあった。

この髷は毎朝、茶店の老婆《ろうば》・おくうがゆいあげるのだ。

（あ……来た……）

八ツすぎになって、松並木へ入って来た関口雄介を、仁左衛門が見つけた。

見つけるや、窓の障子をしめ、仁左衛門が階下へ降り、ひっそりとうずくまっているおくうへ、

「あとをたのむぞ」

と、いった。

「はい」

おくうが、しっかりとうなずく。

するりと、網代笠をかぶった雲霧仁左衛門が裏口から外へ出て行った。

雄介は、この日……。

よい天気になったので、

（よし。今日こそは、あの茶店への客になってやろう）

と考え、鈴木邸を出て来た。

（なんとなく、今日は、おもしろそうだぞ）

万松寺の松並木へ来ると、茶店・藤屋は戸を閉ざし、どうやら休業らしい。

（これは、つまらぬな）

すこし見張って見ようとおもったが、いささか気落ちしてしまったことも事実で、

(今日は、もう、やめにしておくか……)

身を返して、帰途についた。

これが、たとえば盗賊改方の山田藤兵衛《とうべえ》や高瀬俵太郎ならば、

(何故、今日は店を休んでいるのか?)

と、おもいついたろう。

(もしや、自分が見張っていたことに、気づいたのではあるまいか……?)

と、直感したやも知れぬ。

そこが、神経のはたらきのちがうところである。

関口雄介としては、手落ちがあったともいえないだろう。

雄介は、まっすぐに鈴木又七郎邸へ帰って行ったが、自分の後を、ひそかにつけていた旅の僧のことには、まったく気づいていない。

そこは、やはり、盗賊の中でも、

「それと知られた……」

雲霧仁左衛門と、剣客・関口雄介の相違だといわねばなるまい。

二

旅僧姿の雲霧仁左衛門は、

（はて……？）

関口雄介が、鈴木又七郎邸へ入って行くのを見とどけ、

（妙なことじゃ）

くびをかしげた。

仁左衛門にしてみれば、尾張《おわり》藩から、目をつけられるはずは絶対にない、という自信がある。

だが、

（あの浪人が入って行ったのは、まさに、尾張家の侍の屋敷じゃ）

であった。

（もしやして、あの浪人が、またあらわれるやも知れぬ）

と考え、しばらく見張っていようか、と、おもったが、なにしろ、このあたりは尾張家の家臣のうちでも上級層の屋敷がたちならんでいるところだし、人通りも、ほとんどなかった。

したがって、いかに旅僧の姿をしていようとも、あまり一つ所にたたずんでいることは、目立って、

（あぶない……）

のである。

それでも、二度三度と、仁左衛門は鈴木邸のまわりを行ったり来たりしたが、あきらめて帰途についた。

(どうも、わからぬ。これは、わしのおもいちがいであったか……?)

そのようにも考えられる。

万松寺の松並木は美しい。

それで何度も足をはこぶ浪人がいても、別に、

(おかしいことはない)

と、おもい直してみた。

だが、藤屋へもどった雲霧仁左衛門は、いま一度、賭《か》けてみることにした。

この日の夕暮れになり、七兵衛が帰って来て、桑名の盗人《ぬすびと》宿にいる小頭《こがしら》の木鼠《きねずみ》の吉五郎や、三坪《みつぼ》の伝次郎、因果小僧六之助などへ、仁左衛門の、

「おことばを、たしかに、つたえました」

と、報告をした。

つぎの日。

仁左衛門は、

「今日も店を休め」

と、七兵衛・おくうに命じた。

七兵衛は、おくうの夫ではなく、弟であった。

この日も仁左衛門は、旅僧の変装で待機している。

いっぽう、関口雄介は午後になると、

(万松寺の茶店へ、行ってみるかな……)

その気もちを押えきれなくなってきた。

(今日こそ、あの茶店の客となってみよう)

そうおもうと、一時は、もてあまし気味だった、この〔見張り〕がおもしろくなってきた。

で、出かけた。

茶店は休んでいる。

ここに至って雄介は、

(これは、すこし変だな)

と、感じた。

(もしやして、おれが見張っていることに、相手が気づいたのではあるまいか……?)

さすがに、そこへ気がついて、

(これは、いけない)

すぐさま、踵《きびす》を返したのである。

そのあとを、昨日と同じように、雲霧仁左衛門が尾行しはじめる。

鈴木邸へ帰って行く雄介は、油断をしていなかった。

(気づかれたか……?)

と感じた、その緊張が雄介の神経をするどいものにしていたのであろう。

(や……?)

城下の町すじを歩むうち、雄介は、

(どうも、だれかに後をつけられているような……?)

感じがしてきた。

そこで、鈴木邸へ入ってから、門扉《もんぴ》の隙間《すきま》へ眼を当てて、外の道を、ひそかにうかがった。

旅の僧が三度ほど、屋敷の前を行ったり来たりしてから、城下町の方へ去って行くのを見とどけ、

(あの坊主《ぼうず》だ……)

胸が、さわいだ。

そして、傍にいた老僕の孫十へ、

「爺《じい》や。いま、ほれ、向うへ行く旅の坊主な……」

「はい」

「あの坊主の後をつけて、どこへ行くか、たしかめて来てくれ」

「わかりました」

孫十が間髪を入れず、潜《くぐ》り門から、するりと外へ出て行った。老人ながら、なかなかに素早い。それも、主人の鈴木又七郎が帯びている特殊な役目柄でもあったのか……。

孫十は、一刻《いっとき》(二時間)ほどして帰って来て、

「あの坊さんは、万松寺の松並木の、藤屋という茶店に入りました」

と、雄介へ告げた。

「そうか。やはり、な……」

「何か、あったのでござりますか?」

「いや何……、もうよい。それでわかった」

「はい。それではごめんを……」

「爺や。このことを、だれにもいうてはくれるな、たのむ」

「よろしゅうござりますとも」

そのころ、藤屋の屋根裏部屋で、旅僧の変装を解いた雲霧仁左衛門が、むずかしい顔つきになっていた。

(どうも、おかしい。わしは、ここへ帰って来るとき、だれかに後をつけられていた

ような気がする……）

仁左衛門の感性も、鋭敏であった。

孫十の姿を見たわけではないのだが、藤屋へ帰り着いた瞬間に、何か割り切れない感覚が躰《からだ》のどこかに澱《よど》んでいることを知った。

夕飯を終えてからも、仁左衛門は沈思にふけり、空間を見つめて身じろぎもせぬ。

夜がふけて……。

旅の男が一人、藤屋の裏の戸を、ひそやかに叩《たた》いた。

三

七兵衛が裏の戸の〔のぞき穴〕から外を見て、

「どなたでございます？」

「州走《すばし》りの熊五郎だよ、七兵衛さん」

「あ……なるほど、熊五郎さんじゃ」

開けた戸から土間へ入って来た男は、小肥《こぶと》りの三十男で、色白の顔にひげあとが青々としている。

熊五郎の左の耳朶《みみたぶ》に、小豆の粒ほどの黒子《ほくろ》がある。

「七兵衛さん。久しぶりだね」

「ほんになあ」

「お頭は、いなさるかえ？」

「いなさるとも。それはともかく熊五郎さん。病はすっかりよいのかね？」

「ああ、もう大丈夫だ。一年ゆっくりと、故郷《くに》の越後《えちご》でやすませてもらったから、すっかり元気になったよ」

「それはよかった、よかった」

「ところで……」

と、七兵衛が出してくれた盥《たらい》の水で足を濯《すす》いだ州走りの熊五郎が、

「山猫の三次は達者かえ？」

「ああ、元気でいますよ」

「そいつはよかった」

「そうじゃ。熊五郎さんと三次さんは故郷が同じだったのだね」

「そうとも。さて、それではお頭に、お目通りをしようかえ」

「お頭さまは、いま何か、胸の内が、おもしろくないようじゃ」

「へへえ……？」

「気をつけて、お目にかかるがいいなあ」

「よし、わかった」

七兵衛の案内で熊五郎が奥の小座敷へ入り、壁の隠し穴から狭い板敷きへ出ると、箱階段の上から、

「だれだ?」

雲霧仁左衛門の声が降ってきた。

「へい。州走りの熊五郎でございます」

「おお……」

「長いこと、やすませていただき、申しわけもございません。先ごろ、小頭から越後へ知らせがありまして、こちらへ来るようにと……」

「よし、よし。あがって来なさい」

「では、ごめんを!」

熊五郎は小腰を屈《かが》め、屋根裏部屋へあがって行った。

そして、

(なるほど、お頭の顔色は冴《さ》えていない)

と、感じた。

州走りの熊五郎は、雲霧一味の盗賊のうちでも、三本の指に入る男である。

ちからが強く、もとは越後・新発田《しばた》五万石、溝口《みぞぐち》家の江戸藩邸に足軽奉公をしていた熊五郎は、剣術も相当につかうし、盗賊としての思慮もあり、仁左衛門も信頼して

いる。

「ちょうど、よいところへ来てくれた」

と、仁左衛門がいった。

冴えなかった仁左衛門の顔へ、このとき、わずかに血がのぼってきたようだ。

「実は……」

仁左衛門は、あの怪しい編笠《あみがさ》の浪人について、あますところなく熊五郎へ語り、

「お前は、どうおもうな?」

「さて……?」

しばらく考えたのちに、州走りの熊五郎が、

「これは、お頭のお気の所為《せい》ではございませんか?」

「そうおもうか……」

「浪人なぞというものは、することがなくて退屈しきっているものでございますから、このようにひろい寺の境内へは、しぜんに足が向くのではないかとおもいますが
……」

「ふうむ……だが、どうも、わしの後をつけて来た者がいたような……」

「そんな男を、お見かけなすったので?」

「いや、そういうわけではないが……」

熊五郎は仁左衛門が、いささか神経質になっているのではないか、と、おもった。

「このことを、小頭には……？」

「いや、吉五郎には、まだはなしていないが……」

「小頭は、いま、どこで？」

「お前も知っている桑名の盗人《ぬすびと》宿にいる」

「三次も其処《そこ》に？」

「いや、三次は今度の盗《つと》めの引き込みにつかうことにした」

「では、その松屋とかいう……？」

「そうだ」

「よくまあ、三次を……？」

「いや、お千代が三次をのぞんだのだ。三次のほうがお千代は仕事がしやすいらしい」

「なるほど……」

熊五郎は、故郷が同じだけに、山猫の三次を、まるで、

「弟のように……」

可愛《かわい》がっているのである。

あの、権太坂《ごんたざか》の茶店の老婆《ろうば》・お松は、木鼠《きねずみ》の吉五郎へ、

「別に、これといって、わけはねえのだが、なんとなく、山猫のやつには気をつけなさるがいいとおもうよ」

と、いったものだが、州走りの熊五郎から見ても、今度のような大仕事の引き込みをさせるには、

(三次では、まだ修行がたりねえのではねえか……？)

という不安があった。

黒塚《くろづか》のお松が「気をつけろ」といったのは、そうした意味ではなく、もっと別のことであったようだが……。

「お頭。これから私は、桑名へまいります」

「いまから、か？」

「却《かえ》って夜ふけが気楽でございますよ。そうして、小頭だけにこのことをはなし、小頭の意見をきいてまいりましょう。いかがでございます？」

「そうしてくれるか。吉五郎には一時も早く、はなしておきたいとおもっていたところだ」

「私は、明日の夜に、ここへもどってまいります」

「よくよく、気をつけてくれ」

「へえ、大丈夫でございます。いずれにしろ、私が、その浪人の身のまわりをさぐっ

て見ましょう」

「うむ。いくら念を入れても、入れ足りることはない」

「さようでございますとも」

いつもながら慎重な〔お頭〕を、熊五郎は、たのもしくおもった。

すぐに、熊五郎は藤屋を出て、桑名の盗人宿へ急行した。

櫓《やぐら》の福右衛門

一

松屋吉兵衛《きちべえ》方の奥庭で、虫が、か細く鳴いていた。

州走《すばし》りの熊五郎が、桑名の盗人《ぬすびと》宿へ向った同じ夜ふけである。

この日の昼すぎから、松屋吉兵衛は外出《そとで》をし、日暮れに帰って来たが、夕餉《ゆうげ》もとらずに、

「ああ、今日は疲れたわい」

母屋《おもや》の自分の寝間へ入り、ぐっすりとねむりこんでしまったが、夜ふけてから、の
このこと起き出し、女中に命じて白粥《しらがゆ》を炊かせ、これに生卵を四個も入れて掻《か》きまわ

し、茶わんに三杯も平らげてから、
「よし、もう寝なされ」
女中を下らせ、それから、離れ屋のお千代のところへ忍んで行った。
忍んで行くといっても、それは人の目をはばかるわけではない。
離れ屋へ通うことが、いささか照れくさいだけのことであった。
離れ屋へ入り、お千代がねむっている次の間の襖《ふすま》を開けると、香の匂《にお》いがする。
いつもの、妖《あや》しく甘い香の匂いなのである。
寝間へ入った。
〔ねむり灯台〕のあかりに、ぐっすりと寝入っているお千代の横顔が浮んでいた。
うすく寝あぶらのにじんだ、その横顔の濃艶《のうえん》さは、
(また、格別のもの……)
であって、見るたびに、抱くたびに、松屋吉兵衛は、
(もはや、わしは、この、お千代どのとはなれては暮せぬわい)
そのおもいを、新たにするばかりであった。
そっと、夜具の端からもぐりこみ、吉兵衛は、もどかしげに寝衣《ねまき》をかなぐり捨てて、
「これ……これ、お千代さん」

「あ……」

「起してすまぬ、起してすまぬ」

ささやきつつ、吉兵衛は、ひろやかなお千代の背中へ抱きつき、腋《わき》から深くさし入れた右手に、女の乳房をゆっくりとまさぐりながら、

「もう決めた。もう決めた」

「なにを、え？」

背中を吉兵衛の胸へあずけ、お千代がくびすじを反らして、男の顎《あご》のあたりへ唇を押しあて、

「おそうございますなあ……」

「かんべんして下され」

「なにを、決めたのでございます？」

「もう、わしは、こうして離れ屋へ忍び通うことが、たまらなくなった。めんどうじゃ。そうおもわぬかな」

「あい……」

「決めたわい、夫婦《めおと》になる」

「まあ……」

「嫌か。嫌ではござるまい」

いいながらも吉兵衛の手は休むことなくうごき、お千代の白い寝衣を脱がせにかかっている。

夜具の中にむれこもった女ざかりの体臭が、吉兵衛を惑乱させるばかりだ。

忍んで来るたびに、お千代の躰《からだ》から発散する匂いがちがうようにおもわれる。

これは、そのときどきに、お千代が香料を変えているのやも知れぬ。

「夫婦になろ。嫌ではござるまい？」

「あい。なれど……」

「なれど？」

「夫婦になって、生涯、吉兵衛どののお側《そば》に置いて下されますのか？」

「決っている、決っている」

「ならば、わたくしの、むかしのことについて、くわしゅう語らずともよいのでございますな？」

「お前さまが、やんごとない身の上じゃということをきいただけで、もう充分じゃ。わしには、お前さまの、この躰が、わしの躰にぴったりと、こうしていてくれれば……」

吉兵衛が、お千代の躰を向き直させようとしたとき、

「ああ、うれしい」

お千代が豊満な裸身を、いきなり、吉兵衛の躰の上から押しつけてきて、

「うれしい、うれしい、吉兵衛どの」

烈《はげ》しく、吉兵衛を抱きしめてきたものである。

このようなことは、はじめてであった。

「ああ。わしは、もう……」

吉兵衛は自分の躰を、お千代へあずけたかたちとなった。

好色な松屋吉兵衛が、お千代の強烈な愛撫《あいぶ》に身をまかせて、うめき声を発しはじめた。

「うまく、やっていやがる」

と、その離れ屋の縁の下に潜んでいた人影が、胸の内につぶやいた。

こやつ、先ごろ、お千代の「助手」として松屋方へ入りこんだ雲霧一味の盗賊・山猫の三次であった。

三次は、治平とは別の、奥庭の一隅《いちぐう》にある土蔵の番人を兼ね、その土蔵の中で暮している。

この夜の、お千代は、まるで人が変ったようになっていた。

自分でも、どうして、松屋吉兵衛を相手にこのようなまねをするのか、わからなかった。

まるで、お千代が〔男〕になり、吉兵衛が〔女〕になってしまったような愛撫の仕方で、吉兵衛は自分の躰の上で激しくうごいているお千代を、驚嘆と陶酔の混合の中で、むしろ茫然《ぼうぜん》とながめていた。

かたく両眼を閉じたお千代の紅《あか》いくちびるから、わずかに舌の先がのぞいている。

汗ばんだ双の乳房が吉兵衛の胸肌にふれ、ゆれていた。

お千代は、松屋吉兵衛ではなく、お頭の雲霧仁左衛門を、

（わたしが、こうしている……）

のだ、と、おもっている。

吉兵衛に抱かれるたびに、そうおもっていたわけだが、この夜は、

（わたしが……わたしが、お頭を、このようにしている……）

のであった。

松屋吉兵衛の喘《あえ》ぎと歓喜の声を、お千代は仁左衛門のものとしてきいているのである。

（畜生め。いまに見ていやがれ）

縁の下で、山猫三次が、たまりかねて微《かす》かに舌打ちをもらした。

「ああ、もう……わしは、死んでしまうかと、おもうた……」

松屋吉兵衛が、ぐったりと、お千代からはなれたとき、

二

「もし、吉兵衛どの」

「はい、はい」

「今日は、日中から、お姿が見えませなんだが……」

「それがさ、お千代さん。ちょいと、その、御城まで出向きましたのでな」

「御城へ……」

「はい、はい」

御城といえば、名古屋城にきまっている。

松屋吉兵衛は、尾張《おわり》藩の御用達《ごようたし》をつとめる富商の中でも、屈指の男であるが、それにしても、この気軽ないいようはどうだ。

「殿さまに、ちょいと、お目にかかって来たのじゃ」

事もなげに、吉兵衛は、そういうのだ。

しかし、それ以上のことは、お千代の問いにもこたえなかったし、お千代にしても、別だん、興味のあることではない。いずれにせよ、この松屋の金蔵《かねぐら》に仕まいこまれて

いる金銀は、

(お頭が特別にねらいをつけただけあって、途方もなく大きいものにちがいない)

と、お千代はおもった。

雲霧仁左衛門は、藤屋の屋根裏部屋で、お千代を抱いたとき、こういった。

「盗《つと》めの日は、来年の五月ごろに……と、おもうている。そのつもりでいてくれい」

それまでに、山猫三次は、金蔵の錠前の蠟《ろう》型をとってしまわねばならない。

その蠟型によって、仁左衛門は鍵《かぎ》を誂《あつら》えることになる。

だが、その金蔵がどれなのか、まだ、お千代はつきとめていなかった。

土蔵と物置は全部で七つ。

そのうちの二つが、松屋の屋内からも通じるようになっている。

おそらく金蔵は、この二つのうちのどちらかにちがいないが、もしやすると、別の場所なのかも知れないし、金銀を分散してあるかも知れない。

吉兵衛は、いよいよ、

「夫婦になろ」

と、申し出て来た。

夫婦になってしまえば、何も、いちいち離れ屋へ忍んで行く必要はない。

寝間も同じで、だれに気がねすることもなく、吉兵衛はお千代を愛撫《あいぶ》することができるのであった。

（そろそろ、私も、さぐりにうごきはじめねば……）

と、お千代はおもっている。

そして、松屋吉兵衛宅の明細な見取図が出来あがったとき、それによって雲霧仁左衛門は、盗めの夜の分担を決め、盗み奪《と》った金を運び出し、一味の盗賊のすべてが金と共に名古屋城下から脱出するための計画にとりかかるわけだ。

（それにしても、今度の盗めは、大ばたらきなのに、お頭が事を急ぎすぎるような……？）

お千代は、それが気にかかってならない。

自分が〔引き込み〕として、松屋方へ入ってから、まだ三《み》月ほどにしかならぬ。

これまでの例だと、仁左衛門は大仕事の場合、引き込みを潜入させておいてから、早いときでも足かけ二年の歳月をかけ、準備をおこなうのだ。

もっとも、小頭の木鼠《きねずみ》吉五郎にいわせると、

「今度のお盗めについては、お頭も、三年ほど前からいろいろと仕度をなすっている。ひとりで名古屋へ何度も出かけているし、盗人《ぬすびと》宿も念を入れて設けてあるし、もう、お頭のあたまの中には、何もかも、すっかり出来あがっている……」

のだそうな。

盗む金高にしても、千両箱が二つや三つではない、と見てよい。

おそらく、一万両以上の金を、仁左衛門は盗むつもりらしい。千両箱が十である。

大変な重量であるし、これを、どのようにして運び去るつもりなのか……。

また、仁左衛門は配下の盗賊を何人ほど使うつもりなのか。

十人や十五人では、足らぬ。

三十名に近い配下が動員されるものと見てよい。

しかも、松屋吉兵衛方の家族から奉公人に至るまで、

「一人の殺傷もゆるさぬ」

と、仁左衛門は厳命を下している。

でき得るなら、松屋方の人びとが、ぐっすりと朝までねむっている間に、

「けむりの如《ごと》く……」

侵入して大金を盗み、

「霞《かすみ》のごとく……」

消え失《う》せてしまいたいところだが、

(なかなか今度は、そうはゆくまい)

と、お千代は看《み》ている。

先日、仁左衛門がそれとなく、お千代に洩《も》らしたところによれば、盗人宿も桑名の

ほかに、二カ所ほど設けてあるらしい。

桑名城下の盗人宿は二カ所である。

一は、城下の片町にある旅籠《はたご》〔鈴鹿《すずか》屋《や》〕だ。

一は、京町の菓子屋〔橘屋《たちばなや》〕で、ここはもう八年前から雲霧一味の盗人宿であって、橘屋の焼饅頭《やきまんじゆう》といえば、いまや桑名城下で知らぬものはないほどの〔名物〕になっているそうだ。

いずれにせよ、今度の盗めは、大盗賊・雲霧仁左衛門が手がけた盗めの中で、もっともスケールの大きいものになりそうな気配がする。

それをおもうとき、お千代の胸はとどろいた。

仁左衛門は、去年の夏ごろ、江戸へ出て来た折、石浜明神裏の盗人宿の地下蔵で、お千代に、こういったものである。

「お前も、わしのためには、ずいぶんと苦労をして、はたらいてくれた。忘れはせぬ。わしはな、千代。あと、五年ほどで、何とか盗めの道から脱《ぬ》け出し、ひっそりと、京の都の片隅にでも隠れ住み、そこで世を終りたい。そのとき、わしの死水をとってくれるのは、お前だと、おもうている」

それは、妙に、しみじみとした声であった。

仁左衛門ほどの盗賊になると、数多い配下の者たちの身の振り方を、それぞれにつ

けてやらぬうちは、

「足を洗えぬ……」

のであった。

そのためには、莫大《ばくだい》な金がいる。

なればこそ、今度の大仕事は、仁左衛門にとっても、お千代にとっても、

「大事な、大事な……」

お盗めなのである。

三

翌日の昼下りに……。

山猫三次の〔三次郎〕が、

「ちょいと、庵主《あんじゅ》さまのお使いに行ってめえります」

と、松屋の番頭にことわって、外出をした。

お千代がしたためた密書を、藤屋の雲霧仁左衛門へとどけるための外出であった。

空は、晴れわたっていた。

雲ひとつない青空の、冴《さ》え冴《ざ》えとした冷たい色は、冬の足音が、すぐ其処《そこ》にまで近寄って来ていることをものがたっている。

三次は、松屋の前通りを、どこまでも東へ行き、鍛冶《かじ》屋町の角へ来て、ようやく南へ折れた。

どうやら、万松寺の裏側へ出るつもりらしい。

いつもの山猫三次の、す早い身のこなしは、いま、のろのろと歩を運んでいる彼の何処《どこ》にも見られない。

何やら、躰《からだ》つきまでが変ったように見えた。

洗いざらしの粗末な着物を身につけ、不精髭《ぶしょうひげ》をのばしたままの三次なのである。

広小路を越えると、あたりは、尾張《おわり》家の下級藩士たちの住宅がならび、その区域をすぎると、ひろびろとした松原の向うに、万松寺の大屋根がのぞまれた。

「おい。おい、三次どん」

木蔭《こかげ》から旅姿の町人ふうの男があらわれて、

「しばらくだったのう」

と、いった。

六尺余の大男であったが、五十前後の、いかにもおだやかそうな顔《おも》だちで、張り出した額がてらてらと光っている。

「おや……」

三次は一瞬、困惑の表情をうかべたけれども、

「こりゃあ、お久しぶりで……」

仕方なしに笑いかけて、

「櫓《やぐら》の福右衛門さんが、どうして、こんなところに？」

「そりゃあ、わしのほうでききたいことじゃ。雲霧のお頭も、こっちにいなさるのかね？」

ずばりと問われて山猫三次は、とっさに、

「い、いいえ」

かぶりを振って見せた。

櫓の福右衛門とよばれた、この大男は、雲霧仁左衛門と親しい盗賊・暁星右衛門の義理の弟だときいている。

「わしの在所は、伊勢《いせ》の古市《ふるいち》でね」

と、福右衛門が、

「久しぶりで在所へ帰り、御先祖さまの墓まいりをすませ、これから江戸へもどるところなのだよ」

「さようで。暁のお頭には、お変りもござんせんか？」

「ありがとう。おかげさまで達者でいますよ」

それにしても福右衛門が、

(なぜ、こんなところにいるのだろう。どうも、おれを待ちうけていたとしかおもえねえ)

と、三次は感じた。

すると福右衛門は、たちまちに三次の胸の内を読みとってしまったらしく、

「なあに、三次さん。わしはね、大須《おおす》の観音さんへお詣《まい》りをして、これから御城下の瀬戸物町に住む知り人をたずねるつもりで、ここまで来たら、向うから、お前さんがやって来るじゃあないか。それで声をかけたのだよ」

事もなげに、いう。

その口調には、いかにも真実がこもっていて、

(なるほど。そうだったのか……)

と、三次がおもわざるを得ないような説得力がある。

雲霧一味の小頭、木鼠《きねずみ》の吉五郎も、櫓の福右衛門を評して、

「あのお人は、なかなかに、よく出来たお人だ。暁のお頭の軍師などといわれているが……もしも、あのお人が商人《あきんど》にでもなっていたら、大変な大金持になっていたろうよ」

と、いったのを、三次は耳にしたことがある。

いずれにせよ、雲霧仁左衛門とは親しい男なのだから、不安はない。

ないが、しかし、いまの自分が、この名古屋で、

「何をしているのだ？」

と、問われたら、

（なんと、こたえようか……？）

三次は、おもい惑った。

ところが福右衛門は、それ以上のことをきこうともせず、

「そのうち、また会おうなあ、三次どん。これは、小づかいにでもしなさい」

布に包んだものを三次のふところへ落しこんで、さっさと向うへ行ってしまった。

金三十両

一

櫓《やぐら》の福右衛門の姿が完全に見えなくなってから、山猫の三次は、ふところから、手ぬぐいの切端のような布に包んだものを引き出し、松の木蔭《こかげ》で中身をあらためて見て、

（や……？）

おもわず、息をのんだ。

小判が、三十両も入っているではないか……。
三次は、福右衛門の義兄である暁星右衛門の配下ではない。
顔見知りではあるが、別に福右衛門と親密な間柄でもない。
その福右衛門が、
「小づかいにでもしなさい」
と、よこした金にしては、あまりにも額が多すぎる。
三十両といえば、当時の庶民が三年間をらくに暮せる金高なのである。
「ふうむ……」
微《かす》かにうめき、三次は、ややしばらく茫然《ぼうぜん》としていた。
これは、いったい何を意味しているのだろうか……。
櫓の福右衛門に、小づかいをもらったことなど、かつて一度もない三次であった。
(それが、三十両も……?)
いくら考えても、
(わからねえ……?)
のである。
なんとなく、不気味になってきた。
(櫓の人は、在所からの帰り途《みち》に名古屋へ来たというが……ほんとうのことなのだろうか?)

うたがいたくもなる。

(おれが、此処《ここ》へさしかかるのを知って、待ちうけていなすったのか……それとも、おれの後をつけて来たのか?)

とも、感じたが、だからといって、それが何の理由で、ということになると、さっぱりわからぬ。

福右衛門は去ったが、

(このまま、おれが、お頭の隠れ家《が》へ行っていいものか、どうか……?)

と、三次は考えこんでしまった。

あたりに、別のだれかが、ひそかに自分を見張っているような気がせぬでもない。

(だが、うちのお頭と、暁のお頭とは、いまも仲がいい間柄ではねえか。その暁のお頭の軍師といわれる福右衛門さんが、おれを見張ったところで、どうということもねえ)

万松寺の松並木にある茶店のことは、雲霧配下の盗賊たちの中でも、

(知っている者は、少ねえときいている……)

三次だけに、ためらったのもむりはない。

しかし、お千代の手紙をわたさずに松屋へもどったのでは、お千代から強《きつ》く問い詰

められるにちがいないし、福右衛門のことを告げれば、お千代が、どのように怒るか知れたものではないのだ。

いかに首領どうしの仲がよいからといって、盗みの引き込みに入っている者が、他の盗賊に正体を見られてしまったということは、本格の盗賊として、恥ずべきことなのだ。

三次は結局、手紙を仁左衛門のもとへ、とどけることにした。

そのかわり、いったん松原を出て北へもどり、さらに西へ折れ、しばらく行ってから細道をえらんで何度も曲り、その間に尾行者のないことをたしかめ、大まわりをして万松寺の境内へ入った。

日が、かたむいている。

風が出て来て、冷たい。

茶店の藤屋は、この日から店を開けていた。

三次は入って行って、茶と糝粉《しんこ》餅《もち》を注文した。

ほかに、二組の客がいた。

亭主の七兵衛と、七兵衛の姉おくうが、三次をちらりと見て、うなずいた。

「他の客には気づかいをしなくともよい」

の、合図であった。

茶と糝粉餅を七兵衛が運んで来たとき、

「ありがとう」

声をかけた三次が、す早く、お千代の手紙を盆の下の七兵衛の手へ、すべりこませた。

七兵衛は、さり気なく、手紙を受け取り、奥へ入って行く。

三次は茶をのみ、ゆっくりと糝粉餅を食べ、

(うまくねえな、この餅は……)

顔をしかめた。

山猫の三次は、餅よりも酒のほうである。

客が一組、出て行った。

間もなく、奥のほうで七兵衛がうなずいて見せたので、三次は立ちあがり、

「勘定をして下さい」

と、われから、大きな竈《かまど》の前へ近寄って行き、その向うに、ひっそりとすわりこんでいるおくうへ銭をわたしながら、傍をすりぬけて行った七兵衛の手から、小さく折りたたんだ仁左衛門の返書を受け取っていた。

山猫の三次は、自分がすわっていた腰かけの上の茶わんや皿を片づけている七兵衛を横目に見て、外へ出た。

七兵衛は、振り向きもせず、

「ありがとうございい」

声を投げてよこした。

松屋へもどり、お千代に仁左衛門の返書をわたした三次は、夜に入ってから、離れ屋へ呼びつけられた。

三次は、お千代が松屋吉兵衛《きちべえ》にたのんで入れた男ゆえ、離れ屋へ呼ばれても、怪しまれることはすこしもない。

「三次。錠前の蠟《ろう》型をとる仕度をしておいておくれよ。いいかえ」

「へい。それよりも、金蔵《かねぐら》は何処《どこ》なんで？」

「もうすこし、待っておくれ。ともかく、今度のお盗《つと》めは気長に仕度をしてはいられないのだ」

「お頭が、そういいなすったので？」

「そんなことは、どうでもいい。お前はね、いつなんどき、私にいわれてもいいように仕度をしておおき」

「大丈夫でござんす」

「ときに、三次」

「へ……？」

「昨夜、お前は此処の縁の下へ入っていたね。いったい、何のつもりなのだ？」

ぴしりとお千代にきめつけられ、山猫の三次は色をうしなった。

二

三次が、離れの床下へ忍びこみ、松屋吉兵衛とお千代の睦言《むつごと》を頭上にきいたのは、どの男の胸の中にもひそんでいる好奇心からでもあるし、お千代ほどの女の閨《ねや》の秘密をのぞきたいと考えた……それはつまり、お千代を抱いている吉兵衛をうらやみもし、ねたみもしたからであろう。

（畜生め。いまに見ていやがれ）

と、胸の内に叫んだのは、むろん、松屋吉兵衛に対してであった。

いまに、雲霧一味が松屋へ押しこみ、莫大《ばくだい》な金を盗み奪うことになっている。

（おれは、その先陣をつとめているのだ）

と、おもっているだけに、そのときの松屋吉兵衛の驚愕《きょうがく》と狼狽《ろうばい》に対しての、「いまに見ていやがれ」

なのである。

（お千代さんは、知っていたのか……？）

いまさらながら、七化けお千代の勘ばたらきのするどさに、三次は瞠目《どうもく》した。

この夜。

山猫三次は、お千代から、さんざんにあぶらをしぼられた。

「お前は、そういうところが、だめなのだよ」

と、お千代はいった。

「肝心の盗《つと》めばたらきの最中《さなか》に、お前は、そんなつまらないことに気をとられる。それがだめなのだよ。これ、三次。お前、私のいうことをちゃんときいているのかえ」

「き、きいておりますよ」

「いいかえ。ほかの連中のお盗めはいざ知らず、うちのお頭のお盗めは、こうと決った目当てに向って、一心に気をひきしめ、息をつめて脇目《わきめ》もふらずにすすんで行くのだ。そのつもりでいなくてはいけない」

「へい、へい」

「私が松屋吉兵衛とあんなことをしているのも、つまりは、お盗めのために何もかも捨ててしていることなのだよ」

「わ、わかっておりますよ」

「それを縁の下で耳見物をするなぞとは、これ三次。もってのほかのことじゃあないか」

「へい、へい」

「その安請け合いも、お前のだめなところだ」

と、もう三次は、

「形無《かたな》し」

であった。

「そんなお前にもかかわらず、私が、お頭にたのみ、こうして引き込みにつかっているのは、お前の足さばきが、異名のとおりにみごとで、音もたてずにすばしこく、おまけに錠前の蠟《ろう》型をとるのが上手だからだ」

「おそれいり……」

「ばか。ほめているのじゃあない」

「へい、へい」

叱《しか》りつけられているうちに、三次は恐ろしくなってきた。

このように、お千代のそば近くではたらいたことは、今度がはじめての三次だけに、

(うわさには、きいていたが……)

女だとおもって、すこしもばかにはできないと、つくづくおもい知ったらしい。

むらさき色の頭巾《ずきん》をかぶった尼僧《にそう》姿のお千代の両眼が針のごとくきらきらと光って山猫三次を見つめたまま、瞬《まばた》きもしないのである。

うつ向いて、お千代のことばをききながらも、三次は、

(今日のことを、お千代さんにいっておいたほうがいいかも知れねえ。そして、うっかりと櫓《やぐら》の福右衛門さんから受け取ってしまった三十両も、お千代さんに、あずけてしまったほうが、いいかも知れねえ……)

おもいながらも、ついに切り出せなかった。

お千代に報告をするのだったら、この離れ屋へ入ってきたとき、すぐさま、

「実は、今日……」

と、告げねばならぬ。

いまから、いい出したのでは、お千代に、

「いままで、なぜ、だまっていたのだ？」

問いつめられるばかりでなく、

(かえって、怪しまれるかも知れねえ)

三次は、そうおもったからだ。

だからといって、三次は別に、怪しまれるようなことをしているわけではない。

ないが、しかし、

(おれは、福右衛門さんから三十両も受け取ってしまった……ええもう、こんなことになったのも、櫓の福右衛門さんがいけねえのだ。それにしても、なぜ、三十両も、このおれに……？)

やっと、お千代から解放され、奥庭の一隅にある土蔵の中の塒《ねぐら》へもどり、ふとんへもぐりこんでから、三次は、自分の胴巻へ入れて隠しておいた三十両の小判を出して、しみじみとながめ、

(この山吹色は、いつ見てもわるくねえ……)

うっとりとなった。

そして、

(もう仕方がねえや。ぐっすりとねむって、みんな忘れてしまおう)

自分勝手に、始末をつけることにしたのである。

三

その翌々日に……。

「これを、お頭に……」

と、お千代が三次へ、結び文をわたし、

「これからは、毎日が勝負だよ。お頭のところへ行くときは、じゅうぶんに気をつけてくれなくてはいけない」

「大丈夫です」

この日も、

「庵主《あんじゆ》さまの、お使いに……」

といって、山猫の三次は八ツ（午後二時）ごろに、松屋を出た。

松屋吉兵衛が、離れ屋へあらわれたのは、それから間もなくのことであって、

「お千代さん。万事、うまくはこびました、はこびました」

と、吉兵衛は有頂天になっている。

「うまく、とは？」

「息子夫婦に、お千代さんとのことをはなしてみたら、よろこんでくれてな」

「まあ……」

「これで、もう、天下はれての夫婦《めおと》じゃ、夫婦じゃ」

吉兵衛が、お千代のひろやかな背中をうしろから抱きしめてきた。

「それは、まことに？」

「うむ、うむ……」

たまりかねたかのように吉兵衛は、お千代の白いえりあしへ唇を押しつけ、

「いまさら、めんどうなことはせぬでもよかろうな。御城下にいる親類たちをまねき、息子夫婦と共に、披露のまねごとをすればよかろ。な、な、お千代さん」

「あい。それはもう……」

「そうなったら、この尼法師の姿をやめて下さるか？」

「はい。江戸から、こちらへまいりまするとき、もしや、このような姿で御厄介さまになっては……とも考えまして、鬘《かつら》の仕度もいたしてまいりました」

「鬘と、な？」

「はい」

「これは、おどろいた」

「うれしゅうございります」

「わしもうれしい、うれしいわい」

そのころ、山猫の三次は……。

一昨日のあのとき、櫓《やぐら》の福右衛門と別れてから、わざと遠まわりをして万松寺へおもむいたときの道すじを歩いていた。

（これなら、だれにも後をつけられてはいねえ）

自信があった。

そして、藤屋へ着き、一昨日と同じ要領で、お千代の手紙をわたし、仁左衛門からの手紙をうけ取った。

帰りも、同じ道をとった。

武家屋敷の町すじを北へぬけ、八幡町筋をこえ、三次は淀《よど》町の辻《つじ》へかかった。

朝からの曇り空で、三次は雨にそなえ、合羽と笠《かさ》を用意してきている。

その雨が、このとき降ってきはじめた。

はじめから笠はかぶっていた三次だが、

（とうとう、落ちてきやがったか……）

合羽を着ようと、袖《そで》へ手を通したとき、

「また、会ったね」

と、低い声が背後できこえた。

三次は、ぎょっとした。

その声が、まぎれもなく、櫓の福右衛門のものだったからである。

今日の福右衛門は、立派な町人姿で、傘をさし、例によって温顔の微笑を絶やさず、

「どこへ行って来なすったね？」

「え……へえ、その……」

「実はな、三次どん……」

「へ、へえ……」

降り出した雨の中を、町の人びとがあわただしく行き交っているのに、福右衛門は平然として三次へ語りかけるのだ。

「三次どん。明日の八ツごろに、もう一度、わしと会ってもらえまいかね？」

「明日の……？」

「そうだよ、三次どん」

「いったい、何の御用で？」

「そのときに、はなそうよ」

「へえ。でも……」

「嫌かね？」

「いえ。ですが、櫓の人。そいつは、ちょっと……」

「困るのかね？」

「いえ、別に……」

「場所はね、あまり遠くないところにしよう。そのほうが、お前も松屋から出やすいだろうしね」

福右衛門にこういわれたとき、三次は、突然、胃袋を撲《なぐ》りつけられたようなおもいがした。

（し、知っている……福右衛門さんは、おれが松屋にいることを知っているのだ）

お千代や治平がいることまで、知っているやも知れぬ。

「下七間町に多宝院という寺がある。その門前にね、河辰《かわたつ》といって、そのあたりでは知られた饂飩《うどん》屋がある。おい、三次どん。ちゃんときいているのだろうね」

「き、きいています」

笠の内の三次の顔は蒼白《そうはく》となっていた。

(このぶんでは、おれが藤屋へ出入りするところを、見られているかも知れねえ)

のである。

「三次どん。お前さんは、もう、わしの手の中から逃げられないのだよ」

じわりと念を押したときの、櫓の福右衛門の声は、まるで、

(人がちがったように……)

不気味な圧力がこもっていた。

「へ、へえ……」

「明日の八ツだ。いいな」

いうや、福右衛門が身を返して去って行く。

三次の、ひざ頭は、がくがくとふるえていた。

三次は、目の前の浄願寺の境内へ入り、気をしずめてから、松屋吉兵衛方へ帰った。

離れ屋へ行き、仁左衛門の手紙をわたし、すぐに土蔵の塒《ねぐら》へ引き下った。

お千代は、別だんに三次を怪しまなかったようだ。

(ああ、どうしよう。いったい、何のつもりで福右衛門さんは、こんなまねをするのだ。わからねえ、どうしても、おれにはわからねえ……?)

さすがに、この夜の山猫三次は、まんじりともしなかった。

ところで江戸から、火付盗賊改方・同心の高瀬俵太郎が名古屋城下へ入ったのは、この日の雨の夕暮れどきであった。

饂飩《うどん》屋〔河辰《かわたつ》〕

一

高瀬俵太郎は、先《ま》ず、関口雄介が寄宿している尾張《おわり》藩士・鈴木又七郎の屋敷を訪れた。

老僕の孫十に案内され、雄介の部屋へあらわれた愛弟子《まなでし》の高瀬を迎えて、

「おお、来たか、高瀬が……」

「早かったな」

「馬を飛ばして駆けつけました」

「そうか。ま、湯を浴びて道中の垢《あか》を落して来い。それから、ゆっくり語ってきかせよう」

高瀬が風呂《ふろ》から出て来ると、夕飯の膳《ぜん》が運ばれて来た。

女中の給仕を、

「今夜はよい」

と、雄介がいい、二人きりになると、

「まあ、飲め」

酒をすすめる。

「頂戴《ちょうだい》いたします」

高瀬俵太郎は、すっかり元気になっていた。

下痢と腹痛が癒《なお》りきらぬうちに江戸を発し、名古屋へ急行して来た高瀬同心であるが、いつの間にか痛みも苦しみも消えてしまっている。

「手紙に書いたとおりだが、実はな……」

と、それから関口雄介が、すべてを語った。

高瀬の両眼が、きらきらと輝き、満面に血がのぼってきた。

「先生。間ちがいはございません。たしかに、雲霧一味が、当御城下へあつまっているにちがいないとおもいます」

「ふうむ。私の勘も、これでなかなか捨てたものではないな」

「かたじけなく存じます。ありがとうございました」

「それほどに、よろこんでくれるか……」

「山田藤兵衛《とうべえ》様も……いえ、長官《おかしら》の安部《あべ》式部様も、眼の色が変られましたほどで……」

「そんなものかなあ」

「火付盗賊改メは、これまでに、雲霧仁左衛門から、どれほど煮え湯をのまされましたことか……」

「ふむ、ふむ。そのはなしは、前に、おぬしからきかされたことがある」

「今度こそは、雲霧一味を御縄にする手がかりを、つかみたいと存じます」

「それで、盗賊改方では、おぬしのほかに……？」

「山田藤兵衛様が、しかるべく人数をえらび、自身お出張《でば》りになります。明後日にはおそらく到着いたしましょう」

「となると、どのようなことになる？」

「これはやはり、尾州家のおちからを借りねばなりますまいか、と……」

「そうだろうな。それで何か、雲霧一味が当御城下にあつまっているということは、つまり、御城下の商家にでもねらいをつけ、盗みに押し入ろうとでもしているのだろうか？」

「まだ、しかとは、わかりませぬが……いま、雲霧一味は、ほとんど江戸を、引きはらったものと考えられます」

「ほう……」

「何しろ、雲霧仁左衛門ほどの盗賊になりますと、諸国を股《また》にかけ、一つの盗みにかかっておりますとき、早くも三年四年先の、つぎの盗みの準備《したく》をしておりますほどで……」

「ふうむ。大層なものだ」

「これは、私だけの勘考《かんこう》でございますが……おそらく、雲霧めは、当御城下の、それも相当な商人の店をねらっているものと……」

「やはり、な。そうなれば、尾州家としても捨ててはおけまい」

「ですが先生。俗に、餅は餅屋と申します。なにぶんにも、ひととおりの盗賊ではございません。ここは、やはり、盗賊改メに……」

「おぬしたちを、尾州家が助けるというかたちをとればよいのだな」

「はい。山田藤兵衛様、到着の上、尾州家へ申し入れることと存じますが……」

「うむ……」

関口雄介は、しばらく考えていたが、

「その前に、このことを兄上へはなしてみよう」

と、いった。

その兄上というのが、師の従兄《いとこ》にあたる当家の主・鈴木又七郎であることは、高瀬同心も知っている。

しかし、鈴木又七郎が、深夜の名古屋城内・御深井《おふけ》ノ丸で、尾張中納言《ちゅうなごん》・徳川継友の側《そば》近くにつきそうほどの、特別な任務にある人物だとは知るよしもない。

そこへ、鈴木又七郎が帰邸した。

「高瀬。しばらく待て」

と、関口雄介が又七郎の居間へ出向いて行った。

「兄上。先ほど、江戸表より、私の門弟、高瀬俵太郎が訪ねてまいりまして」

「おお、きいた」

関口雄介は、尾州藩の公文書のあつかいで、安部式部気付で高瀬への手紙を出し、このため鈴木又七郎の口ぞえをたのんだけれども、自分が雲霧一味を見張っていたことや、盗賊改方へ、それを急報したことを、又七郎へは語っていない。

「高瀬は、江戸の火付盗賊改方・同心です」

「盗賊改メ……」

と、又七郎が緊張の面もちとなり、

「これ雄介。おぬし、われらの、ひそかなる御役目を忘れてはならぬぞ」

「大丈夫です、兄上。実は、高瀬俵太郎が名古屋へまいりましたのは、盗賊改方の御役目にて、のぼってまいったのです」

これは事実なのだから、いささかも隠す必要はないのだ。

「では、盗賊を捕えにでも？」

「盗賊も盗賊。大盗賊らしいのです」

「それが、御城下に？」

「先ず、おきき下さい」

しばらく又七郎と語り合っていた雄介が、自室へもどって来て、

「高瀬。兄上に挨拶《あいさつ》をしておけ」

「はい」

「だがな、おれが雲霧一味について、お前のところへ知らせたことを兄上は御存知ではない。そのつもりでいてくれ。そのほうがよい。お前は、雲霧一味の探索に出て来たついでに、おれを訪ねてくれた、ということになっている。よいか、よいな」

「心得ました」

高瀬俵太郎は、先刻、鈴木又七郎の妻女・静に挨拶をすませてあった。

関口雄介にしたがい、居間へ来た高瀬俵太郎を見て、しばらく語り合ううち、鈴木又七郎は、高瀬の人柄を見ぬいて、安心もし、好意も抱いたらしい。

「くわしく語ってみてくれ。ちからになれるやも知れぬ」

と、又七郎が高瀬同心にいった。

二

雲霧仁左衛門が、茶店の〔藤屋〕を出て、桑名へ向ったのは、鈴木又七郎が帰邸する前であった。

関口雄介の引き合せで、高瀬同心が又七郎の居間へ挨拶《あいさつ》に出たころに、仁左衛門は名古屋城下を出て、雨の道を急いでいた。

今夜の仁左衛門は町人の旅姿になってい、暗い闇《やみ》の中を提灯《ちょうちん》も持たず、すい、すい、すいと進む。

仁左衛門は、藤屋を出るとき、七兵衛とおくうに、、、

「明日も、店を開けてよい」

と、いった。

「いつごろ、お帰りに……？」

と、七兵衛。

「わからぬ」

こたえた仁左衛門が、土間に立ったまま、しばらく考えたのち、

「これは七兵衛、お前だけが、胸の内へおさめておいてくれればよいのだが……」

「はい、はい……？」

「もしやすると、桑名の盗人宿《ぬすびと》を引きはらうやも知れぬ」

「では、何処へ？」

「多度《たど》は、どうじゃ？」

「結構ではございませぬか」

「そうだ、な……」

「いずれにせよ、お気をつけられますよう……」

「わかっている。こちらも気をつけてくれよ」

「心得ましてございます」

こうしたときの、仁左衛門と七兵衛の会話をきいていると、まるで、どこかの武家と、その家来が語り合っているようだ。

それは、相州小田原城下の数珠屋《じゅず》・桐屋《きりや》五助と仁左衛門の会話をしのばせるものがある、といってよい。

夜が、ふけた。

松屋の離れ屋では、またも吉兵衛《きちべえ》がやって来て、お千代と寝物語をしている。

「十日後《のち》に、いよいよ、わしとお千代さんが夫婦《めおと》の盃《さかずき》をかわすことにしましたぞ」

「すりゃ、まことでございますのか？」

「なんで、わしが嘘《うそ》いおう」

「まア、うれしいこと……」

「前にもいうたとおり、その折に、御城下の親類たちをまねき、披露をしてしまいたいのじゃが、よいかな?」

「うれしい、うれしい……」

「これ、そのように強《きつ》く、わしのくびを巻きしめては、く、苦しい。苦しい……」

「あれ、申しわけ……」

「なに、苦しいが、うれしかった」

などと、名古屋城下で屈指の富商・松屋吉兵衛も、こうなると、たわいのないこと、おびただしいのである。

「それでな、お千代さん……」

「あれ、もう、これからは、お千代とよび捨てて下さりませ」

「ほんとうに、かまいませぬか」

「そのほうが、うれしゅうございまする」

「では……では、お千代……」

「あい、あい……」

「おお、可愛《かわい》い声じゃ」

「だんな、さま……」

「おお、おう……そう、よんで下さるか」

「あたりまえのことでござります」

「ふむ、ふむ……」

と、鼻を鳴らして松屋吉兵衛が、

「夫婦になったからは、お千代さんも、いちおうは、松屋吉兵衛の女房として、商売のこと、奉公人のことも、のみこんでもらわねばなりませぬ。それで、かまいませぬな?」

「はい。いっしょけんめいにいたしまする」

「せがれ夫婦に、この家も財産も、いずれはゆずりわたさねばならぬが……わしも、まだまだ老《ふ》けこんではおらぬし、な」

「ほんに……」

「うふ、ふふ。それは、お千代さん……いや、お千代が、いちばん、よく知っていてくれるはず」

「あい」

「ま、これで、私どももな、大名や武家方と同じで、家や財産をゆずりわたすことも、なかなかにむずかしい」

「ごもっともでござります」

「せがれにも、もう、ひとふん張りして、立派な商人になってもらわぬと、わしも安心をして、店をゆずれぬのじゃ」

「はい」

「お前さまもな、わしとちからを合わせ、どうか、せがれ夫婦のことを、たのみましたぞ」

「はい。ふつつかではござりますが……」

「そのうちには、お前さまの生い立ちのことも、きかせてくれぬと……」

「はい。夫婦になりましたとき、何事も包み隠さず……」

「打ちあけて下さるかな？」

「はい」

きっぱりといい、七化けお千代が、松屋吉兵衛の、はだけた胸もとへ紅《あか》いくちびるを押しつけた。

三

翌日の昼前に……。

山猫の三次の〔三次郎〕は、

「庵主《あんじゅ》さまの、おつかいに出てまいります」

と、いい、松屋を出た。

お千代が、またしても、雲霧仁左衛門への手紙をしたため、

「これを、お頭へ、とどけておくれ。念にはおよぶまいが、油断は禁物だよ」

「大丈夫です」

「今日の使いがすんだなら、当分、藤屋へ行くこともないだろうから、くれぐれも気をつけておくれ」

「合点です」

三次は身仕度をして、松屋を出るとき、隠してある金三十両を、そっとながめ、自分でもわけがわからぬためいきをもらした。

昨日、藤屋からの帰り途《みち》に、淀町の辻《つじ》で、櫓《やぐら》の福右衛門から呼びとめられ、

「明日の八ツに……」

もう一度、会うことを約束させられている山猫の三次であった。

(気が、すすまねえ)

ことではある。

だが、

(行かねえわけにもゆくめえ)

と、おもう。

もしも、櫓の福右衛門のいうことに背いたなら、

(どんなことになるか、知れたものじゃあねえ)

ような気がするのだ。

三次は、充分に気をつけて、藤屋へ行った。

七兵衛は、お千代からの手紙をうけとり、折よく、他に客もいなかったので、茶をさし出すときに、す早く、

「お頭さまは、桑名へお出かけゆえ、御返事はない」

と、ささやいた。

三次はうなずき、茶をのんでから、藤屋を出た。

なんとなく、それまでの気分の重苦しさが、

(軽くなったような……)

おもいがしてきた。

今日は、

(お頭が、名古屋城下にはいねえ)

それだけで、これから自分がすることに、三次はほっとなったのである。

だが、櫓の福右衛門にいわれた下七間町の多宝院・門前にある饂飩《うどん》屋〔河辰《かわたつ》〕の前へさしかかったときには、三次の動悸《どうき》が烈《はげ》しくなった。

〔河辰〕は、小さな家だが白壁に瓦《かわら》屋根の、なかなか饂飩屋ともおもえぬ立派な造りであった。

入口の茶色ののれんが、地面へつきそうに長く、

〔うんどん・河辰〕

の文字が白く染めぬかれている。

階下は、入れ込みの大座敷で、そこに人の頭がたくさんにゆれうごき、饂飩をすすりこむ音がわき起っていた。

時分どきにしても、よく繁昌《はんじょう》をしている店だ。

三次が中へ入り、きょろきょろと、あたりを見まわしているのへ、

「もし、三次郎さんで？」

どこからか出て来た町人が近寄って声をかけた。

「……？」

三次は、自分の耳をうたぐった。

町人は、たしかに〔三次郎〕といった。

三次郎の名は、松屋方へ入りこむについて、お千代がつけたものだから、松屋以外の者の、

(知るわけがねえ)

はずなのである。

「三次郎さんでございますね？」

その、町人の中年男が、重ねてきいたとき、三次は、おもわず、うなずいてしまっていた。

「さようで。福右衛門さまが、お待ちかねですよ」

「へ、へえ……」

男は、土間の奥の戸を押し開けた。

戸の向うは、細い通路だ。

通路の右側は壁。

左側は、格子《こうし》がはめこまれてい、格子の間から〔河辰〕の大台所が見える。

もうもうと湯気がたちのぼっている中で、数人の男女が、いそがしく立ちはたらいていた。

饂飩を打つ音もきこえる。

「さ、さ、こちらへ……」

男が通路の突当りの戸へ近づくと、戸が内側から開いた。

戸口いっぱいに、梯子段《はしご》が見えた。

男がみちびくままに、山猫の三次は梯子段をあがって行った。

「おお、三次さん。来ておくんなすったね」

板戸の向うで、櫓の福右衛門の声がした。

「さ、お入りなすって……」

板戸を開けてから、案内の男が梯子段を下りて行った。

下の戸が閉って、錠がおりる音がきこえた。

三次は、どきりとした。

(おれを逃がさねえつもりで、錠をおろした……)

と、感じたからだ。

「三次さん。まあ、お入り」

「へ、へい」

「前にあげた三十両は、もう、つかってしまったかね?」

「ど、どういたしまして……」

「早く、つかってしまいなせえ。なくなったら、また、さしあげようよ」

「と、と、とんでもねえ……」

「何をしていなさる。早く、お入り」

「では、ごめんを……」

三次は、恐る恐る中へ入った。

茶室めいた、小さな部屋で、炉が切ってある。

「お酒でも、のむかね？」

と、福右衛門。

「いいえ。それよりも福右衛門さん。いってえ、この私に、どんな御用がおありなので？」

福右衛門が、大きな躰《からだ》をゆするようにして声なく笑い、

「ま、急ぐこともない」

「いいえ、それが……」

「急ぎなさるのかえ、三次さん……」

四

「いえ、別に……ですが、福右衛門さん。ちょいと、用事もありますんで……」

どぎまぎしながら、山猫の三次がいった。

櫓《やぐら》の福右衛門は、にんまりと笑って、ふところから小判十両を出し、三次の目の前で、これを懐紙に包み、

「さ……」

と、三次の前へ置いた。

「取っておきなさい」

「こ、これは……」

「ですが、こんなことをしてもらうわけが……」

「ないと、いうのかえ?」

「へ、へえ……」

「それなら、なぜ、前に三十両を受け取ったのだね?」

「だって、あのときは……」

「あのときは?」

「福右衛門さんが、むりに……」

いったとたんに、福右衛門の巨体が、ぐっと目の前に迫って来たとおもったら、三次は、おもいきり顔を撲《なぐ》りつけられていた。

左の耳の中が、ぐわあんと鳴り、頭がくらくらとした。

「う……」

もう一度、今度は右から、顔面を撲りつけられた。

二度目のほうが、強烈であった。

三次の躰《からだ》が転倒し、うしろの板戸へぶつかった。

いつであったか三次は、小頭の木鼠の吉五郎から、

「暁星右衛門お頭のところの、櫓の福右衛門さんは、なんでも若いころ、相撲とりをしていなすったらしい」

と、きいたことがある。

いま、撲られてみて、

（なるほど……）

と、おもわざるを得ない。

目はくらむし、口の中が切れて血がながれ出すし、

「あ、あ……」

三次は身をすくめ、そこへ突伏してしまった。

「この上、撲られるとお前、松屋へ帰ってから、いいわけをするのが大変だよ」

前と同じように、おだやかな福右衛門の声がきこえた。

三次は、おのれの心《しん》ノ臓《ぞう》を、福右衛門の大きな手でぎゅっとつかまれたような気がした。

（やっぱり、おれが松屋へ入っていることを、知っていたのだ……）

三次は、ふるえ出した。

「さ、その十両を、ふところへ入れておしまい」

「へ……」

「早くしないか」

「へ、へい……」

こうなると三次は、福右衛門から催眠術をかけられたようになってしまい、いわれるままに、おずおずと、十両の紙包みを、ふところへ仕まいこむ。

そして、手ぬぐいで顔をぬぐった。

口の中が、血で生ぐさかった。

「わかったかえ、三次」

と、福右衛門は、いつもの、やさしげな微笑をたたえて、

「わかったろう？」

まるで幼童を、なだめすかすような口調でいうのだ。

それが、いまの三次にとっては、

(身ぶるいが出るほどに……)

恐ろしくなってきた。

わかったろう、と、いわれても何が何なのか、さっぱりわからぬ。

それでいて、三次には、

(わかった……)

ような気もしているのであった。

「三次どん。お前は、もう、雲霧のお頭を裏切ってしまったのだよ」

釘《くぎ》を刺しこむような福右衛門のことばだ。

「な、なんですって……?」

「お前は、わしの味方さ」

「み、みかた……?」

「そうさ。わしを助けて、これからはたらくのさ」

「何を、はたらくので?」

「盗みを、さ」

「そ、それは、どういうことなんでござんす」

「まあ、いい。当分は、わしのいうとおりにしてくれればいいのさ」

「それは、暁のお頭のお指図なのでござんすか?」

「そんなことは、お前が知らなくともよいことさ」

「そうはめえりません。とんでもねえことで……」

さすがに山猫三次は、いい募るかたちになったが、じろりと福右衛門に睨《にら》まれると、
もう、後のことばがつづかなくなってしまった。

山猫三次が〔河辰《かわたつ》〕にいた時間は一刻《いっとき》(二時間)ほどであったろう。

松屋へ帰ったとき、離れ屋のお千代のところに吉兵衛がいたので、すぐに三次は報

告をせずにすんだ。

三次は、ほっとした。

手でさわってみると、顔がすこし、腫《は》れているようであった。

吉兵衛は、夕飯も離れ屋で、お千代と共にすませた。

それからも、なかなかに腰をあげない。

夜に入っても吉兵衛は出て来なかった。

息子夫婦にも、奉公人たちへも、お千代と夫婦になることを知らせたので、松屋吉兵衛は、だれにも気がねをしなくなったようだ。

三次は、土蔵の中の寝床へもぐりこみ、先の三十両と今日の十両を合わせた四十枚の小判をながめている。

その山猫三次の眼の光が凝ってきはじめた。

決意が、しだいにかたまって来つつあるらしい。

口もとが、かたく引きしまったかと見えたとき、

「よし。こうなりゃあ……」

かすれ声の、つぶやきがもれたのである。

翌朝になって……。

離れ屋のお千代のところへ行き、昨日のことを報告したときの三次は、すこしも顔

色を変えず、声も乱れていなかった。

お千代は、ちらりと三次を見て、うなずいたのみだ。

三次は、すぐに引き下って来た。

五

それから六日後に……。

松屋吉兵衛は、お千代と夫婦《めおと》の盃《さかずき》をかわすことにした。

吉兵衛は、お千代に、

「十日後に……」

と、いっていた。

だが、

(もう待ちきれぬ……)

気もちになってしまったらしい。

この六日の間、吉兵衛は、いそがしかった。

披露の宴は、料理人をよんで上本町の家でおこなうことにし、その準備にも忙殺されたわけだが、

(それよりも、先《ま》ず、このことを片づけねばならぬ)

と、吉兵衛がおもったのは、名古屋城下に囲ってある二人の妾《めかけ》のことであった。金次第で解決がつくことといっても、やはり、なかなかに面倒なこともあったらしい。

「ああ、もう、これでさっぱりした。何もかも片づいたわい」

松屋吉兵衛がこういって、息子の吉太郎夫婦へ、

「これからは、もう、わしはな、女道楽はせぬつもりじゃ。安心をしてくれ」

はればれとして、そういったのは、披露の宴を明日にひかえた夜である。

吉太郎も、お千代が〔義母〕になることは、

(すこしも、かまわないが、あのお人の氏素姓は、いったい、どのような……?)

そのことが、やはり気になっていたらしい。

そこで、父親の吉兵衛へ、

「やはり、はっきりときいておいたほうがよいと、おもいますが……」

と、いってみた。

「そのことじゃ」

吉兵衛が眼をまるくして、

「昨夜な、ちょいときいたわい」

「さようで。それは、いったい……?」

「くわしいことは、いますこし、たってからでないとな」

「妙なことで……？」

「さようさ。妙なことじゃ。お千代はな、京の都の生れじゃそうな」

「ははあ……」

「さる、やんごとなき御方の落し胤《だね》じゃそうな」

「落し胤……？」

「ひと口にはいえぬ御方の、落し胤らしい」

「ひと口にはいえぬ……？」

「まさかに、禁庭様《きんてい》(天皇)の落し胤でもあるまいが、な……」

「なんでございますって？」

と、吉太郎も、おどろいた。

「あるまいが、吉太郎。よほどに御身分の高い御方の落し胤なことは、たしかじゃ。お千代のいうことが、いちいち理にかなっているわい」

「ははあ……」

「名をいえば、それと知られた御方の、落し胤なことは、間ちがいないわい」

松屋吉兵衛は、お千代の父を、皇族の一人か、または非常に位階の高い公家《くげ》だと、おもいこんでいる。

京都朝廷のことをくわしく語るお千代のことばに、吉兵衛は昨夜、瞠目《どうもく》したものだ。

そればかりではない。

お千代は御所《ごしょ》(皇居)のありさまや、公家・女官の生活にまでふれて、なみなみでない知識を披露したのである。

これは、お千代がいちいち、雲霧仁左衛門から教えられていたのを、そのまま語ったにすぎないのだが、吉兵衛も尾州家の御用達《ごようたし》として名古屋城下では、

「それと知られた……」

男だけに、お千代のことばが嘘《うそ》か、嘘でないかは、すぐにわかるはずであった。

吉太郎夫婦は、息をのんでいる。

「だからな、吉太郎。むりに、お千代の生いたちをきくことも、わしは遠慮しておるのじゃ」

「なるほど……」

「お前たちの眼から見ても、あれが、なみなみの女ではないことは、よくわかるだろう?」

「それは、もう……」

「それならそれで、もう、よいじゃないか。お千代も、生いたちについてはくわしゅう語りたいらしい。らしいが、しかしな。やはり、その、いうてはまずいこともある

らしいのじゃ。いうてしまっては、わしの女房にもなれぬような……」

「ははあ……」

「いずれにせよ、この松屋吉兵衛が女房にして、すこしも、はずかしゅうない女じゃ」

「ごもっともで……」

「お千代は、何もかも、わしに語るというていたが、いざとなると、いろいろ、語りにくいこともあるらしいのじゃ」

「それでは仕方もありませぬな」

「まあ、な。この松屋の身代《しんだい》も、いずれは、お前たちへゆずりわたすことだし……そのようなこともあるまいが、たとえ万一にも、お千代に子が生れたとしてもじゃ。それは何ということもない。お前たち夫婦が、わしが死んだのちも、お千代を母とおもうて、大事にしてくれさえすれば、それでよいのじゃ」

「よう、わかりました」

「お千代はな、こころの落ちつきがほしいというている。金もいらぬ、宝もいらぬ。ただ、これからの暮しが落ちついてくれればよい、と、そういうているのじゃ。やんごとなき御方の落し胤に生れ、深い深い事情《わけ》あって、身を隠し、尼法師となって江戸へ身を移し、ずいぶんと苦労をしたものらしい……」

と、吉兵衛は憮然《ぶぜん》となった。

この春に……。

江戸見物に出かけ、叔父の松屋彦七の紹介で上野山下の〔山富貴《やまぶき》〕という五色茶漬《ちゃづけ》屋の二階で、船宿〔佐原屋〕の亭主・伝次郎に会い、根岸の寮で、尼法師のお千代を、(金で抱いた……)

ことは、さすがに吉兵衛も、息子夫婦へ語っていない。

「さるお人の引き合せで、お千代に出合った」

とのみ、いってある。

いずれにせよ、七化けお千代の〔演技〕は、完全に、松屋吉兵衛ほどの男を、

「たぶらかして……」

しまったわけだ。

それだけに、お千代の〔芸〕が、間に合せのものではないことになる。

これまで、雲霧仁左衛門の〔盗《つと》めばたらき〕を、このようにして助けて来た彼女の経験は豊富であり、その技術は万事に遺憾がないものといってよかろう。

六

この夜ふけに……といっても、九ツ半(午前一時)ごろに、山猫の三次は、土蔵の

寝床からぬけ出していた。

奥庭の塀《へい》を、三次は、その異名のごとく軽々と躍り越え、闇中《あんちゅう》を音もなく歩き出している。

下七間町の多宝院・門前の饂飩屋《うどんや》〔河辰《かわたつ》〕の裏口へ彼が立ったのは、それから間もなくのことであった。

三次は、あたりを見まわし、人気《ひとけ》がないことをたしかめてから、〔河辰〕の戸を、ひそやかに叩《たた》いた。

はじめに一つ。間を置いてから三つ。

さらに間を置いて一つ。

これは、櫓《やぐら》の福右衛門から指示された合図の叩き方である。

三次が、戸を叩き終るや否《いな》や、戸が内側からすっと開いた。

戸を開けたのは、はじめに三次が〔河辰〕へ来たとき、二階の隠し部屋へ案内をした中年男だ。

男は、無言でうなずき、先に立った。

あれから三次は、二度ほど、〔河辰〕へ来ている。

今夜が四度目であった。

二度目からは、

「夜ふけに来たがよい。そのほうが三次、お前のほうにも、わしのほうにも都合がよい」

と、櫓の福右衛門にいわれたからだ。

三次に対することばづかいも態度も、いまの福右衛門は、まるで、

「自分の手下のあつかい」

になってきていた。

二階の隠し部屋へ三次が入って行くと、そこには福右衛門のほかに二人の男がいた。

二人とも、どこから見ても堅気の風体であって、年のころは、三十七、八から四十に見える。

「これが、山猫の三次どんじゃ」

と、福右衛門が三次を、二人へ引き合せた。

二人が、愛想のよい笑顔を三次へ向け、

「よろしゅうに……」

軽く、あたまを下げた。

そのくせ、名乗りもせぬ。

三次が部屋へ入って行くのと、入れちがいに、二人の男は部屋から出て行った。

「こっちへおいで」

福右衛門が、さしまねく。

「へい、へい」

三次は、もう福右衛門の意のままに、うごいている感じであった。

「約束のものは、できたかね?」

「へい」

三次が、絵図面のようなものを、ふところから出して福右衛門の前へ、ひろげて見せた。

これは、松屋吉兵衛方の間取り図であった。

もともと三次は、筆をつかうことが苦手である。

だが、そこは盗賊のことだから、なかなかに要領よく描いてある。

「ふむ、ふむ……」

福右衛門は、しきりにうなずきつつ、瞬《まばた》きもせずに見入った。

「くわしいところは、まだ、よくわかりませんので……まあ、ざっとしたところを……」

「ここが、お前が寝ている土蔵かね?」

「いえ、こっちのほうでござんす」

「ふむ、これか……」

「ここが、例の離れ屋なので」

「なるほど」

「ですが、福右衛門さん。肝心の金蔵《かねぐら》が何処《どこ》にあるのか、さっぱり、わかりませんので」

「それは、あれだけの大店《おおだな》だ。さぐり出すにも骨が折れようわい」

「これで、お千代さんと松屋吉兵衛が夫婦になりますと、お千代さんのほうからも、さぐりが入ることになっておりますんで」

「そうだろう、そうだろう。そこが雲霧さんの読みが深いところなのだろうよ。その、雲霧さんの盗《つと》めばたらきを、そっくり、こちらへいただいてしまおうというのだから、わしも、ずいぶん、ひどい男さ。のう、三次」

「のう、三次……」といわれたところで、山猫三次には、

（返事の仕様がねえ）

のである。

「もし……もし、福右衛門さん……」

「なんだね？」

「この盗めは、暁星右衛門お頭の、お盗めなのでございましょうね？」

恐る恐る三次がきくのへ、福右衛門は、こたえぬ。

「それに、あの松屋へ、雲霧《うち》のお頭が手をかけていることが、どうして福右衛門さんにわかったのでございますね？」

「そんなことは、きかぬでもよいわい」

「ですが……」

「うるさい男じゃのう」

じろりと睨《にら》まれて、くびをすくめた三次へ、

「ま、こっちへおいで。松屋へもどるまでには、まだ一刻《いっとき》ほどの間もあるだろう」

にんまりと福右衛門がいい、立ちあがった。

「へ……？」

「さあ、こっちだ」

福右衛門が、小さな床の間の傍の壁を手で押すと、その壁が、ぱっくりと口を開けた。

冷雨

一

壁の中には、小さな隠し部屋があったのだ。

三次も、こういうことには慣れているから、壁が口を開けたときには、格別おどろきもしなかったけれども、

「さ、あそんでおいで」

と、櫓《やぐら》の福右衛門が、三次の背中を小部屋へ押しやったとき、

「あ……」

おもわず、固唾《かたず》をのんだ。

福右衛門は三次を押し入れるや、壁の戸を閉じてしまった。

小部屋の柱の掛け行燈《あんどん》の淡いあかりに、何やらうごいたものがあって、三次はすぐに、

(女だ……)

と、感じた。

夜具も敷きのべられている。

甘酸《あまず》っぱい匂《にお》いが、狭い部屋の中にただよっていた。

香料や白粉《おしろい》の匂いではない。

まぎれもなく、それは、

(若い女……)

の、体臭であった。

(へっ。櫓の福右衛門め、おれに女の匂いを嗅《か》がせて、手懐《てなず》けようというのか。山猫の三次は、そんなに安い男じゃあねえ。ばかにするねえ)

さすがに、むかむかとして、振り向きざま、壁を押してみたが、びくともせぬ。

(畜生……)

三次は、女をにらみつけた。

うす闇《やみ》になれた三次の眼に、夜具の上へ伏し倒れている女の、小柄だがむっちりと脹《は》った躰《からだ》が、

(嫌でも……)

飛びこんできた。

三次は、凝《じっ》と女を見下ろしている。

はじめは、口の中でぶつぶついっていたようだが、そのうちに三次は押し黙ってし

まい、両眼がぎらぎらと光りはじめた。

松屋吉兵衛《きちべえ》方へ入りこんでから、三次は一度も女の肌身にふれていなかった。

息苦しい沈黙に堪《た》えかねたものか、伏し倒れている女が喘《あえ》ぎはじめた。喘ぎにつれて、まるい肩や、ふくらんだ臀部《でんぶ》のあたりが波を打つようにゆれ、その、いかにも昂《こう》奮《ふん》に堪えているかのような若い女の姿態を見ているうち、

(ええ、もう……か、かまうものか……)

山猫の三次は、勃然《ぼつぜん》となってくるのを、どうすることもできなかった。

近寄って行き、女の傍へ屈《かが》みこむと、女の喘ぎは、いよいよ、たかまってきたようだ。

うすいものを一枚、女は身にまとっているだけで、それはあらかじめ、福右衛門が仕組んだことにちがいなかった。

(そ、それにしても、この女は、どういう……?)

福右衛門がつかっている女の引き込みでもあるのか……。

それにしては、あまりにも羞恥《しゅうち》の態《さま》が、大仰にすぎる。

「おい……お前は、だれだい?」

と、三次が、女の肩へ手をかけてささやいた。

その肩の肉置《ししお》きのやわらかな感触に、三次の性感は尚《なお》も唆《そそ》られた。

「おい……おい。お前は……」

女は、かぶりを振るのみであった。

たまりかねて顔を寄せ、三次は女の背中を抱きしめ、

「おい……おい……」

「お前。怖がっているのか?」

すると、そのとき、女が身をよじるようにして三次の胸へ顔を押しつけ、

「やさしく……やさしくして……」

と、いった。

甘く、うるんだ声をきいて、三次は、痰《たん》が喉《のど》にからんだような声になり、

「いいとも。いいともよ」

たまりかねて三次は、女を仰向《あおむ》けにし、おおいかぶさっていった。

半刻《はんとき》(一時間)ほどして……。

山猫の三次が女の躰からはなれ、身づくろいをしているうちにも、女は、うつ伏せになったまま、顔をあげなかった。

背骨の両側の背肉がもりあがって見える。

みごとに発達した肉体であった。

(処女《きむすめ》じゃあねえが……男の数は知らねえらしい)

三次は満足げに、

「また、来るかも知れねえよ」

と、いった。

すると、女が、

「待って、います……」

顔を伏せたままで、うれしげにこたえたではないか。

「名を……お前の、名は、何というね？」

「おきね、と、いいます」

「おきねさんか……」

「あい……」

「このつぎには、ゆっくりと逢《あ》いてえものだね」

「ええ……」

「そうか、よし。わかった。おれの名は三次だ」

「さんじ、さん」

「そうとも」

「あい……」

「おい、おきねちゃん。うれしかったぜ」

こたえはなかった。

三次は、

(もう、松屋へ帰らなくちゃあいけねえ……)

はっとして、こころみに壁を押してみると、壁はくるりと開いた。

だれも、いなかった。

板戸を開け、梯子段《はしご》を下りて行くと、通路への板戸が、向うからすっと開いた。

いつもの案内の男が、其処《そこ》に立っていた。

三次は、どきりとして、

「や、櫓の……」

いいかけるのへ、中年男が、

「先ほど、お帰りになりましたよ」

「そ、そうですかい」

「櫓のお頭が、こういっておいでなさいました」

「え……?」

「あの女と逢いたいときには、いつでも来なさるがいい、とね」

三次は、照れてこたえなかった。

男に送り出され、闇を切って松屋へ走りもどりながらも、

(あの男は、櫓の福右衛門のことを、お頭とよんだ。こいつは、いってえ、どういうことなのか……?)

妙に、そのことが気にかかってならなかった。

二

翌日の八ツ半(午後三時)ごろから、松屋吉兵衛方で、吉兵衛とお千代の簡略な盃事《さかずきごと》がおこなわれた。

金屛風《きんびょうぶ》をうしろにして、吉兵衛は紋服姿。

お千代は島田髷《まげ》の鬘《かつら》をつけ、うす紫色の紋つきの衣裳《いしょう》であったが、列席した人びとは、お千代があらわれると、

「こりゃ、大したものじゃ」

「吉兵衛さんは、どこで、このような女《ひと》を見つけ出したものか……」

「おどろいた、おどろいた」

列席の人びとが、むしろ、どよめきわたった。

盃事は簡略であったが、披露の宴はさかんなもので、城下の若宮にある料理茶屋〔此国屋《このくにや》〕から料理人が四人も松屋へ出張して来て、庖丁《ほうちょう》をふるった。

献立は、つぎのごとくである。

一、御うす茶
一、御餅紅白（この上に、のし鮑《あわび》を置いたもの）
これから本膳《ほんぜん》・二の膳となって、
一、鱠《なます》
一、雉子《きじ》の焼鳥と銀杏《いちょう》大根の吸物
一、塩引の鮭《さけ》
一、塩鮑に貝の盛合せ
一、酒浸《さかびて》の塩鯛《しおだい》
一、味噌《みそ》吸物に、山の芋と椎茸《しいたけ》の煮物
一、鯉《こい》の刺身（生姜《しょうが》酢）
一、海老《えび》の船盛

などであって、菓子は、松屋吉兵衛の親類で常盤《ときわ》町に店がある菓子舗・柏屋《かしわや》伊助方がおさめた氷求肥《ぎゅうひ》に洲浜《すはま》が供された。

あつまった人びとは、合わせて三十余名。宴が果てたのは六ツ半（午後七時）ごろである。

この夜から……。

お千代は離れ屋を引きはらい、母屋《おもや》へ移った。

いまさら初夜というわけでもないが、この夜から、お千代は、吉兵衛の寝所へ入ってねむったのである。

当日は、治平も三次も、お千代の世話でいそがしく立ちはたらいた。

翌日。

お千代の髪の世話をするので、治平がやって来たとき、

「どうかしたのかえ？」

治平の老顔を見て、すぐに、お千代が問いかけてきた。

お千代の部屋は、寝所のとなりにある。

寝所の向うどなりが吉兵衛の居間であった。

「へえ……」

「浮かぬ顔をしているね？」

「さようで……」

「どうした。いってごらん」

「昨日は、お前さまの耳に入れる暇がなくて……」

「そりゃあ、そうだとも。わたしも、たとえまねごとにもせよ、祝言《しゅうげん》をしたのは、は

じめてだものね」

お千代は苦笑した。

吉兵衛は、店へ出ている。

もはや初冬の、といってよい陽ざしが、やわらかく奥庭へ射《さ》しこんできていた。

その奥庭の向うに、昨日まで、お千代が住み暮していた離れ屋が見える。

治平は、奥庭に面した障子を閉めた。

お千代が、凝《じっ》と見て、

「どうしたのさ？」

「いいえね、一昨日の夜に……」

「なんだって？」

「雪隠《せっちん》に立ったとき、廊下を帰って来ると、三次が寝泊りをしている土蔵の中から、だれか、出て来たのでごぜえますよ」

「三次が？」

「はっきりとは、わからなかったが……見ているうちに、どこかへ消えてしまった。どうも、妙なことだとおもったので、土蔵へ行き、そっと声をかけて見ると、返事がねえので」

「すると、やはり、三次が、何処《どこ》かへ出て行った……？」

「今度は、はっきりとうなずいた治平が、

「明け方近くに、塀《へい》を乗りこえ、帰ってめえりましたよ」

「三次が？」

「へい。わしが、ずっと見張っていましたのでね」

「ふうむ……」

お千代は沈黙した。

こういうときのお千代は、両眼が細くなり、紅《あか》い唇がきゅっと引きしまって、淡く刷《は》いた白粉《おしろい》の顔から血の気が引き、一種異様な物凄《ものすご》さがただよう。

このようなお千代を、もしも松屋吉兵衛が見たら、どんな顔をすることか……。

「治平どん……」

ややあって、お千代が何やら沈痛な声になり、

「私に何か、落度があったのだろうか？」

治平は、だまっている。

「山猫の三次に、引き込みの手つだいをさせたのは私だが……けれどもそれは、お頭の同意を得てのことだ」

募ってくる不安が、お千代に弁解をさせはじめたようだ。

「お千代さん……早まってもいけませぬよ」

「いったい、三次は何処へ忍び出て行ったのだろう？」

「女好きの三次が、此処《ここ》の女中にも手をつけず、凝と我慢をしていたのでござえますから……たまりかねて、どこぞへ女を買いに行ったのかも知れねえ」

「ふむ……」

「いますこし、様子を見てからとも考えましたが、いちおう、お前さまの耳へ入れておきてえとおもいましてね」

「ありがとうよ。そりゃ、早くきかせてもらって、よかった」

「そのつもりでいて下せえまし」

「三次には、気取《けど》られていないね？」

「大丈夫でござえます」

「とにかく、ゆだんも隙《すき》もならなくなった……」

三

それから三日のちの、午後であったが……。

松屋吉兵衛が所用で外出したのを見すまし、三次が、お千代の部屋の外廊下へやって来て、

「もし……三次郎でございますが……」

「なにか用かえ?」

「ちょいと、入ってよろしゅうございますか?」

「いいとも」

一瞬、きびしく引きしまったお千代の顔が、すぐにもどって、

「お入りなさい」

と、ものやわらかな口調であった。

「へい。ごめん下さいまし」

三次が障子を開け、部屋へ入って来た。

開けた障子は、そのままにしておく。

(どこで、だれが見ているか知れたものではない)

からであった。

三次は、低い低い声で、しかも、はっきりと口唇《こうしん》をうごかし、お千代を見つめて語りはじめた。

これも、盗賊として引き込みに入った場面の心得であって、たとえ余人が廊下へ来ても、ほとんど何をいっているのかきこえぬほどに声を低めていながら、そのことばがはっきりとつたわらねばならぬ。

そのために口唇のうごきを明確にするわけだし、発声の訓練も絶えずしておかねば

ならぬ。

「錠前の蠟《ろう》型をとる仕度ができました。いつでも、ようございます」

と、三次はいった。

「そうかえ」

「金蔵《かねぐら》は、まだ……？」

「わからないよ」

「急がねえと、いけねえのじゃあございませんか？」

「お前が何も、くちばしを入れることはない」

「へえ。そりゃあ、まあ、そうですが……」

「それとも何か、急ぐわけでもあるのかえ？」

と、微笑をうかべながら、しずかにいったのだが、瞬間、三次の面《おもて》に狼狽《ろうばい》の色が過《よぎ》ったのを、お千代は見逃さなかった。

「私は、また、お前がお頭から、何かきいたのかとおもった」

さり気なく、そういって、お千代が、

「もうすこし、待っておくれ。女房になったからといってすぐさま、金蔵はどこでございますと、吉兵衛旦那《だんな》に尋《き》けもしないじゃあないか」

「へい、まったく。ごもっともで……」

三次は、ほっとしたようである。

外に、冷たい雨がふりけむっている。

部屋の中の火鉢には赤々と炭が燃えていた。

「一雨ごとに寒くなるのだねえ」

「へい、まったく……」

「三次。お前も風邪をひかないようにね」

「へい、へい」

めずらしく、お千代からやさしいことばをかけられ、山猫の三次は擽《くすぐ》ったそうな顔つきで引き下って行った。

しばらくして、治平がやって来た。

三次がお千代の部屋へあらわれたのを見ていたらしい。

「治平どんか……よいところへ来ておくれだね」

「三次が……」

「いま、ね」

「どんなぐあいで?」

「やっぱり、怪しい」

「何と、いっていましたね?」

「金蔵を、早く突きとめろ、といっていた」

「なんでございますって……そいつは、どうも、あぶねえ」

「今夜、きっと、三次は出て行くよ」

「へい。見張っていますとも」

「めんどうだが……治平どんにやってもらうよりほかに、仕方がない。三次が出て行ったら、後をつけてもらいたいのだが……」

「ようございますとも」

お千代は、いささか、たよりなげに、治平の老顔を見まもった。

が、しかし、いまの場合は治平にはたらいてもらうよりほかに、

(手段《てだて》はないのだから……)

なのである。

雲霧仁左衛門は、桑名へ行ったきり、まだ、名古屋城下へもどって来ていない。

その桑名の盗人宿《ぬすびとやど》も、近いうちに引きはらい、別の場所へ移動するらしい。

仁左衛門からの連絡《つなぎ》があるまでは、お千代ひとりの才覚で、三次の怪しい行動を、

(どうしても突きとめなくては……)

ならないのである。

その夜。

松屋吉兵衛が執拗《しつよう》な愛撫《あいぶ》の疲れで、大いびきをかきながらねむっている傍に横たわっていて、お千代は目が冴《さ》えわたるばかりであった。

四

夜に入ってから、雨が強くなってきた。

山猫の三次が、土蔵の寝床からぬけ出したのは、四ツ半（午後十一時）ごろであったろう。

この夜は、別に、櫓《やぐら》の福右衛門から、

「来い」

と、いわれていたのではない。

昼間、お千代とかわしたはなしの内容を、われから福右衛門へ告げようと、おもいたったのである。

もっとも、それは三次自身の〔いいわけ〕にすぎない。

ありようは、その報告を持って行くことを口実に、先夜の若い女……おきねの肌身を抱きしめたかったのである。

土蔵を出た三次は、身軽に、奥庭の塀を躍り越えた。

すかさず、これを見張っていた治平が奥庭へあらわれ、すでに用意してあった手梯《てばし》子《ご》を塀へ立て掛け、意外な身軽さで塀の上へ立つと、手梯子を引きあげて塀外へ下ろした。

治平は手梯子を塀外の物蔭《ものかげ》へ隠しておき、山猫三次の尾行にかかった。

三次は、雨合羽を羽織り、笠《かさ》をかぶっている。

治平も同様の身仕度であった。

三次ほどの勘ばたらきのするどい男が、自分よりも手足のうごきの鈍い治平の尾行に気づかなかったというのは、量を増した雨のためである。

強い雨音は、治平の足音を消し、雨の幕は治平の接近を容易ならしめた。

途中で二度、三度と、三次は後ろを振り向き、あたりの様子もうかがい、じゅうぶんに念を入れたにもかかわらず、ついに、治平の尾行をゆるしてしまった。

下七間町、多宝院・門前の饂飩屋《うどん》〔河辰《かわたつ》〕の裏手の戸口から、山猫三次が中へ吸い込まれてゆく姿を、治平は、まさに見とどけた。

治平は、雨に打たれながら、しばらく考えこんでいたが、こころを決めたと見え、三次が出て来るのを待たずに、松屋へ引き返して行った。

このあたりの治平の行動は、なかなか、堂に入ったものだといえよう。

治平は、

（この饂飩屋のことは、明日から、ゆっくりと探ればよい）

と、おもった。

うかつに、三次が出て来るのを待っていたりして、見張りの者にでも見つけられたら、

(元も子もなくなる)

と、おもった。

これは治平の老熟さであって、事実、治平が〔河辰〕の裏道を去って間もなく、見張りの者が何処《どこ》からかあらわれ、〔河辰〕のまわりを見てまわったのである。

治平は松屋へもどり、三次が帰って来るのを待った。

山猫の三次は、八ツ半(午前三時)ごろ、塀を乗りこえて帰り、土蔵へ入った。

翌朝になって……。

治平は、お千代の部屋へ行き、鬘《かつら》の手入れをしながら、

「昨夜、三次は……」

と、お千代へ告げた。

いまのお千代は尼僧《にそう》の姿ではない。

松屋の内儀にふさわしい姿になっている。

「ふうむ……そうかえ……」

聞き終えて七化けお千代が、

「治平どん。すぐに出て、万松寺の茶店へ行き、お頭と私が直接《じか》に会えるようなだんどりをしておくれ。念にはおよぶまいが、三次に気《け》どられてはいけない。いいね」

「わかりました」

「さ、早く……」

「へい」

治平は、お千代の使いに出るといいおき、松屋から万松寺の茶店〔藤屋〕へ向った。

よいあんばいに、三次は土蔵の中にいて、これを知らぬ。

治平が去ってから間もなく、松屋吉兵衛が、お千代の部屋へあらわれ、

「さて、女房どの」

と、笑いかけた。

「あい……？」

「お前さまも、松屋吉兵衛の女房となったからには、内所《ないしょ》のことを、いちおうは知っておいてもらわねばなるまい」

「ま……そのようなことは、どうでも、ようございます」

「そうもゆかぬ。わしの女房が、金蔵の在処《ありか》を知らぬではどうにもならぬし、そもそも夫婦の間で水くさいことになる」

「金蔵のことなど、どうでもようございます」

「まあ、そのようにいいなさるな。さ、わしといっしょに来なされ。来なされ」

五

この日も、冷たい雨が降りやまずにいる。

治平は万松寺の松並木へ入ると、だれが見ても、万松寺へ参詣《さんけい》に来た老爺《ろうや》がついでに茶店へ立ち寄り、足の疲れをやすめたという姿になりきっていた。

雨の日にもかかわらず、このとき藤屋には三組ほどの客があった。

火付盗賊改方の同心・高瀬俵太郎は、藤屋を見張っていたのだが、ついつい、治平の出入りを見のがしてしまった。

いや、治平の姿を見かけはしたのだけれども、

（怪しい……？）

とは、おもわなかった。

顔も見知らぬ藤屋の客のひとりひとりをうたぐっていたのでは、切りがないわけだ。

高瀬同心をはじめ、与力の山田藤兵衛《とうべえ》、その他の同心たちとしては、先《ま》ず、因果小僧六之助が藤屋へあらわれるのを待ち、同時に、茶屋の亭主と老婆《ろうば》を見張るよりほかはなかったのである。

江戸から名古屋城下へ出張《でば》って来た火付盗賊改方は、先着の高瀬俵太郎のほかに、

与力・山田藤兵衛、同心の津山庄七と井口源助。

それに、浅草・山之宿《やまのしゅく》の目明し政蔵《まさぞう》が、岩吉・豊治郎という二人の密偵をつれて来ている。

合わせて七名であった。

盗賊改方一行は、万松寺・方丈の東側の、大屋根の裏から、茶店の藤屋を見張っている。

〔のぞき穴〕も三カ所、屋根裏につくったのは、むろん、万松寺の許可を得てのことだ。

従弟《いとこ》の関口雄介から、盗賊改方が活動しやすいように、

「便宜をはかっていただきたい」

と、たのまれた鈴木又七郎は、高瀬同心に二日遅れて名古屋へ到着した山田藤兵衛を、尾州藩の町奉行所へ引き合せてくれた。

そのかわり、

「後は知らぬぞ」

と、いうことなのだ。

「雄介も、相なるべくは、江戸の人びとに近寄らぬほうがよい」

又七郎が、そういう内意は、雄介にも、よくわかる。

「心得ています」

「それにしても、いったい、どのような大盗賊が御城下へ潜入しておるのかな」

と、又七郎は、まるで他人事《ひとごと》のようにいう。

鈴木又七郎が、関口雄介の剣のちからをたのみ、これから秘密裡《り》にやってのけようとしていることとは、別に関係のないことだからであろう。

それにしても、

「うまく捕えることができればよいな」

であった。

盗賊たちが、名古屋城下の商家へねらいをつけているとなれば、尾州家としても、

「放っておけぬ」

ことは、いうをまたぬ。

町奉行所では、密議をひらいた結果、

「ここは、江戸の盗賊改方にまかせたほうがよい」

と、いうことになった。

山田藤兵衛は、虚心坦懐《たんかい》に、雲霧仁左衛門から、これまでに何度、自分たちが煮え湯をのまされて来たかを語った。

尾州家が、江戸の将軍と幕府に対し、ことごとに、おもしろくない気もちを抱いて

いるのは、すでにのべたごとくだ。
しかし、盗賊を捕える、ということになると、これはもう政治の介入する余地がな

「捕える!!」
という一事については、江戸も尾張《おわり》もなかった。
万松寺へ、奉行所からひそかにはなしを通じ、ここを見張所にすることができたの
は、何よりのことであった。
奉行所では、万松寺のすぐ近くの……この前、山猫三次が櫓《やぐら》の福右衛門から、はじ
めて声をかけられた松原の東面にある御先手《おさきて》足軽組屋敷の中にある長屋一つを、
「おつかいなされ」
盗賊改方一行の宿舎にしてくれた。
これも、便利である。
万松寺・方丈の屋根裏からは、藤屋の全貌《ぜんぼう》を見ることができた。
視界に、ちょうど松並木の切れ目があり、距離がいささか遠いけれども、表と裏か
ら藤屋へ出入りする者は、すべて見逃すことはない。
夜の闇《やみ》の中では、屋根裏からの見張りはきかぬが、夜になると、政蔵と二人の密偵
が交替で、闇にまぎれ、藤屋の近くまで出て行って見張りをつづける。

日中は、高瀬たちが見張る。

こうして数日を経たけれども、一向に手がかりはつかめない。

雲霧仁左衛門が、藤屋を出て桑名の盗人《ぬすびと》宿へ向ったときは、高瀬同心が名古屋へ到着したばかりだったから、藤屋を見張る態勢は、むろん、ととのっていなかった。

山田与力以下も、まだ名古屋へ到着をしていなかったし、わずか三日か四日のちがいで、盗賊改方は仁左衛門の姿を、

「とらえ損ねた……」

わけであった。

その後、仁左衛門は藤屋へもどって来ない。

因果小僧六之助も、あらわれない。

藤屋の亭主・七兵衛も、姉のおくうも、仁左衛門からのたよりを待っているのだが、何もいって来ない。

「これはな、姉さま……」

と、老爺の七兵衛が、おくうに、

「お頭さまが、用心に用心をしていなさるという証拠じゃな」

「そのとおり、そのとおり」

「わしらも、気をつけぬといけないな」

「そのとおり、そのとおり」

こうしたときに、七化けお千代の使いとして、治平が藤屋へあらわれたのであった。

六

藤屋では、おまさという十七歳の小女《こおんな》を一人、つかっている。

この少女は、半里ほど離れた平野村の百姓のむすめで、朝やって来て、日暮れ前には平野村の家へ帰ってしまう。

盗賊改方では、すでに、おまさの後をつけて行き、その家もたしかめ、身許《みもと》も洗い、

「別だんに、怪しいところはないようだ」

と、見きわめをつけている。

治平が藤屋へ来たとき、おまさはいなかった。

この三日ほど、母親が病気にかかってうごけなくなったので、茶店を休んでいるのである。

治平は藤屋へ入り、茶をのみ、糝粉餅《しんこもち》を食べ、煙草《たばこ》を吸いながら、他の三組の客が出て行くのを待った。

他の客が去ってから、近寄って来た七兵衛に、

「お千代さんが、お頭に急のはなしがあるそうな」

とささやいた。

「それが、桑名へお出かけなすったきり、帰って見えないのだよ、治平さん」

「そうかえ。そいつは……」

「くわしくは知らないが、用心をしないといけないようだね」

「七兵衛さん。それじゃあ、お前さんが……」

「いや、わしは、お頭のゆるしがないと、桑名へは行けぬことになっている」

「だが、お千代さんも、大変に急いでいなさる。これは大事のはなしなのだよ、七兵衛さん」

「ふうむ……」

七兵衛は、ちょっと、黙りこんでいたが、やがて、おもいきったように、

「それでは、治平さん。お前さんが、ひとつ、桑名へ行って見てくれたら、どうだろうか……」

と、いい出したものだ。

「そのほうが、いいようにおもうが、どうだね、治平さん……」

「そうしていいのなら、そりゃあ、そのほうが手っとり早い。だが、お頭のおゆるしをうけずに、そんなことをしたら……」

治平も、雲霧仁左衛門のきびしさを、よくよく、わきまえている。

「だが、治平さん。よほどに急ぎの用事なのだろう?」

「そりゃあ、そうとも」

と、治平の顔が緊張に引きしまった。

「責任《せめ》は、わしが負おうよ」

きっぱりと、七兵衛がいい、

「ちょっと、待って下されよ」

奥へ入って行き、桑名の盗人《ぬすびと》宿の在処を図面に描き、

「ここに、しるしてある。さ、早《はよ》う……」

茶わんを片づけながら、す早く治平へわたした。

しばらくして、夫婦づれの客が入って来てから、治平は腰をあげた。

雨は熄《や》みかけている。

藤屋から出て行った治平の姿を、万松寺・方丈の屋根裏の見張所にいた同心・津山庄七は、まさにみとめた。

みとめたが、単なる藤屋の客としかおもわなかった。

そこへ、高瀬俵太郎があらわれた。

屋根裏ではあるが、空間は、ひろい。

急ごしらえの、板戸をもって周囲をかこみ、畳を敷き、寝床の用意もしてある見張

所だが、冷えこみが強《きつ》かった。

「どうだ？」

「高瀬さん。別に、変った様子もないようだ」

「そうか……」

高瀬同心は、ためいきをもらした。

はるばると江戸から出張って来ただけに、高瀬も苛立《いらだ》っている。

今朝も、宿舎で、

「いずれにせよ、あの茶店が雲霧一味の盗人宿であることはわかっているのですから、おもいきって踏ん込《ご》み、亭主を捕え、責めつけて泥を吐かせてはいかがでしょう」

と、高瀬は、たまりかねたように山田藤兵衛にいったものだ。

そのとき、藤兵衛は、

「高瀬にも似合わぬことを……」

苦笑を浮べて、

「これが江戸なら、一月《ひと》二月《ふた》の見張りは、いつものことではないか。この冷たい雨と、諸事不勝手な他国でのはたらきに、おぬしは苛立っているらしい」

「は……なれど、申しわけもなくて……」

「何をいう。まだ、手をつけたばかりではないか」

「はい。ですが……」

「何だ？」

「私は、もしや……」

「遠慮するな。申して見よ」

「もしや、私は、関口先生が雲霧一味の盗賊を、見間ちがいをしたのではないかと……」

「わしは、そうはおもわぬな」

「さようで……」

「関口雄介先生ともあろう人が、見間ちがいをするはずはない」

与力・山田藤兵衛の声は、信念にみちていた。

「高瀬。今度こそは、うかつに出てはならぬ」

「は……」

「これまでにも、ついつい、早まったがために、雲霧仁左衛門から煮え湯をのまされたわれらではないか。ちがうか、どうだ？」

そういわれて見れば、まさに、そのとおりなのである。

茶店の藤屋にしても、雲霧仁左衛門は、

「尻尾《しっぽ》をつかまれぬため……」

の、万全の処置をほどこしているに相違ない。

早まって、藤屋の亭主などを引っ捕えたなら、仁左衛門は、たちまちに、しまい、一味のすべてが姿を消してしまうにちがいなかった。

「勘づいて……」

「ここは、辛抱することじゃ」

と、山田与力はいう。

山田藤兵衛は、あくまでも隠密裡《おんみつり》に藤屋を見張り、手がかりをつかんで探索の網を狭めて行き、雲霧一味を、今度こそは、

「一網打尽にする!!」

のが、ねらいであった。

いま、高瀬俵太郎が、そのことを津山庄七に語ると、

「そのとおりですよ、高瀬さん……」

と、津山同心が、

「こうなったら、どこまでも、藤屋ひとつにねらいをつけましょう。大丈夫だ。かならず、目星がつくとおもいます」

はげましてくれた。

「そうだな」

高瀬も気を取り直し、

「それよりほかに、道はないのだからな……」

自分自身に、いいきかせるような口調であった。

「それよりも、高瀬さん。あの茶店へ、一度、私たちのだれかが、客となって入って見ては、どうだろう？」

と、津山庄七がいい出た。

棚釜《たながま》の仁三郎《にさぶろう》

一

翌日、雨はあがった。

盗賊改方では、同心・津山庄七の提案を入れることに決め、

「さて、だれがよいか……？」

と、いうことになった。

茶店の老爺《ろうや》と老婆《ろうば》とはいえ、雲霧一味の〔盗人宿《ぬすびと》〕をあずかっている以上は、

「いささかも、見くびってはならぬ」

与力・山田藤兵衛《とうべえ》は、熟考の末に、
「これはやはり、政蔵《まさぞう》に行ってもらうのが、もっともよいとおもう」
断を下した。
目明し政蔵なら、他の同心たちにも異論はなかった。
そこで政蔵は城下の商人のような姿で、藤屋へおもむくことにした。
「今日は、ただ、それとなく様子を見て来るだけでよい。あまり、口もきかぬように
……」
と、山田藤兵衛が念を入れた。
「承知いたしました」
政蔵は、昼前に変装をして、御先手足軽組屋敷を出て行った。
高瀬以下の同心たちも、山田藤兵衛も、万松寺・方丈屋根裏の見張所から、政蔵が
藤屋へ入って行く姿を見とどけた。
そのころ、松屋吉兵衛《きちべえ》方では……。
治平が旅仕度で、松屋を出発している。
お千代は、松屋吉兵衛に、
「私も、こうして、あなたの妻になりましたからには、京の都に在る身寄りのものた
ちへ、このことを知らせておきとう存じますゆえ、治平に手紙を持たせ、京へさし向

けようとおもいまする」

と、昨夜の寝物語に洩《も》らした。

「おお、よいとも、よいとも」

吉兵衛に二言《にごん》はなかった。

京都にいるお千代の身寄りのものといえば、いずれは、

(やんごとなき御方につながる方々にちがいない)

吉兵衛は、そうおもったらしい。

すぐに、治平の出立《しゅったつ》をゆるしてくれたのである。

お千代は、わざと、その場へ山猫三次をよび、

「治平の旅仕度を手伝っておあげなされ」

と、命じた。

松屋吉兵衛が店へ出て行き、治平が出立した後に三次が、そっと、お千代の部屋の
廊下へあらわれ、

「治平どんは、何処《どこ》へ行きなすったので？」

と、尋《き》いた。

「京へ、ね」

「京へ……？」

「京の盗人宿に、いま、お頭がいなさるので、指図を受けとりに行かせたのだよ」

と、微笑を、やさしく三次へ投げあたえつつ、

「三次。治平どんがもどるまでの間、お前にいろいろと面倒をかけることになるけれど……よろしくね」

「へい、へい……」

何やら媚態《びたい》とも見えるお千代の、やわらかにくずれた親しげな様子に、山猫の三次は顔へ血をのぼせて、

「ようございますとも」

「たのむよ」

「へ……大丈夫で」

一昨日夜に、自分が河辰《かわたつ》へ忍んで行ったのを、まさか治平が尾行していたとは、夢にもおもわぬ三次なのである。

だから、このとき、

「京の盗人宿は、何処にあるので?」

などという質問もしていない。

また、それが雲霧仁左衛門が、きびしく定めた掟《おきて》でもあった。

たとえ、同じ一味の者どうしでも、仁左衛門のゆるしを得ずに、おのれが見知って

いる盗人宿の所在を打ち明けてはならぬことになっていた。

だから、たとえば……。

桑名の盗人宿の所在を知っている山猫の三次に対し、これまで治平もお千代も、問い訊《ただ》したことは一度もない。

また、三次も、われから語ろうとはしなかったのである。

わざわざ治平が、ひそかに茶店の藤屋へおもむき、桑名の盗人宿を七兵衛から打ち明けてもらったのも、こうした前提のもとに、

(山猫の三次に気取《けど》られてはならない)

と、お千代が判断をしたからであった。

松屋吉兵衛方では、商用で月に一度は店の者が京都へ出向く。

このため、道中に必用な手形その他の用意が、いつも、ととのっている。

だから、治平が急に旅立ったことは、すこしもおかしくはない。

名古屋から京都までは約三十余里。

治平の足ならば、急いでも足かけ七日はかかると見てよい。

さて……。

商人に変装し、茶店〔藤屋〕を探って来た目明しの政蔵は、見張所へもどり、

「別に、どうということもございませんでしたが……あの茶店の造りは、どうも只事《ただごと》

ではございませんよ。雪隠《せっちん》(便所)を借りようとおもって、茶店の老爺《おやじ》にいいましたら、うまく、ことわられてしまいました」

と、政蔵が山田藤兵衛にいった。

「大丈夫か、そのようなことをして?」

「大丈夫でございます。怪しまれないように気をつかっていたしました」

「それならば、よいのだが……」

「あの老爺は、やはり只者ではございませんよ」

「やはり、な……で、ほかに人がいた様子か?」

「それがわかりませぬ。きっと、茶店の奥には隠し部屋があるにちがいございません」

それ以上のことは、政蔵も突込んで探らなかった。

「む。今日は先《ま》ず、これほどにしておこう」

それから政蔵は、見たかぎりの、藤屋の内部の見取図を紙へ書きしるし、山田与力や同心たちに見せた。

この夜……。

山猫の三次は〔河辰〕へ忍んで行かなかった。

そして、母屋《おもや》の寝間で、松屋吉兵衛の腕に抱かれているであろう七化けお千代の姿態を、さまざまにおもいうかべつつ、土蔵の中の寝床の中で、さも悩ましげに寝返りを打ちつつ、まんじりともせず、朝を迎えたのであった。

二

三日後。

同心・高瀬俵太郎は、おもいあぐねたかたちで、鈴木又七郎の屋敷をおとずれた。

「先日、御厄介になりました江戸の高瀬俵太郎です。関口雄介先生へお取次を……」

小者にいうと、すぐに鈴木家の老僕・孫十があらわれ、

「これは、これは……せっかくのおこしでござりますが、雄介様は、二日ほど前に、江戸表へ……」

「え……お帰りになられた？」

「はい、はい」

「それは……」

高瀬は、意外におもった。

雄介が近いうちに江戸へ帰ることを、きいてはいなかったし、

（それならそれで、私に声をかけて下さっても……）

うらめしくおもった。

こちらの居処《いどころ》を、関口雄介は知っているはずであった。

何となく、

(解《げ》せぬことだ……?)

なのである。

しかし、老僕がそういう以上、高瀬としては、いうべきことばもない。

「私に、何か、おことばを残しておいでには?」

「さて、別に……もし、そのようなことがございましたなら、かならず私が、うけたまわっておりますはずで……」

「さようか……」

もはや、仕方もないことであった。

「で、関口先生は、近いうちにまた、名古屋へおもどりになるのでしょうか?」

「さて……何とも、きいてはおりませぬが……」

「ふうむ……いや、わかりました。では、ごめん」

「まことに、残念なことでございました」

落胆の面持で、高瀬俵太郎は、組屋敷への帰途についた。

落胆はしたが、腹も空《す》いた。

朝から、あたたかな晴天であったが、木々の葉は、ほとんど落ちつくしている。

名古屋城の外濠《そとぼり》へ出て、大手の桝形《ますがた》の前の、尾州藩・評定所と町奉行所の間の道を南へ下り、下七間町のあたりまで来た高瀬同心が、ふと左の方を見やると、〔うんどん・河辰《かわたつ》〕の、軒行燈《のきあんどん》が目に入った。

（腹をこしらえてから、すこし、城下を歩いて見よう）

と、高瀬はおもいたった。

（雲霧一味の、私が顔を見知っているやつを、見かけるやも知れぬ）

からであって、これまでにも高瀬は編笠《あみがさ》に顔を隠し、暇さえあれば町すじをまわっていたのである。

高瀬は〔河辰〕へ入り、笠をぬいで饂飩《うどん》を注文した。

やがて、饂飩を食べ終った高瀬俵太郎は勘定をはらい、河辰の戸障子を開けて外へ出た。

出て、編笠をかぶり、多宝院の総門の方へ歩み出しかけて、

（や……？）

向うからやって来る男を見た高瀬の眼が、笠の内できらりと光った。

だが、高瀬の歩みは自然で、そのまま、男とすれちがって行った。

その男は、山猫の三次が〔河辰〕の隠し部屋へ忍んで来るとき、いつも裏口の戸を

開けてくれる中年男であった。

(あれは、まさに、暁星右衛門一味の盗賊で、棚釜《たながま》の仁《に》三郎《さぶろう》だ)

と見た、高瀬の目に狂いはない。

一昨年の夏に……。

高瀬俵太郎は、密偵の密告によって、目黒村の隠れ家にいた棚釜の仁三郎を捕えた。

ところが役宅へ連行する途中、白金の通りで寺院の昼火事の騒ぎに巻きこまれてしまい、その混雑をさいわい、仁三郎は、縄尻《なわじり》をつかんでいた高瀬へ体当りを喰《く》わせ、密偵二人と共に追いかける高瀬の手を逃れ、姿をくらましてしまったことがあった。

(暁星右衛門の一味の者が、名古屋にいる……)

これは、高瀬にとって、おもいがけぬことであった。

(ふうむ、なるほど……)

おもいあたるふしもないではない。

因果小僧六之助に殺害《せつがい》された密偵鹿伏《かぶせ》の留次郎は、かつて盗賊改方が捕えた只《ただ》ひとりの雲霧仁左衛門配下の盗賊であった。

留次郎が、山田藤兵衛の人柄に心服し、盗賊改方の密偵となり、高瀬の下について はたらくようになったとき、暁星右衛門と雲霧仁左衛門が親しい間柄だということを、耳にしていたのである。

（これは……）

高瀬は、胸がさわいだ。

仁三郎とすれちがい、多宝院・門前の人混《ご》みにまぎれつつ、すヽ早く振り向き、仁三郎が〔河辰〕の横道へ入って行ったのを見た。

すぐに、高瀬俵太郎は身を返した。

そして、棚釜の仁三郎が〔河辰〕の裏口へ消えて行く姿を、たしかに見とどけたのであった。

（これは、やはり関口先生の目に狂いはなかったのだ。もしやすると、雲霧一味と暁一味が……）

協同で大きな盗みばたらきを、たくらんでいるのではないか、と、高瀬はおもった。

いずれにせよ、捨てておけることではない。

高瀬は一瞬、考えたのちに、今度は、まっしぐらに、御先手組屋敷へ向って走り出していた。

半刻《はんとき》（一時間）後には……。

早くも、盗賊改方の見張りの目が〔河辰〕へ向けられていたのである。

三

そのころ……。

朝から鈴木又七郎と共に、何処かへ出かけていた関口雄介が、鈴木邸へ帰って来て、老僕・孫十から高瀬俵太郎来訪のことをきいた。

「それで？」

「はい。かねて、お申しつけのとおり、江戸へお帰りになったというておきました」

と、孫十がいった。

「そうか。それでよい、それでよい」

つまり、関口雄介は、愛弟子《まなでし》の高瀬へ、

「嘘《うそ》をついた……」

ことになる。

これは、いったい何を意味しているのだろうか……？

そして、夕餉《ゆうげ》をすましてから関口雄介は、またも従兄《いとこ》の又七郎と共に外出をした。

二人とも頭巾《ずきん》をかぶり、軽装に草鞋《わらじ》をはいて出て行ったのである。

鈴木家の人びとは、主人のこうした行動にはなれているらしく、すこしも怪しまなかった。

二人が、帰って来たのは翌日の昼すぎである。

又七郎は着替えをし、食事を終えてから、また何処かへ出て行き、関口雄介は昼寝をはじめたようである。

松屋吉兵衛方では、山猫の三次が、

(今夜はひとつ、河辰《かわたつ》へ出かけてみよう)

と、考えていた。

情欲の強い三次だけに、いったん、押えに押えていた堰《せき》が切れると、もう、

(留処《とめど》がなくなってきた……)

ようである。

〔河辰〕にいる櫓《やぐら》の福右衛門へ、何かの知らせを持って行けば、二階の隠し部屋で、あの若い女……おきねのむっちりと脹《は》った肌身を抱くことができるのだ。

おきねの、やわらかい躰《からだ》のことをおもうと、土蔵の中にいても山猫の三次は、

(ああ、もう、気が遠くなってしめえそうになってくる……)

のである。

(それにしても、あの女は、櫓の福右衛門さんと、いったい、どういう関わり《かか》合いがあるのだろう?)

そこが、わからぬ。

まだ、二度しかおきねを抱いていない三次だけに、おきねに問いかけてもみなかった。

また、問いかける時間が惜しかった。

あわただしい時間の中で、出来得るかぎりの性欲を発散させようとおもう三次だから、おきねの身もとを探る気もちも起らなかった。

(それに、うかつなことはできねえ)

と、おもう。

櫓の福右衛門に対して、いまの三次は、それこそ、

(おれあ、もう、山猫どころか、すっかり飼いならされてしまった……)

のであった。

(だが、行くからには福右衛門さんに、何か、みやげを持って行かなくてはならねえ)

そこで三次は、お千代の部屋へ行ってみることにした。

(お千代さんも、もう、そろそろ、金蔵《かねぐら》の場所を探りとってもいいじぶんだが……)

折よく、松屋吉兵衛は、商用で外出しているらしい。

そこで三次は、庭づたいに、お千代の部屋の窓の下へ行き、庭を掃きながら、

「庵主《あんじゅ》さま。今日も、よいお天気でございますねえ」

と、声をかけた。

「三次郎か……」

「へい」

窓が開き、鬘《かつら》をつけたお千代の顔が笑いかけてきた。

三次は、背中に寒気《さむけ》をおぼえた。

(おきねがどうのこうのといっても……この女にはかなわねえ。とてもとても、おれの歯が立つ相手じゃあねえから、あきらめてはいるが……こんな女を一度でも抱けて、おもいのままにすることができたら、おれはもう、死んだっていいや)

と、三次はおもった。

「蠟《ろう》型を取る仕度は、できておりますが……」

と、三次のくちびるがうごいた。

「そうかえ。でも、まだ、わからないのだよ。もうすこし、待っておくれ」

「治平どんは、いつごろ帰るのでござんす?」

「ああ見えても足が速いし、道中、馬も駕籠《かご》もつかうようにいってあるから、もしやすると明日の夜までには、帰って来るかも知れない」

「さようで……」

これ以上のことは、もう、きけない。

三次としては、お千代のいうままにうごけばよいのであり、うっかり、埒外《らちがい》のことをきいてしまって、お千代にうたがわれでもしたら、それこそ、

（取り返しのつかねえことになる……）

のだ。

三次は、あきらめて引き下って行った。

窓の障子を閉めた、お千代の顔色は一変している。

（私としたことが、とんだやつを引き込んでしまった。けれども、そのため、三次が怪しいことをしているのを早めに知ることができたのだから、却《かえ》って、よかったのかも知れない。どっちにしても、三次のやつ、生かしてはおけないけれど……うっかり手を出し、あいつを殺してしまうと、あいつの蔭《かげ》で糸を引いている連中の正体がつかめない。早く治平が、お頭の指図を持って帰って来てくれないと、どうにもならない）

松屋の内儀となったお千代は、一人きりで外出をすることができない。そのようなことをしたら、だれの目にも怪しまれる。

そのことが、いまのお千代を苛立《いらだ》たせていた。

多度《たど》の日野屋

一

伊勢《いせ》の国・桑名郡にある多度神社は、伊勢湾へそそぐ揖斐《いび》川をさかのぼって、桑名の町の北方三里たらずのところに在る。

名古屋城下の西方、差渡しにして七里ほどか。

多度神社の本宮は、天津彦根命《あまつひこねのみこと》だそうで、この方は、天照大神《あまてらすおおみかみ》の、

「お子さんだそうな」

と、いつか、松屋吉兵衛《きちべえ》が、お千代に語ったことがある。

「そりゃ、もう、景色のよいところでな。門前町も、おもいのほかに賑《にぎ》やかで、そこに大黒屋という料理屋があって、鯉《こい》を食べさせます。いや、その鯉のうまいこと、うまいこと」

吉兵衛は、そのうち、

「かならず、お前をつれて参詣《さんけい》に行きましょう」

と、お千代に約束をしていた。

伊勢から尾張《おわり》にかけて、多度神社のことを知らぬものはない。

多度の社は天照大神の御子を祀《まつ》ってあるだけに、かの伊勢大神宮とならび、北伊勢の大神宮として、むかしから世の尊崇をうけ、参詣の人びとが絶えぬ。

多度山を背にした神域は、楓《かえで》と杉の鬱蒼《うっそう》たる樹林におおわれ、本宮の社殿の彼方《かなた》には、

「渓《たに》川へ滝が落ちていて、そりゃもう、よいながめじゃ」

だそうな。

この滝に打たれ、信者が禊《みそぎ》をおこなうのだという。

「それはまあ、ぜひとも、参詣におつれ下さりませ」

と、お千代は吉兵衛にいい、また事実、はなしをきいて、

（一度、行って見たい……）

おもわぬではなかったのである。

だが、まさかに、お頭の雲霧仁左衛門が、その多度の町へ盗人《ぬすびと》宿を持っていようとは、お千代がおもいおよばぬことであった。

仁左衛門は、いま、桑名から多度へ、今度の大仕事の〔基地〕を移動させた。

お千代の手紙を持って、藤屋の七兵衛から教えられた桑名の盗人宿へ到着した治平に、

「勝手なまねをしなすったね、治平さん。お頭が何とおっしゃるか、まあ、此処《ここ》で待っていなせえ」

と、桑名の盗人宿にいた三坪《みつぼ》の伝次郎が、そういった。

仁左衛門は、桑名の城下に二つの盗人宿を持っていたが、それを解散し、新たに連絡《つなぎ》場所を開いて、三坪の伝次郎があずかっていたのである。

そこは、城下外れの小さな笠《かさ》屋だ。雲霧一味の忠吉という四十男がひとりで笠や合羽などを商っている。

名古屋から来る者は、先《ま》ず、この笠屋へ来て連絡《つなぎ》をつけることになっていたのだ。

三坪の伝次郎は、治平を笠屋へ残して置き、お千代の密書を携え、その夜のうちに何処《どこ》かへ出て行ったが、翌日の昼前に帰って来た。

治平は、それこそ、

「びくびくもので……」

笠屋に待っていた。

仁左衛門のゆるしを得ず、勝手に、藤屋の七兵衛から、この盗人宿の所在をきき出し、やって来てしまったからであった。

「治平さん。お頭が来い、と、いっていなさる」

「私に……」

「そうさ」

「お叱《しか》りもなく……？」

「今度の場合、仕方もないことだと、そういっていなすった」

「それは、それは……」

治平は、ほっとした。

「おれが案内する。いっしょに来ねえ」

と、三坪の伝次郎は昼飯をすませ、やすむ間もなく、治平と共に笠屋を出た。

こうして治平は、日が落ちぬうちに、多度の盗人宿へ着き、雲霧仁左衛門の顔を見ることを得たのである。

多度へ向う途々《みちみち》、三坪の伝次郎が、しきりに、

「あの、お千代の手紙というのは、いったい、どんなことかね？」

とか、

「よほどのことにちげえねえ。あの手紙を読んだら、お頭が一も二もなく、お前をつれて来いと、いいなすったのだものな」

とか、しきりに治平の口から、名古屋城下のことをききたがった。

しかし治平は、

「わしは、ただもう、七化けの姐《ねえ》さんにいわれるまま、うごいているだけなので」

「そうでもねえようだぜ」

「とんでもねえことですよ、伝次郎さん……」

「いずれにしろ、お頭の顔色は、ただごとでねえようだったよ」

「そうですかえ」

「お千代は元気かね？」

「へえ……」

「毎夜毎夜、松屋吉兵衛に抱かれているのか？」

と、そういった三坪の伝次郎の口調が、江戸にいたころより下卑《げび》たものになっているのを、治平は感じた。

もともと治平も、お千代も、伝次郎を好きでない。

かねがね、七化けお千代は、

「どうして、あんなやつを手下にしたのか、お頭の気が知れない……」

と、治平にもらしたことがあった。

二

北から、西、南へと養老の山脈《やまなみ》に抱きすくめられ、東に揖斐《いび》・長良《ながら》・木曾《きそ》の三川が伊勢《いせ》湾へそそぐデルタ地帯をのぞむ多度神社の門前町は、種々の店屋がならび、旅籠《はたご》も五軒ほどある。

店屋の造りも瓦《かわら》屋根が多く、なかなかに立派な町なみであった。

多度川をわたると、その門前町が細長く西へのびてい、突当りが多度神宮の大鳥居だ。

雲霧仁左衛門の盗人《ぬすびと》宿は、門前町の中程にあった。

干柿《ほしがき》や、名物の多度豆、紅梅焼などを売る土産物屋のようなことをしている〔日野屋〕というのが、それである。

間口三間ほどの、瓦屋根に連子《れんじ》窓のついた家で、二日前に三坪《みつぼ》の伝次郎と治平が門前町へ入ったとき、日野屋の戸障子は閉っていた。

夕闇《ゆうやみ》が淡くただよい、風は絶えていたけれども、

「う、う……ばかに冷えこんできやがった」

と、伝次郎が身ぶるいをした。

夕暮れでもあるし、季節も季節だし、路上にも、あまり人影がない。

伝次郎は、何の合図もせず、戸障子を開け、

「さ、入んねえ」

と、治平をうながした。

うす暗い土間に、何やら、甘く香《こうば》しいにおいがただよっている。

土間には土産物や笠《かさ》などが置かれてあり、その奥で、治平と同年配の老爺《ろうや》が一人で、紅梅焼を焼いていた。

老爺は、入って来た伝次郎を見て、軽くうなずいたのみだ。すぐにまた手をうごかしはじめた。

戸障子を閉めてから、

「さ、こっちだ」

伝次郎は、土間の奥を裏へ突きぬけた。

裏手は、こんもりとした木立を背にしている。

左手に、別棟の建物が見える。

そこは、裏山の傾斜に乗せて建てられたわら屋根の家であった。

三坪の伝次郎は、木立の中の小道をのぼって行き、わら屋根の家へ近づくと、小さな戸口へ行き、治平へ振り向き、うなずいて見せた。

どこかで、しきりに鴉《からす》が鳴いている。

治平は何となく、

(嫌な気が……)

してきた。

戸口といっても、玄関というようなものではない。

白壁に戸がついているだけだ。

この前に立つと、あたりは木立につつまれ、まったく視界がきかぬ。

ということは、外部からも、この戸口を見出《みいだ》すことが容易でないことになる。

伝次郎は、戸を叩《たた》いた。

今度は、合図の叩き方であった。

戸が内側から開き、因果小僧六之助の白い顔が浮いて出た。

「や、治平どんか……」

六之助は意外そうな顔つきになり、治平と伝次郎を迎え入れた。

「何か、起ったのか……？」

「いえ、別に、ね……」

六之助は、くわしいことをきいていないらしい。

そこは三坪ほどの板の間で、六之助ひとりきりで炬燵《こたつ》にもぐっていたらしい。

六之助の、若々しい男の体臭がこもっていた。

「お頭はえ？」

と、伝次郎がきいた。

「いつものところに、おいでなさる」

「よし」

伝次郎の後から治平が出て行こうとする耳もとへ、六之助があわただしく、

「お千代さんの身に、何かあったのか？」

と、ささやいてきた。

治平は、かぶりを振ったのみである。

板の間の板戸を開けると、せまい廊下で、その左手の突当りが階段口になっている。せまくて、まるで梯子《はしご》のような階段を下ると、右側は壁。左側に部屋が二つ。いずれも板戸引きになっていて、人の気配もないようであった。

伝次郎は、壁の上部へ手をかけ、仕掛けの桟を外すと、壁の一部がくるりとまわった。

伝次郎は、だまって治平の背を押した。

治平が、口を開けた壁の中へ吸いこまれた。

伝次郎は、ついて来ない。

壁は、すぐに閉った。

「治平か……」

どこかで、雲霧仁左衛門の声がした。

一坪の板の間の向うに、襖《ふすま》が見える。

治平が前にあずかっていた江戸の石浜明神裏の盗人宿や、名古屋城下の藤屋などと、

同じような隠れ部屋であった。

雲霧仁左衛門は、茶室めいた小部屋で、机に向い、何やら書きものをしていた。すでに行燈《あんどん》が灯《とも》ってい、仁左衛門の隆《たか》い鼻すじが、その灯影にきらりと光っている。

「まことに、勝手なことをいたしまして……」

入って来て、両手をついた治平へ、

「急場のことじゃ。仕方もあるまい」

と、仁左衛門が、

「お千代の手紙は読んだが、お前からも、くわしくはなしをききたい。それで来てもらった」

あくまでも、おだやかにいったものである。

三

それから二日、治平は多度の盗人宿《ぬすびと》へとどまっている。

その間に、雲霧仁左衛門は、小頭《こがしら》の木鼠《きねずみ》吉五郎と今後の策をねりつつ、傍にいた州《す》走《ばし》りの熊五郎らを、ひそかに名古屋城下へ潜入せしめたようであった。

「お前は京へ行ったことになっているのだから、あまりに早く、松屋へもどったのでは却《かえ》って怪しまれる」

と、仁左衛門は治平にいった。

治平が寝泊りしているのは、母屋《おもや》のほうで、店の土間の上にある中二階の小部屋であった。

紅梅焼を焼いて売っている日野屋のあるじは三右衛門といい、ほとんど口をきかぬ。ほかには人もいない様子で、参詣の人が土産を買いにあらわれると三右衛門が出て、品物を売る。

治平の食事の世話もしてくれるのだが、治平のことばには、うなずいたり、くびを振ったりするだけで、ときどき、

「うむ……」

とか、

「いいや……」

とか、つぶやくだけだし、治平もまた無口のほうだから、この二日間、ほとんど口をきき合わぬ。

三坪《みつぼ》の伝次郎から、

「辛《つら》いだろうが、うごいちゃあいけねえよ」

と、念を押されているので、治平は屋根裏の小部屋から出ることもせず、

(どうも、困ったことになった……お千代さんもひとりで、さぞ、気をもんでいなさ

るだろう）

不安でならなくなって来た。

一度、州走りの熊五郎がもどって来たようだ。

しかし、すぐに出て行ったらしい。

因果小僧六之助は、此処《ここ》にいるらしい。

一度、顔を見せ、しきりに、お千代のことをききたがったが、治平はろくな返事をあたえなかった。

そして、三日目の夜が来た。

治平が夕飯を終えたとき、小頭・木鼠の吉五郎があらわれ、

「爺《とっ》つぁん。さぞ、退屈したろう」

「へい。そんなことはかまいませぬが小頭。明日あたりは、もう松屋へ帰っても怪しまれますすまい」

「うむ。お頭も、そのおつもりらしい」

「それは、ありがたい」

「お頭が、およびだ」

「はい、はい」

吉五郎の案内で、治平は三日ぶりで仁左衛門に会った。

この前の小部屋において、であった。

吉五郎も同席した。

仁左衛門は、

「これを、お千代に……」

と、かなり厚い手紙を治平へわたし、

「これよりは治平、一瞬も気をゆるめてはならぬぞ」

「へ……」

仁左衛門の切長の両眼に、気魄《きはく》が凝っている。

治平は、息をのんだ。

「その、お千代への手紙に、くわしいことは書いておいたが……これだけは、お前にいっておこう」

「な、何でございます？」

「盗《つと》めを早めることにした」

「そ、それは……」

「遅くも、年の内には、やってのけよう」

治平は、おどろいた。

一年がかりの大仕事を、来年の晩春ごろに早め、さらに今度は、年の内にというのだから、もう、日数は、いくらもない。

治平は、緊張せざるを得なかった。

「明日は、名古屋へもどれ」

「わ、わかりましてございます」

「三次が、このようなぐあいになってしまっては、お前だけがたよりになる。お千代が外へ出て、わしと出合うにしても、お前がついておらぬと、どうにもなるまい」

「そのとおりでございます」

「明日は、ゆるりと発《た》つがよい。あまりに早くてもいけまい」

「それで、三次めは、どのように？」

「そのことも手紙に書いてあるし、三次のことは、わしにまかせておけばよい。それから治平」

「はい？」

「二度と、茶店の藤屋へ行ってはならぬ。よいな」

「わかりました」

「お千代は、松屋の金蔵《かねぐら》の在処《ありか》をつきとめたそうな」

「さ、さようで……」

と、治平は昂奮《こうふん》した。

お千代は、まだ、そのことを治平につたえていない。

こちらから探り取るまでもなく、松屋吉兵衛が、お千代を金蔵へ案内してくれたのであった。

「それから治平……」

「へい?」

「明日、お前が松屋へ帰る。そして明後日の夜ふけに、この吉五郎が松屋へ忍びこみ、金蔵の蠟《ろう》型を取ってしまうのだ」

「あ……」

治平は、おどろいた。

これまでの、あくまでも慎重な雲霧仁左衛門を知っているだけに、

(まるで、足もとから鳥が立つような……)

あわただしい事のすすめ方が、むしろ、異常にさえおもえた。

だが、これだけのことを直接に、治平へ打ち明けたというのは、仁左衛門が、いかに治平を信頼しているかをものがたっていると見てよい。

治平は昂奮と同時に、感激をした。

そして、仁左衛門が松屋吉兵衛方の金蔵へつけたねらいの大きさを、いまさらながら、おもい知ったのである。

る。

仁左衛門のことだから、この三日の間に、しかるべき手は打ったにちがいない。

小頭の木鼠吉五郎みずから、金蔵の蠟型を取りに松屋へ入って来るというのであ

それにしても、どのようにして吉五郎は、松屋へ侵入するつもりなのか……。

(わしが手引きをするとしても……山猫の三次は、どう始末をするのだろう?)

と、おもったが、これ以上、きき返すこともならぬ。

それほどのことは、仁左衛門も吉五郎も、

「承知の上……」

だからである。

「で、お千代さんとは、いつ……?」

「会うことは会うが、すぐにではない。いずれにせよ、そのわしの手紙を、お千代が見た上でのことじゃ」

こういって、雲霧仁左衛門は机の上から二つの絵図面を取り、治平の前へひろげた。

その絵図面は、名古屋の城下町のものと、松屋吉兵衛方の見取り図であった。

二つの絵図面の克明さに、治平は瞠目《どうもく》した。

金二万両

一

翌日。

治平が、名古屋城下へ帰って行ったのち、木鼠《きねずみ》の吉五郎が雲霧仁左衛門の隠れ部屋へあらわれ、

「いよいよ、さしせまってまいりましたね」

と、いった。

「さよう」

「このような急ぎばたらきをするのは、久しぶりのことでございますな」

仁左衛門の前へ出ると、吉五郎の口調は、おのずとあらたまった。

「急《せ》くのは、嫌なことだが……」

ほろ苦く笑って仁左衛門が、しずかに煙草《たばこ》盆から銀煙管《ぎせる》を取りあげ、

「われわれの盗《つと》めも、どうやら終りに近づいたようじゃな」

「と、申されますと？」

「いや、盗賊の種は、いつまでも尽きまいが、わしのような仕様で盗みをはたらくことは、しだいにむずかしくなろうよ。世の中が、いそがしくあわただしく、せせこましくなってくれば、盗めの道とても人のすることゆえ、同じことになって来よう」

「なるほど……」

「おもうてもごらん」

「え……？」

「戦乱の世が鎮《しず》まり、徳川将軍の威光の下に、天下平穏の年月《としつき》が百年あまりもつづいている」

「さようで……」

「戦騒《いくさ》ぎがないということは、その戦に向けるちからを、すべて、諸国の人びとの暮しに振り向けることができる。わしたちが若いころにくらべて、ここ二十何年の世の成り行きは、おそろしいほどじゃ」

「ははあ……」

「年ごとに、さまざまな、新しい商売が増え、新しい品物や食べ物が生み出される。わしが年少のころには、大坂・京・名古屋はおろか、たとえ将軍ひざもとの江戸といえども、気軽に町へ出て、物を食べたり、酒をのんだりすることなど、大変な贅沢《ぜいたく》で、おもいもよらぬことであったが……」

「はい、はい……」

「いまは、金が天下の世の中じゃ。これからは、いよいよ、そうなって来ようし、武士が大刀を腰にしていても、金のちからにはとうていおよばぬ、およばぬ」

「それは、まったく……いまは、どこの御大名でも、町人の金をたよりに見栄《みえ》を張るようになってしまったようでございますな」

「そのことよ、そのことよ」

　うなずいた仁左衛門が、嘆息をもらし、

「天下に、もっともちからのある金を、われらは盗み奪《と》ろうというのだから、むずかしくなってくるのじゃ」

「ははあ……？」

「盗むことがたのしみであり、生きてある甲斐性《かいしょう》だという、むかし気質《かたぎ》の盗賊は、日に日に少なくなる。たとえば吉五郎。お前のような男が、な……」

「これは……おそれいりましてございます」

「上は大名から、下は……」

　と、いいさし、仁左衛門は声なく笑った。

「どうなさいました？」

「いやさ、下は盗賊にいたるまで、何事にも金しだいで、どのようにもうごくことになろうというものじゃ。それが証拠に、見よ吉五郎。このたびの山猫三次の一件を……」

「おどろきました。三次が、そのようなことをするとは考えてもおりませぬでした」

「おそらく、金に目がくらんだのであろうよ」

「では、いったい、どこのだれが、三次を……？」

「それは、まだ、わしにもわからぬ」

「三次めの始末は、どういたします？」

「いますこし、ほうっておこう」

「大丈夫でございますか？」

「うかつに手を出しては、三次をあやつっているやつどもに、気取られてしまうではないか」

「だからと申して、このままにしておいたのでは、尚《なお》、あぶないのではございませんか？」

「わしは、いま、考えていることがある」

「どのような……？」

「ま、すこしの間、考えさせてくれ」

こういった雲霧仁左衛門の眼が、しだいに、強い光に凝ってゆくのを吉五郎は見た。

(お頭の、考えていなさるということは、何やら尋常のことではないような……)

と、吉五郎はこのとき、直感したのであった。

「それにしても……」

木鼠の吉五郎は、気になって仕方がないことを、おもいきっていい出してみた。

「山猫の三次が夜ふけに忍んで行ったという、その、多宝院・門前の饂飩《うどん》屋のほうへ、探りを入れなくともよろしいので？」

するとに仁左衛門が、

「ほうっておけ」

事もなげに、いったではないか。

「三次のことも、怪しい饂飩屋のことも、ほうっておけ、ほうっておけ」

吉五郎は、瞠目《どうもく》した。

あれほどに、すべてが慎重で用心ぶかい雲霧仁左衛門なのに、大事の盗めをひかえ、このような放胆さを見せたことに、おどろいた。

かつて、なかったことではある。

「近づかぬが却《かえ》ってよいのじゃ、その饂飩屋へは……」

「では、御存知なのでございますか、河辰《かわたつ》という饂飩屋のことを……」

「知らぬさ。それは、お前も知ってのとおりじゃ。知らぬ、わからぬことゆえ、ほうっておいたがよい」

「ははあ……」

「いずれにせよ、吉五郎。名古屋の松屋吉兵衛《きちべえ》方の金蔵を破れば、先《ま》ず、二万両はわがものとなろう」

と、ここにはじめて、仁左衛門はねらいをつけた金高を、吉五郎へ打ち明けた。

「え……」

さすがに、吉五郎は息をのんだ。

これまでに雲霧一味の盗んだ金は、一万両ほどの大仕事が最高のものであったからだ。

「わしはな、吉五郎。どうしても、松屋の金がほしい。ほしいのじゃ」

うめくようにいった仁左衛門の声に、凄《すさ》まじいばかりの執念がこもっているのを、吉五郎は知った。

二

そのときは、いったん、はなしがすんで吉五郎は引き取ったのだが、夕暮れになると、仁左衛門が、

「酒の相手を……」

するように、いってよこした。

これも、

(ちかごろ、めずらしい……)

ことなのである。

木鼠《きねずみ》の吉五郎は、胸がときめいてきた。

ねらいをつけた金が二万両というのも、吉五郎を昂奮《こうふん》させたけれども、

(今度の盗《つと》めは、これまでのお頭のお盗めにはなかったものになりそうだ)

そのことが、吉五郎の盗賊の血をさわがせる。

隠れ部屋へ入って行くと、仁左衛門は鉄銚子《ちょうし》の酒を、ひとりでのみはじめていた。

膳《ぜん》も二つ、出ていた。

「さ、ここへ……」

「おそれいりましてございます」

「手配りにぬかりはなかろうな?」

「大丈夫でございます」

「それにしても、よいところへ、州走《すばし》りの熊五郎がもどって来てくれたものだ」

「さようで。あの男はしっかりしております。それに、先刻、うけたまわりましたむかし気質《かたぎ》の盗人《ぬすびと》根性が躰《からだ》にも心にも根を張っております」

「そのことよ、そのことよ」

「こういうときには、うってつけの男で、何事もまかせておいて大丈夫でございますよ」

二の間の火鉢に小鍋《こなべ》がかけられ、うす味の出汁《だしじる》で豆腐が煮えている。これに、干し椎茸《しいたけ》をもどして細く切ったものを入れ、柚子《ゆず》の香りもしていた。

「さ、食べるがよい。煮えごろになったぞ」

「ちょうだい、いたします」

と吉五郎、何やら、

(うす気味がわるい……)

ようなおもいが、せぬでもなかった。

「さ、ゆるりとのむがよい」

「はい……」

「ところで……」

「は……?」

「先刻の、はなしのつづきじゃが……」

「二万両とは、おどろきました」

「なればこそ、ぜひにも、わがものにしたい」

当時の二万両といえば、現代の二億にも三億にもあたろう。

「わしはな、いま、お前に、はじめて打ちあけることがある」

「は……」

吉五郎の緊張は、極度のものとなってきた。

「ま、のめ」

みずから、銚子を取って酌をしてくれる仁左衛門へ、吉五郎がさし向けた盃《さかずき》がふるえている。

木鼠の吉五郎ほどの男が、こうなるのだから、これまでの雲霧仁左衛門が、どのような盗みの仕方をしていたか、およそ見当がつこうというものだ。

吉五郎は、仁左衛門の下へ入ってはたらくようになってから、十五年ほどになるが、その前は、数人の〔お頭〕につき、盗賊としての修行をしてきたものだ。

だが、仁左衛門はちがう。

仁左衛門は、だれからも盗みの道の教えをうけてはいない。

吉五郎は、これまでに何度も、その独自の〔お盗め〕の仕方を見て、おどろいたものだ。

（お頭のしなさる盗めの工夫、段取りを見ていると……むかしのさむらいが鎧《よろい》・兜《かぶと》に身をかため、槍《やり》を押っ取り、戦場《いくさば》へ出て敵の陣を乗っ取るようなおもいがしてならぬ）

のであった。

いずれにせよ吉五郎は、雲霧仁左衛門の前身が武士であること……それも、どこぞの大名家に仕えてでもいたような、れっきとした武士であると、看《み》ていた。

むろん、そのことを仁左衛門に問うたことはない。

また仁左衛門も、おのれの過去について一言も洩《も》らしたことがないのである。

「はなし、と、申すのはな……」

「はい……？」

吉五郎は、身を固くした。

「松屋吉兵衛方の二万両……いや、もしもねらいが外れて一万両でもよい。その金が手に入ったときは、一味の者を、いちおう解き放とうと、わしは決心をしているのじゃ」

これも、はじめて耳にすることであった。

「何とおっしゃいます。では、盗めの稼業《かぎよう》から足をお洗いなさろうというので？」

仁左衛門は、軽くかぶりを振って答えに代えた。

「では、どうなさろうと……？」

「先《ま》ず一万両あれば、一味のもの数十名へ、じゅうぶんに退《ひ》き金をわたすことができ、その上に、かなりの金も残ろうというものじゃ」

「それは、もう……」

「そこで、今度は新たに、われらが信ずるに足る者たちのみをあつめ直すつもりじや」

「では、また、お盗めを……？」

「さようさ」

「そのねらいは、もう、つけておいでなのでございますか？」

「さようさ」

「どこの金蔵なので……？」

「たとえて申せば将軍家おわす江戸城の……」

「ええっ……」

「たとえて申せば、と、いうておる」

「は、はい、はい……」

「その大きな盗めが、わしの最後の盗めになろうよ」

木鼠の吉五郎が大きく息を吸いこんで、吐き出し、

「なるほど……さようでございましたか……」

「そのときは、こころが一つに合ったものたちだけで盗めをする」

準備にも数年はかかることだろうし、そのためには大きな金も必要なのだ。

そして、その最後の大仕事というのは、今度の松屋方のそれとくらべても、はるかに大きなものらしい。

そこで大金が手に入ったら、もう、それを次回の盗《つと》めの投資へ向けなくともよい。仁左衛門も吉五郎も、お千代たちも、こころおきなく、安楽な後半生を送ることができようというものだ。

三

「吉五郎も、わしの考えに同意のことゝおもう」

「そのとおりでございます。私どもの引き際《ぎわ》は、なかなかにむずかしゅうございます。よく、そこまで、お考え下さいました」

「そうおもってくれるか……」

「はい。そこまで私どものことを考えていて下さいましたことを、うれしく、ありがたく存じます」

「よし、よし。わかってくれて、わしもうれしい。ともあれ、これからは、わしやお前のような盗賊は、いよいよ盗めがむずかしくなろう。押しこんで、むやみに人を殺傷し、金品を強奪するのなればわけもないこと。それでは、われらの生きる甲斐《かい》はない。と、申してもだ、これからは三年四年の年月をかけて盗めをすることがむずかしい。月日をかければかけるほど、手下の者のこころがゆるみ、どのような邪魔が入るやも知れぬ」

「山猫の三次のような……」

「そのことよ、そのことよ」

ちょうど、そのころ……。

治平は、名古屋城下へもどり、松屋吉兵衛方へ入った。

「京へ行ったにしては、早かったのう、治平さん」

という番頭へ、

「馬をつかわせていただきましたので……」

「急ぎの御用か？」

「はい、はい」

治平が、お千代の部屋へ行くと、折よく吉兵衛もいなくて、

「あ、どうだったえ？」

飛び立つようにして、お千代が治平を迎えた。

山猫の三次は、ちょうど土蔵の前に出ていて、治平が廊下を、お千代の部屋へ入るのを見た。

（あ……帰って来た、帰って来た……それにしても、どこへ行っていやがったものか……？　治平は、お頭の指図をもって帰ったにちげえねえ。お千代さんから、このおれにも、きっと何かの指図があるだろう。よし、今夜あたり、あの女を久しぶりで抱

けようというものだ）

果して……。

治平が、お千代の部屋から出て来ると、そのまま、三次がいる土蔵へあらわれた。

「治平どん。どこへ行ってなすった。京へ行ったのだときいたが……」

「うむ」

「それで？」

「お千代さんが、三次どんへつたえるようにと……」

「な、なにをだね、なにをだね？」

「金蔵のことは、まだ、わからないそうだよ」

「なあんだ……」

「だが、三次どん。お盗めの日は、はっきりと決った」

「えっ。お頭が指図を出しなすったのか？」

「そうとも」

「へえ、そうか。それで、いつ……？」

「年が明けて、来春の、一月二十日の夜と決った」

「なるほど、なるほど……だが、早く金蔵の錠前の蠟《ろう》型を取ってしまわねえと……」

「そこのところは、お千代さんにまかせておけばいいのだよ。三次どん、お前は蠟型を取るのが役目だ。そのことだけを考えていればいいのだよ」

「うむ……わかった、わかったよ」

「では、たのむよ三次どん。来春の一月二十日だ。このことをお前にはなしておくのは、これから先、その、こころ構えで何事にもはたらいてもらわなくてはならぬという、お頭からのおことばだそうな」

「へえ、そうか、そうかい」

「ところで三次どん。これも、お千代さんからだが……」

と、治平は細く折りたたんだ手紙を出した。

「これは、お千代さんから、桑名へとどけてもらう連絡《つなぎ》の文だよ」

「桑名へ、ね……」

「そうさ。城下外れに、笠屋《かさや》がある。ここのところだ」

と、治平が簡単に、笠屋・忠吉の家の所在を書きしるした紙片をわたし、

「お前。ここを知っているかね？」

「いいや、知らなかった。へへえ、桑名にも、こんな盗人宿《ぬすびとやど》があったのか」

「盗人宿じゃない、連絡《つなぎ》の場所だよ」

「なるほど……」

「ここの笠屋のあるじの忠吉という人へ、お千代さんの文をわたして来てくれればよ

い。そして、明日は、そのまま笠屋へ泊って、翌日、お頭からの返事をもらい、こちらへ帰って来てもらいたいそうだ」

「明日、だね?」

「そうさ。わしが、たびたび出ては怪しまれる」

「そりゃあ、もっともなことだ」

その前夜

一

この日。

夕暮れからふり出した雨が、夜に入って、霙《みぞれ》に変り、さらにまた雨となった。

冷えこみが、強《きつ》い。

夜が更《ふ》けて、その雨の中を山猫三次は、ひそかに土蔵の寝床からぬけ出し、奥庭から土塀《どべい》を乗り越えた。

(やはり、な……)

治平は物蔭《ものかげ》から、三次が出て行くのを見とどけていたけれども、

（あの饂飩《うどん》屋へ行くにちがいない）

そうおもいはしても、

「ふ、ふふ……」

低く笑ったのみで、後を追おうともせず、自分の寝床へもどった。

この夜は、ちかごろ商用で多忙をきわめていた松屋吉兵衛《きちべえ》が、

「久しぶりじゃ」

お千代の乳房へ、手をさし入れてきた。

「あれ……」

はじらったお千代が、

「今夜は、なりませぬ」

と、いう。

「なぜじゃ？」

「明日の夜に……ね、おねがい……」

「そりゃ、かまわぬが……」

「女《おな》ごの躰《からだ》には、いろいろと都合があるものでございます。ほ、ほほ……」

「なるほど。わかりました、わかりました」

照れくさそうに、吉兵衛が、

「わしとしたことが……」

あたまを掻《か》いた。

「おほ、ほ、ほ……」

「明日になれば、よいのかな？」

「あい……」

すり寄って来たお千代が、吉兵衛の寝衣《ねまき》の胸もとをしずかに押しひろげ、吉兵衛の男の乳首を音させて吸った。

「う……」

吉兵衛は、もう大満悦になってしまい、

「では明日……明日の夜、な……」

うれしげに、自分の寝床へ入ったのである。

山猫の三次が、松屋の裏庭からぬけ出して行ったとき、吉兵衛はぐっすりとねむっていた。

お千代もまた、ねむっている。

三次の挙動は、治平が、ぬかりなく見張っているはずだし、

(それに、もう、こうなれば三次のことなど、どうでもいいのだもの)

なのであった。

それよりも、
(今夜は、よくねむっておかなくてはいけない……)
のである。
明日にそなえて、であった。
さて……。
山猫の三次は、ずぶ濡《ぬ》れとなり、饂飩屋の〔河辰《かわたつ》〕の裏口へ駆けつけた。
いつものように、三次は二階の隠し部屋へ通された。
棚釜《たながま》の仁《に》三郎《さぶろう》があらわれ、
「ちょいと、待っていておくんなさい。櫓《やぐら》の福右衛門さんは、他にいなさるのでね」
と、いった。
三次は、この夜はじめて、
(ははあ。福右衛門さんは、いつも此処《ここ》にいなさるというわけじゃあねえのだな)
と、知ったのである。
「今夜の、三次さんのはなしは、大事なはなしですかえ?」
仁三郎が、にやりとして尋《き》いた。
「そりゃあ、いうまでもねえことですよ」
「そうだろうねえ。この冷てえ雨の中を、びしょ濡れになってやって来なすったのだからね」

「そうですとも」

「まあ、その濡れた着物をぬぎなせえ」

「だが、そいつは……」

「裸になって、となりの小部屋のふとんの中へ入って、待っていなせえよ。うふ、ふふ……」

三次は赤くなって、うつ向いた。

「ここへ、ぬいで置きなせえ。帰るまでには乾かしておきますよ、三次さん……」

「すみませんねえ」

「いいってことさ」

と、仁三郎は隠し部屋から出て行った。

三次は、仁三郎がいったとおりにした。

次の間の寝床へ、裸になってもぐりこんだ。

寝床の中は氷のように冷たかった。

三次の躰も雨にぬれ、冷え切っている。

「う……うう……」

三次は歯を鳴らし、ちぢこまった。

そのとき、壁の戸が開き、おきねが入って来た。

「おきねちゃんか？」

「あい……」

はね起きた三次が、おきねへ飛びついた。

そして、おきねの衣類をはぎとり、寝床の中へ引き入れた。

「あったけえ……お前の躰は、なんて、暖《あった》けえのだ」

と、三次がうめくようにいった。

二

三次が、隠し部屋へもどり、いつの間にか其処《そこ》に出されていた着物を身につけ終ったとき、

「急用だと、ね……」

と、櫓《やぐら》の福右衛門が入って来た。

「あ……福右衛門さん……」

「はなしを、きこうかね？」

「へえ、それが……」

三次は壁の戸の向うに、おきねがいるので、口をつぐんだ。

福右衛門がうす笑いを洩《も》らし、

「壁の戸を開けてごらん」

と、いう。

「へ……?」

「いいから、開けてごらん」

三次は、壁の戸を開けて見た。

「おや……?」

おきねは、せまい部屋の何処《どこ》にもいなかった。

寝床の中で、おきねは、その裸身を横たえているはずだったのである。

それが、消えている。

小部屋には、別の出入口が設けてあるにちがいない。

だが、それが何処なのか、いくら見まわしても、三次にはわからなかった。

「三次どん」

「へえ……」

「はなしをきこうかね」

「実は……押しこみの日が決りましたよ、福右衛門さん。今日、雲霧のお頭の指図を、治平がもって帰りました」

「いま、雲霧は、どこにいるのだね？」

「なんでも、京にある盗人宿《ぬすびと》にとか、ききましたが……」

「ふむ。京の、ね……」

「さようで」

「それで、押しこみの日は？」

「年が明けて、一月の二十日と決りました」

「一月、二十日……」

「さようで」

「ふうむ……」

櫓の福右衛門が両腕を組み、沈黙した。

福右衛門の光る眼が、三次の顔を、穴が明くほど凝視している。

「穴が明くほど……」

に、凝視している。

三次は、眼を伏せた。

嘘《うそ》をいっているのではないが、福右衛門の眼光のするどさに向いきれなかった。

（こんなことじゃあいけねえ。おどおどしていたのでは、福右衛門さんが、おれのいうことを信用しねえことになる……）

と、おもったが、ややあって福右衛門は、

「どうやら、嘘ではないらしい」

つぶやいたものである。

三次は、ほっとした。

「よし、三次どん。よく、わかったよ」

福右衛門が、小判一枚を三次へわたし、

「この大仕事が、うまく行ったら、おまえのふところは、もっともっと暖かくなるだろうよ」

「ありがとうございます」

「さ、もう帰ったがいい」

「へい」

三次は、河辰《かわたつ》を出た。

雨が、いよいよ強くなってきている。

(まったく、たまらねえ。二度目に、おきねを抱いたときも雨だったが……もう雨の冷たさがちがう。これじゃあ凍えてしまうぜ。だが、それにしても、あのおきねの肌身の、やわらかくて暖けえことといったら……それによ、においがたまらねえ。商売女の白粉《おしろい》くせえ躰《からだ》とちがって、なんともいえねえ甘酸《あまず》っぱい匂《にお》いが、おきねの躰から

におってきやがる……へっ……あんな女は、はじめてだ）

塀を乗り越え、土蔵の寝床へもぐりこんで、またしても歯を噛《か》みならしつつ、

（こ、こうなったら、もう破れかぶれだ。櫓の福右衛門さんのために、おれは、はたらいて見せるぜ）

と、三次は気負っていた。

（そして、分け前がたっぷり入ったら、おれはおきねをつれて……そうだ、大坂がいい。大坂で、のんびりと暮そう。あそこは魚がうめえし、ぜいたくにも暮せるし、始末しながらも結構おもしろく住めるところだし……人目にはたたねえし、そうだ。そうしよう、そうしよう）

寝床の中で、しだいに躰が暖まるにつれ、山猫の三次の夢想は、とめどもなく、ひろがって行くのである。

そして、そのころ……。

多度《たど》の盗人宿には、雲霧仁左衛門の姿も、木鼠《きねずみ》の吉五郎も消えてしまっていた。

だれもいなくなった盗人宿は、完全に土産物屋の〔日野屋〕にもどり、老爺《ろうや》の三右衛門が、ここちよげに、いびきをかいている。

三

多宝院・門前の饂飩《うどん》屋〔河辰《かわたつ》〕と横道をへだてた東側に、

〔万《よろず》小間物並御手遊《てあそび》人形所《どころ》〕

という看板を掲げた小間物屋がある。

この店は井筒屋弥七といい、店舗は小さいが京・大坂はもとより江戸からも良い品物を取り寄せている高級店だそうな。

火付盗賊改方の山田藤兵衛《とうべえ》は、尾張《おわり》藩の町奉行所の応援を得て、この井筒屋の二階の一間を借りうけた。

井筒屋は主人夫婦に長男夫婦。奉公人五名という小ぢんまりした店だから、こうした場合には口どめも効くし、

「大丈夫でございます。どのような御役目かは存じませぬなれど、お上《かみ》の御用とあれば、どのようにもおちから添えをさせていただきます」

と、井筒屋弥七は町奉行所からひそかにはなしがあったとき、たのもしく引き受けてくれた。

盗賊改方は井筒屋二階の、西側の奥の小部屋を借りた。

この小部屋の西側に小窓がついている。

その小窓から下をのぞくと、河辰の裏手が、すっかり見おろせるのである。

この夜。

井筒屋の二階につめていたのは、高瀬俵太郎と、目明しの政蔵《まさぞう》。それに密偵・豊治郎の三人であった。

夜がふけて、山猫の三次が、〔河辰〕の裏手の戸を叩《たた》き、中へ吸いこまれて行ったのを、高瀬は見とどけ、

「おい。おい、起きろ」

仮眠していた政蔵と豊治郎に声をかけた。

この見張り所の灯《あか》りは蠟燭《ろうそく》一本にしてある。

「いま、ひとり、入って行った……」

「その棚釜《たながま》の仁三郎《にさぶろう》がで？」

「いや、ちがうようだ。雨で、よく見えなかった」

「いずれ、出てまいりましょう」

「河辰の者かも知れぬ」

「ですが、出て来るかも知れません。そのときは、私が後をつけます」

「そうしてくれるか」

「はい」

「たのむ」

政蔵は、身仕度にかかりながら、

「豊治郎。お前は旦那《だんな》のそばについていてくれ」

と、いった。

三人は緊張した。

だから、山猫の三次が裏口から出て来た姿を、もちろん見逃しはしなかった。

「出て来た」

「あいつでございますね」

「たしかに……」

「では、行ってめえります」

「ぬかりはあるまいが、たのんだぞ」

「大丈夫でございます」

目明し政蔵が、裏の段梯子《だんばしご》から外へ出たとき、三次が横道を右へ曲る姿を見た。

こうして政蔵は、三次が裏塀を越え、松屋吉兵衛方へ入って行くのを完全に見とどけた。

雨をついて駆けもどって来た政蔵の報告をきき、高瀬俵太郎が不審げに、

「塀を乗り越えて、入ったと……？」

「さようで」

「どこの屋敷だ？」

「いえ、松屋吉兵衛という薬種《くすり》問屋でございます。表通りへまわって、軒看板をたしかめてまいりました。あの店の前なら、これまで何度も通ったことがございますよ」

「どういうわけだろう？」

「しばらく、様子をうかがっておりましたが、屋内《なか》は、しずまり返っております」

そういって政蔵は、またも腰をあげ、

「豊治郎をつれて行けばようございました。とにかくこのことを一時も早く旦那へお知らせしなくてはとおもいまして……もう一度行って見張っております」

「そうしてくれ」

「豊治郎。お前は万松寺へ行って岩吉を此処《ここ》へつれて来て、旦那のそばへ置いてから、すぐに、松屋の裏道へ来てくれ。松屋吉兵衛は上本町《かみほんちょう》にある大きな……」

「ええ、おもい出しました。たしかに、大きな薬屋がありました。じゃあ親分。すぐに行ってめえります」

「いっしょに出よう」

高瀬同心ひとりを残し、政蔵と豊治郎は急いで出て行った。

（こいつ、いよいよ、糸がほぐれて来そうだ）

高瀬は勇躍した。

やがて……。

与力・山田藤兵衛が密偵の岩吉をしたがえ、井筒屋の二階へあらわれた。

「あ……わざわざ御出張《でば》り、おそれいります」

山田与力は、御先手《おさきて》足軽組屋敷の長屋でやすんでいたのだが、万松寺の見張り所にいた津山庄七は、豊治郎からの報告をうけるや、

「岩吉。高瀬さんのところへ行くついでに、このことを山田様へおつたえして置け」

と、命じた。

「よし。わしも出張ろう」

岩吉の報告をきき、山田藤兵衛は床を蹴《け》って立ち、

「いっしょに行くぞ」

すぐさま、身仕度にかかったのである。

「実は……」

高瀬俵太郎が、尚《なお》も、くわしく報告をするのをきいて、

「その男は何故、松屋の塀を乗り越えて、屋内へ入ったのであろう？」

「は……もしやすると、その男は、松屋に住み暮すもので、それが夜ふけに忍び出て、河辰へまいったのではないかと……？」

「何じゃと？」

「それも、いましばらくすれば相わかりましょう。政蔵と豊治郎が松屋を見張っておりますゆえ……」

「ふうむ……」

山田藤兵衛は、腕をこまぬいていたが、ややあって、

「その男は……」

いいかけたのと、高瀬俵太郎も、

「その男は……」

と、いったのが同時であった。

「そうだ」

「そうです」

「その男は、おそらく、松屋吉兵衛方へ……」

「引き込みに入っている盗賊でございましょう」

「すると、河辰を盗人宿《ぬすびと》にしている盗賊たちは、暁星右衛門一味のものというわけゆえ、暁一味が、その松屋吉兵衛方へ押し込もうとしていることになる」

「はい」

「すると……関口雄介先生が見たという、雲霧一味の者は、どういうことになるのか

……これはやはり、雲霧と暁一味がちからを合わせての盗みばたらき、と見てよいのではあるまいか」

しだいに、山田藤兵衛の声も切迫したものとなってくる。

「は……もし、そうなれば山田様。これは大変なことに……」

「ふうむ……」

「盗賊改方のみにては、他国のことゆえ手もまわらず、人手もすくなく、こころもとなくおもわれますが……」

「ふうむ……」

山田与力も、考えあぐねてしまったようだ。

いま、名古屋へ出張っている盗賊改方は、密偵二人を合わせても七名にすぎない。

山田は、名古屋へ来るとき、すくなくとも合わせて二十名の編成で、

「事に当りたかった……」

のだが、江戸以外の探索となれば、七名の人数を名古屋へもって来るだけで、精いっぱいだったのである。

「いずれにせよ、こうなれば……」

あくまでも〔河辰〕と松屋吉兵衛方へ、ねらいをしぼるよりほかに道はなかった。

空が白みかけている。

雨は、いつの間にか熄《や》んでいた。

その朝

一

その朝。

関口雄介は、鈴木又七郎邸内の自室で、六ツ（午前六時）ごろに目をさました。

（雨は、熄んだと見える……）

だが、雨戸に閉ざされた狭い部屋の中は暗い。

暗いが、その中に薄明《はくめい》がただよっていることで、雄介は朝が来たことを知った。

（どうも、今夜らしいな……）

と、雄介はおもっている。

なぜなら昨夜おそく、屋敷へ帰って来た鈴木又七郎が、雄介の部屋の前の小廊下へ来て、

「雄介。ねむったか……？」

声をかけてよこした。

それは四ツ半(午後十一時)ごろで、むろん、雄介はねむっていたのだけれども、廊下を近づいて来る又七郎の足音に目をさました。

「はあ……」

「そうか。起してしまったようだな」

「かまいません。お入り下さい」

「いや……」

ちょっと沈黙があって、

「ねむってくれ」

と又七郎がいった。

「かまいません、兄上」

「うむ……明日はな……」

「はあ?」

「明日は、屋敷から出ぬようにしてくれい」

「心得ました」

「たのむぞ」

「御用は、それだけで?」

「うむ……」

すっと障子が開き、又七郎が顔を出し、

「明夜、おそらくは雄介に、はたらいてもらうことになろう」

と、いった。

「承知いたしました」

「うむ、うむ……」

にっこりとうなずいた又七郎が、

「ゆるりと、ねむってくれい」

障子を閉め、廊下を遠ざかって行ったものである。

又七郎が雄介に「はたらいてもらう」といったことの意味を、すでに関口雄介は了解している。

寝床へ横たわったまま、関口雄介は腕をのばし、枕《まくら》もとの愛刀を、しずかに引き寄せた。

父が形見の、日向《ひゅうが》の国の住人・飯田新七郎藤原祐安《すけやす》が鍛えた二尺五寸五分の銘刀である。

おそらく今夜……。

この、藤原祐安の一刀は、何人かの人の血を吸うことになるであろう。

(やはり、おれは尾張《おわり》家のさむらいだったらしい。それでなくて、なんでこのような

ことを引き受けよう)

であった。

雄介の父・関口左門は、鈴木又七郎の父・又兵衛の実弟にあたり、早くから剣をまなんで、諸国をめぐり歩いたのち、武蔵《むさし》の国・荏原《えばら》郡・碑文谷《ひもんや》に住みつき、そこの庄屋のむすめ・常《つね》と夫婦となって、一子・雄介をもうけたのである。

雄介は幼少のころと、それから父が亡《な》くなったときの十年前とに、尾張・名古屋城下の鈴木邸へ来て暮している。

ことに、七歳から十歳までの三年間を、

(この屋敷に暮し、伯父上や兄上の教えをうけたことは、おれにとって、ぬきさしならぬことになってしまったようだ)

つくづく、そうおもう。

だからといって、特別な教えをうけたわけではない。

だが、伯父と従兄《いとこ》・又七郎の生活の中に溶けこんで暮しているうち、

(いまの父上と自分は、尾張家の家来ではないが……)

ないが、しかし、まぎれもなく、

(私は尾州家の家来であり、尾張は、私の国だ)

というおもいが、ひしひしと感じられたものだ。

日本の天下《てんが》を掌握するものは、いうまでもなく徳川将軍であり、徳川幕府である。

その傘下《さんか》に、諸大名が、それぞれの領国を統治している。

これが封建の制度であり、大名の領国は、そのまま一つの〔小国家〕であったといえぬこともない。

諸大名が将軍の威風に屈従し、忠節をつくすという……このことはさておき、大名たちは、それぞれに異なる風土と民情をもつ領国を治めている。したがって、諸国それぞれに制度もちがい、法律も異なる。

何百という国境が厳として存在し、A大名の領国で、たとえ殺人を犯しても、犯人が国境を越えてB大名の領国へ逃げこんでしまえば、もはやA領国の法律は適用されなくなる。

また、この犯人を捕えるために、多数の追手がB領国へ入ることなど、到底ゆるされるものではない。

現代のごとく、言語と交通の媒介がなかった当時、たとえば東北の大名の領国の人が九州の大名の国へ入った場合、それは現代の日本人がアメリカやヨーロッパへ出かけて行くよりも、すべてに不自由をきわめ、たがいの方言をききわけることもできず、それこそ、

「他国へ入った……」

他国人そのものであったろう。

一介の剣士となった関口父子が、終生、尾張の国を、

「わが故国」

とし、その故国を治める尾張・徳川家を、

「主人《あるじ》」

と仰ぐのも、当時としては、当然のことであった。

二

関口雄介が、又七郎の妻・静に呼ばれ、朝餉《あさげ》の膳《ぜん》についたとき、鈴木又七郎の姿は見えなかった。

「兄上は？」

「暗いうちに、出かけました」

「それは……私に、何か御伝言はありませんでしたか？」

「はい。別に……」

雄介は、うなずいた。

昨夜、従兄《いとこ》がいったとおり、今日は部屋にこもって外へ出なければよいわけである。

朝食をすましてのち、関口雄介は自室へ引きとり、藤原祐安《すけやす》の一刀を抜きはらい、

手入れにかかった。

ちょうど、そのころ……。

松屋吉兵衛《きちべえ》方では、山猫の三次が、お千代が書いたという連絡《つなぎ》の手紙をたずさえ、松屋を出て桑名へ向った。

治平ならばとにかく、三次などは居ようが居まいが、松屋の人びとは、

「気にもとめぬ」

のである。

庭を掃いている治平に、縁側へ出て来た七化けお千代が、

「三次はえ？」

「出て行きました」

「そうかえ。よし、よし」

二人は、眼と眼を見合せ、うなずき合った。

山猫の三次は、裾《すそ》を端折《はしょ》っただけの平常の姿で、松屋を出た。

雨は熄《や》んでいたが、

「いつまた、ふり出すか知れない……」

ような空模様であった。

このとき、松屋吉兵衛方の表も裏も、盗賊改方の見張りの眼が光っていた。

したがって、三次は後をつけられていたことになる。

三次を尾行したのは、目明し政蔵《まさぞう》に、

「あいつに間ちがいない。つけろ」

と、命じられた密偵の豊治郎であった。

政蔵も豊治郎も、まさかに三次が、桑名まで行こうとは考えていなかった。

「ぬかるのじゃあねえぞ」

と、政蔵は豊治郎にいった。

いっぽう、与力の山田藤兵衛《とうべえ》は、尾州藩の町奉行所へ出向き、

「いざというときの……」

町奉行からの捕手の出動を要請した。

山猫の三次が、桑名の城下外れにある笠屋《かさ》へ到着したのは昼すぎになってからだ。

三次は、豊治郎の巧妙な尾行に、まったく気づいていなかったらしい。

笠屋の店先に出ていた中年男へ、三次が、

「あるじの忠吉さんかね？」

「へえ。そうじゃが……」

「私はね、名古屋の松屋から来た者ですよ」

と、三次は治平から教えられたとおりに、そういってから、お千代の手紙を出して

見せた。

桑名の盗人宿《ぬすびと》に滞留をしていた三次なのだが、この笠屋のことは、まったく知らなかったし、忠吉の顔も見たことがなかった。

「三次郎さんだね？」

と、忠吉がいった。

「そうですよ」

「ま、お入りなさい」

忠吉は、店の奥にある小さな部屋へ案内し、

「そこの板戸を開けると、屋根裏へあがる段梯子《だんばしご》がある。あがって、上で待っていて下さい」

「わかった」

「今夜は此処《ここ》へ泊りなさるがいい」

「そういわれて来たよ」

「いま、雲霧のお頭さまは、ちょいと遠くにいるのでねえ」

「へえ、そうかい。どこにおいでなのだ？」

「さあて……お前さんも知ってのとおり、うちのお頭は用心深《ぶけ》えのでね」

「ふむ、ふむ……」

「わしも知らねえのだよ。この手紙も連絡《つなぎ》から連絡で、お頭の手もとへとどくようになっている」

「なるほど」

忠吉は、屋根裏の小部屋へあがった三次へ、酒と、にぎり飯を運んでくれた。

「窓の戸を開けねえで下せえ。たのみましたよ」

「ああ、わかった」

忠吉が、行燈《あんどん》へ灯《あか》りを入れてくれて、

「じゃあ、ちょいと行って来る。戸じまりをしておくから、だれかが来て戸を叩《たた》いても決して開けてはいけねえ。いいな?」

「心得ていらあな」

忠吉がくどいことをいうので、三次はめんどうくさくなり、敷いてあった寝床へ横になって、酒の盆を引き寄せた。

忠吉は、すぐに階下へ去った。

それを待ちかねたように、山猫の三次は酒をのみはじめた。

屋根に雨音が起った。

(ちぇ……また、ふってきやがった……)

茶わんで、酒を何杯のんだろうか。

三杯とは、のまなかったろう。

(この酒は、ばかにまわりが早えな……)

と、おもった。

頭が重くしびれ、躰中《からだじゅう》に疲れが浮いてきて、

(ああ、こいつはどうも……ねむくなってきた……)

あっという間に、三次は深いねむりの底へ落ちこんで行った。

三

どれほど、ねむりこんでいたろう。

何か、躰中《からだじゅう》が重苦しく、胸へ大きな石でも乗せられたようで、

「あ……う、う……」

うめき声を発し、山猫の三次は目ざめた。

「あっ……」

と、今度は、意識を取りもどした驚愕《きょうがく》の叫びであったが、声にはならなかった。

いつの間にか、三次は手も足も堅く縛られ、寝床の上へ仰向《あおむ》けになっていたのである。

しかも、口には〔猿ぐつわ〕まで嚙《か》ませられていた。

行燈《あんどん》のあかりが淡くなっている。

三人の男が、三次のまわりに屈《かが》みこんでいた。

そのうちの二人は、三次が見たこともない男たちであったが、

「おい、これ……」

ぬっと、三次の眼の前へ顔をさし寄せた男は、因果小僧六之助であった。

「あっ……こいつは、どういうわけだ!!」

叫んだつもりなのだが、声は猿ぐつわの中に籠《こも》ってしまっている。

「おどろいたか」

と、六之助が、

「てめえもおどろいたろうが、こっちのほうは、てめえのおかげで、とんだ目にあったのだ。こういえば、てめえも覚悟がきまったろう」

立ちあがって、三次の顔を足で踏みつけた。

「う、うう……」

六之助の右手が、ふところから短刀《あいくち》を引きぬいたのを、三次は、はっきりと見た。

(や、殺《や》られる……)

三次の全身が、瘧《おこり》のようにふるえ出した。

「それっ……」

六之助が二人に目くばせをすると、二人が三次の躰を押えつけ、着物のえりもとを引きめくった。

「あ……あっ……」

露出した三次の胸肌を、六之助が短刀ですっと切った。

たちまちに、血がふき出す。

二人の男は三次を寝床から引きずりおろし、板の間に敷きのべられた茣蓙《ござ》の上へころがした。

三次は、身をもがいた。

もがいたところで、どうなるものではと知りつつ、もがいた。

その三次の顔を、男の一人がおもいきり撲《なぐ》りつけた。

「いいか。一度に息の根をとめるのじゃあねえ。なぶり殺しにしてやる」

と、六之助がいった。

「あ……あっ……う、うう……」

「てめえの躰の下の茣蓙が真赤に染まるまで、切り刻んでやるから、そうおもえ」

またしても、すっと切られた。

今度は額から鼻柱へかけてであった。

「た、助けてくれ」

死物狂いで、三次は暴れ出したが、たちまちに叩《たた》きのめされ、今度は、ぐったりと倒れたまま、恐怖の眼をみはっているばかりとなった。

その眼にも、額からながれ出す血が入ってきはじめた。

「いいか、よく聞け。おい、聞いているのか、三次」

三次は、うなずいた。

「てめえが、あの河辰《かわたつ》とかいう饂飩《うどん》屋へ、夜ふけに忍んで行くのは、どういうことだ？」

「う……」

「いえ。いわねえか」

またまた、躰の何処《どこ》かをすっと切られた。

「あ、あっ……、助けて……」

「やい。それほど死にたくはねえのか」

三次が必死に、うなずきをくり返す。

「よし。死にたくねえのなら、みんな吐け」

「う……」

「みんな吐けば、いのちだけは助けてやろう」

吐いたところで、

（とても、助からねえ……）

と、三次はおもった。

いのちを助けてやるというのは、吐かせるための口実にすぎないと感じてもいた。

（それにしても、なぜ、おれが河辰へ行ったことがわかったのか……そうだ。治平だ。治平よりほかに気づくはずはねえ。畜生、あの爺《じじい》め……）

それにしても、

（われながら、なんと間ぬけな……あんな爺に後をつけられていたとは……）

であった。

夢中で、おきねの若い女体へおぼれこんでしまい、ただ、

（抱きてえ、抱きてえ……）

の一心で、松屋を忍び出た山猫三次の〔勘ばたらき〕は、そのとき、すでに狂っていたといってよい。

「吐けば、助けてやる……」

という因果小僧六之助の声に、

（う、嘘《うそ》をつきやあがれ……）

と、胸の内で反撥《はんぱつ》しながらも、傷の痛みと死への恐怖で、三次は、藁《わら》の一すじにも、

（すがりつきたい……）

気もちになってきている。

「吐けば助けてやると、お頭もいいなすったぜ」

「う……」

「いいか。お頭が、そういいなすったのだ！」

「あ、ああ……」

「お頭が、どんなお人か、お前もよく知っているはずだ」

雲霧仁左衛門が、もし、ほんとうにそういったのなら、これはまた、はないはなしは別のことになる。

盗賊の掟《おきて》にはきびしい仁左衛門であるが、無益な殺生《せっしょう》を好まぬことも事実であった。

「どうだ、三次。吐くか。すっかり吐いてしまえ。気が楽になるぜ」

「う……」

「いったい、どうなんだ、おい」

また、すっと切られた。

「あっ、あっ……」

「吐くか」

山猫の三次が、ついに、うなずいた。

「よし」

六之助が短刀をぬぐって、ふところへおさめ、他の二人へ、

「猿ぐつわを外してやれ」

と、いった。

屋根を叩く雨音が強くなってきている。

その夜

一

山猫の三次が〔ねむり薬〕の入った酒をのまされ、前後不覚になっていたのは一刻《いっとき》(二時間)ほどの間であったろう。

〔猿ぐつわ〕を外された三次を、因果小僧六之助ほか二名の雲霧一味が取り囲んだ。

「さ、いえ」

「む……」

さすがに、三次はためらった。

この三次の直感は、間ちがっていなかった。

因果小僧六之助は、

「責めて吐かせることもない。すぐに殺せ」

という雲霧仁左衛門からの指令をうけていたのみである。

はじめは、そのつもりであったが、笠屋《かさ》の忠吉から、

「いま、ねむり薬をのませました。よく、ねむっていますよ」

と、きかされたとき、

(待てよ……?)

欲が出て来たのであった。

六之助たちは、この日、桑名で、前に盗人《ぬすびと》宿としてつかっていた旅籠《はたご》に待機していたのだ。

(三次の口から吐かせてやろう!!)

と、六之助はおもいつき、気負いこんだ。

それというのも、盗みばたらきの舞台が尾張《おわり》へ移ってから、どうも六之助は、

「ついていねえ」

のである。

江戸での失敗つづきが、お頭の雲霧仁左衛門から睨《にら》まれ、自分が盗みばたらきの中心から遠ざけられている、ような気がしてならない……六之助であった。

(よし。今度こそ、お頭によろこんでもらおう)

と、六之助は気負ったのである。

それだけに……。

山猫の三次を責めたてる六之助には、迫力があった。

どうせ、殺してしまうのだから、殺気もあふれている。

三次が、ついに負けたのも、このためであったろう。

「野郎。これだけいっても、わからねえのか!!」

と、六之助は、またしても短刀《あいくち》を引きぬいた。

「ま、待ってくれ……」

「いうか」

「いう……いうよ」

「いえ!!」

そこで山猫の三次が吐いた。

櫓《やぐら》の福右衛門との、はじめての出合いから今日に至るまでのことを、すべて、吐かされてしまった。

「ふうむ……」

それを聞いて六之助も、他の二人の男と顔を見合せ、しばらくは声も出なかった。

「やい、三次」

「う……」

「いま、吐いたことは本当のことなのだな」

「おれは、金縛りになっているのだ。嘘《うそ》をついたところで、どうにもなるめえじゃあねえか」

「ふうむ……こいつは、大変なことだぞ、三次」

「す、すまねえ」

「お前は、何てえことをしてくれやがったのだ」

そういった因果小僧六之助が、暗い眼つきになった。

「ろ、六さん……」

「うるせえ」

「全部、吐いたぜ。だから約束だ。この縄をほどいてくれ」

じろりと見やった六之助が、二人の男にめくばせをしたかとおもうと、物もいわずに男たちが飛びかかり、三次に猿ぐつわを噛《か》ませてしまった。

「う、うう……」

しまった、と感じたらしく、山猫三次が、死物狂いでもがきぬくのを、

「押えていろ」

と、六之助がいった。

「う……わ、わ……」

こうなってはどうにもならぬ。

躰《からだ》を押えつけられ、身うごきもならなくなった三次の目の前で、六之助は短刀を持ち直した。

三次が、急に、しずかになった。

観念したのであろうか……。

山猫三次の両眼が、青白い光をたたえ、怨念《おんねん》をこめて因果小僧六之助を凝視した。

「畜生め……」

六之助が、うめくように、

「あの世へ行きゃあがれ」

三次の心ノ臓へ短刀をぐいと突き通した。

屋根裏に、雨音がこもっている。

即死した三次の死顔を、六之助は冷やかにながめ、

「こいつの始末をたのむ。その後で、かねて手筈《てはず》のとおりにうごいてくれ、いいな」

二人の男にいった。

「合点です」

「よし。それじゃあ、おれは出かけるぜ」

階下で、六之助は厳重に足ごしらえをした。

「忠吉どん、たのむぜ」

笠屋のあるじへいい置いて、雨合羽に笠をかぶり、六之助は笠屋を飛び出したのである。

このとき盗賊改方の密偵・豊治郎は、ぬかりなく物蔭《ものかげ》から笠屋を見張っていた。

先刻、松屋吉兵衛《きちべえ》方を出た山猫三次が、七里の道を飛ぶようにして桑名へ駆けつけた後をつけるのも骨を折ったが、

（まさかに、こんなところまで来るとは……）

おもいもかけなかった豊治郎なのである。

三次が笠屋へ入ってから、亭主らしい男が何処《どこ》かへ出て行き、しばらくして三人の男が別々に、笠屋の裏手へ消えた。

（何をしていやがるのだか……？）

店へもどって来た亭主は、平気な顔で店の土間で草鞋《わらじ》をつくっている。

雨はひどくなって来て、途中で雨仕度をととのえた豊治郎だが、

（おれ一人では、どうにもならねえ）

のである。

そのうちに……。

三人の男の中の、いちばん若い男が雨仕度の旅姿で、笠屋の裏手から道へあらわれた。

これが因果小僧六之助だとは、もちろん知るよしもない。

けれども豊治郎は、

(いつまで此処《ここ》にいても仕方がねえ。名古屋じゃあ高瀬の旦那《だんな》をはじめ、みなさんが心配していなさるだろう)

と、おもった。

そこで、おもいきって、笠屋を出て行った六之助を尾行して見ることにした。

なぜならば六之助が、どうやら名古屋方面への道すじへ歩み出したからだ。

ときに、八ツ(午後二時)をまわっていたろう。

二

桑名城下から名古屋へ向って三里半ほどのところに、蟹江《かにえ》というところがある。

むかし、蟹江には城があり、織田《おだ》・豊臣《とよとみ》の戦国末期の頃には何度も戦争がおこなわれたそうな。

いまは、いうまでもなく尾張《おわり》藩の領地である。

一口に村落とはいいきれぬ繁昌《はんじょう》なところだ。

それというのも、蟹江川という川がながれていて日光川と合し伊勢湾《いせ》へそそいでおり、漁師も多勢住んでいるし、店屋もある。

むかしむかし、此処《ここ》から京都の朝廷へ貢進の物として、

「蟹・蝦《えび》二担四壺」

などと物の本に記し残されているところを見れば〔蟹江〕という地名の由来も、うなずけよう。

さて……。

桑名を発した因果小僧六之助は、小降りとなった雨の中を、まっしぐらに突きすすみ、蟹江へ入った。

蟹江川に沿ってたちならぶ漁師の家から、すこし外れたところにある、これも漁師の家へ、六之助は入って行った。

(ははあ……)

ここまで、六之助を巧妙に尾行して来た密偵・豊治郎は、しばらく見張っていたが、

(野郎、なかなか出て来ねえ)

そこで、他の漁師の家へ入って〔こころづけ〕をわたし、

「どうにも腹がへってたまりません。何か食べさせて下さいまし」

と、たのんだ。

このあたりの人びとは、まことに親切なもので、

「さあ、さあ、こっちへおあがり。何もないが、こんなものでも……」

魚の焼いたのに、飯を出してくれる。

「こいつは、ありがたい」

と、そこは愛嬌《あいきよう》たっぷりに豊治郎が、それとなく聞き込みを開始した。

そして、六之助が入って行った家のあるじが、名を留造といい、独り身の五十男であることをつきとめたのである。

「そうだね、留造は五年ほど前に来て、蟹江へ住みついたのじゃ。無口な男だがつき合いがよくて、ここらの漁師仲間へも、だいぶんに金を出し、それでのう、ようやく、この蟹江で漁ができるようになったのじゃ。まあ、つき合いはええがよ、なにしろ無口な男じゃから、人も、こっちからは寄りつかんのよ」

と、いうことだ。

これだけのことを聞き出すのに、さほどの時間はいらなかった。

雨は熄《や》んだが、まるで、あたりは夜のように暗くなってきた。

豊治郎は、漁師の家の提灯《ちようちん》を売ってもらい、外へ出て、漁師・留造の家へ近づいて行った。

と……。

出て来た。

先刻の男ではない。

別の、若い男だ。

聞きこんだところによると、留造の家には、このような若者がいるはずはない。

豊治郎は、ちょっと迷ったが、足ごしらえをした若者が名古屋方面へ急ぐのを見て、

（よし。こいつの後を……）

つけてやろうと、こころを決めたのである。

ちょうど、そのころ、名古屋の松屋吉兵衛方では……。

七化けお千代が、ひそかに治平を呼び寄せ、

「今夜は小頭が自分で、ここへ忍びこんで来て、金蔵の蠟《ろう》型を取るということだが……ほんとうなのだろうね？」

かつてなかったことゆえ、お千代も不安そうであった。

「へい。たしかに、わしはお頭の口から、そのことをききましたよ」

「ふうん……そうかえ」

「わしも、実は、おどろいたので……」

「私だって、おどろいている」

「ともかく、その仕度だけは、お頭や小頭と打ち合せたとおりにしておきました」

「そうかえ。それならいいけれども……」

「お千代さんのほうも、ぬかりはございませんでしょうね？」

「ああ、いいとも」

「なんといっても、今夜が勝負でございますよ」

治平の老眼が、緊張をこめて光った。

三

いっぽう蟹江《かにえ》では……。

盗人宿《ぬすびと》の、漁師・留造の家に待機していた雲霧一味の井ノ岡の平吉という若者へ、六之助は、

「山猫三次の野郎に、泥を吐かせたと、小頭につたえてくれ」

と、三次から聞きとったことを語り、

「さ、行け」

と、出してやった。

六之助には、

「蟹江の盗人宿にいるように」

との指令が下っている。

井ノ岡の平吉は、六之助が三次を殺したことを確認し、これを小頭の木鼠《きねずみ》吉五郎へ報告をするため、今日の昼前に、留造の家へやって来て、六之助が桑名からあらわれるのを待っていたのである。

平吉が出て行くとき、六之助は、

「いま、お頭は何処にいなさる?」

「さあ、あっしには、よくわからねえので……」

「まだ、多度の盗人宿にいなさるのか?」

「わからねえのですよ、それが……」

舌打ちをして六之助が、さらに、

「それじゃあ、小頭は?」

と、きいた。

これは、平吉も知らぬとはいえない。

これから、木鼠の吉五郎と会うことになっているからだ。

「へえ……」

ちょっと口ごもったが、平吉は、

「名古屋にいなさいますよ」

と、いった。

「名古屋に……ふうん、そうか。それで、名古屋の何処にいなさる?」

「さあ、そいつは……」

平吉は困った。

そのことを、

「六之助には洩《も》らすなよ」

と、木鼠の吉五郎から、きびしく念を押されていたからである。

「いえねえのか?」

「へ……かんべんしてやって下せえよ」

「勝手にしろ」

いまいましかった。

(それほどに小頭は、このおれがたよりねえのか……)

であった。

そして、

(おれが、三次の野郎から聞き出したことをきいたら、小頭も、きっと、びっくりするにちげえねえ)

と、おもい直した。

「じゃあ、行ってめえります」

出て行く平吉を、六之助は家の戸を細目に開けて見送った。

このとき六之助は、別だんに、

(だれかに、後をつけられてはいねえか……?)

と、おもったわけでもない。

桑名から此処《ここ》へ来るまでに、六之助は急ぎながらも尾行者の有無を、何度もたしかめたつもりだ。

それなのに、ひそかに平吉を見送ったのは、江戸の船宿〔佐原屋〕にいて、二階の〔のぞき窓〕から見張りの役をしていたときの習性が出たものであろうか……。

戸を閉めかけた六之助は、何処からあらわれたのか提灯《ちょうちん》を提げた雨仕度の男が、いま、平吉が去った道を急ぎ足に行くのを見た。

(おや……?)

(平吉を追っている……)

のではないか、と感じた。

胸が、さわいできた。

(おれが後をつけられていたとはおもえねえが……それにしても、たしかめておかなくては……)

居ても立ってもいられなくなってきて、留造へ、

「ちょいと出て来る。戸じまりを堅くしておきねえ」

いい置くや六之助が、ふところの短刀《あいくち》をつかみ、外へ出た。

暗い水田がひろがる道を、平吉の提灯が飛ぶように名古屋へ向っている。

そのうしろから、あの男の提灯が同じ速度で闇《やみ》の中をうごいている。

(間ちげえはねえ)

と、六之助は確信をした。

尾行をしているのでなければ、あのような速さで平吉の後につづくわけがないからである。

因果小僧六之助は提灯を持たなかったが、道は田圃《たんぼ》の一本道だ。

跣《はだし》の六之助は、泥濘《ぬかるみ》の道を駆けた。

また、雨が落ちてきはじめた。

あたりに人影は、まったく無かった。

(平吉め、なぜ、追って来るあの提灯に気がつかねえのだ。あんなやつを使う小頭の気が知れねえ)

たちまちに距離をちぢめて来た六之助に、

(や……?)

密偵・豊治郎が、はっと気づいて、

（だれだ……？）

振り向いて身構えたとき、追い迫った六之助が、

「てめえは、どこのどいつだ？」

と、叫んだ。

「何をいいなさる？」

笠《かさ》をはねのけて、豊治郎も右手に短刀を引きぬいた。

「やっぱり、てめえ……」

「何が、やっぱりだ？」

「ふうむ……その、ことばつきから見ると、てめえ、江戸から来やがったな」

「なんだと……」

「盗賊改メか」

「知らねえ」

「知らねえなら、知らねえでもいいが……」

いいさした因果小僧六之助が、急に、低く身を沈めた。

さすがに豊治郎は、左手の提灯を手放さなかった。

だから、屈《かが》みこんだ六之助の姿を、はっきりと見ながら、油断なく短刀を構えていたのである。

だが、その瞬間……。

六之助は左手につかんだ泥のかたまりを、いきなり豊治郎めがけて投げつけた。

「あっ……」

ものの見ごとに、豊治郎の顔へ泥のかたまりが命中した。

「野郎!!」

と、六之助が鼯《むささび》のごとく豊治郎へ飛びかかった。

豊治郎の手から提灯が飛んだ。

豊治郎も、とっさに、身を投げるようにして、われから道へ倒れて六之助の短刀をかわし、そのまま泥田の中へころがりこんだ。

そして、手早く顔の泥を左手ではらった。さいわいに眼の中へは泥が入らなかった。

六之助が、つづいて田圃の中へ飛びこんで来た。

四

「野郎!!」

六之助が、血に飢えた狼《おおかみ》のように、豊治郎へ飛びかかった。

身をひねってかわした豊治郎の左の肩先を、六之助の短刀《あいくち》が抉《えぐ》った。

豊治郎は、またも、われから泥田へ身を投げて逃げた。

しなやかな因果小僧六之助の躰《からだ》が、すかさずに躍りかかった。

二人は雨に打たれ、泥にまみれて闘いはじめた。

密偵・豊治郎は躰も大きいし、腕力も強い。

だが、泥田の中では、そのちからも半減される。

むしろ豊治郎は、あくまでも道に立って闘うべきだったろう。

もっとも、豊治郎にして見れば、するどい六之助の短刀をかわしたとき、道へ躰を残す余裕がなかったのだ、ともいえる。

「盗賊改メの、御用だ」

と、豊治郎は六之助と組み打ち、もみ合いつつ、

「し、神妙にしろ!!」

精いっぱいに叫んだ。

「しゃらくせえ!!」

と、これが、六之助のこたえであった。

それほどの威嚇《いかく》に、びくともする六之助ではない。

「この野郎、くたばれ、くたばれ!!」

精悍《せいかん》な身のさばきで、六之助は、つづけさまに短刀をふるい、突き込んだ。

「あ……あっ……」

「死ね、畜生……」

「うわあっ……」

と、ついに、豊治郎の絶叫があがった。

六之助の短刀が脇腹《わきばら》を突き刺したのだ。

「こいつめ、こいつめ!!」

先刻、山猫の三次を殺しているだけに、因果小僧六之助の血は狂暴に燃えていた。

脇腹から引きぬいた短刀を、豊治郎の胸へ、背へ、六之助は突き刺した。

「ぐ、ぐう……」

豊治郎が、沼田の中へうつ伏せとなり、うごかなくなった。

「ざ、ざまを見ろ」

泥田から道へ這《は》いあがって来て、六之助は吐き捨てるようにいった。

沛然《はいぜん》と叩《たた》いてきた雨が、見る見る、六之助の顔や躰についた泥を洗いながした。

「馬鹿《ばか》野郎」

と、六之助は、名古屋へ向って急いでいるだろう平吉に向って叫んだ。

(こんなことで、雲霧のお盗《つと》めがつとまると、おもっていやがるのか……)

であった。

自分の背後から、自分と同じ速度で追って来ている密偵《いぬ》の提灯《ちょうちん》に、なぜ、平吉は気がつかないのだ。

「間ぬけめ!!」

である。

漆を塗りこめたような闇《やみ》の中に、もはや、平吉の提灯の灯《あか》りは見えぬ。

豊治郎と闘っている間に、平吉は、はるかに距離を引きはなしてしまっているにちがいない。

追いかけて行って平吉をつかまえ、おもいきり撲《なぐ》りつけてやるつもりだったが、さすがに六之助も疲労が激しかった。

ごく短い間の闘いだとおもっていたけれども、豊治郎は相当に手強《てごわ》く抵抗をしたのである。

(骨を……骨を折らせやがった、畜生め……)

しばらくは、ぐったりと道に躰を横たえていた六之助が、ようやくに起きあがった。

平吉に追いついて、いまのことを告げ、

「すこしは気をつけろ」

と、怒鳴りつけることを、六之助はあきらめたらしい。

ちょうど、そのころ……。

名古屋城下の鈴木又七郎邸では、

「雄介、いるか……」

と、朝早く屋敷を出たきり、一度も帰って来なかった又七郎が、関口雄介の部屋の外へ来て声をかけた。

雄介は、早めの夕餉《ゆうげ》をすませ、その折に又七郎妻女の静が、

「又七郎より、雄介どのへさしあげるように申されました」

と、酒をすすめてくれたので、ほろ酔いの躰を自室に横たえていたのだ。

「兄上、ですな……」

「さよう」

「お入り下さい」

「いや、出て来てくれぬか」

「承知しました」

すぐに、雄介は従兄《いとこ》・又七郎の居間へ行った。

静は、引き下っている。

「こちらへ、まいれ」

と、又七郎がさし招いた。

又七郎は雄介の前に、一枚の絵図面をひろげた。

「これじゃ」

「と、申されますと？」

「今夜の……」

「なるほど」

「ここにな……」

又七郎が、地図を指し示しつつ、

「これが、御城の大手の桝形《ますがた》。ここが上本町の通りだ。わかっていような」

「はい」

「ほれ、ここが、薬種《くすり》問屋の好蘭堂《こうらんどう》、松屋吉兵衛の店じゃ」

「はい」

「われらが目ざすところは、此処《ここ》じゃ」

と、鈴木又七郎が、絵図面の一角へ、手にした白扇の要《かなめ》をしずかに置いた。

そこは、松屋吉兵衛方から南へ三軒ほど下ったところにある〔鍵屋《かぎや》又兵衛〕という扇子屋であった。

鍵屋は扇子問屋ではない。

〔御扇子所《どころ》・都御団扇《うちわ》〕の看板をかかげた涼風堂・鍵屋又兵衛の店舗は小ぢんまりとしたものだが、京都から仕入れて来る品物の評判がなかなかよろしく、扇子・団扇のほかにも雪洞《ぼんぼり》・中啓《ちゆうけい》・舞扇、それに高価な手遊《てあそび》人形なども売っている。

主人の又兵衛は四十がらみの男で、女房のほかには、番頭から下男をふくめ、わずか五人ほどだという。

そのことを、関口雄介は今夜、はじめて聞いた。

鈴木又七郎は、この扇子屋を、

「われらが今夜、目ざすところだ」

といい、雄介もまた、おどろきもせず、うなずいたのである。

これは、いったい、何を意味しているのだろうか……。

五

松屋吉兵衛方では……。

七化けお千代が、檜造《ひのきづく》りの立派な湯殿で入浴をしている。

治平が、その背中をながしている。

これは、お千代が松屋へ来てからの習わしとなってしまっていた。

したがって、吉兵衛も怪しまぬし、奉公人たちも、いまは異としてはいない。

ただ、

「うらやましいな、治平どんは……」

「そのことじゃ。お内儀《かみ》さんの丸裸が拝めるというのだから、たまったものではないわい」

などと、はじめのうちは、蔭《かげ》でうわさをし合っていたものだが、それもいつしか熄《や》んだ。

それというのも、日常の治平の風貌《ふうぼう》や挙動が、そうしたうわさに、まったく似つかわしくないからである。

治平は、

「何事にも……」

淡々としている。

夫婦《めおと》の盃《さかずき》をかわしてからは、松屋吉兵衛も時折、お千代と共に入浴をするようになった。

そうしたとき、治平はまめまめしく吉兵衛の背中をながし、いろいろと世話をする。

吉兵衛が、いまは、

「治平は実に、よい老爺《おやじ》じゃ。私も末長《なご》う、めんどうを見てやりたいとおもうています」

と、お千代にいうほどの信頼を、治平はうけている。

「治平どん……」

「なんでごぜえます」

「大丈夫なのかねえ……？」

「今夜のことで？」

「そうともさ」

と、お千代も夜に入ってから、気が気ではなくなってきた。

小頭の木鼠《きねずみ》吉五郎は、九ツ半（午前一時）ごろに、いつも山猫の三次が忍び出て行く塀《へい》を乗り越えて来るはずだ。

治平が、これを待ち構えていて、吉五郎を誘導し、吉兵衛とお千代の寝間の外庭までつれて来る。

それからはお千代が替って、吉五郎を金蔵へ案内し、錠前の蠟《ろう》型を取らせることになっていた。

錠前は、合わせて三つある。

この三つの蠟型を、短時間のうちに取るのだから、

「なまなかの仕事ではない……」

のである。

こうしたとき、お千代は〔ねむり薬〕をつかって、側《そば》に寝ている松屋吉兵衛を、完全に、

（ねむらせておかなくては、私がぬけ出すのは、まことにあぶない）

のであった。

ゆえに、お千代は、

（そのつもり……）

でいたのだ。

ところが、雲霧仁左衛門は、多度の盗人宿《ぬすびと》から治平が名古屋へ帰るときに、

「吉五郎が忍びこむ夜に、お千代は、きっと、ねむり薬を使おうとするにちがいないが、それはいけない。かならず、わしのいうとおりにしてもらいたい」

と、念を入れている。

（妙なことを……？）

お千代は、そうおもわずにいられないのだ。

考えれば考えるほど、

（腑《ふ》に落ちない……）

のである。

もし、お千代が寝床をぬけ出した後に、吉兵衛が目ざめたら、どうするつもりなのか。

吉兵衛は熟睡するくせに、目ざめるのも早い。

お千代が夜ふけに、用を足しに床をぬけ出し、帰って来ると、闇《やみ》の中から、

「寒くなってきたねえ」

とか、

「風邪をひいてはいけませんよ」

とか、吉兵衛が声をかけてよこすことが間々あるのだ。

このことは、もちろん、お千代が雲霧仁左衛門に告げてあることだ。

それなのに、あれほど用心ぶかいお頭が、何故、ねむり薬を用いずにぬけ出して来い、と、いうのか……。

南蛮わたりの、松屋ほどの薬種問屋にもない〔ねむり薬〕を、お千代は、ひそかに所持している。

この〔ねむり薬〕は、仁左衛門が長崎のオランダ商人から手に入れているもので、米粒の半分ほどの白い小さな丸薬になっている。

これを一粒、たとえば酒に混ぜておけば、無臭無味の〔ねむり薬〕は、たちまちに溶けてしまい、だれが口にしても気づかぬのだ。

松屋吉兵衛は、寝しなに、これも異国わたりの、赤い葡萄《ぶどう》の酒をギヤマンの盃でのむ。また、お千代にものませる。

このときに、お千代が〔ねむり薬〕を吉兵衛の盃へ落しこむことなど、

(わけもないこと……)

なのである。

その小さな丸薬三個を銀製の細い筒に入れ、お千代は肌身から離したことがない。

(私のすることが、お頭には、たよりなくおもえるのかしら？)

しかし、これまでに、ねむり薬の使用については、只《ただ》の一度の失敗もしていない七化けお千代であった。

それだけに、また、どうしてもお千代には、

(解《げ》せない)

のであった。

けれども、

「つかってはいけない」

と、仁左衛門が念を押した指令に、お千代とても、そむくわけにはゆかぬ。

六

「案じるには、およびませんよ」

と、治平は落ちついている。

「そうかねえ……」

「そうですともね」

たちこめる湯気の中に、みなぎるような量感をたたえたお千代のひろやかな背中が紅色に染まっていた。

男なら、どんな老爺《ろうや》でも、この背中を見て胸さわぎをおぼえぬことはあるまい。

背骨を中にして両側に、背肉がもりあがり、それが腰のくびれのあたりへなだらかに落ちたかとおもうと、やにわに腰部《ようぶ》から臀部《でんぶ》が張り出してくる。

しみ一つない肌の、女ざかりの凝脂が湯をはじき返しているのだ。

だが、治平は平然たるものだ。

いつものように眉毛《まゆげ》一すじうごかさず、無表情にお千代の背中をながし終って、

「何事も、お頭がなさることだ」

と、つぶやいた。

「けれども治平どん。いかになんでも、お前、あぶないとはおもわないかえ?」

「お頭がしなさることでごぜえますよ、お千代さん」

「でも……」

屹《きっ》と、面《おもて》をあげたお千代が、

「でも、これは、まさにあぶないよ治平どん。私は、お頭にそむいてもいい、吉兵衛に薬をのませようとおもう。結句、そのほうがお頭もよろこびなさるにきまっている」

「いいや、いけねえ」

ぐいと、治平がお千代の肩先をつかんだ。

「痛い。痛いじゃあないか」

「これは、どうも……」

口ではあやまりながらも両眼はするどく、お千代を見据え、

「お千代さん。お頭のお指図にそむいてはいけませせぬぜ」

と、治平が、きめつけるようにいった。

お千代は、だまった。

あれほどのお千代が、治平には一目《いちもく》置いている。

それだけに、この治平という老爺が、雲霧一味の中で、いかに重い位置をしめているかが、わかろうというものだ。

なればこそ今度の大仕事の、扇の要《かなめ》ともいうべき重い役割をうけもつ七化けお千代に、仁左衛門は治平をつきそわせているのであろう。

「いけませせぬぜ。ようごぜえますね?」

もう一度、治平に念を押されると、

「わかったよ……」

お千代は、だまりこんでしまった。

そこへ、

「わしだよ。入ってもいいかな」

湯殿へ、松屋吉兵衛が入って来た。

「あい、あい……」

お千代が甘えた声になり、

「かまいませぬ」

「そうか、そうか……」

吉兵衛が、いそいそと衣類をぬぎはじめる気配がする。

お千代は、治平に眴《めくば》せをした。

「では……」

うなずき返し、治平は出て行った。

「どうした、治平。わしの背中をながしてはくれぬのか？」

と、吉兵衛がいうのへ、板戸のこちらから、お千代が、

「いいのですよ、旦那《だんな》さま。今夜は、わたくしが、おながしいたします」

「えっ……」

吉兵衛が、よろこびの声をあげて、

「そうですか、そうですか……」

大きな裸体を、湯けむりの中へあらわした。

この夏ごろ、吉兵衛はお千代の肉体に耽溺《たんでき》するのあまり、一時、大分に憔悴《しょうすい》をしたものだが、いまは前にも増して元気となった。

それもこれも、お千代と祝言《しゅうげん》をすませ、ようやく夫婦らしい暮しの落ちつきを得たからであろうか。

湯槽《ゆぶね》から茹《ゆ》で蛸《だこ》のようになってあがって来た吉兵衛の背中へ、お千代が貼《は》りつくように身を寄せた。

「うわ……こそばゆい、こそばゆい……」

「あれ、そのように、うごいてはいけませぬ」

と、お千代が吉兵衛の躰《からだ》を、うしろから抱きすくめるようにし、糠袋《ぬかぶくろ》を持った手を前へまわして吉兵衛の胸、腹などを洗いつつ、

「うふ、ふふ……」

ふくみ笑いをしながら、舌の先でちろちろと吉兵衛のくびすじをなぶるものだから、

「ああ……これはもう……ああっ……これは、どうしたことじゃ」

などと吉兵衛、狂喜してしまった。

これまでに、お千代からこのようなまねを、吉兵衛はしてもらったことがなかったのである。

お千代が、今夜こそは、吉兵衛を身も世もないほどに昂奮《こうふん》させ、くたくたに責めさいなみ、いったんねむりに入ったなら前後不覚にしてしまおうと決意をしているのだから、たまったものではない。

「ああ、もう……これは……これは、たまらぬ。もう、たまらぬ、たまらぬ」

と、松屋吉兵衛が突然ふり向くや、お千代を湯殿の板敷きへ抱き倒した。

「あれ……」

「お千代、お千代……」

「旦那さま。こ、こんなところで……いけませぬ。あれ、そのような……」

「かまわぬ。かまいませぬ……」

吉兵衛は久しぶりに、猛然となった。

治平は、山猫の三次が寝ていた土蔵の中へ入った。

さいわいに、松屋の人びとは三次の不在に気づいてはいない。

というよりも、日ごろから三次に対して松屋の人びとは、あまり関心をもってはいなかったのである。

七

松屋吉兵衛とお千代が寝間へ入ったのは、五ツ（午後八時）ごろであったろうか……。

「お千代。ええもう、こうなったら今夜は寝かしませんよ」

などと、吉兵衛は年甲斐《としがい》もない戯言《たわごと》を口走りつつ、

「今夜はお千代、ぞんぶんに、この私を可愛《かわい》がっておくれ」

と、これが平常《ふだん》は口やかましい旦那《だんな》の吉兵衛とは、到底おもいもよらぬゆるみきった顔つきと甘え声を発して、寝床へ抱き倒したお千代の、ひろやかな胸へ子供のように顔を押しつけているのを松屋の奉公人が見たら、どんな顔をすることであろう。

「あい、あい。それでは、こうしてもよろしゅうござりますかえ?」

「あ……これ、そのような、お前……これ何をするのじゃ」

「私こそ、旦那さまを寝かしませぬ」

「ああ、これ、お千代……」

先刻は、あれほどに湯殿の中で、猛《たけ》り狂ったような仕わざをした松屋吉兵衛なのだが、お千代も、今夜は、

「ここぞ……」

とばかり、吉兵衛をせめたてたものだから、

「ああ……もう、いけませんよ、お千代。こ、この上、このようなまねをつづけていたら、もう……もう、私は死んでしまいます。いえ、お前のように美しい、この世の

ものともおもわれぬ女《おな》ごを、わがものとすることができた幸せを味おうたからには、もう、いつ死んでもよいと……」

「あれ、そのような……」

「いや、それゆえにじゃ。私は、一日でも長く生き、一日でも余計に、お前とこうしていたくなってきた」

「うれしゅうございます」

「わしも、うれしい……」

と、松屋吉兵衛は、お千代の乳房へ顔を埋め、うれし泪《なみだ》をこぼしているのである。

「はい、はい。それでは私が、こうして抱っこをしてさしあげますゆえ、ぐっすりとおねむりなされ」

「そうしてくれるか」

「あい、あい」

「うれしい……うれしい……ああ、なんともいえぬ、こころよさじゃ」

うっとりと両眼を閉じたかと見るや、たちまちに吉兵衛が、寝息をたてはじめた。

やがて……。

お千代は吉兵衛の躰《からだ》からはなれ、自分の臥床《ふしど》へもどり、夜具を眼のあたりまで引きかぶり、凝《じっ》と吉兵衛の様子をうかがうと、吉兵衛は今までお千代に抱かれていたままの姿勢で、依然、深いねむりに落ちこんでいる。

（これなら、うまく行くかも知れない……）

お千代に、いくらか自信が生れてきた。

小頭の木鼠《きねずみ》吉五郎が、みずから金蔵の蠟《ろう》型を取りに、侵入して来る。

これは、

（お頭も、なみなみでない気の入れ方だ）

と、お千代にもわかる。

木鼠の吉五郎が、蠟型を取る技術に長《た》けていようとは、これまで耳にしたこともなかったが、

（小頭は、何しろあれほどの人だから、それだけのちからを持っていなさるにちがいない）

これだけ深いねむりをむさぼっているなら、

（私が此処《ここ》をぬけ出し、小頭を金蔵まで案内する間、目をさますこともあるまい）

と、お千代は看てとった。

躰は綿のように疲れている。

だが、大事の夜であった。

（ねむってはいけない……）

のである。

また、躰は疲れ切っているのに、お千代の神経は鋭く冴《さ》えわたって、寝つけるものではなかった。

そのころ……。

火付盗賊改方は、三手に別れて、一は茶店の藤屋を、一は多宝院・門前の饂飩《うどん》屋〔河辰《かわたつ》〕を、一は松屋吉兵衛方を見張っていた。

こうなっては、いうまでもなく、江戸の盗賊改方だけでは手がまわりかねる。

そこで山田藤兵衛《とうべえ》は尾張《おわり》藩の町奉行所にたのみ、三カ所の見張りに、それぞれ同心と目明しの応援をもとめ、容《い》れられた。

藤兵衛自身は〔河辰〕と横道をへだてた小間物屋・井筒屋弥七方の二階に詰めきり、同心・津山庄七と、町奉行所の同心、目明しと共に、見張りをつづけている。

万松寺の見張り所には、盗賊改方同心の井口源助と、目明し政蔵《まさぞう》。それに町奉行所の応援二名。

松屋吉兵衛方は、表の方を密偵・岩吉が名古屋の目明しと見張り、裏の方は高瀬俵太郎が町奉行所の同心・小沢勝蔵と見張っていた。

他の二カ所は見張り所を設けることができたけれども、松屋だけは、まだ、その仕度がととのっていない。

雨の中を交替で、見張りの人びとは細道へ隠れたり、道を行ったり来たりして、松屋方を注視していたのである。

雨は一応あがったようだ。

松屋吉兵衛の店舗は、上本町の通りを東に向いて構えられ、通りの向う側は上七間町であった。

松屋の北側の細い道をへだてて、筆問屋の平野屋がある。

その、松屋と平野屋の間の道を行くと、松屋の裏手を横切っている道へ出る。

裏手の道をへだてて、松屋の真裏に、竜乗寺という古い寺が在った。

このあたりは、ほとんど寺社がない。

寺社は、城下町の南へ、およそ、ひとかたまりになっている。

この竜乗寺だけが、上本町という城下一流の商業地区に残っていたのだ。

なんでも、織田信長《おだのぶなが》以来の、古い由縁《ゆかり》のある寺だとかで、本堂も惣門《そうもん》も小ぢんまりとしたものだが、墓地はひろく、そこだけが、こんもりとした木立に囲まれていて、この辺りの子供たちの、絶好の遊び場所となっていた。

八

鈴木又七郎邸では……。

又七郎と関口雄介が、先刻から居間に引きこもったきり出て来ない。

二人の前には、依然、件《くだん》の絵図面が置かれてあった。

「目ざす相手は、この奥の……ここだ。この奥庭の……」

と、又七郎が絵図面を指し示しつつ、

「奥庭に面した、この寝間に、女房とねむっている。すなわち、表向きは扇子屋のあるじ鍵屋《かぎや》又兵衛、実は幕府隠密《こうぎおんみつ》・井上助右衛門じゃ」

「はい」

それときいても雄介は、格別におどろいた様子もない。

名古屋城下に、幕府の隠密が潜入していることは、容易にうなずけることであった。

もっとも、これは尾張《おわり》藩のみではない。

徳川幕府は、初代将軍・徳川家康《いえやす》が、

「武力と権勢によって……」

日本諸国の大名たちを傘下《さんか》に治め、大名たちへ、それぞれに領国をあたえておき、
これを将軍と幕府が統轄《とうかつ》する、一種の〔独裁政権〕である。

天皇と朝廷は、日本の〔象徴〕として幕府の庇護《ひご》を受けているにすぎない。

そこで……。

武力と権勢によって得た政権は、いつまた、他の武力と権勢によって奪い取られる

やも知れぬ。

幕府は、徳川将軍家が、日本の政権をつかみ取る前の、天下《てんが》が戦乱に巻きこまれ、その帰趨《きすう》さえもわからなかったころから徳川家のためにはたらいて来た武将・大名たちを、いわゆる〔譜代〕の臣としてあつかった。

これらの人びとは、徳川家の存亡が、まだまだ、しかとはわからぬころから忠節をつくしてくれたのだから、もっとも、将軍と幕府にとっては信頼がおけることになる。

それに引きかえ、徳川家が天下に君臨し、その威勢が牢固《ろうこ》となってから、

「もはや、徳川に逆らってもむだじゃ」

と、見きわめをつけ、附き従って来るようになった大名たちを、

「外様《とざま》」

と、よぶ。

だから〔外様大名〕は、いつ何どき、他に強い勢力があらわれたとしたら、徳川家を捨てて、向うへ附き従うやも知れぬ。たよりにならぬということだ。

将軍と幕府の目から見た〔譜代〕と〔外様〕のちがいは其処《そこ》にある。

ゆえに、もちろん、徳川幕府を構成する政治組織は〔譜代〕の大名たちによってととのえられている。

大老・老中・若年寄などという幕府政治を運営する閣僚は、いずれも譜代大名であ

る。

現在、大老職は空席となっているが、最高役職の〔老中〕には、

戸田山城守《やましろのかみ》忠真（下野《しもつけ》・宇都宮の城主）
水野和泉守忠之《いずみのかみただゆき》（三河・岡崎の城主）
安藤対馬守《つしまのかみ》重行（美濃《みの》・加納の城主）

などが任じてい、紀州家から迎えられて八代将軍の座に就いて七年目の徳川吉宗《よしむね》を補佐している。

将軍や老中は替っても、幕府の大名たちを監視する〔眼〕は、いささかも変らぬ。

その幕府の〔眼〕となってはたらくのが、公儀隠密なのである。

甲賀組・伊賀《いが》組などという、いわゆる〔忍びの者〕出身の幕臣が、この役目を担当することもあり、そのほかにも〔老中直属〕の隠密がいる。

老中交替の折には、その隠密組織まで引きつがれて行くわけだから、これは初代将軍のころからの秘密の糸が、ずっとつながっていることになる。

現に、いま、鈴木又七郎がいった扇屋の又兵衛などは、十五年も前から名古屋城下へ住みつき、

商人として、扇屋のあるじとして、すこしもおかしくない人物に成りきっているのである。

「どこから見ても……」

これを、

「公儀隠密」

だと突きとめたのは、尾張藩にも、それだけの備えがあることになる。

鈴木又七郎は、その〔備え〕の一員であった。

九

すでにのべたごとく、将軍御三家の一である尾張《おわり》・名古屋六十一万九千石の徳川家と、幕府との関係は、七代将軍・八代将軍位をめぐって、深刻化した。

現将軍・吉宗が、これも御三家のうちの紀州藩・徳川家から江戸へ迎えられ、八代将軍に決定したときの、尾張藩・徳川家の悲歎《ひたん》と憤激は非常なものであった。

それだけに幕府は、尾張藩への警戒を厳重にしはじめたらしい。

尾張家は、むろん〔外様《とざま》〕ではない。

いや〔譜代〕でもなく、将軍家の親族なのである。

幕府にいわせると、

「それだけに、尚更《なおさら》、油断はならぬ」

ということに、なるのであろう。

尾張藩の藩祖で、徳川家康の九男でもあった徳川義直《よしなお》と三代将軍・家光のころの幕府との確執以来、幕府が尾張藩へ潜入させた隠密《おんみつ》は、

「大仰《おおぎょう》に申せば、数え切れぬほどというてもよい」

と、鈴木又七郎が関口雄介へ洩《も》らしたことがある。

上は、二十年三十年にわたって、尾張藩士となり、ひそかに情報を幕府へ送る者から、下は江戸藩邸の中間《ちゆうげん》部屋にいる小者に至るまで、

「この十年の間だけでも、四人の隠密を発見し、処置をした」

のだそうな。

処置とは、いうまでもなく、人知れず殺害してしまうことなのだ。

また、そうされても幕府として、文句をつけるわけにはまいらぬ。

なにしろ、天下泰平のこの世に、スパイを無断で入りこませ、相手方の内情を探らせているわけだから、将軍も幕府も、

「知らぬ顔……」

をしているよりほかに仕様もない。

それは、公儀隠密にとっても覚悟の上のことだ。

目ざす相手は尾張藩のみではなく、近年は譜代・外様を問わずに、公儀隠密の探索がおこなわれている。

大名たちの武力を警戒するというよりも、その領国における政治の実体をつかむことが、幕府にとっては大事のこととなった。

現代のように、交通と情報機関が発達している時代ではなかったのである。

三百に近い大名が領国と国境をもち、それぞれに異なる政治をおこなっているからには、これを統轄《とうかつ》する幕府として、おもてにはあらわれない内情をつかんでおかなくてはならぬ。

となれば、やはり〔スパイ〕をつかうよりほかに道はない。

将軍や幕府としては当然のことなのだろうが、諸大名にとっては、まことに、

「おもしろくない」

ことになる。

どこの大名でも、公儀隠密を発見したときは、即座に処置をしてしまう。

いのちを助けて追放したりなぞしたら、江戸へ逃げ帰った隠密が、こちらの秘密を幕府へ告げることになる。

どこの人、どこの家、どこの国にも〔秘密〕はある。大名家には幕府にいいきれぬ内情も存在する。

それだけに諸大名も、公儀隠密に対する備えは、いろいろに考えているにちがいない。

そうしたことが、表沙汰《おもてざた》にならぬのは、双方ともに秘密の駆け引きだからなのは、いうを待たぬ。

ところで、尾張藩に於《お》ける〔備え〕とは何か……？

それが、鈴木又七郎が属する〔御側《おそば》足軽組〕なのである。

制服は、黒の筒袖《つつそで》の羽織に伊賀袴《いがばかま》という御側足軽組の人びとの身分は、あまり高くない。

それでいて、夜ふけの城内・御深井《おふけ》ノ丸で、藩主へ目通りをゆるされたり、直接の指令を受け、それを家老たちや重役にも知らせず、単独で遂行することを黙認されている。

こうした特権をもつ以上、御側足軽組の組員は、いずれも衆にぬきん出た本能と、しっかりした人格をもたねばなるまい。

〔馬廻役〕という正式の役目に就いていながら、鈴木又七郎が特別に、御側足軽組へ編入されたのも、殿さまの尾張中納言《ちゅうなごん》継友自身の指令があったからだ。

九年前に、継友は兄・吉通《よしみち》の跡をつぐようなかたちで、尾張・徳川家の当主となった。

そのときまで又七郎は、継友附きの侍臣であったが、たちまちに馬廻役を命ぜられ、ついで、これは内密に〔御側足軽組〕へ編入されたのであった。

「わしがな、雄介。おぬしに、これからもはたらいてもらおうと考えたことについては、いずれ、ゆるりと語ることもあろう」

と、鈴木又七郎が、

「それまでは只《ただ》、尾張家の御為《おんため》とおもい、はたらいてくれい」

そういったことがある。

つまり、関口雄介は尾張藩士としてではなく、もっと自由な立場に在りながら、尾張藩の〔備え〕となる。

これは、中納言継友も承知していることだ。

なればこそ、深夜の御深井ノ丸で、雄介に目通りをゆるしたのであった。

幕府は、まったく自由の立場になった公儀隠密をつかっている。

たとえ捕えられても、例外はさておき、彼らは一言も、幕府との関係を洩らさずに死んで行くはずだ。

ゆえに、尾張家でも、

（おれのような隠密をはたらかせて、公儀に対抗することになったのか……）

と、雄介はおもっている。

雄介のほかにも、こうしたかたちの人びとがいるらしい。

その中には江戸へ入って、幕府の動静を探っている者も、

(あるにちがいない)

のである。

こうして、近年にいたり、幕府と尾張藩との暗黙のうちの確執が激しさを加えて来たことは、事実であった。

「まことに油断ならぬことになってきているのだ」

鈴木又七郎の緊張は、只事でなかった。

十

「三年ほど前からだが、御城下をはじめ御領内に、妙に、ふしぎなことが、つぎつぎに起るようになった」

と、鈴木又七郎が関口雄介に語ったことがある。

この三年の間に、公表されてはいないが、名古屋城下で十数件にわたる放火があった。

また、領内の諸方の寺院や神社などにも数度、放火する者があった。

いずれのときも、放火犯人は捕えられていない。

さいわいなことに、これまでは発見が早くて大事に至らずにすんだ。

これがもし、大火災にでもなったら、

「取り返しのつかぬ……」

ことになる。

ことに、人家が密集した名古屋城下で大火が起れば、尾張《おわり》藩として、その経済的な損害は甚大《じんだい》なものとなるのだ。

他の場合はさておき、町々の取り締りがきびしく、町家自体の自治もととのえられている名古屋城下には、かつて、このような怪火を、

「見たことがなかった！」

そうな。

町奉行所も、必死で犯人を探索したが、まだ一人も捕えてはいない。

放火の手口は、どの場合も、

「よく似ている」

という。

また、放火をしておいて、その騒ぎにまぎれ、盗みをはたらくとか……人を殺傷するとか、そうした目的があってのことでもないらしい。

では、狂人のいたずらなのか……。

そうではないともいえぬが、それにしてはあまりにも、放火の場所がひろがりすぎているし、

「また、狂人の仕わざなれば、かならず、町奉行所の目にとまらぬはずはない」

と、又七郎はいうのだ。

もっともなことである。

「これは、どうも、放火によって名古屋城や領内の人心に不安を起さしめるのが目的ではないのか……？」

これが、尾州藩の要路に在る人びとの結論となった。

尾張藩の〔御側《おそば》足軽組〕を中心とする隠密《おんみつ》組織が、この方面に活動をはじめるようになったのは、このときからであった。

鈴木又七郎がいうには、

「この放火は公儀隠密の仕わざではないか。いや、どうもそうらしい見きわめをつけ、ここ一年にわたって、ひそかに探りをすすめて行ったのじゃ。これは、むろん御奉行所とは別のことで、それはもう、口にはつくせぬ苦労をしたものだ」

そして、ようやくに鈴木又七郎たちは、名古屋城下・上本町の扇子屋〔鍵屋《かぎや》又兵衛〕という人物を、

（まさに、公儀隠密）

と、確信をもって突きとめることができたのだという。

そこまでの経過については、関口雄介も、まだ、くわしくは聞いていない。

いずれにせよ、御側足軽組のみでは、このような隠密活動がおこなえるはずはない。

鈴木又七郎のような人材が数人いて、これが城下の町家や寺社その他の、隅ずみまで洗いあげて行くための〔下部組織〕をもっているにちがいないのだ。

扇子屋の又兵衛は、何しろ十五年も名古屋城下に住みついているというのだから、表向きには、いささかも怪しむべきことがないはずである。

その又兵衛が公儀隠密であり、

「扇屋の鍵屋は、名古屋城下に於ける公儀の隠密宿なのだ、雄介」

又七郎は、そういった。

「なるほど……」

うなずいた雄介は、そのとき、顔には出さなかったが、胸の底で苦笑をもらした。

〔隠密宿〕というのは、十年、十五年はおろか、場合によっては三十年も五十年も引きつづいて、目的の場所に設けられてある。

幕府は、尾張藩のみならず、他の諸大名の領国へ、たとえば鍵屋又兵衛方のような隠密宿を、いくつも設けてあるにちがいなかった。

隠密宿の主人は、ときによって二代、三代にわたり、その土地の、その町の住人になりきって生活をしている。

そこへ、江戸幕府の隠密が来たり、去ったりする。つまり、幕府の隠密宿は、その隠密活動の基地となるわけであった。

又七郎から、それときいたとき、雄介が肚《はら》の内で苦笑したのは、

（いつか、高瀬俵太郎からきいたことがある盗賊どもの盗人宿《ぬすびと》とかいうものと、同じようなものではないか……）

と、おもったからである。

さて……。

鈴木又七郎は関口雄介を連れて、今夜、その〔鍵屋又兵衛〕方を、ひそかに襲撃しようとしているのだ。

「女子供は逃がしてよいが、男たちは、一人残らず、斬《き》って捨ててくれい。よいか、雄介」

と、又七郎はいった。

「その後で、することがあるのじゃ」

ともいった。

その夜。

鈴木又七郎と関口雄介が、屋敷を出たのは四ツ（午後十時）をまわっていたろう。

二人は、ひそかに裏の潜《くぐ》り門から外へ出た。

又七郎も雄介も、黒っぽい木綿の着物を身につけ、袴《はかま》はつけず、裾《すそ》を高々と端折《はしょ》り、その下には灰色の股引《ももひき》をはき、紺足袋に草鞋《わらじ》ばきという姿であった。

顔は、木綿の頭巾《ずきん》に包まれている。

屋敷を出るとき、二人は差しぞえの小刀《しょうとう》のみで、大刀一振を布に包み、小脇《こわき》に抱えこんでいたのである。

月も星もない暗夜だ。

今夜は、いちだんと寒い。

「雄介。手はずのとおりじゃ。よいな？」

二人は、武家屋敷の間の細い道を西へすすむ。

すると、せまい堀川へ出る。

この堀川は、名古屋城の北方をながれる勝川から水を引きこんだものであって、城下町の西方をまっすぐに南へながれていた。

その堀川の岸へ出ると、そこに屈《かが》みこんでいた男が一人、ぬっと立ちあがって、鈴木又七郎へ無言で頭を下げる。

又七郎は、うなずいた。

又七郎・雄介と同じような姿をしているその男が先へ立ち、堀川へ浮んでいる小舟へ案内をした。

又七郎と雄介が、小舟へ乗り移った。

男がうなずき、竿《さお》をつかんで、小舟を川面《かわも》へすべり出させた。

十一

江戸の火付盗賊改方の同心・高瀬俵太郎は、松屋吉兵衛方の裏手を見張っていた。

巾《はば》一間半ほどの道をへだてた竜乗寺の墓地へ、もぐりこんでいたのである。

松屋の表口は、盗賊改方の密偵・岩吉と、名古屋城下の伝馬《てんま》町に住む目明し・万七が見張っているはずだ。

万七は、松屋の近くの知り合いの店へでも入りこみ、岩吉と交替で外へ出て、表口を見張っているにちがいない。

笠《かさ》をかぶり雨合羽をつけた高瀬同心は、墓地の土塀《どべい》が崩れ破れた箇処を見つけ、ここに屈《かが》みこんでいる。

土塀の穴から、松屋の裏通りが見わたせた。

高瀬と共に裏手を見張っていたのは町奉行所の同心・小沢勝蔵である。

中年の、こうした役目に狎《な》れきっている小沢は、

(この雨の中を、わけもわからぬ見張りなぞをして、いったい何になるのだ)

という気持を、露骨にしていた。

奉行所の上司からは、

「江戸の盗賊改方が来ていて、何やら盗賊どもの足どりをつかもうとしている」

だから、協力をするように、と指示をうけているのみであった。

それも、小沢にとっては、

「なんだ、おもしろくもない……」

ことになる。

「御城下には、おれたちの眼が光っているのだ。江戸の奴《やつ》どもに何がわかる」

それでなくとも、尾張《おわり》藩の人びとは、小沢のような警吏にいたるまで、江戸幕府に反感を抱いているのだから、はじめから熱心に協力をする気持などは、いささかもなかった。

高瀬は、

(これでは、どうにもならぬ……)

そのおもいを、どうすることもできない。

高瀬も、いや山田藤兵衛にしても、尾張藩の町奉行所が、いますこし親切に、熱意をもって、協力をしてくれるものと考えていたのだ。

雨が熄《や》んで夜ふけになってからも、小沢勝蔵は、竜乗寺の寺男が住んでいる小屋へ入ったきり、姿も見せぬ。

おそらく、其処《そこ》で冷酒《ひやざけ》でものみながら、

「御用のすじだ」

と、寺男へいい、ふて寝でもしているのであろう。

一刻《いっとき》（二時間）交替の取りきめをしてあるのに、小沢は出ても来ない。

しかし、高瀬俵太郎にしても、江戸にいて、同僚へ対するときのように、

「交替だぞ。何をしているのだ」

と、よび出しに行くことが、はばかられた。

気がねをせざるを得なかった。

高瀬も、江戸と尾張の関係については、役目柄、よくわきまえていたし、

「くれぐれも、町奉行所の人びとと、争いを起すようなことがあってはならぬぞ」

と、与力・山田藤兵衛からも念を押されていた。

（だが……これではだめだ。いますこし、江戸から人数をよび寄せぬと、どうにもならぬ……）

高瀬は、闇《やみ》の底に身を沈めていながら、絶望を感じはじめてきた。

（そのように、明日は山田様へ申しあげてみよう。それができぬというなら、おもいきって……そうだ、おもいきって、あの饂飩《うどん》屋の河辰《かわたつ》へ押しこみ、怪しい奴どもを引

っ捕えてしまい、われわれが河辰へ張りこんでいて、向うからあらわれて来るのを待ったほうがよいのではないか?……それならば、われわれだけでもやれぬことはない。そうだ、山田様へ申しあげて見よう)

高瀬が、そのように思案をめぐらしているとき、小間物屋の二階から〔河辰〕を見張っている山田藤兵衛も、

(いっそ、河辰へ的をしぼったら……)

と、おもいはじめていた。

藤兵衛は同心・津山庄七をしたがえ、尾張藩の同心、目明しと共にいる。

ここにつめている同心も目明しも、まったく、

「やる気がない」

ように、藤兵衛には見えた。

二階の見張所の隅にいて、同心と目明しが、何やら小声でささやき合っては、まるで、

「ばかにしたような眼つきで……」

藤兵衛と津山同心をながめているのだ。

(そうだ。いずれにせよ、松屋吉兵衛方には、引き込みが一人か二人、入っているにすぎまい。雲霧か暁一味が押し込むにしても、それは、まだ先のことと見てよい。さ

しせまってはいないようにおもえる。と、すれば、河辰ひとつに的をしぼったほうがよい。このように、町奉行所がたよりにならぬのでは仕方もないことだ）
山田藤兵衛のこころが、決りかけてきた。

十二

高瀬俵太郎は、疲れきっていた。

夕飯に、にぎり飯を食べていたけれども、このところ連日の見張りで、ろくな眠りもとってはいない。

それに今日は終日、雨に打たれての見張りをつづけていたのだから、いかに、剣術の修行で鍛えられた高瀬同心の躰《からだ》も、

「たまったものではない」

のである。

（これでは、いかぬ……）

おもいながらも、眠気が襲いかかってくる。

（ああ、いかぬ。小沢勝蔵殿に替ってもらったほうがよい。一刻《いっとき》か、せめて半刻、ねむりたい……）

雨は熄《や》んだが、寒気《かんき》がきびしい。

（いつの間にか、もう、冬になっていたか……）

懸命に、目をみはろうとして、

（ああ……すこし……ほんのすこしの間でよい……）

ついに、高瀬は眠りの誘惑に抗しきれなくなった。

土塀の破れ口の内側に、高瀬は筵《むしろ》を重ねて、すわりこんでいたが、がっくりと身を伏せ、眠りはじめていたのである。

どれほど、高瀬は眠ったろうか……。

むろん、深いねむりではなかった。

見張りの緊張が、ねむりの底に残っていた。

（あ……おれは、ねむっていたようだ）

はっと目ざめて、

（これではいかぬ。やはり、小沢殿に替ってもらおう）

と、高瀬同心は片ひざを立てた。

朦朧《もうろう》としていた高瀬俵太郎の意識が、よみがえろうとした、その瞬間であった。

「う……」

いきなり、高瀬は後頭部へ強い衝撃をうけ、たちまちに意識をうしなってしまったのである。

高瀬を棍棒《こんぼう》で撲《なぐ》りつけ、気絶せしめた黒い影が一つ。

と……。

向うの墓石の間から、二つの黒い影があらわれた。

合わせて三つの黒い影が、気をうしなった高瀬俵太郎の口へ〔猿ぐつわ〕を嚙《か》ませ、両手両足を合わせて縛りつけたかとおもうと、これを担ぎ上げた。

その動作は、まことにす早い。

墓地の北側の隅に、樟《くすのき》の大木がある。

三人の曲者《くせもの》は、高瀬同心を其処《そこ》へ運んで来た。

すると、どうだろう……。

樟の樹《き》の根元のあたりの地面から、人間の首が二つ浮き出しているではないか。

これは、竜乗寺の寺男と、町奉行所の同心・小沢勝蔵であった。

二人とも、猿ぐつわを嚙ませられた顔を土の上へ出し、気をうしなっている。

二人の躰は土中に埋めこまれているのである。

別に、穴が一つ、掘られてあった。

三人の曲者は、高瀬俵太郎の躰を穴の中へ入れ、土をかぶせ、寺男と小沢と同じようにしてしまった。

こうしておけば、三人とも絶対に、身うごきができぬ。

また、死ぬこともないであろう。

三人の男は、うなずき合うと、またたく間に墓地の闇《やみ》へ消え去ってしまった。

そのころ……。

鈴木又七郎と関口雄介は、小舟からあがって、城下町へ入っていた。

小舟をあやつっていた男は一緒にいない。

男は、堀川の小舟の中に待機しているらしい。

又七郎と雄介は、提灯《ちょうちん》も持たずに伝馬《てんま》町筋を東へ行き、札の辻《つじ》の四ツ角を北へ曲った。

すぐに、下七間町の多宝院・門前の近くへ出る。

だから、山田藤兵衛が小間物屋の二階で、あれこれと思案をしているとき、又七郎と雄介が、すぐ近くの道を通りぬけて行ったことになる。

尚《なお》も北へすすむと、上本町の通りへ出る。

「こちらだ、雄介」

と、又七郎がささやき、路地へ折れ曲った。

四尺ほどの路地であった。

すでに、二人は上本町へ入っている。

小路をぬけると、松屋吉兵衛方の裏手に通じている道へ出た。

ていたのである。

このとき、すでに竜乗寺の墓地での異変が起り、高瀬たち三人は土中へ埋めこまれ

「ここだ」

又七郎が、またも、路地へ入った。

そこは、松屋吉兵衛方より四、五軒ほど南手前の地点であった。

松屋の三軒手前が、扇子屋の〔鍵屋《かぎや》又兵衛〕方だ。

その一軒か二軒手前の路地を、二人は曲ったことになる。

左手は塀に囲まれた百坪ほどの空地で、その東どなりが〔鍵屋〕の裏手になる。

又七郎は、路地の突き当りの家の裏手へ来て、立ちどまった。

十三

鈴木又七郎は、その家の裏口の戸を二つ叩《たた》き、間を置いて三つ、拳《こぶし》で叩いてから、

「雄介……」

「はい?」

「ここは、蒔絵師《まきえし》・帷子屋《かたびらや》直四郎の家だ」

「蒔絵師……」

「さよう」

そのとき、裏の戸が内側から、音もなく開いた。

小肥《こぶと》りの中年の男が、

「お待ちしておりました」

又七郎にそういい、雄介へも目礼を送ってよこした。

この男が、

(蒔絵師の直四郎なのか……)

と、雄介は、

(すると、直四郎は従兄上《あにうえ》の息のかかった男ということになる……)

そうおもった。

このあたりが、目ざす〔鍵屋《かぎや》又兵衛〕方の近くであることは、関口雄介にも、

(およそ、見当がつく)

ことであった。

中へ入ると、男が戸を閉め、雄介に向って、

「蒔絵師の直四郎でございます」

あいさつをした。

「関口雄介でござる」

「かねがね、鈴木様より、おうわさをうかがっております」

という蒔絵師・直四郎の口調から察するに、鈴木又七郎と直四郎の関係は、非常に親しいもののように感じられた。

「こちらへ……」

闇の中で、直四郎が雄介の手をとってくれた。

おもいのほかに、ひろい土間であった。

土間を突きぬけたところに戸口があり、その板戸を押し開くと、細長い土間があり、突当りが、また戸口になっている。

鈴木又七郎が先に立ち、その戸口を押し開けた。

戸口の向うに、ぽっかりと穴が口を開けていた。

地下蔵の入り口らしい。

梯子《はしご》段が、地下蔵へ下りていた。

「ここはな、雄介。鍵屋又兵衛方の隣家じゃ」

と、又七郎がささやいた。

「さようで」

雄介は、まさか、それほどに鍵屋へ接近しているとは考えていなかった。

ちなみにいうと、この蒔絵師の家の北どなりが鍵屋。それから、さらに北へ三軒目が松屋吉兵衛方というわけだ。

しかし、今夜の鈴木又七郎と関口雄介にとっては、間もなく松屋方で起るであろう異常事態は、まったく無縁のものといってよい。

三人は、地下蔵へ下りた。

かなり、ひろい。

四坪ほどの地下蔵に、五人の男がすわっていた。

いずれも、又七郎・雄介と同じような風体をしてい、木綿の頭巾《ずきん》をかぶっている。

五人の男は、鈴木又七郎へ丁重な礼を送ってよこした。

「うむ」

うなずいた又七郎が、

「今夜のことは、町奉行所も知らぬことだ」

と、いった。

五人が、うなずく。

「鍵屋又兵衛方の男たちは、いずれも斬《き》って捨ててよい。なまじ、捕えたところで、決して泥を吐かぬ奴《やつ》どもじゃ。斬って捨てた後で、われらがすることは、いうまでもなく、鍵屋内の探索だ。たとえ紙きれ一枚といえども、しかと見きわめよ。それもすばやくおこなわねばならぬ。よいか、よいな」

五人が、うなずく。

「できるかぎり、物音をたてずに殺せ。女子供が、もしいたら、当身でもくわせておけばよい。だが、外へ逃がしてはならぬぞ」

五人は、うなずいた。

「では、そろそろ、まいろうか……」

と、又七郎がいうのへ、蒔絵師の直四郎は、

「いますこし、お待ちなされたほうが……」

「さようか、よし」

又七郎は、すこしもさからわぬ。

直四郎は、この家で、若い弟子一人と共に暮している。

妻も子もない四十男であって、すぐる日には、松屋吉兵衛とお千代の祝言《しゅうげん》の宴にも招かれている。

その折、松屋吉兵衛が、

「蒔絵師どのにも、よい女房がほしいものじゃ。よしよし、わしにまかせておいて下され。きっと、よい女ごを見つけて進ぜましょう」

などと、直四郎に上きげんでいったものであった。

鍵屋又兵衛夫婦も、松屋の祝言には招かれていたはずだ。

どれほどの時間がすぎたろう。

いったん、地下蔵を出て行った直四郎がもどって来た。

「そろそろ、よろしゅうございましょう」

直四郎が、そういって、地下蔵の壁の一部へ手をかけた。

壁の一部が割れて、四尺四方ほどの穴になった。

「さ、行くぞ、雄介」

声をかけて鈴木又七郎が、その穴の中へ這《は》い込んで行った。

十四

そのころ、松屋吉兵衛方では……。

七化けお千代が、寝もやらず、夜具の中で時が来るのを待っていた。

松屋吉兵衛の鼾声《かんせい》が、絶えたかとおもうと高まり、また、絶える。

とにかく吉兵衛は、熟睡している。

(これなら、うまく行きそうだ……)

と、お千代は、しだいに自信を持ちはじめてきた。

松屋の金蔵の出入口は、二カ所ある。

一は、表の店構えの棟から、二人の番頭がねむっている部屋を抜けた小廊下を折れ曲った突当りにあって、ここには錠前つきの網戸を設け、さらに、その奥の土蔵造りの重い扉《とびら》を開けねばならぬ。

こちらから人知れず侵入することは、不可能に近い。

番頭たちの部屋が、番所の役目を果しているし、まわりは多勢の奉公人たちの寝部屋になっている。

ところで、いま一つの出入口は、松屋吉兵衛の寝所から通じている。

吉兵衛が、

「お前さまも、わしの女房になったからは、金蔵の場所も知っておいてもらいたい」

と、いい、案内をしてくれたのが、この通路からの金蔵の出入口であった。

だが、錠前を開ける鍵《かぎ》を、吉兵衛が何処《どこ》に置いてあるかは、お千代も、まだつきとめていない。

母屋《おもや》にふくみこまれている金蔵は土蔵造りで、たとえ、母屋が火災で焼け落ちても、

「ほれ。このように、金蔵だけは、灰にならぬように出来ているのじゃ」

と、吉兵衛が自慢して、お千代に洩《も》らしたことがある。

ここも、廊下の突当りが網戸になってい、錠前がついている。

だから、先《ま》ず、この錠前の蠟《ろう》型を取らねばならぬ。

そうして、この蠟型によって〔鍵〕をこしらえ、もう一度、雲霧一味のだれかが、松屋方へ侵入しなくてはならぬ。

今度は、網戸の錠前を鍵で開けて入り、その奥の金蔵の錠前の蠟型を取り、脱出する。

そして金蔵の鍵が出来たところで、いよいよ、

「押し込み」

と、なるわけであった。

蠟型から鍵をつくる腕のよい職人については、雲霧仁左衛門のことだから、すでに手配を終えているにちがいない。

この前に、茶店・藤屋の屋根裏の部屋で、お千代が仁左衛門に抱かれたとき、

「三日も、あればよい」

と、仁左衛門はいった。

二度目の蠟型を取りに来るのも、

(おそらく、木鼠《きねずみ》の小頭だろう)

と、お千代は見きわめをつけている。

(それにしても……)

急に、心配になってきた。

(山猫の三次は、どうなったのだろう?)

このことである。

何事も、

(お頭の指図どおりにしたのだけれども……それにしても、三次が、いつまでも帰って来ないとなれば、松屋の者たちも怪しまずにはいまい)

お千代は、そうおもった。

そのことも、雲霧仁左衛門は、じゅうぶんにわきまえているはずだが、何の指示もあたえてよこさぬ。

治平も、多度の盗人《ぬすびと》宿で仁左衛門へ、山猫三次のことについては、よくよく念を入れておいた。

「ですから大丈夫でござえますよ。お頭のなさることだ、間ちげえは金輪際、ござんせんよ」

と、治平はお千代にいい、落ちついている。

(それはそうだが……)

しかし、気にかかる。

(今度のお盗《つと》めは、いつものと大分にちがう……)

からであった。

仁左衛門とお千代の間で、いざ蠟型を取るということになれば、もっと綿密な連絡と打ち合せが為《な》されていたのが常であった。

ことに、押し込みは、年が押しつまってからと決っている。その日までには、もう一カ月足らずしか日数がない。

このように、仁左衛門が盗みを急ぐこともめずらしい。

その理由は、お千代にも、のみこめなくはないけれども、

(それならそれで……)

いますこし、くわしい打ち合せをしてほしかった。

そのことが、お千代を不安にさせているのだ。

三次のことがわかって、吉兵衛に尋《き》かれたら、

「辛抱ができなくなって、私にもいえず、そっと逃げ出し、また、故郷《くに》へでも帰ったのでございましょう。ほんに、仕方ない男でござります」

とでも、こたえておくよりほかに仕方はない。

(もう、そろそろ……ではないか?)

お千代は、紫色の絹頭巾《ずきん》をかぶった頭を擡《もた》げ、となりの臥床《ふしど》の吉兵衛の寝顔をうかがった。

吉兵衛は、依然、深いねむりに落ちている。

そのとき、戸外では……。

治平が奥庭へ忍び出ていた。

山猫の三次が起居していた土蔵の前の植込みに、治平は屈《かが》みこんで、時を待っていたのである。

十五

高瀬俵太郎は、竜乗寺・墓地の樟《くすのき》の根元で、息を吹き返した。

(あ……あぁっ……こ、これは、どうしたことだ……?)

わからない。

躰《からだ》全体が土の中に埋めこまれていて、身うごきもならぬ。

それに、口へ嚙《か》まされた〔猿ぐつわ〕は、革製の本格的なものであって、うめき声すら、外へは洩《も》れぬようになっている。

(う、うぬ……)

歯がみをした。

(いったい、だれが、このような……?)

わからない。

盗賊改方の自分が、このように襲われたということは、

(暁星右衛門か、または雲霧仁左衛門一味に、われわれの行動が嗅《か》ぎつけられたのではないか……)

見張っていた自分たちが、反対に、彼らから、

(見張られていたのではないか……?)

と、高瀬はおもった。

(こ、これは一大事だ……)

さすがの高瀬も狼狽《ろうばい》せざるを得ない。

もがいて、もがいて、身をもがきぬいているつもりなのだが、土中の躰は一寸《いっすん》もうごかぬ。

辛うじて、くびのまわりだけがうごくようになった。

高瀬は、右側を見やって、

(あっ……)

驚愕《きょうがく》した。

(小沢殿までが……?)

町奉行所の同心・小沢勝蔵も、高瀬同様、土中に埋めこまれているではないか……。

さらに、小沢の向うにも、もう一つの男のくびが土中から突き出ているのを、闇《やみ》に馴《な》れた高瀬の眼がとらえた。

(これは、容易ならぬことだ)

小沢の向うの男は、おそらく竜乗寺の寺男にちがいない。

二人とも、ぐったりと顔が傾いていた。

(殺されたのか……?)

いや、それならば、

(おれも殺されているはず……)

である。

しかし、いつまでこうしていては、

(ほんとうに死んでしまうかも知れない)

と、高瀬はおもった。

躰は、氷のように冷え切った土に埋めこまれ、圧迫されつくしている。

高瀬自身、必死にもがいているつもりでも、それは意識だけのことにすぎず、全身がほとんど知覚をうしなっていて、ちからも出ていないにちがいない。

(いかぬ。もう、これでは……)

高瀬俵太郎は絶望せざるを得なかった。

雨は熄《や》んだが、寒気は尚《なお》もきびしさを増してきている。

(おれとしたことが、なんという失態を……これで、江戸の盗賊改方といえようか……)

くやしくて、なさけなくて、知らず高瀬の両眼から熱いものがふきこぼれ、頰をぬらした。

竜乗寺の墓地は、それこそ、死のような静寂に包まれている。

そのころ、万松寺の見張り所から、茶店の藤屋を見張っていた目明し政蔵へ、

「おい、替ろう」

むっくりと寝床から起きあがった盗賊改方・同心の井口源助が、声をかけた。

町奉行所からの応援二名は、ぐっすりとねむりこんでいる。この二人も、

「やる気がない……」

ようであった。

「いえ、旦那《だんな》。もうすこし、おやすみなすって……」

「同じことだ。さ、替ろう」

「さようでございますか。それでは……」

「ときに……」

「豊治郎……?」

「そうだ。帰って来ない」

「こいつは、きっと、名古屋の御城下の外へ出たにちがいございません」

「大丈夫だろうか?」

「へえ。豊治郎にかぎって、間違いはないと存じます。ねえ、旦那……」

「うむ？」

「いままで豊治郎が帰って来ないところを見ると、あの男は、きっと、大きな星をつかんだに相違ございませんよ」

「そうか、そうおもうか……」

「はい」

「それにしても、見ろ。あのざまを……」

と、井口は、ねむりこけている町奉行所の同心と目明しを顎《あご》でしゃくって見せ、舌打ちをもらし、

「これでは、どうにも人数《にんず》が足らぬ」

「かといって、どうやら、江戸から人数をよび寄せる間もなくなったようで……」

「そのことよ」

「旦那。私は、これから、ちょいと松屋の方を見に行ってまいりたいと存じますが……」

「なぜだ？」

「あそこは人数もすくない上に、見張り所もございません」

と、政蔵が、ねむりこけている二人を見やって、

「あのざまでございますから、高瀬の旦那も、一人で何かと大変じゃあねえかと

……」

「む……それは、な。しかし政蔵。お前、大丈夫か？」

「なあに、わけもねえことで」

「それでは高瀬さんに、酒でも、持って行ってあげろ」

「承知いたしました」

政蔵は、すぐさま、身仕度にかかった。

さて、松屋吉兵衛方では……。

土蔵前の植込みにうずくまっていた治平が、

塀外に近寄って来る人の気配を感じ、半身を起した。

（あ、小頭だ……）

小頭の木鼠吉五郎は、いま、治平が走り寄った塀外から潜入してくるはずであった。

そのことは、くわしく打ち合せをしてあり、おそらく吉五郎は、すでに松屋の裏道を通り、潜入の場所をたしかめているはずだ。

と……。

低い口笛が、塀外からきこえた。

まぎれもなく、それは、木鼠《きねずみ》の吉五郎のものであった。

治平は、用意の綱を塀外へ投げた。

十六

松屋吉兵衛方の裏手の塀は、町家のものともおもわれぬ腰石積《こしいし》みの練塀《ねり》であって、これ一つをとって見ても、名古屋城下に於《お》ける吉兵衛の威勢がわかろうというものだ。

治平は、塀外へ投げた綱の手もとに結びつけてある鉤《かぎ》を、練塀の冠瓦《かんぶりがわら》の下の溝《みぞ》へ引きかけた。

塀外で、綱が張った気配がしたかとおもうと、怪鳥《けちょう》のごとく、雲霧一味の小頭・木《き》鼠《ねずみ》の吉五郎が、綱を手ぐって塀を乗り越え、奥庭へ舞い下りた。

「小頭……」

「爺《とっ》つぁんか」

「さ、こちらへ」

治平は、先《ま》ず吉五郎を、山猫の三次が起居していた土蔵へ隠して置き、お千代が吉兵衛とねむっている寝間の外側から合図をし、お千代の、

「入ってもよい」

という返事の合図をうけてから、土蔵へ引き返し、吉五郎を寝間へ引きこむつもりであったし、また、お千代との打ち合せも、そうなっていたのである。

「爺つぁん。どこへ行く？」

「ひと先ず、三次が寝起きしていた土蔵に入っていておくんなさいまし」

「うむ……」

うなずいた吉五郎は築山《つきやま》の木蔭《こかげ》に身を屈め、凝《じっ》と、あたりの気配をうかがう。

それへ寄りそった治平が、

「小頭。大丈夫でござえますよ」

「そうらしいな」

「さ、早く……」

「よし」

うなずいた吉五郎が、またも、低い口笛を吹いた。

治平は、練塀へ掛けたままになっている鉤縄を内側へもどそうとして、この口笛をきき、

(おや……？)

不審そうに、吉五郎を見やった。

不審というなら、そもそも木鼠の吉五郎ともあろう者が、首尾よく塀を越えて奥庭へ潜入したとき、鉤縄を外へたらしたままにしておいたのも、それであった。

「こ、小頭……」

いいかけた治平の腕を吉五郎がつかみ、

「叱《し》っ……」

と、制した、その瞬間である。

またしても、別の黒い影が鉤縄を手ぐって奥庭へ躍りこんで来たではないか。

治平は、瞠目《どうもく》した。

(小頭一人じゃあねえのか……?)

おどろいているうちにも、二つ、三つ、四つ……と、つぎつぎに、それも信じられぬほどのすばやさで、黒い盗み装束の男たちが、庭へ飛び下りて来た。

合わせて、十二名であった。

最後の一人が、呆然《ぼうぜん》としている治平の前へすすみ出て、

「治平。御苦労」

声をかけてよこした。

(あっ……)

驚愕《きようがく》の叫びを、治平は辛うじて喉《のど》へ呑みこんだ。

「お、お頭……」

まさに、雲霧仁左衛門なのである。

黒木綿の筒袖《つつそで》の裾《すそ》を端折《はしよ》って、これも黒の股引《ももひき》・足袋という雲霧一味の盗み装束で

あった。しかも、筒袖の着物の背中には、灰色の雲の意匠《いしょう》が染めぬいてあるという凝ったものだ。いずれも腰には、黒鞘《くろざや》の脇差《わきざし》を差しこんでいる。

盗み頭巾《ずきん》のみは黒羽二重で、かぶるのも除《と》るのも一瞬の動作でしてのけられる。

仁左衛門も同じ盗み装束で、

「おどろいたか、治平……」

「は、はい……」

「さ、急げ」

「こ、今夜が、あの……」

「押し込みは、今夜じゃ」

「さ、さようで……」

治平は、おどろきつつも、とにかく、仁左衛門以下十三名の雲霧一味を、土蔵の中へみちびいた。

足音も、気配もなく、盗賊たちは、夜の闇《やみ》をながれる微風のごとくうごく。さすがであった。

その中には、三坪《みつぼ》の伝次郎も州走《すばし》りの熊五郎もいる。

三人の手下が細長い木箱を土蔵の中へ担《かつ》ぎ込み、蓋《ふた》を開けると、中には、細引き縄・蠟燭《ろうそく》・龕燈《がんどう》など、それから治平が見ても、

（何が何だか、わからぬような……）

小道具が、いっぱい詰めこまれていた。

「爺つぁん。こっちはかまわねえから、早く、お千代と連絡《つなぎ》をとってくれ」

と、木鼠の吉五郎がいった。

「お千代さんは、このことを……あの、知りませぬが……」

治平は、むしろ訴えるように仁左衛門を見た。

（いきなり、こんなことをなすったのでは、手違いが起るのじゃああるまいか……お頭にも似合わねえことをしなさる……）

おどろきが、不安に変りつつある治平であった。

「知らずともよいのじゃ」

頭巾の中の、雲霧仁左衛門の切長の両眼は、あくまでも柔和な光をたたえてい、

「お前は、お千代と打ち合せたごとくに、万事をはかろうてくれればよいのだ」

そういうのである。

「は、はい……」

治平は、土蔵を出た。

十七

同じころ……。

蒔絵師《まきえし》・直四郎の地下蔵の通路を、鈴木又七郎と関口雄介、それに五人の男が這《は》うようにしてすすんでいた。

(ははあ……)

雄介も、ようやくにいま、

(なるほど……)

と、わかってきたようにおもえる。

七人が目ざしている扇子屋〔鍵屋《かぎや》又兵衛〕こと幕府の隠密《おんみつ》・井上助右衛門の居宅の地下へ、この四尺四方の通路が、

(のびているにちがいない)

ことが、わかってきた。

果して……。

しばらく這いすすむうち、穴の通路が、しだいに勾配《こうばい》となり、上へのぼりはじめた。

そして、通路が行きどまりになったのである。

「ここじゃ」

と、鈴木又七郎が雄介にささやいた。

「ここ……」

「うむ。ここが、鍵屋又兵衛方の〔店の間〕の床下になっている」

「ははあ……」

又七郎が、うしろにいる五人に、

「みなみな、出るぞ」

と、いった。

五人が、うなずく。

又七郎は、穴の上部へ、手に持った鉄製の小さな棒のようなものをさしこみ、しずかに、ねじりまわすようにした。

わずかに、鈍い音がした。

「よし」

うなずいた又七郎が、穴の上部を、ゆっくりと押しあげ、さらに、横へ引くようにした。

と……。

穴が、口を開けた。

蓋《ふた》だったのである。

ひらかれた蓋の向うに漆黒の闇《やみ》が、重く、たれこめていた。

「行くぞ」

ささやいた鈴木又七郎が、穴の口へ両手を掛け、躰《からだ》を引き上げるようにして出て行った。

又七郎の躰を、闇が呑《の》んだ。

つづいて、関口雄介が穴の外へ出る。

さらに、五人の男が……。

蒔絵師・直四郎は、行を共にしていなかった。

穴の蓋を閉めて、七人の男は床下の闇へ横たわり、しばらくは息をこらし、床の上の、鍵屋方の屋内の気配に耳をすましている。

今夜、この幕府隠密の隠れ家を又七郎ら〔御側《おそば》足軽組〕が襲おうとしている、その目的は何か、というと……。

つまり、鍵屋の、

〔家宅捜索〕

と、いうべきものである。

幕府隠密を、たとえ捕えて、これを、どのように凄《すさ》まじい拷問《ごうもん》にかけようとも、彼らは決して、その隠密組織の実体を、一端なりとも自白することはない。

それは、これまでに尾張《おわり》藩が捕えた数人の幕府隠密を責めたて、手段をつくして自白をせまり、失敗に終ったときの例をおもい返せば、

「むだじゃ」

ということが、はっきりとわかる。

これまでの例では、捕えた隠密たちの隠れ家を突きとめることさえ、できなかった。

彼らは、いずれも責め殺されるまで、決して口を割らなかったものである。

今度、名古屋城下の一流商舗が軒をつらねる上本町の鍵屋が、幕府の隠密宿だということを突きとめ得たのは、ひとえに、蒔絵師・直四郎の内偵によるものらしい。

関口雄介は、その内偵の実情を、まだ、くわしくきかされていないが、

「直四郎はのう、祖父の代からの、尾張・徳川家の隠密じゃ」

と、鈴木又七郎が洩《も》らしたことをおぼえている。

むろん、身分は尾張藩士である。

それが、祖父の代から蒔絵師として、どこへ行っても通用するだけの技芸を身につけ、蒔絵師になりきって、隠密の役目をつとめているわけだ。

現直四郎の亡父は、江戸へ住みつき、二十年も暮していたそうな。

いうまでもなく、江戸幕府のうごきを、江戸という大都市の生態からつかみとろうとしたばかりではなく、おそらく直四郎の父は、しかるべき大名屋敷や旗本屋敷へ出

入りをゆるされていたにちがいない。つまり、それほどにすぐれた蒔絵師でもあったわけだ。

ところが、現直四郎の代になって、ひそかに尾張へ呼び返され、一介の蒔絵師として名古屋城下へ住みつくことになった。

これは取りも直さず、その任務が、

「相手方を探る」

ことよりも、

「こちらを探りに来た者を発見する……」

ことに変ったわけである。

その成果が、いま一つ、実ったことになる。

〔鍵屋《かぎや》又兵衛〕のように、長年月にわたって名古屋城下に住みつき、隠密宿の役目を果しているとすれば、むろん、秘密の書類を内蔵しているにちがいない。

ゆえに今度は、

(捕えるよりも斬《き》って捨て、鍵屋方を、くまなく捜索することに主眼が置かれた……)

と、関口雄介は看《み》ているのだ。

その他に、今夜の襲撃は、いろいろな意味をもっているらしいが、くわしいことは現在の雄介の知るべくもないことであった。

ともあれ、鍵屋又兵衛方のだれにも知られず、隣家の地下蔵から、これだけの穴の通路を掘りぬいたということは、蒔絵師・直四郎ひとりの仕事ではないといってよい。

直四郎の家には、若い内弟子が一人いる。

だが、夜な夜な、鈴木又七郎配下の男たちが直四郎の家へ通いつめ、この通路を掘りすすめたのであろう。

のちに、雄介は従兄《いとこ》の又七郎から、

「あの穴を掘り終るまで、三月《みつき》かかった」

と、きいた。

十八

又七郎・雄介たちが、鍵屋又兵衛方の床下へ浮び出たときと、仁左衛門以下雲霧一味の盗賊たちが松屋吉兵衛方へ潜入し、奥庭の土蔵へ隠れたときとは、ほとんど同じ時刻であった。

そして、このとき……。

万松寺の見張り所を出た目明し・政蔵は、高瀬俵太郎のために用意した酒を竹製の水筒へ入れ、上本町へ向いつつある。

(それにしても……豊治郎が帰って来ねえというのは、何か、急なことが起ったにちがいない。あの男にかぎって仕損じはねえとおもうが……)

おもうが、しかし、不安になってきた。

(このことを、山田藤兵衛様に、申しあげておいたほうが、いいかも知れねえ)

と、政蔵は、夜ふけの道を提灯《ちょうちん》も無しにたどりつつ、

(そうだ。そうしよう)

こころを決めた。

豊治郎が帰らぬことを、与力・山田藤兵衛へ語り、山田から何かいってもらえば、自分の胸の内も落ちつくにちがいない。

山田藤兵衛が見張り所にしている多宝院・門前の小間物屋・井筒屋へ、政蔵が立ち寄ることは、まわり道でもなんでもない。

上本町の松屋は、さらに、道を北へすすむわけだから、道順に立ち寄ればすむことなのだ。

もしも今夜、山田与力が松屋吉兵衛方の見張りについていて、高瀬同心が井筒屋の二階から饂飩屋《うどんや》〔河辰《かわたつ》〕を見張っていたとしたら、目明し政蔵は、山田藤兵衛よりも先に、高瀬俵太郎へ密偵・豊治郎のことを告げていたろう。

いずれにせよ、政蔵は、井筒屋へ立ち寄ったことになる。

もしも、このとき政蔵が、まっすぐに松屋方の裏道へ直行したら、どうなっていたろう。

それは、はかり知れぬことだが、この夜の事態は、いますこし、様子が変っていたかとおもわれる。

井筒屋の二階では、山田藤兵衛と同心・津山庄七が、見張りについていた。

尾張《おわり》藩・町奉行所からの応援二名は、この見張り所でも、

「やる気がない……」

と見え、ぐっすりとねむりこんでいる。

それを見て、うんざりとした顔つきになった政蔵を見て、津山同心が苦笑をうかべたが、ふと、政蔵が腰に提げている竹の水筒に目をとめ、

「なんだ、それは……」

指差したものである。

「あ……」

と、いったが、政蔵は、

「酒でございます」

正直にいった。

すると言下に、津山庄七が、

「それは、ありがたい。あまりに冷えこむので、気をきかせて持って来てくれたか。いや、すまぬ。ありがとう」

手をさし出したものだから、政蔵も、まさかに、

「いえ、これは高瀬の旦那《だんな》に持って行くのでございます」

とも、いい出しにくくなってしまった。

「はい」

仕方がないところをきめ、政蔵は、酒の水筒を津山へ手わたした。

「お前は、休まぬでよいのか？」

と、山田藤兵衛。

「いえ、それが山田様……」

政蔵は、豊治郎のことを語った。

「ふうむ。そうか……」

密偵の豊治郎が、松屋方から出て来た怪しい男（山猫三次）を尾行して行ったことは、すでに報告をうけていた藤兵衛であるが、今日の昼すぎからのあわただしさと緊張のうちに、つい、豊治郎のことが今まで念頭に浮ばなかったのである。

それも、

（豊治郎には政蔵がついている）

という安心感が、あったからだろう。

「それは政蔵。容易ならぬことじゃ」

きき終えたとき、藤兵衛の眼の色が変っていた。

「と、おっしゃいますのは？」

「いや。何がどうしたとは、わしにもしかとわからぬが……どうも、おかしい」

藤兵衛が、腕をこまぬいた。

津山同心と政蔵は、顔を見合せ、息をのんだ。

藤兵衛が眼を据えて、何やら一心に考えをまとめようとしている顔つきは、

（尋常なものでなかった……）

からである。

「これは、わしの勘ばたらきにすぎぬかも知れぬが……どうも……どうも、豊治郎は……」

ややあって、そうつぶやいた山田藤兵衛へ、政蔵が、

「豊治郎が、どうだとおっしゃるんでございます？」

「殺害されたような気がする」

「な、なんでございますって……」

「それもこれも人の手が足らぬからじゃ。もはや、手のつくしようがない。豊治郎が

帰って来てくれることを、祈るばかりだ」

理屈ではなく、このときの藤兵衛の脳裡《のうり》には、豊治郎危難の直感がひらめいたのであろう。

「そうじゃ。政蔵、これから松屋方の見張りについている者に、みな、此処《ここ》へあつまってもらってくれ。それよりも先に、万松寺へもどり、井口源助に来てもらってくれ。急いでたのむ」

と、藤兵衛がいった。

このときの山田藤兵衛は、明け方に〔河辰〕へ打ち込み、中にいる者をすべて、検挙してしまおうと、決意したのであった。

十九

このとき、もしも政蔵が、万松寺へもどるよりも先に松屋吉兵衛方へ駆けつけていたら、また別の意味で、自《おの》ずから情況も変っていたろう。

山田藤兵衛にいいつけられて、目明し・政蔵は井筒屋の裏口から外へ飛び出し、まっしぐらに万松寺の見張り所へ引き返した。

そのころ……。

松屋吉兵衛方では……。

吉兵衛とお千代の寝間の外廊下へ、雲霧仁左衛門以下、治平をふくめての十四名が、しずかにしずかにあらわれた。

仁左衛門が、右手の中指をあげて見せた。

うなずいた二人の手下が、廊下口へ立って見張りにつく。

仁左衛門の左の小指があがる。

すると、州走《すばし》りの熊五郎が廊下の突き当りに立った。

松屋の人びとは、ぐっすりと寝入っている。

治平が、寝間の襖《ふすま》を音もなく開けた。

これは、お千代が寝床へ入る前に、そっと敷居へ油をぬっておいたのである。治平が連絡《つなぎ》にあらわれるときのことを考えてしたことだ。

口を開けた襖の中へ、仁左衛門以下十一名が、

「煙のごとく……」

忍び入った。

そこは、寝間の次の間である。

襖の向うに、松屋吉兵衛とお千代がねむっている。

その襖へ、治平がすり寄って行った。

治平は、しばらく息をこらしていたが、ややあって仁左衛門へうなずいて見せた。

治平の手が、ゆっくりと襖を開けてゆく。

古風なねむり灯台の灯影に、吉兵衛とお千代が枕《まくら》をならべて寝入っているのが見えた。

むろん、ねむってはいなかったお千代は、愕然《がくぜん》とした。

(こ、今夜……押し込みを……)

おもいもかけなかったことではないか。

枕からあたまをあげ、目をみはったお千代へ、雲霧仁左衛門が頭巾《ずきん》をかぶった口もとへ手指を当てて見せた。

(さわがずに、だまっていなさい)

という合図である。

(お、お頭が今夜……)

さすがのお千代が、おどろきのあまり真蒼《まつさお》になった。

(お頭にも似合わぬことを……)

であった。

(こ、こんなことをして、大丈夫なのか……?)

である。

だが、

(お頭のしなさることだ。それだけの理由《わけ》があってのことにちがいない)

と、おもい直した。

仁左衛門の左手があがる。

治平と仁左衛門をのぞいた九名が、寝ている吉兵衛とお千代を取り囲み、すっと屈《かが》みこんだ。

吉兵衛の鼾《いびき》は熄《や》まない。

仁左衛門の右手があがる。

治平が廊下へ出て、見張りの者から、

「大丈夫」

の合図をうけとり、また引き返して来て、仁左衛門へ、うなずいて見せる。

うなずき返した仁左衛門が、両手をわずかにあげる。

転瞬……。

九人の躰《からだ》が、いっせいにうごいた。

ほとんど、瞬《まばた》きをする間だといってよかった。

ぐいと半身を引き起された松屋吉兵衛の口へ革製の〔猿ぐつわ〕が嚙《か》まされ、同時に吉兵衛の両腕がうしろへまわり、三坪《みつぼ》の伝次郎が、

「信じられぬ……」

ほどの手さばきで、吉兵衛の腕と躰を縛りあげてしまった。

吉兵衛の、ねむりからさめた眼の色が、

(ゆ、夢でも見ているのではないか……)

と、いっているかのようだ。

同時に、お千代も吉兵衛同様の姿になっていた。

これも、打ち合せてのことでない。

(な、なにをしようというのだろう……？)

さすがの七化けお千代も、このときは、あわてたらしい。仁左衛門を見やる眼が、怯《おび》えていた。

仁左衛門がお千代を見た。

仁左衛門の眼が笑っている。

それで、ようやく、お千代は安心をした。

雲霧仁左衛門が、松屋吉兵衛の前へすすみ出て、

「あるじどの。金蔵《かねぐら》へ案内《あない》をたのむ」

と、いった。

吉兵衛は、仁左衛門を睨《にら》みつけた。

お千代や治平が手引きをしたものだとは、まだ気づいていない。

治平も盗み装束を着、頭巾で顔を隠している上に、次の間で、廊下の見張りとの連絡をつとめているのだから、たとえ、その姿を吉兵衛が見ても、まさかに治平とはおもわぬであろう。

「あるじどの。案内をいたせ」

吉兵衛は、こたえぬ。

こうなると意外に、吉兵衛は肚《はら》がすわっている。

いささかもふるえてはいないし、胸を張って仁左衛門のみか、他の盗賊たちを、むしろ睥睨《へいげい》しているようにさえ見えた。

「金蔵の鍵《かぎ》をお出しなされ」

と、仁左衛門。

松屋吉兵衛、断固としてかぶりを振った。

「いやか?」

吉兵衛は、うなずくかわりに、尚《なお》も胸を反らせた。

頭巾の中で、雲霧仁左衛門が声もなく笑った。

二十

同じころ。

地下の通路から鍵屋《かぎや》又兵衛方の床下へ出た七人も、闇《やみ》の中で機敏に行動を開始していた。

扇子屋の鍵屋の家は、城下一の豪商・松屋吉兵衛の家屋・店舗とは、くらべものにならぬほど小さい。

表通りに面した〔店の間〕が七畳と三畳で、その傍に通路が奥へのびてい、台所の土間につづいている。

〔店の間〕の奥が〔中の間〕で八畳の部屋と、二坪の板の間になっていて、この板の間に中二階の部屋へ上る梯子《はしご》段がついている。

〔中の間〕の、さらに奥が〔奥座敷〕で、六畳の二間つづきになっており、ここに主人の又兵衛夫婦がねむっているはずであった。

夫婦に、子はない。

十四、五歳の小僧が一人。下男が一人。そして鍵屋又兵衛と同年配の番頭が一人。

下男は、奥座敷と小廊下をへだてた台所の一隅《いちぐう》に設けられた三畳ほどの寝部屋にねむっていると見てよい。

小僧と番頭は、中二階に寝ているのではあるまいか……。

鈴木又七郎と関口雄介以下七人が通路からぬけ出した場所は〔店の間〕の床下だったのである。

〔店の間〕の床板が、畳ごと押しあげられた。

雄介は、

(気づかれはしまいか?)

と、見ていて、そうおもったのだが、又七郎の配下たちは何やら得体の知れぬ鉄造りの道具をつかい、音もなく、床板と畳を押しあげてしまったのである。

床下に這《は》っていながら、鈴木又七郎が、雄介に、こうささやいた。

「案ずるな。こうしたことには、馴《な》れている」

七人は〔店の間〕へあがり、はね除《の》けた畳や床板はそのままにして、三人が通路から台所へ出て行った。

又七郎と雄介と、もう二人が〔店の間〕から〔中の間〕へ忍び入った。

果して〔中の間〕には、だれも寝ていない。

又七郎が雄介に、

(よいか?)

と、目顔できいた。

雄介はうなずき、抱え持っていた大刀を腰に帯し、ゆっくりと抜き放った。

雄介の役目は、ただ一太刀に、あるじの鍵屋又兵衛を斬殺《ざんさつ》することにある。

又七郎も大刀を引きぬき、他の一人と共に、中二階への階段をのぼって行った。

残る一人は〔中の間〕の板敷きに立った。

鈴木又七郎と関口雄介の連絡をつとめるためだ。

この間に、台所へ入った三人のうち、二人が下男の寝部屋へ接近しつつあった。

残る一人は〔中の間〕の板敷きが見える土間に立っている。

これは〔中の間〕と台所との連絡をつとめるわけだ。

ちょうど、そのころ……。

竜乗寺の墓地の、樟《くすのき》の大木の根元に躰《からだ》を埋めこまれた高瀬俵太郎は、意識をうしないかけていた。

(ああ……もう、おれはだめだ。これまでかも知れぬ……)

ぼんやりと高瀬は、夢うつつのうちに、そのようなことを考えている。

冬の雨が沁《し》み込んでいる土に埋めこまれた高瀬の躰は、まったく知覚をもたない。

(このまま、死ぬのだ……)

と、おもった。

高瀬とならんで、土中に埋めこまれた町奉行所の同心・小沢勝蔵と、竜乗寺の寺男は、ぐったりと顔を伏せたまま、ぴくりともせぬ。

(二人とも、死んだ……)

と、高瀬は見た。

（あ……？）

気をうしないかけた高瀬俵太郎が、あたりの闇の中にうごめく人の気配を感じて、

（な、何だ、あれは？）

はっと眼をひらいた。

あきらかに、数人の男たちが、墓地の中をうごいている。

高瀬の眼は、闇に馴れていた。

男たちは、墓地の向うの土塀の方へ去った。

すると、別に、二人の男がこちらへ近づいて来た。

高瀬は眼を閉じて、気をうしなった態《てい》をよそおった。

二人の男は屈《かが》みこんで、土中から出ている三つの首をながめた。

「死んだのでねえか、小平《こへい》」

と、大男の黒い影が、濁声《だみごえ》でいうと、もう一人の細《ほ》っそりとした躰つきの、小平とよばれた黒い影が、

「そうかも知れないねえ」

と、あざ笑うような口調でこたえた。

言葉づかいも、声も、まるで女のようにきこえた。やさしげな細い声なのだが、よく通って、しかも何処《どこ》かに冷たいものがただよっている。

「どっちにしても同じことさ、伊平さん」

「ちげえねえ」

「ふ、ふふ……」

「は、はは……」

小平と伊平が、低い声ではあったが、笑い合った。この二人の声を高瀬俵太郎は場合が場合だけに、決して忘れなかったのである。

小平と伊平は、墓場の中へ消えて行った。

高瀬俵太郎は、いたずらに〔猿ぐつわ〕の中で歯嚙《はが》みをするのみであった。

二十一

同じころ……。

松屋吉兵衛の寝間では息づまるような沈黙の中で、七化けお千代でさえも予期しない事がおこなわれようとしていた。

雲霧仁左衛門は、

「どうあっても、案内をせぬか？」

と、いい、吉兵衛が、またしても敢然と拒否するや、

「見ておれ」

いいざま、お千代を夜具の上へ蹴倒《けたお》したものである。

とたんに、吉兵衛の顔色が変った。

「よく、見ておるのじゃ」

仁左衛門が、お千代の寝衣《ねまき》の裾《すそ》を、ゆっくりとめくりあげていった。

「あれ……」

おもわず、叫んだつもりなのだが、お千代の声は〔猿ぐつわ〕の中で、わずかなうめきとなったのみである。

肩をふるわせて立ちあがりかけた吉兵衛を盗賊たちが押えつける。

お千代は懸命に、身をもがいた。

仁左衛門と二人きりでいるのなら、これほどに、

(うれしい……)

ことはなかったろう。

だが、仲間の盗賊たちや、治平や、松屋吉兵衛が見つめている目の前で、

(お頭は、何を……何を、しなさるのだ?)

であった。

仁左衛門は容赦をしなかった。

うしろ手に縛られているお千代が、横向きになってもがいている、その裾を完全に

めくりあげてしまったのである。

ねむり灯台の、うす暗い照明の中に、お千代の白い臀部《でんぶ》が、人間のものとはおもわれぬほどの量感をたたえて露呈された。

仁左衛門の躰《からだ》が、お千代をおおった。

松屋吉兵衛が、たまりかねたかのように、三坪《みつぼ》の伝次郎へ、うなずいて見せた。

伝次郎が、仁左衛門の背に手をかけ、何かささやいた。

仁左衛門がお千代からはなれて身を起し、松屋吉兵衛を振り向いて見た。

そのとき、一瞬であったが、お千代の秘毛がくろぐろと吉兵衛の眼の中へ飛びこんできた。

「どうなされた?」

ものやわらかな口調で、雲霧仁左衛門が吉兵衛に、

「あるじどの。気が変られたかな?」

と、いった。

吉兵衛が、二度三度と、うなずいた。

さすがの吉兵衛も、自分の目の前で、金には代えられぬお千代の肉体が盗賊の、

「なぶりもの」

にされるのが、堪えきれなかったのであろう。

「では、金蔵へ案内するといわるるか？」

吉兵衛が、うなずく。

「よろし」

うなずき返し、仁左衛門が、お千代の寝衣の裾を足もとへ引きおろしてやった。

（あ、そうか……）

ようやくに、お千代もなっとくが行った。

（お頭は、なんというおもいきったことを……私にも知らせず、このように深い考えがあってのことだったのか……）

自分が、いちいち、吉兵衛とのことを仁左衛門へ知らせていたことから推定をして、仁左衛門は、

（こうすれば、かならず吉兵衛は、わしを金蔵の前へみちびくに相違ない）

と、見きわめをつけたにちがいない。

このように、お千代や治平とも打ち合せをせず、突然、今夜の押し込みを決行したのは、いうまでもない。

それは、山猫の三次の裏切りが、どのような波紋をひろげるか見当もつかなかったからである。

これまでの仁左衛門なら、

「いったんは兵を引いて……」

情況を見きわめてからでないと行動に移らなかったはずだが、今回は、小頭の木鼠《きねずみ》吉五郎のみに打ち明け、あとは今日の夕刻、名古屋城下へ三三五五と配下の盗賊があつまってから、はじめて決行の事を打ち明けたのであった。

これは、押し込みの夜が今夜であることの漏洩《ろうえい》をふせぐためで、計画のすべては、このときまで、仁左衛門と吉五郎の胸ひとつに畳みこまれていたのである。

忍び装束や忍び道具を隠して置いた〔盗人宿《ぬすびと》〕は、なんと、松屋吉兵衛方からも程近い小桜町にある仏具屋〔今津屋儀兵衛〕方であった。

この〔盗人宿〕の存在は、木鼠の吉五郎も十日ほど前に、はじめて仁左衛門から打ち明けられたのだ。

そのことを後できいたとき、七化けお千代はぞっとした。

(お頭は、恐ろしいお人……)

いままで、お千代が考えていた雲霧仁左衛門のほかに、もっと底深くて得体の知れぬ仁左衛門が、一つの躰の中に棲《す》んでいるようなおもいがしたのである。

「では、案内をたのむ」

仁左衛門が、立ちあがった松屋吉兵衛をうながした。

吉兵衛は、お千代を見た。

お千代は、わざと、半ば気をうしなったような態《てい》で、身をちぢめ、顔を伏せていた。

「案ずるな、あるじどの。金蔵へ案内をしてくれるならば、この女には指一本、ふれぬ」

仁左衛門の声を信ずるよりほかはないと、吉兵衛は決心をした。

吉兵衛は、寝間の床柱へ近づき、そこの一部を手指で押した。

と……。

床柱の一角に、小さな穴が口を開けたではないか……。

その穴の中を、吉兵衛が顎《あご》で指し示した。

(中に在る物を取れ)

と、いったのだ。

木鼠の吉五郎が穴の中へ手指をさしこみ、何かをつかみ出した。

それが、金蔵の鍵《かぎ》だったのである。

二十二

金蔵の鍵は三箇が一束となってい、細長い桐《きり》の箱におさめられていた。

木鼠の吉五郎が、それを床柱の中から取り出したのを見て、

(よし!!)

雲霧仁左衛門が、うなずき、左手の薬指をあげた。

それを見て、三坪《みつぼ》の伝次郎が仁左衛門の前へ出て来た。

「女を……」

仁左衛門は、半裸となって縛りつけられたまま、寝床にころがっている七化けお千代を顎《あご》でしゃくって見せ、

「もし、松屋《ここの》あるじどのが、われらを裏切り、騒ぎ立てるようなことあれば、かまわぬ。その女を殺害いたせ」

と、これは松屋吉兵衛の耳へもとどくようにいった。

だからといって、別に大声を発したわけではない。

低い声なのだが、吉兵衛には、はっきりと聞えた。

吉兵衛は、

(これは、脅しではない)

と、おもった。

理屈も何もない。吉兵衛の耳には仁左衛門の声が、そのようにきこえたのであり、仁左衛門もまた、そうきこえるようにいったのである。

寝間には、三坪の伝次郎と、治平が残った。

廊下の見張りは、そのままだ。

「さ、案内を……」

仁左衛門が、松屋吉兵衛の肩を、軽く押した。

吉兵衛はうなずき、先に立った。

廊下へ出る。

木鼠の吉五郎が、鍵を持って吉兵衛とならんで先へ立った。

つぎに仁左衛門。そのうしろから手下の盗賊たちがつづく。

松屋吉兵衛は、廊下の突当りに立って見張りをしていた州走《すばし》りの熊五郎へ近寄って行く。

熊五郎が、

(……?)

不審そうに、二、三歩、こちらへ近づいて来た。

木鼠の吉五郎が、

(いいのだ、いいのだ)

というように、うなずいて見せる。

松屋吉兵衛が熊五郎と入れ替り、廊下の突当りに立った。

そこは、壁である。

足だけを自由にされた吉兵衛が屈《かが》みこみ、廊下の柱の下方に仕掛けてある桟を外した。

（そんなものが、そんなところにあったのか……）

と、おもうほどの、廊下にいる人びとの眼からは全く気づかぬ死角に、その仕掛けが設けてあったのだ。

桟を外すと、吉兵衛が、

「壁を押せ」

吉五郎へ、目顔でいった。

吉五郎が壁を押した。

音もなく、壁は向う側へ開かれてゆく。

これは何も、めずらしいことではなかった。

松屋ほどの商家の金蔵ならば、こうした仕掛けがしてあるのは当然のことであった。

壁の向うは二坪の板の間で、左側に板戸が見える。

おそらく、これは、表の店構えの方へ通ずる戸口にちがいない。

この板戸にも外側から錠が下りていて、その向うには土蔵造りの重い扉があるのだろう。

仁左衛門は、この板の間へも、見張りを一人残しておき、

「さ、奥へ……」

ろだったのである。
〔鍵屋又兵衛〕方で、鈴木又七郎以下七名が、配置についたのは、ちょうど、そのこ
十余名の盗賊たちは、まるで微風がただよっているかのごとくうごいていた。
松屋の屋内は、寝しずまっている。
松屋吉兵衛をうながした。

二十三

ところで……。

松屋吉兵衛方の金蔵の中にしまいこまれていた金は、五千両あまりほどであった。

これは、雲霧仁左衛門の、

「予想に反する……」

金高である。

仁左衛門は、

(先《ま》ず二万両。すくなく見つもっても一万両は……)

と、見きわめをつけていた。

「よもや、これだけではあるまいな？」

仁左衛門にいわれ、吉兵衛はかぶりを振った。

吉兵衛は、まだ〔猿ぐつわ〕を嚙《か》まされているので、口はきけない。

「他の場所にも、金蔵があるのであろう？」

吉兵衛は、またしてもかぶりを振る。

この間にも、木鼠吉五郎は、千両箱を三箇と、それに小判包みを、てきぱきと指図し、手下たちに運ばせていた。

手下の盗賊たちは、手に手に、いろいろな道具を持っている。

たとえば、その中の二人が抱えていた包みをひろげると、中に木製の組立て式の桟や板、四角い棒のようなものが入ってい、これを、たちまちに組み立てると、千両箱の三、四箇は積み乗せ、これを二、三人で担《かつ》ぎ運べるようになっているのだ。

松屋吉兵衛は、横眼で、それを見ている。

吉兵衛の眼は、あきらかに驚嘆していた。

「これ、あるじどの。松屋の財産《しんだい》が、これだけとはおもえぬ。ほかに、金蔵はないのか。つつみ隠さずに申せ。それが双方にとって、もっともよいことなのは、おぬしにもよくよく知れてあるはず」

仁左衛門の声は、落ちつきはらっている。

吉兵衛もまた、物静かな態度で、かぶりを振るのみだ。仁左衛門は、吉兵衛の〔猿ぐつわ〕を外してやった。

そこで吉兵衛が、こういった。

「商家の財産は、おのが家にのみ、在るものではない。それほどのことはわきまえているはずではないのか……」

仁左衛門が、眼に苦笑を浮べた。

吉兵衛は、にがにがしげに、

「この家の財産の半分は、名古屋の御城に在るも同然……」

と、つぶやいた。

「ふうむ……」

凝《じっ》と見て、仁左衛門が、

「それほどに、尾州家へ貸しつけておるのか？」

「近ごろの、大名家と商家は、みな、このようなぐあいになっているのを知らぬのか」

仁左衛門は、しばらく黙っていたが、手下の一人に、ふたたび、吉兵衛の口へ〔猿ぐつわ〕を嚙まさせた。

そして、いそがしくはたらいている木鼠《きねずみ》の吉五郎に、

「これまでじゃ」

と、目顔でいい、うなずいて見せた。

木鼠の吉五郎は、
(もっと、松屋吉兵衛を痛めつけ、吐かせたほうがいいのではあるまいか……)
と、おもった。
吉五郎は、
(松屋には、もう一つの金蔵があるにちがいない)
と、直感していた。
これまでの松屋吉兵衛の態度を見ていると、
(なんとなく、匂《にお》ってくる……)
ような気がするのだ。
吉五郎が、
(もう少し、痛めて見ては?)
目顔で、仁左衛門へ問いかけて見た。
仁左衛門のこたえは、
「否《いな》」
であった。
仁左衛門も、吉五郎同様に、
(このほかに、かならず、別の金蔵が在る)

そう、にらんでいた。

それは、この金蔵の中の千両箱の数と、その並べ方、小判の仕まい方などからも匂ってきている。

それに、この金蔵は、五、六千両の金を置くのに、ちょうど手ごろに造られているような感じもする。

しかし、別の金蔵は何処《どこ》にあるのか……であった。

ここで松屋吉兵衛を責めつけ、たとえ、その金蔵の場所を吐かせたにしても、それ相応の時間がかかる。

吐かせてから、今度は、別の金蔵へ移動しなくてはならぬ。

これまた、相応の時間を要する。

松屋吉兵衛は、

(もしも、これでなっ、と、く、し、て帰って来れれば、それにこしたことはない。この上、痛めつけられたなら仕方もない。別の金蔵へ案内をするまでだが……それまでは、なんとしても辛抱をしたほうが得策だ)

そう考えているのやも知れなかった。

(だが、今夜は、深入りをせぬほうがよい)

仁左衛門は咄嗟《とっさ》に決断をした。

その理由は、先ず、つい先ごろまで、自分がおもっても見なかった早い時期に、松屋押し込みを決行したことである。

仁左衛門が、長年いっしょに盗みばたらきをして来た木鼠の吉五郎や七化けお千代、治平などでさえ、

（あの用心深い、お頭が、このような急ぎばたらきをするとは……？）

と、おどろいたほどに事を急いだのは、一にも二にも、山猫の三次の不可解な裏切り行為と、その怪しげな行動を知ったからであった。

その山猫三次の行動を探り、彼を背後からあやつっているものの存在を突きとめることをせず、むしろ、その方へは全く関心をしめさぬかのようにして、いきなり松屋を急襲したのは、

（そのようなことをしていては、手間取るばかりか、三次をあやつる者どもに却《かえ》って、こちらのうごきを察知され、肝心の松屋押し込みが危なくなり、すべてが水泡に帰することになりかねぬ）

と、直感したからに、ほかならない。

（三次をあやつっている者たちは、自分の松屋押し込みにねらいをつけ、これを横から奪い取ろうとしているのではないか……）

このことであった。

だが仁左衛門は、いまも、火付盗賊改方の眼が、ようやくに名古屋城下へ自分を追いつめて来たとは、いささかも考えていない。

松屋へ押し込むに当り、かねて目をつけておいた、裏手の竜乗寺の墓地を探らせて見ると、男が一人、土塀の蔭《かげ》から松屋を見張っているという。

また、寺男の小屋にも、

「妙な男が酒をのんでいる」

と、報告をうけた。

これが盗賊改方・同心の高瀬俵太郎と、町奉行所の同心・小沢勝蔵だとは、さすがの仁左衛門も気づかぬ。

高瀬も小沢も変装をしていたからだ。

(そやつらは、山猫三次をあやつっている一味の者に相違ない)

と、おもった。

そこで、あのように、高瀬ら三人の始末をしたのだ。

ともあれ、結果としては……。

このとき、雲霧仁左衛門が、深入りをしなかったことは賢明であったといえよう。

なかなか、出来ることではないと、ほめてもよいといえる。

諸般の情況を、一瞬のうちに、仁左衛門は取りまとめて決断を下した。

いない)

(このような急ぎばたらきには、自分が充分に、なっとくのゆくような仕度ができて

その一事であった。

煎《せん》じつめると、

二十四

雲霧仁左衛門は、松屋吉兵衛を金蔵の中へ残しておくことにした。

そして、雲霧一味は、ふたたび吉兵衛の寝間へ集結した。

「御苦労だったな」

と、仁左衛門が、お千代をねぎらい、

「さ、まいろう」

「あい……」

お千代の顔に、まるで花がひらいたような笑いが浮んだ。

このときすでに、盗み奪《と》った金は、雲霧一味のすばやくて馴れ切った運搬作業により、松屋の奥庭の土塀の内から、仕掛けられた渡り綱によって、表の道へ引き下ろされつつあった。

これを外部から手つだっているのは、竜乗寺の墓地に待機していた雲霧一味の十名

である。

この中に、高瀬俵太郎が耳に聞いた〔小平〕と〔伊平〕がまじっていたのは、いうまでもないことだ。

「さ、引きあげじゃ」

仁左衛門が、お千代にそういった。

そのとき……。

鍵屋《かぎや》又兵衛方では……。

〔中の間〕の板敷きに立ち、三方の連絡をつとめていた〔御側《おそば》足軽組〕の一人が、中二階へあがって行った鈴木又七郎の、

(よし!!)

という合図をうけた。

彼は、奥座敷への襖《ふすま》の前に立った関口雄介と、さらに、台所の奥の下男の寝部屋の前へせまった二人へ、

(いまだ!!)

と、合図を送った。

関口雄介は、しずかに襖を開けて、奥座敷へ一歩、踏みこんだ。

その瞬間であった。

中に眠っていた鍵屋又兵衛……実は、幕府隠密《おんみつ》の井上助右衛門が、

「何者……？」

ぱっと、はね起きた。

さすがである。

雄介が襖の外まで来ていたことには気づかなかったのだが、一歩踏みこんだだけで、
その気配が彼のねむりを醒《さ》ましたのであろう。

鈴木又七郎が、

「ぜひとも、鍵屋又兵衛は、おぬしに討ってもらわねばならぬ」

と、いっただけのことはある。

又兵衛に添い寝をしていた女房が、

「あれえ……」

絶叫をあげた。

雄介は無言で、藤原祐安《すけやす》の一刀を鍵屋又兵衛へ打ち込んだ。

「む!!」

身をひねって、雄介必殺の一刀をかわしただけでも大したものだが、同時に鍵屋又
兵衛の躰《からだ》が一回転したかとおもうと、天井へ、頭を打ちつけるほどに跳躍したではな
いか……。

天井板の桟に、何やら武器が挿《さ》しこまれていたらしい。

跳躍して、その武器を引きぬいた又兵衛が、関口雄介の頭上へ、反撃をこころみた。

びゅっ……と、凄《すさ》まじい刃風《はかぜ》を、雄介はくびをすくめてかわしつつ、片ひざを突き、片手撲《なぐ》りに飛び下りて来た鍵屋又兵衛の足を薙《な》ぎはらった。

「む!!」

まるで、芝居に出て来る化け狐《ぎつね》のように飛んだ鍵屋又兵衛が女房をかえり見もせず、奥庭に面した内縁の境の障子を躰ごと打ち倒した。

「きゃあっ……」

またも、女房の悲鳴があがる。

前後して、台所の下男部屋でも、中二階でも、闘争の響《とよ》みが起った。

関口雄介は喚《おめ》きもせず、気合声《きあいごえ》も発せず、内縁へ逃げた又兵衛を追った。

一歩、内縁へ出た雄介の面上へ、得体の知れぬ刃物が投げつけられた。

くびを振ってかわした雄介は、内縁から外縁へ逃げる又兵衛の背中へ、差しぞえにしていた小刀《しょうとう》を左手に引きぬきざま、

「や!!」

はじめて低い気合声を発し、投げつけた。

「う……」

小刀が、鍵屋又兵衛の腰のあたりへ突き立った。

「うぬ!!」

振り向いた又兵衛の手に、どこで摑《つか》み取ったものか、脇差《わきざし》が光った。

すかさず斬《き》りこんだ雄介の一刀は、その脇差によって打ちはらわれた。

まことに鍵屋又兵衛は、

「端倪《たんげい》すべからざる……」

手練の持ち主というべきで、もしやすると鈴木又七郎が相手であったら、又兵衛を取り逃がしていたろう。

又七郎が、

「ぜひに……」

と、従弟《いとこ》・関口雄介をえらんだ理由も、うなずけようというものだ。

斬りこんだ一刀を打ちはらわれた雄介は、いささかも、あせっていない。

なんといっても、相手の腰部へ、こちらの小刀が突き立っているのである。

さっと身を退《ひ》いて雄介は、相手のうごきを注視した。

鍵屋又兵衛は、腰を刺された小刀をそのままに、身をひるがえし、台所の南側へ逃れようとした。

それを見きわめて関口雄介が、猛然と起ち、

「鋭《えい》!!」

横なぐりに又兵衛の臀部《でんぶ》を斬り、さらに、まわりこんで、又兵衛の脳天へ決定的な一撃をあたえた。

二十五

関口雄介が、鍵屋《かぎや》又兵衛こと——幕府隠密《おんみつ》・井上助右衛門を斬《き》り殪《たお》したとき、屋内の物音は絶えていた。

下男の寝部屋も、中二階も、すべて、

(片がついた……)

らしい。

鍵屋の女房の姿は、見えなかった。

(女、子供は逃がしてもよい、と、従兄上《あにうえ》が言っておられたな)

だから、雄介は追わなかった。

(どうやら、これで、おれの役目はすんだような……)

おもいつつ、血刀をぬぐい、鞘《さや》におさめ、中の間の板敷きへ出て見ると、そこに見張りの一人が立っていて、

「御苦労でした」

落ちついて、ささやきかけて来た。

「いや……」

「又兵衛を仕とめられましたな。まことに、お見事な……それがし、此処《ここ》をうごけぬながら、ちらと見ておりました」

「ときに……？」

いいさして、雄介が中二階を見上げると、見張りの男が、

「いま、鈴木様が、探っておられます」

「さようか……」

中二階に寝ている番頭は斬殺《ざんさつ》されたらしい。

小僧と、鍵屋の女房とは捕えられて、早くも、下男の寝部屋へ押しこまれたという。

下男も斬られたものと見てよい。

雄介が出て来た鍵屋夫婦の奥座敷へは、下男部屋へ向った二人が飛び込み、

「家《や》捜し」

をしているらしい物音がきこえた。

女房と小僧を押しこめた下男の寝部屋は、台所で連絡《つなぎ》をしていた男が見張っている。

「私は、此処にいて……？」

と、いいかける関口雄介に、

「結構です」
中の間の見張りが、うなずいて見せた。
その瞬間であった。
「あぁっ……」
下男部屋を見張っていた男の叫び声がきこえた。
雄介は、中の間から、台所へ通ずる土間へ駆け下りた。
見張りの男が、下男部屋の戸を体当りで叩きこわそうとしているのが見えた。
中へ押しこめられた鍵屋の女房が、内側から戸締りをしたのであった。
だが、それだけなら何も、
(おどろくことはない……)
のである。
下男部屋の中から、物凄《ものすご》い煙と火焔《かえん》が、板戸の隙間《すきま》から外へふき出して来たのだ。
女房が、中で火を放ったらしい。
それも、なまやさしい放火ではない。
中にあった油か何かを一面にまき散らした上で、火を放ったらしい。
急激に、もはや消しとめる術《すべ》もない勢いで、火焔が渦巻いた。
中には、下男の死体と、女房と十四、五歳の小僧が押しこめられている。

「た、助けてエ……助け……」

小僧の魂消《たまぎ》るような悲鳴が板戸から洩《も》れて来た。

雄介が、板戸に体当りをしている見張りに、

「そのままにしておきなさい」

と、いった。

ふり向いた見張りが、

「あ……そうでした」

すぐに、わかったらしい。

板戸を外してしまったら、一度に、煙と火焔が屋内へ殺到するにちがいない。

この間に、中の間にいた見張りは、中二階の鈴木又七郎へ、この異変を告げている。

又七郎が駆け下りて来て、土間へあらわれ、

「よし。あわてるな」

と、いった。

又七郎が手にした大きな革袋が、ふくらんでいる。

中二階の家捜しで、相当の収穫があったものと見てよい。

奥座敷の二人も冷静に、家捜しをつづけている。

「女房め、おもいのほかに……」

と、鈴木又七郎がつぶやいた。

又七郎は、鍵屋又兵衛が、ここまで女房に、幕府隠密の正体を明かしているとはおもわなかった。

家捜しをさせまいとして、女房は、火を放ったのである。

「よかった。女房をあれへ押しこめておいて、よかった」

つくづくと、いった。

もしも女房を外へ逃がしていたなら、家捜しをする時間が半減されたにちがいない。女房は外から火を放ったろう。それだけの仕度が、かねてからととのえてあったとおもってよいのだ。

「雄介。鍵屋又兵衛を……」

と、はじめて又七郎が、このとき、

「斬って捨てたか？」

「はい」

「む!!」

さも満足げに、うなずき、

「さすがだ。ようもしてのけてくれた」

何度も、うなずいた。

そこへ、中二階にいた男が、駆け下って来て、又七郎へ、革袋を見せ、

「これで、よろしゅうござるか？」

「よし」

そこへ、奥座敷にいた二人も、それぞれに革袋を抱えてあらわれた。

「これまでじゃ」

と、鈴木又七郎がいった。

下男部屋の炎は板戸をなめつくし、すさまじいばかりの煙と共に台所へ流れ出てくると、たちまちに天井へ燃えひろがった。

下男部屋の中を、うかがうこともできぬ。

煙と炎が音をたてて渦巻き、いまは小僧の悲鳴も絶えた。

「あの小僧、可哀相《かわいそう》なことをした……」

鈴木又七郎が凝然となって、つぶやいたのも一瞬のことだ。

「それ、引きあげい!!」

又七郎が叫んだ。

七人は、店の間へ駆け込み、ふたたび、地下へ潜り、地下穴の通路から蒔絵師《まきえし》・直四郎方の地下蔵へ這《は》い出して来ると、

「火が出ましたな」

そこに直四郎が待ちうけていて、

「鈴木殿。いかがでござった？」

「何とか、するだけのことは……」

「む。それならば、ようござった」

「間もなく、此処へも火が移ってまいろう」

「御心配なく……」

このとき、近くの火の見櫓《やぐら》の半鐘が、けたたましく打ち鳴らされはじめた。

二十六

そのとき……。

鍵屋《かぎや》又兵衛方から、突如、火焔《かえん》が噴きあがり、近辺が騒然となったとき、雲霧仁左衛門一味は、どうしていたろうか……。

仁左衛門一味は、松屋吉兵衛方の裏塀《うらべい》を乗り越え、盗み奪った五千両余を、すべて竜乗寺の墓地へ運び終えたところであった。

（ああ、よかった……）

と、一味の盗賊たちの中で、そう思わぬ者はなかったろう。

あのとき、金蔵《かねぐら》の中で、仁左衛門が尚《なお》も吉兵衛を責めたてていたりしたら、まだ、一味の者も五千両も、松屋の中にいたはずである。

松屋の屋内でも、奉公人が、いっせいに目ざめて、さわぎ立てている。

金蔵へは、真先に番頭たちが駆けつけるであろうから、松屋吉兵衛が救出されることは間ちがいのないことだ。

「一人の血も見ることなく、先《ま》ず、よかった……」

と、墓地の中で、雲霧仁左衛門が、お千代にいった。

「安心いたせ。松屋吉兵衛も、すぐに助けられよう」

お千代は、こたえない。

怒っているのだ。

仁左衛門が、めずらしく、お千代の肩を抱き寄せ、

「これ、冗談じゃ」

と、ささやいた。

この間にも、一味の盗賊たちは、かねての打ち合せのとおり、五千両を運んで、つぎからつぎへ、竜乗寺の墓地を突っ切り、姿を隠しつつあった。

あとに残ったのは、仁左衛門・お千代と、木鼠《きねずみ》の吉五郎の三人である。

「土中に埋めこんだ三人は、どういたしましょう?」

と吉五郎が尋《き》いた。

「ふむ……ま、この火事さわぎゆえ、寺の者も起きて来よう。さすれば掘り出してくれようよ」

仁左衛門が、こたえる。

さすがの雲霧仁左衛門も、鍵屋方の火事は、偶然の、火の不始末からだとおもっていた。

「さ、まいろう」

先へ立って、仁左衛門が歩みつつ、

「よかった。先ず、よかった。狙《ねろ》うた獲物《えもの》は少なかったが、血も流さず、一同も無事で引きあげられたのは、よかった、よかった」

という、その声には、仁左衛門らしくない感情が露骨にあらわれていて、お千代も吉五郎も、闇《やみ》の中で、おもわず顔を見合せたほどだ。

いや、闇ともいえぬ。

たちまちに近辺へ燃えひろがった火事の、その火焔の色が墓地へもひろがり、雨のように火の粉が飛んで来はじめた。

大火事となる恐れがあった。

松屋方の盗難など、この火焔の前には問題でない。

町奉行所からも、すぐさま、与力・同心が駆け向ったし、火消し奉行の手の者も、いっせいに出動する。

それはすべて、この火事に向けられたものだ。

上本町を中心に火事騒ぎがひろがるのを余所目《よそめ》に、雲霧一味は、まんまと安全地帯へ逃げのびることを得たのである。

二十七

高瀬俵太郎は、現場へ駆けつけて来た目明しの政蔵に助けられた。

政蔵は万松寺へ駆けつけて、山田藤兵衛のことばを同心・井口源助につたえ、井口と共に、すぐ引き返した。

(高瀬の旦那《だんな》へ、酒を……)

と、おもいはしたが、山田藤兵衛は、

「松屋吉兵衛方の見張りについている者も、みな、此処《ここ》へあつまってもらってくれ」

政蔵に、そういった。

それなら、

(みなさん、引きあげなすってから、ゆっくりと熱い酒をさしあげよう)

と、政蔵は考え、多宝院の門前で、井口源助に、

「では、井口の旦那。私は、これから松屋のほうへ……」

いうや、まっしぐらに松屋へ駆け向った。

そして、福井町の通りをすぎようとしたときに、鍵屋《かぎや》又兵衛方から火焔《かえん》と黒煙が噴きあがったのだ。

「あっ……」

政蔵は、おどろいた。

井筒屋の山田藤兵衛のもとへ駆けもどろうか、とも、一時は考えたが、井筒屋にいる人びとも、すぐに、この火事には気づくことだろうし、

（それよりも早く、高瀬の旦那へ……）

と、政蔵は心を決め、松屋の裏手へ駆けつけた。

ところが、高瀬から聞いていた竜乗寺の土塀には、だれもいなかった。

いま一瞬、駆けつけるのが早かったら、雲霧仁左衛門一味が引きあげて行く姿を政蔵は目撃することができたろう。

いや、政蔵が墓地へ踏みこんだときには、まだ、仁左衛門・お千代・吉五郎の三人は殿《しんがり》として境内の何処《どこ》かに残っていたやも知れぬ。

政蔵は、高瀬を探しまわった。

乱打される半鐘の音や、人びとの叫び声が高まり、こうなったら見張りも何もあったものではない。

「旦那……高瀬さん。高瀬の旦那!!」

政蔵は夢中になった。

(こ、こいつは何か、あったにちげえねえ……)

火事が松屋から出たものではないことは、政蔵にもわかっている。

だが炎は、すでに松屋吉兵衛方の屋根へ燃え移りかけていたのだ。

「旦那。旦那……どこにいなさる!!」

その政蔵の声は、土中に埋めこまれている高瀬俵太郎の耳へもとどいた。

とどいたが、しかし、

「ここだ!!」

叫ぶわけにもゆかぬ。〔猿ぐつわ〕は堅く堅く高瀬の口へ喰《く》いこんでいた。

そしてまた、高瀬同心は、一時も早く土中からぬけ出したいとあせる一方、

(ああ、こんな姿を、政蔵に見られたくない……)

そのおもいで一杯になっている。

「あっ……」

そのうちに政蔵が、高瀬たちに気づいた。

火焔の色が照明となり、竜乗寺の墓地の隅ずみまで、見わたすことができるほどになっていたからだ。

「だ、旦那。こいつはいったい、どうなすったので……」

ともかく、こうして高瀬俵太郎は、政蔵に助け出されたが、町奉行所・同心の小沢勝蔵は息絶えていた。

また寺男の老爺《ろうや》も、死んでいた。

小沢は、したたか酒をのんでいて、その躰《からだ》を冷え切った土中に埋めこまれたものだから心《しん》ノ臓《ぞう》に発作が起き、死んだらしい。

寺男は老齢でもあったから、堪えきれなかったのであろう。

若くて健康な高瀬俵太郎にしても、意識はあっても躰はすっかりまいってしまい、この後、元どおりに躰が回復するまで、高瀬は半歳の休養を余儀なくされたほどであった。

長時間を土に埋めこまれるということが、どれほどに恐ろしいものか……また、どれほどに人間の躰の精気を土に吸い取られるものか、

「それはもう、埋めこまれた者でなくては、わからぬことだ」

のちに高瀬俵太郎は、しみじみと、そう述懐している。

ところで……。

饂飩屋《うどん》〔河辰《かわたつ》〕を見張っていた与力・山田藤兵衛は、この、おもいもかけぬ火事騒ぎを知ったとき、どうしたろうか……。

藤兵衛もまた、この出火を偶然のものとおもった。

風が南から北へ向いている。

だから、先《ま》ず、

「火の手が、こちらへおよぶことはあるまい」

と、見た。

だから〔河辰〕へ打ちこんで、中にいる者どもを検挙するにしても、

（やはり、明け方を待ってのことにしよう）

と、はじめの考え方を変えなかった。

また、いずれにせよ、万松寺と松屋の見張りについている火付盗賊改方のすべてを、井筒屋へあつめてからでないと、とても捕物の人手が足らぬ。

その上に、町奉行所からも、新たに応援の人数をくり出してもらうつもりでいた山田藤兵衛なのである。

また、この騒ぎの最中《さなか》へ打ちこんだりしたら、捕物と火事騒ぎが一緒になり、その混乱に乗じ、〔河辰〕の者どもが逃走脱出する機会をあたえることにもなる。

これは当然、捕物の常識というものであった。

けれども、もし、山田藤兵衛が出火と同時に、何か異変を直感し、

「一人にても、二人にてもよい。すぐさま河辰へ打ちこみ、引っ捕えろ!!」

と、命令を下していたら、二人、三人は召し捕ることができたろう。

それは、しかし結果論というものであって、この場合、山田藤兵衛が、

「火事騒ぎが落ちついてから……」

と、判断を下したのは当然であり、責められるべき何物もないといってよい。

多宝院の門前にも、家々の人びとがあらわれ、さわぎは、いよいよひどくなって来たし、〔河辰〕の路地口へも人が出て、荷車などを持ち出し、早くも荷物を積みこみはじめる者や、屋根へのぼって火の手を見る者、女子供の叫び声など……こうなっては、〔河辰〕を見張るどころではない。

〔河辰〕の屋根にも、一人、二人と男があらわれ、火の手を見たりしているようだったが、それも、しかとはわからぬ。

なにしろ屋根の上へも、多勢の人びとがあらわれて来たからだ。

朝の光が、さしはじめたころ、火が、ようやくにおさまった。

この火事で、上本町の大半と上七間町の一部が焼失した。

それだけですんだのは、むしろ、幸いといわねばならぬ。雨あがりの夜で、家も道も湿りきっていたし、それにこのあたりは、いわば中央官庁界と至近の距離でもあり、尾州藩でもすぐさま多勢の人数を出動させて消火にあたったので、これほどの災害ですんだのだ。

そして……。

朝になったとき、饂飩屋〔河辰〕の中は、猫の子一匹、居残ってはいなかった。

いずれも火事騒ぎに乗じ、何処かへ消えてしまっていたのである。

（後編に続く）

雲《くも》霧《きり》仁《に》左《ざ》衛《え》門《もん》(前編)

新潮文庫　い-16-12

昭和五十七年六月二十五日 発行
平成十五年六月五日 四十九刷改版
平成二十二年三月三十日 五十八刷

著者 池《いけ》波《なみ》正《しょう》太《た》郎《ろう》

発行者 佐藤隆信

発行所 株式会社 新潮社

郵便番号 一六二―八七一一
東京都新宿区矢来町七一
電話 編集部(〇三)三二六六―五四四〇
読者係(〇三)三二六六―五一一一
http://www.shinchosha.co.jp

価格はカバーに表示してあります。

印刷・二光印刷株式会社　製本・憲専堂製本株式会社

ISBN978-4-10-115612-5 C0193